Las esquinas rotas

Las esquinas rotas

Joaquín M. Barrero

Papel certificado por el Forest Stewardship Council®

MIXTO
Papel procedente de fuentes responsables
FSC® C117695

Primera edición: mayo de 2018

Printed in Spain – Impreso en España

ISBN: 978-84-666-6314-4
Depósito legal: B-5.755-2018

Compuesto en gama, s. l.

Impreso en Liberdúplex
Sant Llorenç d'Hortons (Barcelona)

BS63144

Penguin Random House Grupo Editorial

A Nieves Hinjo Ruíz, Auxi Solís Arias,
Sandra C. Jarén y Pamela Jordán,
nubes de calma en los tórridos aconteceres.

A Xulio Concepción Suárez, el maestro,
el alma inquieta, el triunfo sobre lo imposible.

Prólogo

Estos relatos, ordenados por sones, conforman un mosaico de vivencias descriptivas de mis años andados. Pasajes de la peligrada niñez en la cautividad general; del paso por el Protectorado de Marruecos (la última quinta de ese sueño imperial, apenas mencionada en los libros de Historia por la falta de épica); de los viajes de tropiezamundos como empresario y de otros caminares. También se escurren historias de imaginación pura y dos dramáticos casos del detective Corazón Rodríguez como brindis a aquellos lectores impacientes por verlo reaparecer.

Todos ellos muestran lugares, gentes y sucesos de los días vencidos, nunca desguarnecidos de memoria. El entretenimiento navega sobre el poso habitual de conocimiento vario como fondo, que es característica esencial de mis libros y que agradan a quienes mantienen vivas la curiosidad y la capacidad de asombro.

Espero que cumplan la función para la que fueron escritos: llenar de sensaciones los intersticios de quienes tienen el tiempo escaso y la mirada ávida.

A ellos va dedicado este libro.

JOAQUÍN M. BARRERO

DEL AZAR

Zapatos para un sueño

El baile era en el pueblo grande de la carretera a Cangas, allá abajo, en la fiesta del Santo. Sería su gran noche, tan anhelada, porque luciría un par de zapatos por primera vez. Su admirado tío Segundo los traería de Oviedo, pagándolos con el dinero que ella había ido ahorrando durante años de mucho trabajo e ilusiones, perrona a perrona. Ella bailaría todas las músicas, no sólo las de las gaitas y el acordeón de la tierra, sino esas otras que de forma misteriosa salían de unos discos negros y de un altavoz que parecía un cuerno gigante al revés, y que funcionaba después de girar una manivela durante un rato porque en la aldea no había electricidad. El mágico aparato se llamaba gramófono y lo había traído su tío, como casi todas las cosas de asombro, un atardecer lluvioso y triste que él transformó en inolvidable. Lo había comprado en la Corte, allá lejos, en aquel Madrid de ensueño donde él iba con frecuencia.

Decía que allí entraba a los cines, que eran locales donde proyectaban imágenes sin sonido, como fotografías en movimiento, y que incluso había visto al rey Alfonso saludar a la multitud desde su reluciente carroza. Contaba tantas cosas maravillosas que sus ojos aún seguían abiertos cuando ya todos dormían en las noches iguales. Y con el gran cariño que la tenía le había prometido que un día la llevaría a ver las maravillas de la capital. Los de la aldea sólo escuchaban música cuando se celebraban las fiestas de los pueblos cercanos. Por eso aquel día, cuando del altavoz salieron aquellas melodías tan armoniosas llamadas boleros, habaneras y rumbas, toda la aldea quedó con la boca abierta y ella totalmente subyugada. Hasta los pájaros enmudecieron de envidia al escuchar tan cautivadores y extraños sones. Desde entonces, meses atrás, su tío le había enseñado a bailar, en el prado, de puntillas, simulando calzar unos zapatos que algún día llevaría. Y ese día había llegado, cuando sus dieciséis años estallaban como relámpagos. Ahora esperaba la llegada de su tío con los zapatos. Y bailaría con ellos toda la noche para ser la reina de la fiesta y para que Andrés, ese mozo de Cangas que leía versos y que poseía una sonrisa diferente, se rindiera a su emoción y, quizá, en un descuido, podría acariciarla con un beso tembloroso.

Pero el tiempo empezó a pasar y su tío no llegaba. Sus padres, hermanos y amigos dijeron que deberían bajar ya al pueblo en fiestas, adonde él acudiría. Al fin, todos tendrían que hacer el camino descalzos, para no destrozar el calzado con las piedras del monte en la larga bajada. Pero ella no quiso. Deseaba probarse los zapatos, acostumbrarse un poco a ellos para entrar luego en el baile con mínimos titubeos. Los vio bajar a todos, menos a los abuelos y gente mayor de la aldea. Y el tiempo siguió pasando. Y el sol se marchó y también, más tarde, la luz del cielo. En las casas encendieron las lámparas de aceite. Y el tiempo no se detenía. Los viejos la miraban y ella vigilaba desde lo alto del camino, buscando la luz del farol en el caballo de su tío. Pero sólo vio la noche. Luego todo se llenó de estrellas, los viejos entraron en sus casas y ella quedó sola afuera, sintiendo el frío de una primavera que se resistía a dejar paso al verano. Pero el frío de su congoja era más fuerte. ¿Por qué no venía? Él era aficionado al vino y a las juergas, pero siempre le había cumplido. Algo debió de haberle ocurrido para tal retraso, pero estaba segura de que llegaría. Miró la estrella mayor y calculó que era muy tarde y que la fiesta, que duraría hasta la mañana, estaría en todo su apogeo. No se dejó rendir por la angustia que intentaba acosarla. Fue hasta el prado llano. Bailaría, mientras esperaba, la música que tenía en la mente; todas las melodías aprendidas. Y su tío, cuando llegara, la encontraría alegre y comprensiva.

Y así empezó a bailar bajo los luceros. Y de pronto todo se

llenó de luces y sonó la música por el campo ilimitado y los montes aguerridos. Y ella bailó, viendo a todos los de todos los pueblos y aldeas mirándola maravillados, mientras giraba y cruzaba el espacio, que ya no era el prado sino un salón de baile refulgente e inmenso, lleno de espejos en los que se reflejaba su figura danzante y sus zapatos. Y así siguió y siguió mientras las estrellas se empujaban unas a otras hasta que poco a poco fueron desapareciendo.

Horas más tarde, cuando ya los gallos habían guardado sus cantos y el albor había quebrado aparecieron sus padres, hermanos y amigos. Y su tío Segundo, bamboleante de resaca, pena y lágrimas, con los zapatos olvidados durante su juerga de la tarde anterior en Oviedo. La buscaron hasta dar con ella en el prado, tumbada inmóvil sobre la yerba, llena de rocío como una flor silvestre y rodeada de pájaros sin trinos. Tenía los pies sangrantes, el vestido húmedo y el cuerpo frío. En sus grandes y azules ojos se habían apagado los brillos, pero una sonrisa, apenas infantil, perduraba en su boca sin besos.

El pañuelo

La vio por primera vez una tarde al pasar por la calle de Jaime el Conquistador, tan correteada como todas las del gran distrito. Estaba junto al portal de la última casa de la fila. Hablaba y sonreía con un grupo de amigos. Al cruzar en carrera sorprendió sus ojos y tuvo que detenerse. Quedó allí, quieto, atrapado por un hilo invisible, mientras sus amigos se alejaban hacia los grandes y viejos troncos semihundidos en una de las aceras terrosas de la plaza del Reloj. Le había desaparecido de pronto toda iniciativa que no fuera mirarla. El grupo desconocido enmudeció ante su indiscreta presencia y le contemplaron, ellas con curiosidad y ellos con lo torvo incubándose en sus miradas. No había tratado de no agresión entre la chiquillería de los distintos barrios por lo que cualquier ocasión era propicia al enfrentamiento.

—Tú, cacho mierda, qué coño miras —dijo uno.

Comprendió el peligro del momento. No era de los que se echaban atrás, pero estaba solo. Se desasió de los ojos de ella y siguió hacia abajo.

A partir de ese momento la paz se le ausentó. Nunca en sus doce años había visto una chica igual. Y hasta ese instante no supo lo que era tener martirio en el corazón.

A la tarde siguiente volvió al lugar, esta vez acompañado de su fiel amigo Miguelín. De pasada, despacio, agolpando sus ojos en los sorprendidos de ella.

La casa era una más del barrio, pero con una característica

que la afeaba: tenía una pared lateral medianera, abierta a un camino de tierra por el que pasaba la gente. Las partes de ladrillos sin enfoscar semejaban un muñón y sugerían algo inacabado. Esa fachada reclamaba el acoplamiento con otras casas, pero estaban en 1947, en plena posguerra, y apenas se construía en Madrid. La situación permitía, sin embargo, un gran beneficio a las ventanas de los patios interiores al abrirse libres de obstáculos al solar inmenso que se extendía por el campo virgen, las huertas, la explanada del campo de futbol y trepaba hasta el lejano basurero, situado al final de la calle Cáceres. La llamaban la «casa fea» y él pasaba con frecuencia por ese camino en sus correrías sin prestarle especial atención, ni a ella y ni a sus gentes. Ahora, de repente, al mirar su fachada principal, le pareció que tenía mejor calidad que la suya, donde él vivía. Quizá le influyó lo que expresaba ese grupo de chicos con sus ropajes, sin duda uniformes de sus colegios, algo en lo que nunca se fijó. Ellos vestían pantalones cortos azules sin remiendos, con medias hasta las rodillas y zapatos. Ellas, calcetines blancos emergiendo de zapatos con flecos en el empeine, y falda de tablones del mismo color azul. Todos con jerséis grises de cuellos en uve protegiendo camisas blancas y corbatas azules. Él sintió la diferencia con sus alpargatas, sus piernas desnudas llenas de mataduras y cardenales, el pantalón con culeras y el jersey desvaído. Pero no le importó. Todavía, aunque presentía la distancia entre clases, no le apabullaba en su actuar diario. Y nada podía disuadir tan grande impulso. Se acercó.

—Hola —dijo, mirándola.

Ella no contestó. Miró a los chicos, como buscando el modo de reaccionar. Ellos se interpusieron y mostraron un frente hostil.

—Fuera, largo.

Él mantuvo el sitio. Eran cinco, quizá de su edad, aunque parecían mayores. No quitó los ojos de ella, esperando no sabía qué. Miguelín le cogió de un brazo. Decidió optar por la advertencia y marchó.

Al día siguiente hizo novillos y se apostó frente a la casa. Ella salió del portal con otra amiga y dos chicos, todos con carteras de cuero en vez de las carpetas de cartón que los de su clase y él usaban. Los siguió. Vio que por el camino se unían a otros grupos mixtos. Entraron en una escuela del paseo de las Delicias, lo que significaba que era para alumnos mezclados, al contrario que en su colegio, donde sólo entraban chicos. No era esa la única diferencia. Él iba al cercano Cervantes, situado en la glorieta de la Beata María Ana de Jesús, en la esquina conocida como el Pico del Pañuelo. Allí no usaban uniformes. Cada uno vestía como podía. Los chavales procedían de hogares humildes y muchos desprendían los tufos de la falta de lavado. Donde la chica entró, un cartel lo definía como Colegio-Academia y del portal emanaba el olor de la vida posible. Preguntó el horario. Por la tarde, a la salida, la siguió, sin abordarla. Y al día siguiente. Y al otro. Unas veces solo y otras con Miguelín. Y fue consciente de que ella sabía de su seguimiento.

El mes de abril había llegado, eliminando las nieves del duro invierno. Llovía con frecuencia y el verdor avanzaba por todos los sitios, como invitando a expresar anhelos. Una tarde se decidió y volvió a acercársele.

—Hola.

Ella se refugió en un programa de sonrisas y cuchicheos con sus amigas, y apretó el paso. Llegaron a la casa, frente a cuyo portal esperaban tres chicos, los ceños torvos presagiando acciones inamistosas.

—Esto no me gusta, Manolín —dijo su amigo—. Esa chica no te ajunta. Déjalo.

—¿Cómo lo sabes? Nunca hemos hablado. Tengo que hacerlo.

—Allá tú. Yo me largo.

Miguelín corrió hacia abajo, dejándole solo. Se aproximó al grupo.

—Hola.

Los chicos se abalanzaron sobre él y comenzaron a golpearle con saña. Aunque se defendió bravamente, no pudo superar el número ni la barrera de intenciones aviesas. Cayó al barrizal y allí siguieron pateándole.

—¡Basta! ¡Dejadlo ya! —chilló la chica.

Se incorporó aturdido y se limpió la sangre con las mangas del jersey, trazando huellas de barro en su rostro herido. Renqueante, inició su retirada.

—¡No vuelvas por aquí, cabrón! —gritó uno.

—¡Te daremos tu merecido, gilipollas! —añadió otro.

—¡Este no es tu sitio, mamón! —voceó el tercero.

—¡Espera! —pidió ella.

Se le acercó y, ante la estupefacción general, le ofreció un pañuelo. Era un pañuelo grande y nuevo, tan blanco como las ropas que su madre recogía de las cuerdas tendidas al sol tras la lavada. Se secó, observando que en una esquina tenía bordadas las iniciales M.P. Al intentar devolvérselo, ella le dijo que se lo quedara, que tenía muchos. No insistió porque supuso que sentiría asco por los coágulos de sangre, mocos y barro. Ella le brindó una sonrisa, se dio la vuelta y entró en el portal, obviando al grupo.

Dos días después volvió a esperarla a la salida del colegio. Ella le vio, pero siguió caminando con sus amigas hasta la casa. Allí estaba el grupo violento, que le miró con gran sorpresa. El golfo no había escarmentado. Se movieron hacia él, pero la chica les gritó.

—¡Quietos! ¡No le hagáis nada!

Luego se le aproximó. Miró las huellas de la paliza en su rostro, pero no hizo mención de ellas. Le preguntó que por qué la seguía y qué quería de ella. Él confesó que sentía la necesidad de hacerlo. Pensaba en ella continuamente y deseaba que fueran amigos. Le tendió el pañuelo, tan limpio y flamante como si fuera de estreno gracias al trabajo de su madre. Ella le dijo que se lo regalaba como recuerdo.

—No me dan miedo tus amigos ni me importa que me peguen. Mi temor es que me digas que no quieres verme.

Ella le miró fijamente y él sintió que se diluía en sus enormes ojos.

—No sé lo que quiero contigo —dudó—. Pero no volverán a pegarte. Hacen lo que yo les diga.

Puso una sonrisa en su gesto y se marchó sin decir nada.

Días después volvió a esperarla. Nada más salir, ella miró, como buscándole. Se separó del grupo y se le acercó.

—Llevas varios días sin venir.

Él sintió un enorme gozo interno. ¡Le había echado de menos! Sacó una caja de cerillas, de la que extrajo una mariquita. La chica abrió mucho los ojos, extasiada.

—¿Quieres cogerla? —dijo él.

—No sé. Nunca cogí ninguna. ¿Pican?

—No, qué va. Abre la mano.

Ella la extendió, algo temerosa, y él puso el escarabajo en su palma. El insecto correteó y ella tuvo que mover la mano para que siempre estuviera arriba. Hizo señas a sus amigas para que se acercaran y vieran el espectáculo.

—¿Quieres verla volar? —dijo él.

—Sí. ¿Cómo se hace?

—«Mariquita, quita, quita, alza el vuelo y vete a misa.»

El bichito abrió las alas y salió disparado, dejando a las chicas con las bocas redondas.

Al día siguiente volvió con otra mariquita. Y al otro con un molinillo guardado en una cajita más grande. En los días siguientes ya caminaban juntos hasta su casa, ellos dos apartados del grupo. Ella le hacía muchas preguntas, que le aturdían. No tanto por lo que suponía de intromisión en su intimidad, sino por el hecho de estar hablando con esa chica que tanto le estremecía. Se llamaba Maruja, era hija de un militar y pronto cumpliría los trece. En casa, después, él se esforzaba en hacer versos secretos con ese nombre.

Como todos los chicos, porque así se lo decían los mayores, sabía que era necesario llevarles regalos a las chicas para recibir sus complacencias. Así, en días siguientes le llevó cromos de artistas de cine, que ella coleccionaba. Le dio los de Johnny Weissmüller, Ingrid Bergman, Lana Turner, Greta Garbo, Alan Ladd, Errol Flynn, Jorge Negrete, Douglas Fairbanks, Clark Gable, Robert Taylor, Joan Fontaine, Hedy Lamarr. Maureen O'Hara y otros que le faltaban. También le llevaba cromos para sus álbumes de películas y de animales salvajes. Cuando podía, le obsequiaba con pipas, un cucurucho de papel que costaba cinco céntimos. Y regaliz, algarroba y palolú, cosas que ella nunca había comido porque sus padres le habían dicho que eran alimentos de animales.

Los chicos no volvieron a agredirle. Pero un día, varios de ellos le llamaron, la suficiencia bailando en sus rostros. En el grupo habitual destacaban otros tres chicos algo mayores, con pantalones bombachos y emanando bienestar. Él miró a la chica.

—Uno es mi hermano. Tiene dos años más que yo, pero siempre está a mi lado. Quiere saber cómo eres.

—Eh, tú —dijo uno, despectivamente—. Vamos a preguntarte unas cosas. Primero escríbenos tu nombre y lo que te digamos.

Le dieron papel y lápiz. Él escribió lo que le decían, con letra clara y sin faltas. Ellos se miraron. Así que el desarrapado no era un analfabeto. Luego le preguntaron que cuál era la raíz cuadrada de 7000, cómo se hallaba el área de la pirámide regular, cuáles eran los veinte primeros números primos, cuántas eran las letras del alfabeto griego y sus nombres, cuáles eran las preposiciones y cómo se llamaban los reyes godos. Contestó bien a lo de las preposiciones y a la raíz. Con lo del prisma se hizo un lío y sólo pudo mencionar los diez primeros primos, siete de las veinticuatro letras griegas y seis de los treinta y tres godos. Ellos mostraron signos de burla. Uno dijo que era un burro además de golfo.

Él no encontraba utilidad en conocer el alfabeto de los griegos y la lista de los godos. ¿Qué aportaban a la imaginación y a la creatividad? Consciente de que era una prueba vejatoria para desmerecerle ante Maruja, contraatacó con lo que más sabía y gustaba: la Geografía y la Historia. Les preguntó que dónde nacían exactamente el río Guadalquivir y el Nilo azul, cuál era el río más largo de Europa y quién fue el primer europeo que recorrió el Amazonas hasta su desembocadura. También que cuáles eran las siete Maravillas del Mundo de la antigüedad y dónde estaban Alejandría, Angkor, Cochinchina, El Dorado, Esmirna, Opar, Palmira, Samarcanda, Smara y Tombuctú, diez lugares, algunos fabulosos, impregnados todos de magia y fascinación. Los soltó de golpe, tal y como los había aprendido. Ellos se miraron confusos, tratando de mantener sus aires superiores. De las Maravillas sólo conocían las Pirámides de Egipto y el

Coloso de Rodas, sin saber exactamente dónde estaba Rodas. Ninguna más. Y de los lugares de leyenda, sólo habían oído de Alejandría, Cochinchina y El Dorado, pero no dieron ninguna respuesta acertada en cuanto a su ubicación. Ni siquiera sabían que existieran las otras ciudades citadas e ignoraban que hasta Jartum había dos Nilos y que esa ciudad era la capital de Sudán, país bajo el poder de Egipto. Lanzado, él les preguntó dónde estaba el Gran Cañón del Colorado. Respondieron erróneamente que en Colorado. Luego les pidió que le dijeran cómo se llamaban las hormigas con alas. Fue el colmo. No tenían idea de que tuvieran nombre específico. Ahí acabó la prueba cultural, pero no sus deseos de destacarse ante su dama. Les retó, incluyendo a los mayores, a una carrera de ida y vuelta hasta la plaza del Reloj, situada a unos trescientos metros. Cuando regresó triunfante, zancadas por delante de todos, se enganchó en los ojos brillantes de Maruja. La mirada de ella era tan admirativa, que sintió la esperanza del sueño realizable.

En las mañanas de los sábados y festivos, y en los domingos después de misa en la iglesia parroquial de la calle de Guillermo de Osma, ella buscaba decididamente su compañía. Cuando no llovía, él la llevaba al campo, sorprendido de que nunca hubiera jugado allí. La hierba estaba henchida de verdor y les llegaba casi a la cintura. Pisaban terrenos vírgenes entre zumbidos de moscardones, avispas, abejas y abejorros. En días sucesivos le enseñó a cazar saltamontes y mariposas. Al principio fue temerosa, como ocurrió con la mariquita. Pero luego perdió el reparo y se mostró con gran entusiasmo en las enseñanzas. Con su ayuda cazó lagartijas y grillos y aprendió a hacer hoyos en la tierra para descubrir ciempiés, lombrices y otros insectos ocultos a la luz. Y gustó de comer los granos tiernos que contenían algunas espigas, y los panecillos, unos frutos redondos verdes del tamaño de las majuelas que crecían en algunas plantas. Caminaban entre mantos de amapolas, margaritas y pensamientos. La primera vez que pasaron por los breves rosales, ella intentó cortar una rosa para llevársela, como hizo con otras flores. Él le pidió que no lo hiciera. Destruiría su belleza, sólo por verla marchitarse en un vaso de agua. Ella sintió el peso de una responsabilidad desconocida y volvió a asombrarse de que ese chico tan extraño a su mundo tuviera tanta sensibilidad, sentimiento nunca encontrado en los chicos de su grupo. En ese discurrir, a ella empezaron a llenársele las rodillas de arañazos por los pinchazos de cardos y ortigas, lo que les provocaba la risa. Y luego en las despedidas, ella le miraba inundada de admiración por su conocimiento de la vida silvestre y de los mundos lejanos. Nunca había visto a un chico igual. Él se quedaba entristecido, temiendo no volver a verla, porque sentía que sin ella nada sería igual.

Llegaron el fin de curso y las vacaciones. Las lluvias se habían ido y ahora el sol imponía su manto poderoso. Tenían mucho más tiempo, ya a diario. Siguieron los paseos. Esta vez le mostró cómo entrar subrepticiamente en las huertas que había en la parte alta del paseo de la Chopera. Le enseñó a robar panochas y girasoles, evitando destruir los frutos tiernos. Y la llevó hasta el río, al final del paseo del Canal, en la zona llamada El Embarcadero porque en su día el Manzanares formaba allí un embalse y se hacían paseos en barca como en El Retiro. Ya no estaba el embalse y el río corría libre, ocultando las pozas en las que él había aprendido a nadar. Se asomaron al puentecito de madera que cruzaba al otro lado del cauce, único paso peatonal entre los puentes de la Princesa y de Toledo para acceder a los barrios donde se ponía el sol. El Manzanares bajaba escaso pero limpio, a veces con cosas flotando que chocaban entre las grandes piedras. Vieron a chicos bañándose en calzoncillos y a algunas chicas en enaguas y bragas. En la ancha ribera urbanizada situada en el margen izquierdo del río, y mientras vigilaban a sus hijos, había familias sentadas en mantas dando buena cuenta de comidas preparadas en casa. Se apreciaban las tortillas, pimientos fritos y ensaladas. Los mayores bebían vino en porrón y los chicos limonada. Para Maruja todo era nuevo, desconocido, excitante. No imaginaba cómo se vivía más allá de su acostumbrado barrio periférico, lo que había en el arrabal del otro lado del Matadero. Sus padres no le permitían ir a esa parte; sólo a la más civilizada, que se orientaba al paseo de las Delicias. Él le sugirió que bajaran para mojarse los pies en la corriente. Ella rehusó, temerosa de indefiniciones. Pasearon junto al pretil de granito pulido exterior y se sentaron para contemplar en silencio ese derroche de vitalidad. Entonces él sacó el pañuelo y, llenándose de valor, le pidió que se lo besara, lo que ella hizo con delectación y repetidamente. Luego le miró con fulgor avivado. Y, de pronto, le cogió una mano. Era la primera vez que se tocaban y para él, además de inesperado, fue estremecedor y grato; tanto, que deseó tener el poder de Cronos para congelar el tiempo.

Unos días después ella le dijo que se iría de vacaciones, como todos los años. Sus padres eran de Santander y allí tenían una casa. Él dijo que en un lugar de esa provincia llamado Fontibre, cerca de Reinosa, nacía el Ebro. Lo dijo sin darse cuenta, pendiente de no manifestar su profunda pena. Él no iría a ningún sitio. Aunque sus padres eran madrileños, podían haber tenido parientes en algún pueblo para pasar también los veranos, como todo el mundo. Pero no los tenían. Por eso él nunca había salido de Madrid.

Partirían el primero de julio y regresarían a mediados de setiembre. Él no imaginaba que hubiera padres con vacaciones tan largas. A partir de ese momento los días pasaron muy rápidos para los dos. Aunque reían y gozaban desafiando al mundo, no les era posible olvidarse de la inevitable separación. Él amplió el horizonte de sus correrías llevándola a la estación de Peñuelas, donde jugaron a esconderse en los vagones situados en los apeaderos. Se sentaban en cualquier sitio y él le hablaba de Francisco Vázquez de Coronado, de Álvar Núñez Cabeza de Vaca y de Pedro Sarmiento de Gamboa, describiendo sus hazañas por el Nuevo Mundo, historias que su tío Julián le fue enseñando desde niño en lecturas vespertinas, al igual que le enseñó los lugares legendarios de los que hizo reto. Ella quedaba extasiada con esos relatos, mirándole con arrobo. Nunca había oído hablar de esos descubridores y ahora ese chico alto y humilde demostraba que el conocimiento no estaba sólo en las clases aventajadas. Cuando caminaban, ella le atrapaba la mano en ocasiones propicias, soltándola al aproximarse a su casa en las despedidas. Ambos eran conscientes de que constituía una vulneración de las normas establecidas, algo vergonzoso que debía ser informado al párroco sin demora para que el cielo no se derrumbara sobre ellos. Pero ella necesitaba ese contacto tan grato, que omitía al pedir gracia en el confesionario.

En la víspera de la partida, él le llevó dos novelas: *El capitán tormenta* y *El león de Damasco*, ambas de Emilio Salgari, para que las leyera y le recordara. Ella le dijo que ni un minuto dejaría de pensar en él. Al despedirse, le abrazó con intensidad y le llenó de apretados besos lubricados de lágrimas, aunque se abstuvo de buscar sus labios, quizá pensando que era un pecado superior, como en cada misa anatemizaba el párroco, o por temor a caer en el vértigo que susurraban las chicas mayores. Al día siguiente él se situó en la acera de enfrente de la casa, resguardado tras un árbol. Observó a la familia entera y cómo metían las maletas en dos taxis. Ella miró, buscándole con mirada angustiada. Al distinguirlo, abrió una mano y la agitó lentamente.

Los taxis se alejaron. El tren salía a las diez de la noche, pero había mucha luz en el cielo todavía. Él corrió, cruzó el campo de fútbol y el natural, ahora amarillo de soles, viendo a los saltamontes brincar espantados a su paso. Subió por el paseo de Yeserías y continuó sin detenerse por la plaza de las Pirámides. Llegó al paseo de los Melancólicos y luego al de la Virgen del Puerto, en cuyo inicio estaba la estación del Norte. Fue una larga carrera maratoniana, de muchos kilómetros, sin descanso, el afán desbordante, la pena lacerando. Habría ido corriendo al fin del mundo tras esa chica que le había despedazado el alma.

La estación era un lío de gente. El paso a los andenes estaba vigilado por empleados. Había que mostrar el billete o un pase de andén. Se coló. Los trenes esperaban impacientes, soltando chorros de humo y vapor que hacían languidecer la luz de las farolas. El gentío era grande y una sinfonía de gritos y ruidos subrayaba la vehemencia del decorado. En las vías partían trenes a todos los destinos del norte del país. Buscó el de Santander, abriéndose paso entre maletas, carretillas y la multitud. Miró el largo convoy, buscando entre las cabezas y brazos que bloqueaban las ventanillas. Llegó a la cabecera sin encontrarla. Gente, gritos y humo. Dio otra pasada mirando, escudriñando.

Sonó el chiflo de salida. Y entonces la vio. Estaba buscándole, presintiendo su presencia. Gritó y corrió intentando alcanzar la mano que ella le tendía con anhelo. Instantes imposibles. El tren se puso en marcha. Él corrió a la par, mirando su rostro incitado de congoja. La velocidad aumentó. El ferrocarril abandonó la estación y se alejó del enlosado y de las luces. Él pisó la tierra llena de pedruscos, sin cesar en su carrera, sólo el resplandor del tren abriendo las sombras. Miraba la silueta deseada, indiferente a la posibilidad de tropezar y caer, jaleado por espectadores atónitos. Cuando el convoy incrementó su marcha y las docenas de manos se difuminaron en la lejanía, cedió en su persecución. Quedó allí, en medio de la nada, a muchos metros de la estación, solo en la noche devoradora.

Luego vinieron días lentos, inacabables. Nunca un verano le fue tan largo y desesperante. Esa misma semana recibió con alborozo la primera carta. Olía a mar y ella le decía que le echaba tanto de menos que le resultaba imposible imaginar que pudiera estar más de dos meses sin verle. A la semana siguiente le llegó una segunda carta, en la que concretaba la lejana fecha del ansiado regreso. La tercera carta le llegó una semana después. Indicaba que habían llegado dos familias francesas, amigos de años y con casas cercanas a la suya. Señalaba que le aportaban aires nuevos y mitigaban el desconsuelo de no tenerle. Mientras, para combatir la solanera, él iba con sus amigos a bañarse al río o al pilón de la huerta que había al final de la calle de Maestro Arbós. Pero muchas veces paseaba solo por el campo para sentir en sus piernas las caricias de las campanillas y azucenas, y llenarse del olor de la yerbabuena. Ajeno a los miles de insectos zumbadores, sacaba el impoluto pañuelo, acariciaba las iniciales y besaba los besos invisibles de ella. Nunca se secó el sudor con él. Era un tesoro a cuidar. Más que eso. Era Maruja misma, su risa, su mano, sus ojos, sus labios. Luego lo guardaba con mimo, temiendo que fuera a desvanecerse. También iba los domingos por la mañana a los Salesianos, para comprar cromos y tebeos para ella. Pero algo empezó a colársele en el corazón al no recibir más cartas. Juzgó que no la dejarían seguir escribiéndole, aunque ello no mitigó su creciente desamparo.

Y las fechas cumplieron con su misión. Escondido en un portal de enfrente, vio llegar dos taxis. La mañana era luminosa y se prestaba. Mezclada con la familia, ella bajó, pero no le envió su mirada. Todos desaparecieron dentro de la casa. Estuvo esperando hasta que la portera le echó. Por la tarde regresó, apostándose junto al árbol. La vio entre un grupo de amigos, todos tostados bajo las camisas blancas relucientes. Ella se giró y se percató de su presencia. Hizo un comentario, que extrajo la risa de los demás. Luego cruzó la calle y se le acercó. Llevaba sandalias, sin calcetines. Sus antes desmirriadas zancas se habían llenado de carne y ahora lucían torneadas, al igual que sus brazos. Tenía el color de la canela, tan distinto del quemado seco que él mostraba.

—Hola —dijo, sin ofrecerle el rostro ni la mano.

Era ella y no lo era. Había crecido y le habían surgido protuberancias en el pecho, antes liso. Y su trasero ya no era plano sino redondeado. Ahora tenía bultos definidos por todos los sitios, incluso en los labios, que lucían gordezuelos. Era como si el hada de la Cenicienta le hubiera apuntado con su bastón mágico. Pero la mayor diferencia estaba en su mirada, desprovista de complicidades.

—Te he traído estos cromos y tebeos para tus colecciones —dijo él, titubeante, entregándole una carpeta.

—Ah, bueno. Los miraré. Gracias.

Él notó su desinterés, como si hubieran dejado de interesarle esos tesoros.

—¿Quieres que vayamos al campo? —aventuró.

—No. Tengo cosas que hacer. Quizá otro día.

Puso el rostro de perfil, como si no quisiera mirarle o hubiera cosas más importantes que observar.

—¿Leíste los libros de Salgari?

—Qué va. No me dio tiempo. Tuve mucho ajetreo —dijo, aportando una ración de silencio. Un rato después, añadió—: Bueno, chico. Hasta luego. Ya nos veremos.

Se giró, le cogió del cuello y le besó en la boca, apretando los labios contra los suyos e introduciéndole la lengua. Un beso desconocido para él, que le atosigó de estremecimientos. ¿Qué era eso? Luego se alejó hacia el grupo, sin volverse, su nuevo cuerpo estallando de misterios. Lleno de perturbación la vio reír, hacer bromas y gestos, ausente su moderación habitual. Y en ese momento supo que todo había acabado.

Hacía mucho calor todavía, pero él sintió un frío de invierno. Fue al río sin premura, golpeado de soledad. Desde el puentecillo miró las aguas unos momentos y luego sacó el pañuelo. Lo acarició lentamente durante un rato, llenándose de su tersura. Lo desdobló y abrió la mano. Lo vio caer planeando a las aguas y flotar en las corrientes formadas entre los pedruscos. Era tan blanco que parecía destellar. Notó una vibración interior, como si le estuviera llamando. Quizá todavía... Bajó del puente y corrió por la orilla siguiendo su curso, buscando un remanso para entrar a rescatarlo. Llegó al puente de la Princesa, donde terminaba la canalización, y siguió por la ribera yerbosa. Alcanzó una zona ancha y solitaria, llena de vegetación. Más allá se perfilaban las huertas de la China. Tomó velocidad para atajar al pañuelo e interceptarlo. Se descalzó y se desprendió de la ropa, quedando desnudo como su alma. Se adentró en las aguas, turbias en esa parte por juntarse los vertidos de todas las cloacas de la ciudad, y avanzó pisando con cuidado sobre el resbaladizo lecho guijarroso. Se situó en la trayectoria del pañuelo, el agua más arriba de la cintura. Lo vio venir. En ese momento la prenda se hundió. Se sumergió, buscándolo con la vista y con las manos, palpando en los escondrijos, aguantando la respiración al máximo. No lo encontró. Emergió y miró las aguas huyentes. No captó el blancor necesitado. El pañuelo se había ido para siempre.

Regresó a la orilla con lentitud, se sentó y estuvo mirando el río hasta que acudió la noche.

La roca blanca

Vi morir al capitán Folgoso y supe que yo no moriría entonces. Caían mis compañeros en confusión de gritos y silencios. Rodé por el suelo terroso y puse la cabeza tras una roca blanca y grande. Las balas golpearon en ella y las esquirlas y el polvo me cegaron. Calló la ametralladora emboscada cuando la fusilería propia pudo afinar su puntería. Repté entonces y reconocí el cuerpo admirado.

—Capitán...

Tenía un balazo en la frente. Había dejado de ser combatiente. Lloré el llanto guardado desde que mi padre partiera al no retorno.

Ha pasado mucho tiempo. A veces, casi siempre en las mañanas de árboles sin hojas, me levanto antes del alba y despierto a mi nieto para que me lleve allá. Él queda aguardando en el coche y yo emprendo solo la subida del sendero, tan viejo como mis risas de niño. Más arriba está el Pingarrón. Y ahí, en la Suicide's Hill, llamada así por los voluntarios ingleses y donde en febrero de 1936 murieron tantos brigadistas internacionales, sigue la roca blanca, gastada por vientos de siglos y con las huellas perennes del plomo desquiciado. Pero no mi padre ni el capitán. Ellos están en lugares donde el dolor no llega. Una soledad hiriente me anonada. En el silencio me viene el poema de Frances Cornford, dedicado a su hijo John:

Un joven Apolo, de pelo dorado,
allí soñando en la víspera de la lucha,
magníficamente no preparado
para la larga pequeñez de su vida.

Miro las sombras del cielo, que huyen ante un sol empecinado. En esas mañanas, donde el mundo comienza cada día, veo morir de nuevo al capitán Folgoso. Y entonces sé que moriré alguna vez.

El agua

Él ya había desobedecido las órdenes con anterioridad, pero gracias a que el cabo primero no dio parte, pudo librarse de un buen paquete. José Manuel Ruiz era de la misma quinta, su amigo y un buen tipo. En la larga mili había ganado por oposición los galones diferenciales, lo que le permitía asumir las funciones de suboficial, en tanto que él se contentaba con los de cabo normal.

—Esta vez has podido hacer una buena —le recriminó, mientras cerraba el candado del grifo y veían alejarse remolones con sus cántaros vacíos a los antes esperanzados y ahora frustrados moros.

—Sé lo que ye eso, el no tener agua —dijo Juventino, sin ahuyentar su calma habitual. Era un gigante de casi dos metros y José Manuel tenía que mirar para arriba. Fue consciente de que en esta segunda ocasión el asunto pudo haberse ido de madre, tantos fueron los lugareños que acudieron a coger agua.

—Si lo sabes, déjalo estar. Esa gente lleva siglos así. No lo remediaremos vaciando nuestros aljibes.

—No quiero eliminar el problema, sólo mitigarlo; traerles un soplo de consuelo.

—No te corresponde esa decisión. No eres dueño del agua y nadie te autoriza a disponer de ella. Es tan escasa para ellos como necesaria para nosotros. Ahora tendré que informar de esto porque el oficial de guardia se ha enterado.

Los acuerdos de disolución del Protectorado se habían firmado dos años antes y ésa era la última quinta española en Marruecos. Se rumoreaba que ninguna otra llegaría para hacer el relevo, por lo que tendrían mili añadida. El inmenso cuartel de Regulares, que dominaba la ciudad de Tetuán desde lo alto del monte Dersa, se agostaría más tarde en la atmósfera aplastada, como a diario en aquella primavera. Y como a diario, los soldados harían sus pesados ejercicios en la explanada central, muchos de ellos con las ametralladoras, trípodes y bases sobre las desnudas espaldas. Porque la instrucción no debía interrumpirse. Por eso tampoco se suspendieron las maniobras por derroteros cercanos al cuartel, con abundancia de ejercicios tácticos, marchas, subidas, bajadas y arrastradas por secarrales pedregosos y matorrales espinosos.

Muchas cosas les faltaban a los soldados en ese fortín porque todo pasaría al nuevo Gobierno marroquí y en la Administración española había un ambiente de ahorro. Pero no el agua. La había de sobra para beber, lavarse ellos y las bestias de carga, limpiar las ropas, fregar las naves de las compañías, las letrinas, las cocinas y todas las dependencias. Y regar los árboles y los macizos de plantas. Agua buena, límpida y casi sabrosa, inagotable al parecer. Por el contrario, los moros que vivían alrededor del cuartel en casuchas miserables sin luz eléctrica y piso de tierra carecían de ese líquido vital. A diario y a todas horas, mujeres y niños bajaban por la curva carretera que en prolongada cuesta unía la fortaleza con la ciudad y regresaban cargados de vasijas con agua sobre sus espaldas y cabezas o a lomos de burros, como en los tiempos bíblicos.

Juventino pensaba en su aldea natal, en la lejana Asturias. Allí no tenían problemas con el agua porque disponían de una fuente en la parte alta del camino, cuyo chorro, eterno como las nieves cimeras, surgía de un caño de hierro empotrado horizontalmente en una piedra que manos antecesoras habían colocado contra el monte. En el pilón, las mujeres lavaban las ropas y en un abrevadero lateral bebía el ganado. El acarreo del agua hasta las cercanas casas era mínimo, incomparable con el esfuerzo que debían realizar esos nativos.

La primera vez que invitó a los moros a coger agua de la fuente, ningún mando se percató porque cerró el trasiego tras unos minutos. Los marroquíes habían reaccionado tarde, sorprendidos por la esplendidez increíble. El asunto fue episódico. No ocurrió lo mismo en esa segunda vez, que motivó un notorio jaleo porque los moros estaban vigilantes y prestos, y acudieron en tromba.

Su acción le costó perder su dorado pelo y residir en el calabozo durante una semana. No habría una tercera vez. Su amigo tenía razón respecto a la seriedad del asunto. Pero no era fácil borrar esos episodios de la mente de quienes vislumbraron una ilusión. A pesar de que generalmente el uniforme homogeneiza a los soldados haciendo que todos parecieran iguales, en su caso no funcionó el mimetismo. Su rostro afilado y su alta estatura quedaron en las retinas de los beneficiados. ¿Cómo olvidar a alguien así, alguien que hizo lo que jamás ningún otro militar español había hecho en tantos años? Así que hubo cientos de ojos alertas para seguir los movimientos del soldado loco. Era como un ojo inmenso, la suma de miles de ojos vigilantes, atento a sus movimientos, esperando que volviera el milagro por tercera vez. Cuando bajaba a la ciudad, numerosos niños se le acercaban, le rodeaban, le tocaban, impidiéndole casi caminar. Le seguían como si fuera el flautista de Hamelin y sólo se libraba de ellos en la ciudad, cuando hacía parada en alguna taberna y sus compañeros los dispersaban. Pero al volver, el ojo vigilante le capturaba y tenían lugar las mismas escenas. Tuvo que dejar de salir durante unas semanas y luego lo hizo por la parte trasera del cuartel, a través de la puerta que daba al centro de la alcazaba, hasta que el tiempo se encargó de poner una barrera en el atosigamiento. Y así los meses pasaron y todo pareció haberse diluido en la rutina y en las jornadas iguales.

Pero un día, en su turno de guardia y creyéndose curado de aquella agobiante predisposición redentora, se plantó frente al portalón de entrada al cuartel. Era una mañana de verano rezagado, recién comenzado el otoño. Ya había muchos árboles desnudados. Juventino se aproximó al lado izquierdo, sin traspasar la barrera. Miró abajo, entre los árboles, las terrazas blancas de la morería llenas de sol. Y, más abajo, el valle donde se extendía la ciudad europea, construida por España. En unos meses les licenciarían y contemplaría de nuevo sus añoradas montañas, tan diferentes de ese paisaje. Volvió la cabeza y tropezó con los negros ojos de una niña parada junto a la fuente, como si hubiera surgido de la seca tierra. No levantaba un metro, pero sus manos sujetaban el cántaro con firmeza. José Manuel, designado suboficial de guardia ese día, se le aproximó.

—Ni puto caso, ¿eh? ya sabes.

Juventino entró en meditación. Oyó un canto melodioso en su interior, como el del mirlo cuando era sorprendido cruzando el Güerna en sus recorridos por los prados de la Portiella. Se notó lleno de armonía y despojado de temores. Pasó al cuarto de guardia, cogió la llave, volvió a la barrera y cruzó el umbral.

La fuente era una cañería de hierro alzada verticalmente entre ladrillos para formar un pilón, con el grifo situado a un metro de altura del suelo y con un abrevadero para los caballos y acémilas. Estaba a unos diez metros de la entrada al recinto militar, de donde procedía, bajo tierra, el grueso conducto que la alimentaba. Juventino nunca entendió por qué la colocaron fuera del cuartel y no dentro de sus muros. Quitó el candado y abrió el grifo. El agua salió con mediana fuerza. Erguido, miró a la niña y le hizo un gesto. Hubo unos instantes llenos de un silencio inédito, como si hubiera acontecido una pausa en el palpitar del mundo. Sólo el arrullo del agua sugería esperanzas en la vida retenida. Ahí estaba el dibujo imposible: la delgadez famélica de la niña, con su vestido raído, frente al fornido soldado pertrechado. Se percibía la gestación de algo extraordinario. Hasta los pájaros convinieron una mudez. La niña avanzó y puso la vasija bajo el chorro.

El ojo gigantesco emitió una señal y entonces empezó a notarse un temblor telúrico y un sonido gutural, ambos en veloz aumento. Cientos de pies corriendo y de gargantas en grito. De los montes polvorientos que cercaban el cuartel bajaban hombres, mujeres y niños que se unían a los que subían por la ancha y prolongada cuesta, todos portando recipientes y confluyendo en la cola, que iba creciendo en desmesura ante el chorro gratuito. Los lugareños cargaban sus cántaros y cubos con la dificultad de la presión ejercida por la fila gesticulante. Y la ansiedad empezó a resquebrajar el orden. Conscientes de que el maná podría acabarse, los más impacientes empujaban y luego los más fuertes se impusieron. Oleadas de gentes ansiosas se abalanzaron sobre el ya imponente barullo, chocando unos con otros, aplastando a los niños y a las mujeres. La furia prevaleció sobre cualquier otro sentimiento y la violencia incontrolada sobrepasó los límites de la razón. El polvo cubrió el espacio como una neblina y el estruendo trascendió los muros del cuartel, bajó hacia la medina y retumbó en el valle. Cientos de cabezas se alzaron desde la ciudad hacia el invisible alboroto.

Juventino, en el centro de la vorágine, intentó remediar el caos. Con su fuerza, incrementada por la ira de la incomprensión, formó un semicírculo y despejó la zona de la fuente e intentó poner el candado. Su cuerpo fue embestido y su acción desbaratada. Sobre él se hacinaron enfebrecidos, el grifo fue arrancado y el agua salió sin freno. Los lugareños se agredían y pisoteaban con ferocidad, intentando recoger el líquido que se desperdiciaba sin remedio. Toda la ancha cuesta era una concentración aprisionada de gente atacándose con saña y desesperación, empapada por miles de litros de agua. Nada parecía capaz de parar esa ansia destructiva. El pilón se desintegró y la soterrada cañería principal, seccionada a ras del suelo, vomitó un chorro con tal fuerza que levantó por el aire a varios cuerpos y los lanzó hacia los lados. El agua salía ahora como un surtidor, alcanzando gran altura. Caía sobre el fervor inacabable y luego se escurría hacia el borde de la carretera formando una catarata que arrastraba cuerpos, recipientes y árboles por el declive.

José Manuel mandó cerrar las verjas del portón y llamó al retén y a los enfermeros. Hizo formar la guardia y les puso en fila horizontal, fusiles apuntando al cielo entre los barrotes de hierro, en el momento en que el oficial de guardia aparecía medio vestido y con el rostro aplastado de desconcierto.

—¡Fuego! —gritó José Manuel.

Los disparos atronaron y parte de los moros abandonaron el campo. A la tercera salva la mayoría escapaba en desbandada dejando el suelo cubierto de cuerpos y un canto de gemidos mientras el enorme surtidor rompía el sol en millones de lágrimas.

—¡Al sótano de servicios, marchando! ¡Buscad y cerrad la llave general del agua! —urgió José Manuel—. ¡Abrid la verja!

Bajo un quejido profundo e inacabable, militares y civiles fueron colocando los muertos a un lado de la carretera y a los heridos en el otro. Mientras esperaban las ambulancias, soldados, médicos y enfermeros se prodigaron en dar auxilio a tanto sufrimiento.

Hicieron despliegue para encontrar a Juventino entre las numerosas figuras inertes. Apareció en la pendiente que había sido catarata, entre árboles arrancados y otros cuerpos sin vida, cubierto de barro, semidesnudo y con los miembros rotos. José Manuel se arrodilló, le alzó la cabeza y le limpió el rostro. Tenía los verdes ojos abiertos, extrañamente limpios, como si fuera una fotografía. En ellos reconoció las montañas de Asturias de que tanto hablaba, como si en el último segundo las hubiera vuelto a ver.

El dragón

Ya en la tarde, la población entera estaba llena de entusiasmo porque el día siguiente era el de la Virgen de la Guía, el más relevante de las Fiestas de la Virgen de la Peña. Eso decían todos. Y añadían que siempre fue así cada año desde tiempo inmemorial. Él no recordaba mucho del año anterior porque era muy pequeño. Sólo que había mucho alboroto y que la gente llenaba las calles principales, especialmente la plaza Mayor, y que las tabernas abundaban de griterío. Ahora sería diferente porque a sus cinco años le permitirían ir a ver cómo los más valientes se enfrentaban al dragón malvado y lo mataban; un dragón que aparecía todos los años, como las anginas, o que quizá era distinto cada vez.

En realidad no era un dragón, sino un toro, le aclaró su padre. Pero en su imaginario venía a ser lo mismo porque en casa tenían una figura en la que se veía a un hombre clavar una lanza a un animal. Le dijeron que era san Jorge matando a un dragón. Su padre, que se llamaba Jorge como su hermano mayor, le confesó un día que era el símbolo de la familia, lo que le dejó muy admirado.

—¿Y el toro escupe fuego también, y vuela?

—No —señaló, riendo—. El dragón es un animal mitológico, inteligente y malvado. Se le ha imaginado así desde la antigüedad por diversas culturas. No existe ni existió.

Él no sabía lo que era eso de mitológico y no le preguntó que, si ese animal no existió, por qué y quiénes lo interpretaron de esa manera. Se concretó en el animal real.

—¿El toro también es inteligente?

—No es inteligente, gracias a Dios. Estaríamos apañados si lo fuera.

—¿Y es malo?

—No es bueno ni malo —señaló el padre, después de pensarlo—. Es fiero y peligroso y con una fuerza enorme. Cuando ataca lo hace sin compasión, incluso con maldad. No piensa ni sufre. No sirve para otra cosa que para demostrar el valor racial de los jóvenes. Sólo existe para eso. Ha sido así desde los tiempos antiguos. En África hay tribus donde los jóvenes, armados con una lanza, se enfrentan solos a un león para demostrar su valentía. La diferencia es que un toro es mucho más temible que un león. No hay comparación.

—Entonces, los que se enfrentan a los toros son héroes.

—Más o menos.

Así que en su interior siguió llamando dragón a la fiera. Ahora, en la víspera, veía a su hermano preparar la lanza con todo cuidado. Era un mozo de veinte años, alegre y sano. Y muy valiente porque, como su padre, se había enfrentado con el dragón otras veces y siempre salió airoso de sus embestidas. Varias fotos enmarcadas mostraban las ocasiones en que a pecho descubierto atacaba a la bestia ante una multitud extasiada. Cada vez que contemplaba esas imágenes sentía dentro de sí un gran pasmo. Jorge, solo ante el mal, sin miedo, demostrando a los mirones lo que era el valor. Por eso le admiraba tanto. Y al igual que su otro hermano de ocho años, Pedro, deseaba ser como él cuando fuera mayor.

Aquella noche durmió poco. Al amanecer ya estaban todos arriba, felices porque no había amenaza de lluvia. Mientras desayunaban cambiaron risas. Luego Jorge se ajustó el calzado y la faja, se puso el pañuelo al cuello y salió con su lanza para reunirse con sus amigos. La fiera aparecería en la plaza Mayor y a las once en punto la harían correr hacia el río por la calle del Empedrado hasta el Palenque, aunque su verdadero nombre era el Cristo de las Batallas, lo que significaba que el hijo de Dios también estaba metido en la contienda. Así que toda la familia salió presurosa para buscar un lugar adecuado, tras la cerca de troncos, desde donde poder verlo todo sin riesgos en el Campo del Honor.

Todo el camino estaba lleno de gente con aire festivo. En un punto determinado encontraron grupos numerosos portando pancartas y vociferando contra ese espectáculo. Decían que era un crimen, un verdadero salvajismo porque acosaban y torturaban a un animal noble e indefenso. Él no entendía ese mensaje cuando le habían dicho que los dragones atacaban a la gente, especialmente a las doncellas. Por eso no comprendía que hubiera tantas mujeres jóvenes pintadas con sangre y gritando que detuvieran el asesinato de la fiera.

—¿Por qué esa gente dice esas cosas?

—Son gentuza sin cultura y sin valores históricos. Unos envidiosos que no quieren que nos divirtamos en nuestra fiesta.

—Dicen que es un acto despiadado. ¿Qué significa?

—La ignorancia. Porque es una fiesta autorizada por las autoridades. Se trata de no perder el coraje, ausente ya en muchos sitios. En pocos lugares pueden verse a jóvenes tan valientes arriesgando sus vidas. El Toro de la Vega es único en el mundo. Y nos lo quieren quitar.

¡Único en el mundo! Se sintió lleno de orgullo.

—Y lo hacen porque el dragón quiere matar a la gente, ¿verdad?

Su padre le miró y tardó en responder.

—Se hace porque hay que hacerlo. Es así. Un espectáculo ancestral y digno, que forma parte de una tradición de siglos.

Él había oído mencionar los términos «ancestral», «digno» y «tradición», pero como otros tan trascendentales se le había olvidado su significado. No quiso preguntar porque supuso que no era el momento propicio. Pero interpretó que debían ser cosas buenas para la ciudad y que se inventó hacía muchos años para que todo el mundo envidiara a Tordesillas.

Vio tumultos en varios sitios. Hubo insultos entre los grupos, que derivaron en forcejeos y luego en peleas, que los policías disolvieron. Al lugar fueron llegando caballistas con lanzas, centenares, incontables. Eso le sorprendió. ¿Eran necesarios tantos para matar a la fiera? Entonces no era como los jóvenes de África, que se enfrentaban al león en soledad. De pronto todo se llenó de expectación cuando alguien gritó.

—¡Ya viene!

Todas las miradas convergieron en la ciudad. Vieron venir hombres corriendo. Entre ellos destacaba un animal grande y negro al que todos intentaban esquivar: el dragón. El griterío se acentuó. Los vieron cruzar el puente sobre el Duero y adentrarse en el campo. Pasaron ante ellos con gran polvareda y se dirigieron al espacio grande, la dehesa, donde los caballistas esperaban y empezaron a acosar a la bestia, envolviéndola y aturdiéndola, mientras le lanzaban lanzazos en los costados. El animal se revolvía y corría, atosigado de gritos y pinchazos. Y de pronto él comprendió que no era un dragón. Su padre no le mintió en eso. Si lo fuera, habría esparcido su fuego o habría echado a volar. Sintió una punzada en su interior y supo lo que estaba sucediendo.

Era un simple animal que no atacaba a nadie, que deseaba escapar de allí, abrirse paso entre esa masa armada y agresiva a la que nada había hecho. Por entre el polvo apreció cómo buscaba la salida imposible y cómo, cada vez con más frecuencia, lanzaba mugidos de desesperación y de petición de ayuda. A través del griterío sintió su terror y su desamparo. Comprendió entonces que la gente de las pancartas intentaba auxiliarle sin éxito porque la gran masa no les dejaba. Su padre no le dijo la verdad cuando se refirió a ellos. Lo que expresaban en sus mensajes era lo que él sentía dentro de sí. Notó un intenso deseo de que el animal escapara, incluso que se llevara por delante a algunos torturadores.

Más tarde vio caer al toro, exhausto, borbotado de sangre. Tenía la boca abierta y la lengua fuera. Su padre le había dicho que los toros no sufrían. No podía ser cierto porque ese parecía dolerse mucho y no dudó de que estaba pidiendo clemencia para volver a los prados donde nació. Nadie de los acosadores la tuvo. Algunos mozos se acercaron y le clavaron sus lanzas. Pero la fiera seguía viva, llamando sin cesar. ¿Cómo podía soportar tanto? Un hombre se le acercó y le clavó un pincho en la nuca. El animal rindió la cabeza y expiró.

El clamor subió de tono. El acto de valentía había terminado. Muchos reclamaron el honor de haber sido quienes tumbaron al toro. Otros empezaron a patalearle.

—Venid —apresuró su madre, mostrándose muy satisfecha.

Les acercó al animal. Allí tirado no parecía un toro, no parecía nada. Como si nunca hubiera latido. Unas niñas le estaban dando patadas. Oyó a una mujer instar a su hijo que se sumara al pateo.

—Toma —dijo su madre, ofreciéndole un palo—. Pégale. No tengas miedo. Dale fuerte.

Se aproximó y miró a la figura inanimada. No era miedo lo que sentía.

—Pero está muerto. ¿Por qué tengo que pegarle?

—Para demostrar que eres un valiente.

No podía hacerlo. Una bola que le subía desde el estómago se lo impedía. Pedro le quitó el palo y golpeó al toro repetidas veces.

—¿Ves? Es así. No pasa nada. Hazlo tú ahora. No seas gallina.

—Sí —dijo la madre—. Venga, hijo. Haz como tu hermano y tus amigos. No vas a ser menos que ellos.

Jorge se acercó. Llevaba la lanza ensangrentada y una expresión de felicidad. Se le quedó mirando con enfado.

—¿Qué te pasa? Demuestra que sabes mantener la tradición.

¡La tradición! No debía defraudarles. Cogió el palo y empezó a golpear una y otra vez intentando domeñar la inmensa congoja que se expandía por su breve vida.

DEL DESPERTAR

Los maletillas

Ellos seleccionaban un toro desde lo alto del muro divisorio de las cuadras grandes no techadas y, con ayuda de largos palos, lo hacían entrar a uno de los tentaderos a través de los curvos corredores, manejando con soltura las pesadas puertas de hierro. Procedían con una diligencia y una eficacia que envidiábamos porque nosotros también tratábamos de hacer lo nuestro con la misma rapidez. Eran varios, compenetrados. Ya encerrado el animal en la pequeña plaza practicaban con él los lances y aprendizaje del toreo, estimulados por el temor de que aparecieran los guardas jurados, que tiraban con plomo cierto. Hacían turnos de vigilancia, uno apostado siempre en lugar debido. Con suerte todos podían ensayar algunas horas y sólo en las noches de luna sonriente, cuando su palidez hacía que todo pareciera ocurrir en otro mundo.

No tenían mucho espacio para el desafío por lo que la relación con la fiera estaba llena de complicidad, como amantes en litigio. El toro era un borrón de energía, sus cuchillas afeitando la sombra esquiva. Sin banderillas ni puyas ni capotes, la bestia limpia de dolores, su fuerza intacta. Sólo el rojo crespón llenando de engaños el ojo ávido. Los maletillas, ágiles y delgados, dibujaban figuras airosas e ingrávidas siguiendo los compases de una música que sólo ellos oían. No tenían rostro y nos parecían hombres hechos, pese a su mocedad temprana. Desde nuestra niñez menguada les envidiábamos, queríamos ser como ellos, tener su energía y valentía. Pero en el inmenso Matadero Municipal nosotros, los tres amigos de ocho años, sólo podíamos robar las bellotas a los cerdos, descolgándonos por los grandes ventanales de las naves techadas. Normalmente lo hacíamos en noches sin luna, cuando la oscuridad nos prestaba su cobijo. Pero a veces les urgía hacerlo con el cielo iluminado y entonces coincidíamos en el mismo tiempo furtivo. Los maletillas nos dejaban mirar en silencio, agarrados como el musgo en los bordes planos de los muros delimitadores, para disfrutar de lo sublime, Como esa noche.

Debían de ser andaluces porque mi madre decía que todos los toreros eran de Andalucía y que venían desde su lejana tierra a Madrid, caminando cientos de kilómetros en busca de la gloria. Vendrían de hogares desdichados porque sus ropas estaban ajadas y llevaban alpargatas raídas. En eso eran como nosotros. Pero no vivían en el mismo barrio pobre porque aun sin rostro los hubiéramos reconocido. Quién sabe dónde guarecerían sus cuerpos durante el día en su ilusionado envite a la vida.

Él era distinto, el pelo de fuego como si el sol le hubiera dado un préstamo. Con su pecho brillante de labor sudada se apropiaba siempre de mis ojos y me conducía a un torbellino en el que todo desaparecía salvo su fulgor. En la barriada de hambre sin tregua, aún los ecos de la reciente guerra, nunca pude ver tanta belleza plástica como la que él proyectaba en esas noches de luna grande.

Y de pronto la conmoción.

—¡La brigadilla!

Venían entre los pasillos abiertos, estaban casi encima. Todos escapamos saltando el grueso muro exterior que daba al Paseo de la Chopera, totalmente desierto a esas horas, mientras los proyectiles silbaban. Nosotros por la parte menos alta y ellos, el objetivo de las frías ordenanzas, por cualquier sitio, como trapecistas alados, dominadores del espacio y del viento. El chico de pelo incendiado tropezó y cayó al foso. Cojeando esquivó al toro, subió la pared y fue hasta el muro. Dio un salto y su destino le alcanzó en el aire.

Yo le vi quebrarse en la luz blanca como un muñeco roto, enganchado en las balas. Le vi caer luego como una cerilla encendida, dejando un rastro de colores mientras los ecos de los estampidos se incrustaban para siempre en mi memoria.

El maestro

—Llegas tarde. ¿Qué ha ocurrido? —preguntó mi madre.

—El maestro... —Vacilé—. Me... Bueno; me castigó.

Puso más atención en su mirada. Me alzó la barbilla.

—Has llorado. ¿Por qué?

—Es que... —Intenté vencer mi inseguridad—. También me pegó...

—¿Te pegó? —dijo, alterada.

—Sí...

—¿Qué te hizo?

—Bah. Algún capón —señaló mi padre—. No tiene mayor importancia.

—Dinos qué te hizo —insistió mi madre, dedicándole una mirada reprobatoria.

—Me... Bueno... Me dio con la regla en la mano... Y en la cabeza —dije, lleno de desánimo.

—Sobrevivirás —sentenció mi padre.

Mi madre me examinó la cabeza, palpando con el mismo ahínco que empleaba en buscar piojos y liendres. No encontró herida ni chichón. Luego me pidió que le enseñara la mano. La extendí, la palma hacia arriba.

—Todavía está colorada —afirmó ella, procurando encontrar evidencias más allá de la realidad.

—Venga, mujer. No dramatices. Es su color normal —garantizó mi padre—. Lo que cuenta no tiene ninguna importancia.

—Sí que la tiene. Esa no es manera de enseñar.

—Así aprendimos todos.

—A mí nunca me pegó mi maestro.

—¿Qué maestro? En la Asturias de los pueblos no había escuelas.

—Don Marcelino. Iba tres días a la semana. Recorría todas las aldeas de la zona. Quienes nos pegaban eran los padres y los hermanos mayores. Él denostaba ese proceder y les abroncaba.

—No me digas que nunca se le escapó un soplamocos, con lo brutos que son por esos parajes.

—Nunca nos pegó. Era un hombre muy bueno. Le queríamos mucho y estábamos deseando que llegara. No es forma de educar con el palo. En el fondo los niños asumen ese trato como algo normal y se vuelven violentos en su comportamiento. Hay que erradicar esa costumbre.

—¿En qué mundo vives? Los críos se pegan entre ellos, muchas veces a pedradas. Los ves en las calles. Se crece en la violencia, nos guste o no. La vida es dura para todos, y más para los de nuestra clase. El chico tiene que aprender a andar por el mundo.

—Sí. Que sea un salvaje.

—No. Que sepa encajar los golpes. Con ñoñerías no se sale adelante.

—Ahí tienes a los hijos de la señora Juana. Ellos se crían sin amenazas ni azotes. Y bien educados que son.

—Son la excepción, no el mejor ejemplo. Seguro que nunca rompieron un plato. España necesita creatividad. Y eso es condición de los niños díscolos, no de los zonzos.

—Vamos a ver al director —dijo ella, resuelta—. Esto no puede quedar así. Puedo entender lo de la mano, pero no lo de la cabeza. Eso es una barbaridad. Pagamos para que les eduquen como es debido, no a base de golpes.

Me pareció una idea fuera de lógica porque el director era quien más lana repartía, en su caso a los que cursaban segunda enseñanza y cuyas clases se reservaba. Le veía en ocasiones mostrar rachas de iracundia. Daba fuertes bofetadas y algunos chavales salían proyectados contra la pizarra. Eso no lo sabían mis padres y no tuve intención de decírselo. Pero entendí difícil que hombre semejante pudiera poner remedio a la queja.

El director se llamaba Julián y estaba en la cincuentena. Enfundaba su cuerpo complacido de buena alimentación en un traje con chaleco y sin brillos. Rechoncho, moreno, con bigote adoctrinado. Usaba modales untuosos, discrepantes de su mirada inquisitiva. Nos recibió en su despacho, donde Franco y José Antonio apabullaban desde las fotografías enmarcadas de la pared.

Mis padres eran personas sencillas en su vestir y comportamiento, pero con acusada personalidad, basada en los argumentos que les otorgó la naturaleza y la herencia de mejores tiempos. Él medía metro ochenta y cinco y manejaba un carácter abierto, propicio a las adhesiones. Durante la guerra fue comandante de la 70.° Brigada del Ejército fiel al Gobierno legítimo. Siempre desarmaba a la gente cuando sonreía. Mi madre estaba cerca del metro setenta y cinco. En su día fue la mujer más bonita de Cangas del Narcea, según atestiguaban los amigos que con frecuencia se presentaban en casa para revivir glorias pasadas. En las fiestas de los pueblos, parece que siempre la nombraban Xana y todos los mozos le hacían ronda. Debía ser cierto porque desde que tuve uso de razón siempre vi a los hombres aturullarse ante su presencia. Eso ocurrió a la sazón con don Julián. Al presentarse, él se estiró para simular más espigado, resultando que el vientre se le proyectó hacia delante y presionó con fuerza la chaqueta. Pensé que el botón central, situado a la altura de mis ojos, podría salir disparado, como así ocurrió. Pero ya me había colocado discretamente lejos de su trayectoria y el proyectil fue a dar contra la pared ante la estupefacción de mis padres.

—Disculpen —dijo, no muy azorado, por lo que deduje que no era la primera vez que le ocurría tal fracaso. Se apresuró a recoger el botón, como si fuera una moneda de oro. Resopló con fuerza al agachar el comar, evidenciando que su cuerpo no estaba para esas pruebas atléticas. Se incorporó, el rostro congestionado, y ensayó una sonrisa más falsa que un billete de seis pesetas—. Siéntense ustedes, por favor, y cuéntenme.

Pareció muy sorprendido por el objeto de la visita. Mi padre entendió, como así nos dijo más tarde, que su extrañeza no fue por la denuncia en sí, sino porque unos padres lo hicieran cuando era sabido y aceptado que la enseñanza no podía ser completa sin la ración correspondiente de mamporros y moquetes.

—¿Quién es tu maestro? —me preguntó, con mirada de hielo y como si no lo supiera.

—El señor Hernández... Don Manuel...

—¡Ah!, don Manuel. Lleva poco con nosotros. Permítanme. Voy a buscarle.

En el ínterin, sentí la angustia de la irrealidad. No podía ser que estuviera ocurriendo algo tan lejano a mis deseos. Habría dado una de mis colecciones de tebeos por no estar allí.

Al rato, aparecieron. Don Manuel le sacaba la cabeza y estaba esquivado de carne. La chaqueta le colgaba por los hombros como si la hubiera comprado en el Rastro y el pantalón flotaba libremente alrededor de las canillas. Cabello denso, hebrado de plata. Sin bigote, las mejillas rasuradas. Llevaba gafas con montura negra, no muy abultadas de dioptrías, y zapatos albergados de caminares.

—Es un niño poco estudioso —dijo, con voz lenta, un latido doliente flotando, como si echara de menos algo valioso o como si tuviera un rescoldo inextinguible—. No es excepción. Hay muchos como él. Les retengo una hora más para que hagan sus deberes y animarles a que cumplan. Mi propósito es estimularles en el estudio.

—¿Le dio en la cabeza con la regla?

—No. Nunca he hecho algo así. No entra en mis principios emplear castigos físicos. Ayer me salté mi norma. Aprovechando que fui al retrete, los chicos organizaron un espectáculo intolerable, saltando sobre los pupitres y tirándose los cuadernos. Tuve que imponer la sensatez. Los puse en fila y les di un palmetazo en la mano a cada uno. Uno solo. Lo siento de verdad.

Me vi rodeado de miradas, haciendo más pequeña mi pequeñez.

—¿Te golpeó en la cabeza o no? —pidió mi madre con dulzura, sus ojos celestes enmarañando mi inseguridad y dándome un salvoconducto de ánimo—. Di la verdad.

—Sí...

Don Julián se volvió a su subordinado y le dedicó un rapapolvo, exhibiendo la autoridad de su cargo y dejándome más atemorizado que preocupado. Nunca había contemplado una bronca a un superior, como para mí era don Manuel. Un chorreo a una persona mayor, impedida de defenderse al mismo nivel. Y por primera vez, con tan pocos años, supe lo que era un abuso de poder, las riendas desatadas de quien posee el dominio sin contención.

Don Manuel recibió la reprimenda en silencio y su figura pareció diluirse en el descompensado traje.

—Lo siento —repitió, aventando sobre mí una mirada doliente.

Durante el camino de vuelta, mis padres permanecieron serios, yo de la mano de mi madre. Iba lleno de confusión y remordimiento y notaba que ellos sentían insatisfacción, como si hubieran desencadenado una acción injusta y quizá perversa. También en casa mantuvieron un silencio infrecuente. En la noche del día siguiente les oí discutir.

—Estarás contenta de lo de ayer —decía mi padre—. Ese pretencioso relamido abusando del pobre maestro. Me daban ganas de vomitar.

—No me gustó lo que hizo el director. No esperaba esa reacción. Me sentí muy mal. Pero debíamos exponer nuestra queja.

—¿Sabes que ese maestro era un represaliado por haber enseñado durante la República, por ser republicano? Hoy me informé. Estuvo en la cárcel, como yo. Sólo por defender la libertad. Sin haber disparado un fusil, sin haber matado a nadie. Toda su vida trabajando por una miseria de sueldo. Estuvo en las Misiones Pedagógicas, participando en las reformas educativas que tanto necesitaba España, pero no en la política sino en el tajo. ¿Sabes lo que eran esas Misiones?

—Lo sé, claro que sí. Los maestros iban a los pueblos, pasando fríos y calores, para alfabetizar a los niños y a los mayores. Les regalaban libros, hacían teatro, recitaban poesías, instruían a los maestros locales con mejores técnicas de enseñanza. Dormían en cualquier sitio, comían los escasos bocados de los lugareños, nunca se quejaban...

—Exacto. Sembraban el conocimiento. Sentaron las bases para erradicar el analfabetismo e intentaron universalizar la educación en toda España. Fueron años de esperanza. Pero no tuvieron tiempo. La escolarización sin barreras que deseaban, y por la que luchaban, se abortó cuando llegó la dictadura y, con ella, la imposibilidad para los de siempre. Una idea grande que esta gente intenta desacreditar. —Atrapó un silencio para que las palabras expresaran su profunda dimensión. Quedaron ahí, flotando, enganchándose en mis sentidos. Luego me miró con ojos sufridos antes de volverse a mi madre—. Don Manuel fue uno de aquellos maestros ejemplares. Y un superviviente. Porque muchos no pudieron contarlo. Ése es el hombre que hemos denunciado.

—Yo... No se me quita de la cabeza la tristeza que mostraba. Pero no me hagas sentir culpable. Sólo intentaba evitar que hubiera maltratos a los niños. ¿Cómo es que un hombre así les pega?

—Pegar. ¡Qué tontería! Un palmetazo no es pegar. Y no hay duda de que se lo mereció. Sabes que tu hijo es rabo de lagartija. Lo que debe hacer es estudiar más.

—Le dio en la cabeza.

—Mierda. Don Julián es un hombre del Régimen. Pero seguro que de aquellos emboscados que esquivaron ir al frente, medrando en la retaguardia. No hay más que verle. Son los más atildados y untuosos. Por eso es director de colegio. —Movió la cabeza con un pesar que traspasaba la piel—. No debió humillar a don Manuel de esa manera, y menos delante del niño. No sólo le quitó toda autoridad, sino que le desposeyó de su propia estimación. Una vez más fuiste testigo de las dos Españas.

Fue en ese momento, en la oscuridad del dormitorio, cuando se despertó en mí el amor y el respeto hacia todos los maestros, en especial a los mayores. Unos sentimientos que han conformado toda mi vida. Tan así, que cuando una persona me merece la mayor consideración, lo llamo maestro.

Pasaron las semanas. Don Manuel no tuvo un comportamiento diferenciado hacia mí. Como si el incidente no hubiera existido. Y fue cierto lo asegurado por mi padre, ya que dejó de mostrar la seriedad necesaria en clase, como si temiera otra filípica. Un día apareció un maestro más joven. Dijo que venía a reemplazar a don Manuel. Pregunté por él a la salida. Lo habían despedido. Llegué a casa y llorando se lo dije a mis padres. Mi madre me abrazó y también se echó a llorar. Mi padre se acercó a la ventana y miró el campo abierto, quizá rememorando las inútiles batallas gastadas en la tierra dura, tal vez pensando en la oportunidad perdida.

—No llores —dijo mi madre, acariciándome—. Tú no tienes la culpa.

Pero sí la tuve, en parte al menos, quizá. Porque don Manuel no me golpeó la cabeza aquella vez. Nunca lo hizo. Ni a mí ni a nadie. Mentí porque yo era un ansiado de calle y no podía soportar estar encerrado una hora más. Necesitaba corretear, libre como los gorriones. Agarrado a mi madre lloré de pesar porque debía haber admitido mi embuste a su debido tiempo. Pero nunca reuní el valor suficiente para confesarlo a pesar de mis fervientes deseos de hacerlo, además de que no imaginé que echarían al maestro. Ya era tarde. Porque no hay marcha atrás en la vida. Las ocasiones tienen su momento y yo perdí las que tuve para declarar mi engaño. Vindicar a don Manuel tras su despido, hubiera sido demasiado para mis padres. Por eso nunca les dije la verdad.

Es innegable que la mentira es consustancial al ser humano. Hay quien vive en ella y de ella permanentemente. Pero hay mentiras y mentiras. De las que hemos manejado a lo largo de nuestra vida, ¿cuántas han producido repercusión negativa en alguien? En la mayoría de los casos somos inconscientes del posible mal causado porque en ese caso no serían mentiras sino falacias. Así, cuando nos llega esa percepción sin haber tenido intención de dañar, el primer azote es para uno mismo.

El daño que causé a don Manuel no me lo he perdonado. Es una deuda imposible de pagar. Y una espina subyaciendo dentro de mi bagaje emocional. Por eso, cuando me vienen a la memoria esos hechos, el alma se me estruja al recordar a aquel viejo maestro que gastó sus suelas en el hermoso sueño de aquellas Misiones.

El chopo solitario

Siendo chiquitajo, en el comienzo de los años cuarenta, le pregunté a mi madre:

—¿Qué es una chopera?

—Un lugar donde hay muchos chopos.

—¿Qué es un chopo?

—Un árbol grande, con muchas ramas y hojas.

—¿Y por qué se llama así esta calle si no tiene ninguno?

Los ojos de mi madre se llenaron de abatimiento.

—Los había. Una larga fila de ellos en cada acera. Pero fueron cortados durante la guerra.

—¿Por qué los cortaron?

—Hacía mucho frío en los inviernos, más que ahora. La gente los taló para quemarlos y que les calentara. Como hacemos ahora con la leña que compramos.

—¿Papá cortó alguno de ellos?

—No. No vivíamos aquí entonces. Cuando llegamos ya no había ninguno. Bueno; queda uno, cerca de Legazpi.

—¿Queda uno? Me gustaría ver cómo es.

—Te llevaré y lo verás.

Al día siguiente caminamos de la mano paseo abajo. Desde la plaza del Reloj ya se veía el enorme vegetal, situado en la acera de las Casas Baratas, a uno de los lados del barrio del Pico del Pañuelo. Cuando llegamos ante él, quedé admirado. No sólo por ser el único árbol en toda la desertificada calle, sino porque era un ejemplar soberbio, enhiesto y equilibrado de frondosidad. Mediaba la primavera y el coloso lucía en todo su esplendor. Albergaba docenas de gorriones, jilgueros y verderones, que mantenían una sinfonía constante en ese oasis increíble. Fue fantástico. Nunca había visto nada igual. Me enamoré de él al instante y desde ese momento le profesé admiración y respeto, sentimientos que albergo hacia todos los árboles mientras me dure la vida.

—¿Por qué no lo cortaron como a los otros?

—Los vecinos de los portales cercanos se unieron para protegerle. Incluso montaron guardia para vigilar, de día y de noche. Eso se cuenta. Y debe ser verdad. Fíjate en esos hombres —dijo, señalando con la barbilla a un grupo de personas mayores arracimadas a un lado y que nos miraron con cierto descaro.

—¿Los que cortaron eran como éste?

—Quién sabe. Seguramente los habría grandes porque antes todo esto era una dehesa, con algunas huertas. Éste sería uno de los más hermosos.

El paseo, recto, plano, largo y ancho, tiene la misma longitud que el Matadero. Entonces tenía dos grandes aceras de tierra. En su mitad primera, por la parte donde se asienta el muro, continuamente llegaban animales en rebaño para ser sacrificados. Iban conducidos por hombres de gesto castigado y poca paciencia. Armados de varas largas y finas, mostraban un extraño repertorio de silbidos, chistidos y palabros, como si la manada lo entendiera. Las bestias levantaban nubes de polvo con sus pezuñas y cascos e iban sedientas, con la lengua fuera y la osamenta marcada. Me causaba profunda pena ver su aspecto maltratado y saber cuál era su destino. En el centro de la calle, la angosta calzada adoquinada de doble dirección y plagada de cagarrutas era suficiente para los pocos vehículos a motor que circulaban. Como constante el trajín de carros tirados por burros, con ruedas de llantas metálicas que traqueteaban en el duro granito y mantenían una desarmonía sonora todo el día. A lo largo de la acera del muro había bocas de alcantarilla de granito, cuadradas, alzadas medio metro sobre el piso, como si hubieran crecido de la misma tierra. En el centro tenían una tapa redonda de la misma piedra berroqueña. En las situadas en la parte final del paseo, era frecuente ver a gente sentada comiendo fruta golpeada, recogida de los desechos en el Mercado Central de frutas y verduras de Legazpi.

Los inviernos polares de aquellos irrepetibles años eran albos y, cuando no, lluviosos. La nieve lo cubría todo de blanco y los copos caían grandes como las flores de almendras. Había carbonerías en cada calle. Todos los días la gente iba con sus cestas y capachos a cargar pequeñas raciones de leña y carbón. Las casas estaban heladas, salvo la cocina. El fogón no daba el suficiente calor para repartirlo a las habitaciones, por lo que la puerta se cerraba, dejando al resto de la casa con las temperaturas gélidas de la calle. Así, ir a la cama suponía un acto heroico, a pesar de las botellas de agua caliente, que a veces tenían el tapón mal ajustado y arruinaban la noche con el agua derramada. Pero más heroicidad había que mostrar para abandonar las calientes sábanas a la mañana siguiente y salir a la heladera.

Mi madre aseguraba que los ricos vivían en casas con calefacción en todas las habitaciones, incluso en el retrete, por lo que no tenían necesidad de ir a comprar carbón y leña. De ello se ocupaban los porteros, que mantenían el calor general a través de una caldera central. Tiritando en el lecho hasta capturar el calor, yo pensaba que era uno de los cuentos con que nos entretenía a mí y a mis hermanos en aquellas noches sin radio y luces mortecinas de bombillas peladas. ¡Calefacción en el retrete...! ¡Qué imaginación! A veces, cuando el frío se enconaba, comprendía que la gente hubiera cortado los árboles. Pero cuando el alba acudía, dejaba el cálido nido, salía al espacio glacial y corría hacia el chopo solitario, arrepentido del impulso nocturno y temiendo que lo hubieran derribado. Le veía vestido de merengue, sobresaliendo majestuoso en el paseo nevado, la excepción en la fealdad de lo miserable. Y entonces, al gozar de su presencia, lloraba por los árboles perdidos.

Cuando llegaban los días lluviosos, el chopo destacaba de las aceras embarradas como señalando el camino hacia tiempos mejores. En las pigmentadas primaveras, los tórridos veranos y los áureos otoños, algunos vecinos sacaban sus banquetas y sillas y se sentaban alrededor del tronco, esquivando el sol bajo su sombra amiga. Todos eran personas con años almacenados, más hombres que mujeres, de charla sosegada y preñados de recuerdos. En esos largos meses templados, incluso en días de sol de uñas, el espacio aparecía ocupado a todas horas. Cuando unos marchaban, otros acudían y el sitio se prolongaba hasta la alta madrugada. Al llegar la estación fría y la lluviosa, la vigilancia la establecían desde la casa. A través de las ventanas exteriores, y también por turnos, siempre había hombres avizorando, prestos a acudir como bomberos a cualquier atisbo de agresión hacia el gigante. Y, siempre, el terreno abarcado por el chopo estaba limpio, sin la suciedad y basuras que eran costumbre en las calles de las afueras.

Por lo general, los viejos de aquellos barrios tenían carácter bronco, estaban llenos de demonios, y consideraban a los niños una plaga. Entraba en la lógica porque éramos muchos, siempre en la calle e ideando golferías a cualquier hora. Era comportamiento admitido y racional que a la mínima nos alejaran a bastonazos, sopapos o puntapiés. Por eso aquel día, poco después de estar con mi madre, me acerqué al grupo con precaución, presto a salir zumbando.

—¿Qué miras, chaval?

—Al árbol —dije, venciendo el temor y la timidez.

—¿Qué pretendes? ¿Subirte a él y arrancarle una rama?

—No, no, señor. Le tengo cariño y admiración. Por favor, déjenme tocarle.

—¿Qué es eso de tocarle? ¿Para qué quieres hacerlo? No pretenderás grabar nada en él.

—No, de verdad. Sólo quiero acariciarle. Saber cómo es su roce.

Supieron así de mis intenciones respecto al vegetal. Mi magrez y mis ojos no incitaban a la desconfianza. A partir de entonces me hicieron hueco cada vez que tenía ocasión de acercarme, un tanto extrañados de que no respirara la agresividad que otros niños. Así pude ir a su círculo siempre que tuve oportunidad. Aprendieron mi nombre y yo el de todos. Me dijeron que era el único niño que manifestaba amor al árbol, al menos de forma expresa. El único que le acariciaba y le daba abrazos. Me contaban sus historias y, al despedirme con el respeto requerido, algunos palpaban los rizos de mi cabeza, notoriamente felices por mis visitas. No me iba sin pasar la mano por el rugoso tronco, experimentando la sensación que me transmitía su poderío. A él y a los guardianes les deseaba salud, palabra que siempre pronunciaban mis padres en las despedidas y en los estornudos y que yo consideraba muy adecuada. Porque, ¿hay cosa más noble que desearle salud a los demás? Cuando mi niñez se evaporó, supe que había otros sentimientos añadidos tras esa palabra.

Los años se persiguieron. Y como siempre, en los días soleados de cualquier estación, allí estaba el grupo de vecinos insistiendo en permanecer junto al árbol. Pero por entonces esa actitud no obedecía al sentido de protección. Nadie cortaba ya árboles para calentarse. Sólo les motivaba el amor al amigo vegetal solitario y el impedir que allí se capturaran las aves. Esas capturas se hacían con redes en muchos sitios y los pobres pajarillos acababan en tabernas, donde los servían fritos como aperitivo.

Al abandonar los juegos callejeros, dejé de ver al gigante. Otras eran mis rutas y otros mis asombros. Pero cuando conseguí mi primer temblado empleo, en la raya de la niñez y la adolescencia, hube de pasar por delante del árbol cuatro veces al día, con lo que dispuse de ocasión para seguir hablándole mientras acariciaba su piel, si bien con la brevedad de las circunstancias. No me cabían dudas de que él me entendía. Era una certeza que jamás se me disipó. Llegué a memorizar las grietas de su corteza, sobre todo las situadas al alcance de mi mano. Obviamente, también empleaba unos momentos con los vecinos, para quienes mis visitas se habían convertido en necesidad. Con el paso de los años, el grupo fue achicándose. Cada vez eran menos. Al final sólo quedaron dos, hombre y mujer. Un matrimonio. Siempre que podía me sentaba un rato con ellos. Los demás miembros de la pandilla habían emprendido el camino hacia donde confluyen todos los aciertos y todos los fracasos.

Y el tiempo volvió a reclamarme otros afanes. La larga mili en las lejanas tierras del bereber y los amores cambiantes arrinconaron el árbol en los pliegues de mis afectos. Al tornar, volví a pasar por delante de él. Ya el otoño había desprendido las hojas doradas y pude ver que sus ramas no estaban lo robustas de antaño. Sentado, solo, estaba el hombre junto a una silla vacía. Me senté a su lado. Al verme se echó a llorar.

—Joven extraño. Te he echado de menos. Casi tanto como a mi compañera. Sabía que un día volverías. Ella no volverá ya...

Compañera... Desde que tenía recuerdos, sabía que era un término prohibido por el Régimen. Había que decir esposa o señora. Yo supe en su momento que el vocablo compañera o compañero se empleaba por mucha gente hasta que el tiempo noble se deshizo. Y que es la expresión que mejor define a la persona depositaria del amor, la amistad y la lealtad en la trayectoria común de una pareja. La tenían como la palabra más hermosa para llamarse, aun estando casados por la Iglesia. Mis padres, de quienes la aprendí, siempre la utilizaron. Y yo la empleo muchas veces. Compañera...

Aquel día el hombre tardó en buscar el sosiego. Tenía sesenta y ocho años pero parecía muy mayor. Luego hablamos de sus hijos, hembra y varón, que vivían con él. Y de otras cosas. El ritmo había cambiado en la calle. Hacía tiempo que no pasaban hatos y los carros, ya con ruedas neumáticas, eran excepción ahora. La circulación a motor se había incrementado notablemente, como en toda la ciudad, por lo que la apretada calzada era insuficiente para absorber el tráfico.

—Van a cambiar el diseño —dijo—. Estrecharán las aceras a la mitad y ampliarán la calzada, que será tres veces más ancha.

Lo sabía. Desde la plaza de Legazpi ya habían esbozado el nuevo formato de la calle. Una avanzada de unos 30 metros hasta que hubiera fondos para continuar. En las enjutas aceras habían plantado dos hileras de chopos. Una decena de larguiruchos palos, de ramas crecientes, que dejaban al viejo árbol fuera de línea, un estorbo en la futura calzada.

—Y no es eso sólo. Fíjate cómo está nuestro chopo.

Las ramas ya no formaban corona. Faltaban muchas. Y el agrietado tronco presentaba un hueco en su base, como si alguien lo estuviera devorando.

—Echan botes y desperdicios, que limpio cada día. No tienen respeto. Parece que todos desean tumbarlo. Olvidan que fue ornato de este paseo, lo único bello que hubo en él junto a la Torre del Reloj.

—Pero aunque conservara la hermosura de antes, también lo cortarán —dije.

—Sí... —asumió con pesadumbre.

Seguí viéndolos a ambos a diario durante cierto tiempo. Charlaba con el hombre y saludaba al gran vegetal. Tras una ausencia obligada, volví a pasar por el trayecto de siempre. El árbol ya no existía. En su lugar, un muñón aserrado casi a ras del suelo. Me acerqué. Casi no lo podía creer. Parte de mi niñez estaba en los restos troceados, aún latiendo en el verdor agónico de las hojas. El hombre permanecía donde siempre, en su silla, como haciendo vela a los trozos vencidos. Tomé asiento junto a él.

—Lo cortaron hace dos días. Ni siquiera han esperado a que se hagan las obras proyectadas —rezongó—. Como si les estorbara.

Era una mañana fría pese al sol engañoso. Le vi muy vulnerado. Intenté animarle, poniéndole una mano sobre la suya rugosa.

—Quiero que se cuide. No salga con estos fríos.

—Sé interpretar las cosas. Es como si me marcara el camino. Pero hasta que llegue, volveré a sentarme en este sitio.

Le vi varias veces después, sentado junto al portal, la boina calada y las manos sobre el bastón. Siempre una silla a su lado, a veces ocupada por su hija, mayor que yo. Me sentaba con él o con ellos y les dedicaba unos minutos.

Un día no lo encontré. Tampoco estaban las sillas. Subí y pregunté a la hija. Se abrazó a mí. Nunca regresaría desde el misterio. Al salir, crucé la calle y me senté en una tapa de alcantarilla. Saqué papel y lápiz de la cartera, y escribí una carta al hombre y al árbol. La metí en un sobre grande, junto con uno de los dibujos del chopo hechos en folios en su momento y en los que mostraba su aspecto más imponente. Subí a la casa y se la entregué a la hija.

El tiempo, el tiempo... Casi cincuenta años después, en un mes de 2010, recibí una carta. Me llegó a través de la editorial. Era de una biznieta de aquel hombre. Quería verme. Había un teléfono móvil.

La chica está en la veintena. Es alta, esbelta y bella como un billete de lotería premiado. Me dio un par de besos rápidos y luego se me quedó mirando fijamente, buscando evidencias en mis ojos. De una cartera y con cuidado, como si fuera un polluelo, sacó un sobre de papel grueso. De él extrajo un sobre amarillento. Lo reconocí. Y más cuando mostró su contenido: las cuartillas que escribí con caligrafía esmerada, antes de que los años y las prisas la descabalaran. Quedé admirado. Como un canto del pasado, de repente aparecía la carta y el dibujo que dediqué a aquel hombre del chopo, tantas calendas atrás.

—Esta carta es de usted, ¿verdad? Usted la escribió.

—Sí —admití.

Estábamos de pie, junto a una mesa, en la cafetería del Círculo de Bellas Artes. De repente me abrazó con fuerza, causándome gran turbación. Porque expresaba la emoción con que se recibe a un ser querido tras años de alejamiento. Pero yo no era nada de ella. Eso es lo que creí hasta ese momento.

—Usted, al fin... —musitó apagadamente, al deshacer el abrazo. Sus ojos estaban diluidos en agua y sólo más tarde pude ver que los tiene verdes como...— las hojas de aquel chopo, decía mi abuela —me interrumpió al ponderarlos, una vez sentados.

Me observaba sin disimulo, como si quisiera exprimir mis sensaciones. Luego aclaró las cosas, con voz intervenida.

—Es una carta hermosa. Esas manchas que tiene son huellas que dejaron las lágrimas de mi abuela, la mujer que usted conoció y a quien confió el escrito. La leyó infinidad de veces. Y le buscó para conservar su amistad. Pero usted firmó sólo con «Joaquín». No escribió el remite, su dirección. Mi abuela indagó en todas las casas durante mucho tiempo. Nadie le dio razón.

—Tengo un nombre familiar, el conocido por el barrio. Nadie me ha llamado nunca Joaquín —dije, excusándome apesadumbrado por el desengaño producido.

—Mi madre no conoció al chopo. Era muy niña cuando lo cortaron. Por eso no tuvo interés en perseguir esa herencia emocional. Además, su vida fue difícil, con poco tiempo para añoranzas irreales. Pero yo sí lo tuve para escuchar las historias de la abuela. Así, a través de sus recuerdos, he llegado a amar a aquel chopo, puede que tanto como usted lo amó. Y también he llegado a quererle a usted, sin conocerle, como si fuera parte de mi familia. Además... Le diré que he hablado en silencio con usted, muchas veces, imaginándole... El muchacho perdido que conversaba con el árbol solitario...

La contemplaba con silencio invitador. No parecía muy afectada entre el lógico contraste existente entre mi imagen soñada y la que tenía delante, aunque no se lo pregunté. Parecía muy feliz y hubiera sido una torpeza deshacer el encanto. Era agradable escuchar su voz evocadora, en la que titilaban ecos de mi niñez. Aparte de que no es usual encontrarse con una joven atractiva y oírle decir que uno forma parte de sus quereres.

—Soy periodista. En momentos perdidos, escribo un ensayo sobre el árbol solitario, siempre con base a su carta y su dibujo, únicos testimonios documentales. Un tributo a mis bisabuelos, al chopo y a aquellos tiempos. Pero me falta el fluido de la realidad, la experiencia de haber compartido su andadura. La chispa. Estoy en un período muerto. Necesitaba dar con usted. ¿Y sabe cómo le encontré?

»Hace poco una amiga me dejó *El tiempo escondido*. Lo devoré. Describe el paseo donde nací. ¿Sería usted aquel muchacho que se sentaba con mis bisabuelos y que tanto buscó mi abuela? Adquirí los otros dos que ha escrito. Por lo que dice en *La niebla herida*, había grandes posibilidades de que finalmente fuera usted. El mismo barrio, la misma sensibilidad hacia los árboles, el mismo tiempo... No esperé a verle en la próxima Feria del libro. Escribí a la editorial. Y ahora lo tengo frente a mí.

Me sentí muy agradecido por lo que decía. Le pregunté qué podía hacer para compensar esas emociones.

—Quiero que me brinde su memoria. Que me ayude a terminar el trabajo, aportando la chispa que le falta.

Se estaba bien allí, entre gente de hablar discreto. La chica tiene unos ojos grandes y una boca estructurada de sonrisas.

—Vale. Empecemos.

Nos pusimos a la tarea. Y de pronto, mientras canalizaba el turbión de recuerdos que me surgían, volví a mirarla con atención. Y supe que yo había desaparecido para ella. Ya no era yo. Me miraba sin verme. Porque ella no veía a una persona delante, sino a aquel chopo solitario que se aposentó con la fuerza de la magia contagiada en muchas de sus noches desveladas.

Matilda

Eran tiempos en que los inviernos se hacían muy largos, los charcos y el barro permanecían demasiados meses en las aceras y no había árboles en las calles. Los alimentos, sometidos al rigor de las cartillas de racionamiento, no alcanzaban para mantener a raya el hambre. Muchas mujeres con maridos presos por haber participado en el bando perdedor de la guerra, nuestra madre entre ellas, se trasladaban como podían a pueblos de la provincia para traer aceite, legumbres y pan blanco, e incluso carne, gracias a que los granjeros y agricultores no declaraban todo lo que producían. No siempre burlaban los controles policiales, pero cuando lo conseguían podían vender o trocar esos alimentos por otros, según qué carencias, y mal cubrir las demás necesidades requeridas por una casa. Lo cotidiano eran las gachas de harina de almortas o el puré de San Antonio. No hacía mucho que las mondas de patatas y boniatos se comían, una vez lavadas y fritas. Y en los hogares todavía se lamían los platos hasta dejarlos como si hubieran pasado por el fregadero.

Fue muy emocionante el día que pusieron en libertad a mi padre. Lo celebramos con una tortilla de patatas hecha con un solo huevo. Y en ese escenario de barrigas crujientes, un día apareció la gallina en nuestra casa.

Estaba en un cesto con agujeros que trajo un hombre desde Asturias en el tren, por encargo de una prima de mi madre. Se sumaba al regocijo de la libertad del cabeza de familia y tenía un fin muy concreto. Cuando alzamos la tapa apareció su cabeza y nos contempló con ojos llenos de sospecha o acaso de desconcierto. Se mostraba tan sorprendida como mis dos hermanos y yo. ¡Una gallina en casa! Asomada al borde, giraba la cabeza extrañada del repentino cambio de paisaje. Parecía buscar el huerto en que se crio. Como no mostraba intención de salir y nosotros estábamos abobados, mi madre ladeó el cesto y entonces salió en silencio, asustada como una novicia. Luego escapó y se refugió bajo una cama dejando un rastro de excremento. Mi madre la cogió y con un paño húmedo y jabonoso la fue limpiando como si fuera un niño, a pesar de su resistencia. Ella nos aseguró que nunca la habían lavado porque a nadie se le ocurría lavar a un animal de corral. Y entonces refulgió, tan blanca como si estuviera hecha de nieve. En ese instante aprendí que existen distintos colores blancos porque ninguno era como el de aquel animal, extraño en cierto modo. Porque en esos tiempos las gallinas no eran parte del escenario que había al otro lado de la mirada, donde gorriones, golondrinas y, en la noche, murciélagos disfrutaban de aquel aire limpio saturado de aromas silvestres.

Las conocíamos de verlas colgadas en las pollerías, aprisionadas en las jaulas de transportes o en los corrales del Matadero. Pero nunca tuvimos ninguna a nuestro alcance y mucho menos una sólo para nosotros. En realidad era una polluela. Los hermanos nos pusimos a jugar con ella y nuestras risas alegraron la sufriente realidad. De pronto observé que mi madre se echaba a llorar. No era infrecuente pero ahora había un motivo de alegría en la casa. No podíamos saber entonces que el ave le traía vientos de la Asturias donde nació y a la que no había podido volver. Y también recuerdos de cuando siendo niña jugaba en las huertas con todos los animales que había en la aldea.

—¿Por qué lloras, mamá? Tenemos una gallina.

—Sí... Pero tenemos que matarla.

—¿Qué? —Los hermanos quedamos estupefactos—. ¿Por qué tenemos que matarla?

—Para comerla.

Yo no veía ninguna relación entre la gallina y la comida, de la misma manera que al comer un filete no vemos el buey del que procede. La carne que de vez en cuando nos llegaba era un trocito sobre el plato, no algo vivo y completo como un cuerpo en movimiento. Así que todos nos pusimos a llorar. ¿Por qué había de morir ese inocente ser que aportaba una oleada de ternura a la casa? Además, ¿quién la mataría? Y una vez hecho, ¿quién la comería? Porque desde luego ninguno de los hermanos íbamos a probar bocado de esa gallina que había llegado de forma casi mágica.

En la noche vimos hablar a nuestros padres. Hablaban y nos miraban. Y nos dieron noticia de que no sacrificarían al animal de momento, lo que aceptamos con gran alborozo. Y así la gallina se convirtió en una mascota, que bautizamos con el nombre de *Matilda*, como el de la prima que nos la envió.

Los primeros días la tuvimos en casa para que se acostumbrara a su nueva situación. Tiempo después la bajamos y la llevamos al campo intocado e inmenso que estaba delante de las ventanas y se extendía más allá. Y, aunque desconcertada, algo de ese espacio natural debió traerle reminiscencias del lugar donde nació. Poco a poco fue aventurándose por el verde terreno y al final del paseo tuvo renuencia a volver a casa. Así, cada día piaba para salir. Y el tiempo pasó. Caminando entre las espigas, libre como los insectos que atrapaba y blanca como una bola de algodón, se hizo adulta.

Una mañana, de improviso, apareció una chabola en el manto inmaculado de flores y verdor. El día anterior no estaba, lo que resultaba sorprendente. Y en pocos días surgieron otras, que brotaban de la nocturnidad, colonizando lo que era de todos. Las construían durante la noche y los guardias no podían derruirlas al día siguiente si estaban techadas. Acabaron con la huerta grande que había hacia el Embarcadero, donde por la noche robábamos girasoles y panochas, y ya no volvimos a ver mariposas ni saltamontes ni oír el canto nocturno de los grillos. Algunos propietarios, gentes venidas de todos lados, trajeron cerdos, cabras y gallinas, que holgaban en total libertad.

En la primera ocasión, *Matilda* se quedó muy sorprendida de ver a seres de su especie. Mirándolas con curiosidad, se acercó a ellas. El grupo, todas de color tostado, se lanzaron sulfuradas sobre *Matilda* que, tras unos momentos de duda, intentó defenderse. Quedó muy desbaratada. La subimos en brazos y mi madre, que había tomado mucho cariño al animal, estuvo lavando sus heridas e intentando que no muriera. Hasta entonces dormía sobre un trozo de manta en un rincón de la cocina. Mi madre la acomodó en la única silla que había, ya que los demás sentaderos eran banquetas de dura madera. La silla era de fina traza, hecha a mano por un ignorado ebanista, con asiento de enea. Estaba algo desvencijada, pero era el mejor mueble de la casa y normalmente el asiento de nuestro padre, que la tenía en gran consideración por convencimiento de que se trataba de una antigüedad. Cuando él volvió del trabajo dictaminó que había que evitarle sufrimientos a *Matilda* y matarla. Pero ya no era como cuando llegó. Habían pasado meses y ella formaba ya parte de nosotros. La rotunda oposición venció a la lógica paterna y la gallina volvió a salvarse.

—¿Prometes que se quedará con nosotros para siempre? —preguntó mi hermana.

—Espero que sí —dijo nuestra madre melancólicamente—. Ojalá que papá no encuentre motivos para sacrificarla.

—¿Cuánto vive una gallina?

Nadie conocía ese dato. Supimos entonces que los animales de granja o de campo nunca mueren de viejos porque son matados para servir de alimento. La existencia natural de un pato, un cerdo, una vaca o una gallina no era asunto de estudio o interés para nadie.

Matilda pasó la convalecencia y no tardó en sanar. Se adueñó de la silla y ya no la abandonó. De un salto se encaramaba a ella y de otro salto bajaba. Supongo que la situación sería de gran incomprensión para quien pudiera vernos: los cinco sentados en banquetas durante las comidas mientras ella permanecía apoltronada en la única silla. Y así fue hasta que con el tiempo hubo cambios, no porque ella dejara su trono sino porque un amigo de nuestro padre, que era un gran carpintero, nos hizo cinco sillas y los taburetes fueron desterrados.

Cuando volvimos a llevarla a la calle, procuramos alejarla del radio de acción de las otras gallinas. Ellas se dieron la alarma y vinieron cargadas de ira y estrépito. *Matilda* las atacó tan fieramente que varias quedaron tendidas y las otras huyeron desordenadamente. Mi hermana y yo no dábamos crédito. De pronto apareció el gallo, grande, la cresta erizada, sus carnosidades colgando, los espolones prevenidos. Era el doble de tamaño que *Matilda*. En el primer encontronazo fue revolcado. Algo poderoso se había mezclado en la vida del matón. Desde el suelo remontó el vuelo y se posó en el tejado de una chabola. Se decía que los gallos no eran capaces de volar, sólo de dar saltos. Pero yo vi a ese gallo desplegar sus grandes alas y alzarse en el aire como si fuera un cóndor, tanto fue el pánico que le entró. Aquello no era normal. La prima aclaró parte del misterio. En una carta explicó que su padre fue un gallo de pelea ganador en todos sus encuentros. Así pues, teníamos una valiente campeona bajo nuestro techo.

A partir de ese momento ningún gallo pudo con *Matilda*. Muchos fueron los que lo intentaron y todos acabaron malparados y harto escarmentados. Era ella quien se adentraba entre las chabolas buscando ponerlos en rigor, lo que motivó que fuera recibida a palos y pedradas por sus dueños. De tantas disputas y agresiones fue perdiendo las plumas del cuello y tomó el aspecto de un buitre, con lo que su primaria belleza desapareció. Pese a todo nunca cedió en el mantenimiento de su extraña blancura.

La gente no entendía que conserváramos a *Matilda*. Era ilógico tener una gallina y no comérsela, con la gazuza imperante, que provocaba la tisis y meningitis a tantos y que llenaba de forúnculos y paperas los rostros afilados de tantos niños.

Pero el tiempo fue alejándose como aves viajeras. Mejoraron las condiciones de vida, desaparecieron las cartillas de racionamiento y la hambruna pasó. Ya los charcos no duraban tanto y habíamos dejado de jugar al resca, al pañuelo y al tabaca lique. Para entonces todo el ganado menor y las aves de las chabolas habían ido renovándose hasta que finalmente desaparecieron, sin duda para consuelo de estómagos sin sosiego. Pero *Matilda* sobrevivió, superando milagrosamente los años negros. Acompañaba a nuestra madre y hermana a pasear o al mercado de Santa María de la Cabeza, que no estaba cerca, pegada como si fuera un perrito ante la estupefacción de la gente, con aquel cuello pelado y la mirada llena de arrogancia. Su actitud de superioridad la condenó a la soltería y jamás puso un huevo.

Y sin darnos cuenta fuimos despojándonos de la niñez y dejamos de tener tiempo para ella. A su vez, *Matilda* no pudo evitar el abdicar de su vigor. Siempre se mantuvo en el desagradecimiento. Nos picoteaba la mano si intentábamos acariciarla, salvo a nuestra madre y hermana, únicas personas a las que otorgaba su confianza y puede decirse que su cariño, acaso porque su instinto las identificaba como seres de su mismo sexo. Pero cuando su brío cedió, se produjo el cambio y nos aceptó a todos. Al pasarle la mano desde la cabeza a la cola notábamos su placer y el deseo de que el roce continuara.

Un día tuvo dificultad para saltar de la silla y tampoco pudo brincar hasta ella. La ayudamos. Semanas después le fue difícil comer porque el pico le creció hacia abajo. Tuvimos que alimentarla abriéndole la boca. Más tarde no pudo andar porque las uñas se le alargaron como a esos santones de la India. No pudimos cortárselas, ni el pico, porque no sabíamos cómo hacerlo sin dañarla, y nadie lo sabía, ni siquiera la pajarera de la calle Malasaña, la hermana de la señora Inocenta, amigas de la familia. *Matilda* constituía una excepción ya que el destino de su raza era el de ser zampada en plena juventud.

Ya no se movió de la silla. Desde allí espiaba todo lo que hacíamos con sus miradas aún inquisidoras. La limpiábamos, le hablábamos. Tiempo después enceguecío, la cabeza se le cayó y resultó muy difícil darle los alimentos, que finalmente rechazó del todo. Se había achicado y su tamaño semejaba al que tenía cuando llegó de las montañas, un día lejano y gris que ella transformó en luminoso. Y una mañana de primavera, encendida de sol y vida, dejó de respirar.

Ya no había campo, sucumbido por las chabolas. Pero junto al descampado donde se jugaba al fútbol, más acá del vertedero, quedaba una pequeña zona intocada. La enterramos en un hoyo hondo, metida en una bolsa de papel. Era la primera vez que alguien querido moría y ello nos vació de alegría durante mucho tiempo.

Matilda. En la silla quedó flotando su espíritu. Ninguno quisimos sentarnos en ella. Mi madre la lavó y la utilizó para poner encima ropas lavadas en las que siempre caía alguna de sus lágrimas. Mucho más tarde la llevamos a un desván, en otra casa, como otros trastos que en su día no lo fueron.

Han caído muchas lluvias y hay dos generaciones que empujan a la mía. Tantas cosas acontecieron. Pero a veces, cuando en el trastero muevo la silla para buscar algo, me paro y la miro. Pienso que, si es la antigüedad que aseguraba nuestro padre, podía tener un destino más apropiado que el de almacenar polvo. Paso luego la mano por sus hebras y sé que nunca podré venderla porque en ella sigue latiendo el singular amor de nuestra madre hacia aquel misterioso animal. Y por algo más. Porque es el viejo trono de alguien que reinó: aquella gallina blanca de cuello pelado que durante varios años moró en nuestros corazones como sólo los animales de compañía pueden conseguir.

El cigarrillo

En *Gilda*, Rita Hayworth va a ver a Johnny Farrel, ya su marido, quien la mantiene alejada de él. Glenn Ford está sentado, en margas de camisa, jugando con un encendedor. Al verla, se levanta y da unos pasos para alejarse. Ella coge un cigarrillo y le pide fuego. Él se para, enciende el mechero y la cita irónicamente, manteniendo la mano en su cintura. Gilda ha de aproximarse. Se agacha pone el pitillo en su boca y chupa. Desde esa posición levanta la cabeza y le mira con intensidad. «Tienes mala cara, Johnny.» Es una de las escenas más eróticas que ha dado el cine. Y por la belleza del acto y la modernidad que desprende la mujer, incidió notablemente en que el mundo femenino se lanzara a fumar sin prejuicios. Incluso hasta las españolas de aquella España reprimida de los años cuarenta donde una mujer digna no debía fumar, ni beber alcohol, ni mirar a los hombres.

Ahora las veo, y a ellos, fumando en las entradas de las oficinas y comercios donde trabajan; algunos cohibidos, avergonzados, como si fueran supervivientes de una raza en extinción; otros, orgullosos, adoptando actitudes retadoras. Ahora que están siendo arrinconados por la propaganda antitabaco, me pongo de su lado, sin participar del vicio, a pesar de que ellos nunca tuvieron en cuenta cuántas molestias nos causaban. Me solidarizo con su testarudez porque lo entiendo como una forma de ejercer la libertad individual de la que prácticamente carecemos los ciudadanos, acosados por las innumerables leyes del Sistema. No hace tanto que el tabaco nos inundaba. Se fumaba en todos los sitios, algunos inimaginables hoy. El médico esparcía el humo por el rostro del paciente y, si le examinaba con sus dedos amarillentos por el alquitrán, le dejaba el cuerpo restregado de nicotina. El mundo estaba lleno de humo. Tener un estanco fue hasta no hace mucho uno de los negocios más fructíferos y seguros.

Intenté fumar de niño, cuando se exploran todos los secretos y cuando al que no fumaba se le llamaba marica, ya que las chicas no lo hacían. Tosía, me sabía a perros y me daban arcadas. Concluí que eso no era para mí y que nunca fumaría. Bueno...

Ocurrió en un domingo de agosto, cuando tenía diecisiete años. Con tres amigos fui de acampada a la Sierra de Guadarrama. El tren nos había dejado dos días antes en Collado Mediano y desde allí subimos por trochas hasta situarnos en un lugar cerca del Arroyo de las Pozas. En la tienda de campaña cabíamos los cuatro con cierto acomodo. No había nadie más en lo que abarcaba la vista. En aquella época, hace cincuenta años, los pueblos eran auténticos, de pocos habitantes; núcleos pequeños, como herencia de siglos. Aun estando en los mismos sitios, entonces parecían muy distanciados unos de otros. Las angostas carreteras de tierra y la escasa presencia de automóviles hacían que todo estuviera muy lejos de todo.

Disfrutábamos bañándonos y dando ejercicio al cuerpo. Pero aquel día unas nubes plomizas fueron acercándose y apagaron el sol. En esa fecha no podía ser otra cosa que un nubarrón. Pero no lo era. La mancha gris cubrió el cielo hasta el confín y todo quedó oscurecido. Las nubes se retorcían y en la disputa ofrecían figuras ciclópeas. Vimos a los pájaros huir despavoridos. Empezó a relampaguear y llegaron los vociferantes sonidos, conectándose sin pausa. En unos momentos todo el feroz andamiaje eléctrico y su escolta de truenos estuvo sobre nosotros. Los estampidos ensordecían mientras un viento inusitado y frío levantaba turbiones de tierra y hojas de árboles. Y comenzó a llover. Antes de refugiarnos repasamos con presura las sujeciones de la tienda. Afuera, las centellas caían con profusión y la lluvia arreciaba, haciendo sonar la cubierta protectora como si fuera un tambor.

—Mira que si nos cae un rayo... —dijo Jesús Luquero.

Dejamos de reír y nos miramos con cierta inquietud. Estábamos solos en medio de la nada. Intenté imaginar cómo debió ser el principio del mundo. De pronto mis orejas se movieron, alertadas. Filtrándose de los sonidos naturales se oía algo diferente. Me asomé por una abertura. Media docena de niños de unos siete años bajaban a trompicones conducidos por un adulto. No había lugar alguno en el que pudieran cobijarse. El hombre los apretó contra los huecos de unas formaciones rocosas, pero el agua les caía copiosamente. Era extraño. Los niños se agarraban unos a otros en silencio, pero ninguno lloraba. Bajé la cremallera de la entrada y grité hacia ellos, agitando las manos. El hombre encauzó a su rebaño y todo el grupo entró en la tienda, calados como esponjas. Apretados como en el camarote de los hermanos Marx, quitamos las camisas a los niños y los secamos con toallas. Con nuestros chistes logramos que el temor desapareciera de sus ojos. Repartimos galletas y caramelos, y conseguimos que el guirigay de sus risas apagara el sonido de la lluvia que batía.

Muy lentamente los bramidos se espaciaron y el viento cedió. Tiempo después el sol hizo valer su fuerza y expulsó a las nubes. Salimos y nos reconfortamos con el calor regresado. Numerosos regueros saltaban por entre las peñas y se escuchaban trinos por doquier. Me aparté unos metros para mirar al río. Nuestras cantimploras, dejadas a remojo, habían desaparecido en la enardecida corriente.

El hombre se acercó a mí. Parecía mayor por el pelo cano y el cuerpo despejado de grasa, como maestro que se precie. Tendría unos sesenta años y sus ojos estaban velados por el agradecimiento. Sacó una cajetilla de Ideales y me ofreció un cigarrillo. Al decirle que no fumaba, se quedó con el pitillo en la mano, sin saber qué hacer. Observó a mis amigos fumando y movió la cabeza con incomprensión. Metió una mano en el bolsillo trasero y de una cartera sacó un billete de 25 pesetas. Era una pasta. Sonreí y lo rechacé. El hombre acusó mi doble negativa y se invadió de confusión. Me miró, una sombra de abatimiento en sus ojos. Comprendí que le estaba ofendiendo, que le atormentaría el sufrimiento cuando recordara que no pudo premiar lo que debió de considerar una gran acción. Se movió, inquieto, balbuceó, agarró la cajetilla y la manoseó

—Venga ese cigarrillo —dije.

Pocas veces un acto tan sencillo hizo tan feliz a alguien. Intenté estar a la altura, sin toser. Él se explayó, tan feliz como un hincha del Atlético de Madrid. Aspiraba el humo con ansia, quizá para equilibrar su anterior desconcierto. Habían salido por la mañana de excursión, como otros grupos, desde un campamento situado a las afueras de Collado. Lucía un sol apropiado y pensaban volver sin incidentes a la hora de la comida.

—Quién lo iba a decir —añadió—. Nunca he visto un nubarrón igual.

Estuve de acuerdo. Miramos hacia los niños, que bromeaban con mis amigos. Ofrecían un aspecto saludable, con sus pechos tostados y sus sonrisas puestas. Un rato después me dio la mano con fuerza y se reunió con los chavales. Saludó a mis amigos y comenzaron a bajar las resbaladizas veredas.

—Joder con el chaparrón —dijo Jesús Luquero, viniendo a mi lado—. Me acordaré siempre de este día.

Seguí mirando al grupo, tropezando en la fragosidad. Al llegar a un punto, el hombre y los niños se volvieron y agitaron sus manos y lanzaron sus gritos en una alegre despedida. Consideré insensato pensar que las fuerzas de la Naturaleza me habían tendido una trampa. Pero lo cierto es que siempre recordaré ese día no por el diluvio ni por la estampa de aquellos niños hermanados de sonrisas, sino porque aquella fue la única vez que fumé.

Marina

El primer día de enero de 2015, en plena fiesta de los Manolos, supe por televisión que a los pocos minutos de sonar las campanadas de uvas había nacido en Torrejón de Ardoz una niña, cuyos padres decidieron que se llamara Marina.

No sólo me sorprendió ese regalo de nombre para una sonrisa naciente, ahora que se apuesta por apelativos extravagantes, sino que me fragmentó en recuerdos. Nombre tan bonito es imposible de olvidar, como no olvidé a aquella Marina fugaz cuya imagen aún reblandece mi mirada.

Eran los días monótonos de los mediados sesenta del siglo pasado, con tanto que hacer en la larga cuesta, donde el impulso quedaba mediatizado en la apatía discursiva del Sistema. Pero la juventud, como cualquiera otra a lo largo de la historia, estallaba, rebosante, buscando huecos en los muros. Para absorber el ímpetu estaba el cine que, entre otras bondades, dejaba patente la belleza de las actrices italianas. No había comparación entre las pacatas españolas clericalizadas, para quienes era pecado enseñar el muslo fuera de la piscina, y las desinhibidas italianas, que mostraban en la pantalla cuanto fuera necesario, que felizmente no era poco.

Ahí estaban Gina Lollobrigida, Rossana Podestà, Virna Lisi, Silvana Pampanini, Marisa Allasio, Eleonora Rossi Drago, Luciana Paluzzi, Giovanna Ralli, Rosanna Schiaffino, y las italianizadas Claudia Cardinale y Sylva Koscina, con el misterio profundo de sus cuerpos insinuantes. En el mundo mágico del celuloide no había un grupo de féminas más bellas. Y por encima de todas, Sofía Loren, que nos dejaba absortos soñando imposibles.

Y, además, como regalo añadido de ese país, estaban sus canciones, invariablemente éxitos. De entre ellas, *Marina* mereció atención aparte. Hoy sé que su creador, Rocco Granata, la ha estado cantando a lo largo del mundo por más de 50 años, con fortuna de oyentes de todas las edades, lo que evidencia su inmortalidad. Ojalá que siga haciéndolo otros 50 más, porque realmente es una melodía especial.

Ocurrió en un día de unas vacaciones de fuego, aquellas en las que crujían los pedernales al cuartearse y las lagartijas y saltamontes campeaban, todavía abundantes. Mi hermano y yo nos fuimos de acampada a Villalba, rayando con la sierra de Madrid y entonces lugar pueblerino. Había allí unas antiguas canteras inundadas donde podíamos bañarnos gratis, sólo los nadadores. Espero que sigan todavía. Como si fuéramos a una guerra, cargábamos los macutos, la tienda —dejada por un amigo—, mantas —aún no existían los sacos de dormir—, alimentos en conserva, hornillo, linternas y demás bastimentos. Pero no estábamos solos. Ya en el metro coincidimos con otros «aventureros» y luego en el guirigay de la estación del Norte.

En unas vías próximas a Casa Mingo, estaba el tren que ascendía a diversos pueblos de la sierra, lleno ya de excursionistas vocingleros. Tan así, que resultaba hazañoso encontrar hueco en los pasillos y plataformas. Cuando la vetusta máquina arrancó, renqueante y desganada como si arrastrara un peso de siglos, nos esforzamos en acomodarnos. Dentro, un calor chicharrero y asfixiante, a pesar de que las ventanillas y las puertas estaban abiertas. Por ellas se asomaban los excursionistas que podían, casi medio cuerpo fuera, buscando ramalazos de brisa entre el humo arrojado por la máquina. La mayoría éramos jóvenes, pocas chicas compartiendo la aventura. Sabíamos que el tren, tan lento como una subida de sueldo, paraba en todas las estaciones, demorándose en cada lugar como si necesitara recuperar el resuello.

Pero no importaba. Nos apañábamos. Decidí, como otros, quedarme sentado en los peldaños de acceso, lo que era consentido quizá por el hecho de que a esa velocidad de tortuga nadie podría desgraciarse si caía. Y no representaba problemas para quienes habíamos adquirido habilidad en viajar en los topes de los tranvías. Algunos soplaban armónicas, otros cargábamos transistores y había una guitarra rasgando. Así que íbamos felices, oyendo las risas, los cantos y las melodías confrontadas. Desde las ondas, y a despecho de las demás canciones, una se abría camino: *Marina*. Aunque cantada en italiano, la letra y la música resultaban ensoñadoras. Yo miraba el abatido paisaje notando, una vez más, las sensaciones que me producía esa tonada.

Mi sono innamorato di Marina,
una regazza mora ma carina,
ma lei non voul sapere del mio amore,
cosa farò per conquistar suo cuore...

Marina, Marina, Marina,
ti voglio al più presto sposare.
Marina, Marina, Marina,
ti voglio al più presto sposare.

En Las Rozas apareció ella. Destacaba no sólo por ser linda y hermosa, en la juventud dorada y precisa, sino por su aspecto. Iba en pantaloncito corto y ajustado, algo inconcebible en aquellas moralidades patrias. Todos quedaron sin aliento al verla. Una joven de cartel, sola y desenvuelta, para transformar el traqueteo en viaje espacial. Portaba un bolso de mano y una maletita. No quiso esforzarse en pasar al interior, quizá por intuir el estrujamiento a que sería sometida. Prefirió quedarse en la puerta de pie, agarrada al asidero, de tal suerte que sus muslos quedaron junto a mi cara. A los pocos minutos eran un suplicio para mí. Elevé la vista hasta tropezar con sus aguerridos senos. Más arriba, sus ojos pálidos me miraban con cierto regocijo, subrayado con una sonrisa. Era claro que estaba al tanto de las cosas.

—Estás mal ahí —dije, simulando normalidad—. Siéntate a mi lado.

—*Non, e pericoloso.*

—¿Italiana?

—Sí, *mi sono di Roma.*

—¿Eres actriz de cine?

—*Noo...*

—¿Miss Italia o Miss de algún sitio?

—Oh, no. —Se echó a reír y el paisaje dejó de ser monótono.

—Ponte aquí —insistí, haciéndole sitio—. No hay ningún peligro. Estarás mejor.

Aceptó y ahí empezó el derrumbe de mi tranquilidad ese verano.

A lo largo del trayecto fuimos charlando y riendo. Se llamaba Marina. Ni más ni menos. Así suceden las cosas. Iba a Villalba a reunirse con una amiga, que la esperaba en un hotel. Se admiraba de la acampada que íbamos a hacer mi hermano y yo. Era algo selvático, dijo, entre risas. Por qué dormir al raso en vez de en un buen hotel, señaló. Intenté transmitirle lo bello que era recuperar el impulso primario, olvidarse del fragor. Algo debí sembrar en ella porque me miraba de continuo.

—*Mi piace quello che dici e la maniera in cui lo fai.*

Me quedé a dos velas y ella lo notó.

—*Non parlo* bueno español. Un poquito...

—Si hablas despacio te entenderé. No es muy diferente.

—*Bene.* —Hizo una pausa—. Digo que *è molto* hermoso lo que *dici* y cómo lo *dici.* —Sumó otra corta pausa—. Pero *¿non sei...* no eres *un po' troppo* joven *per voler rifuggire della città e dal* caos? *Credo dovresti divertirti,* debes divertirte, *alla tua età.*

—¿Crees que el campo no es divertido?

—*Intendevo... mi* refiero *a uscire con le regazze, andare a ballare...* bailar con las chicas...

Bailar. No cabía duda de que en Italia nos llevaban ventaja. Aquí las mozas que se preciaran no iban a los bailes públicos. Era un acto contrario al decoro y a la honra. Además de que todo lo «público» malsonaba. Sólo bailábamos con las amigas en los guateques, haciéndolo en las propias casas de ellas, con permiso de los padres y casi siempre en su presencia. La moralidad por delante. Eso acontecía en los santos, cumpleaños y otras efemérides; es decir, de higos a brevas.

De pronto algunos empezaron a cantar *Marina* a coro y al ritmo de los sones que salían de unas radios. A ellos se unieron los de las armónicas y el de la guitarra, con lo que el vagón se convirtió en un festival.

—La cantan para ti —dije.

—No. *Non mi* conocen.

—¿También en Italia cantan en los trenes?

—*Certo. Ê normale. Cantano in ogni luogo,* en todos lugares, *e ad ogni occasione. E persino per la strada*... la gente *per* la calle. *E questa è la canzone* del momento.

—Es bonita. Te sienta bien.

Sonreía sin desmayo, como si hubiera nacido para ver el lado guapo de la vida. Me hacía navegar en sus miradas y yo casi no creía lo que estaba ocurriendo. Una italiana de verdad, morena, de muslos rosados y guapa como las estrellas de cine. Casi nada. Y ahí, a mi lado, conmigo, ante las envidiosas miradas de la comparsa. Era fantástico. Hablaba de sus viajes. Había estado en tantos lugares que me resultaba increíble. Viajar... ¡Qué esperanza! Yo nunca había salido de España. Visitar todos esos países... Sueños. Carecía de posibilidades. Ni siquiera tenía pasaporte.

—*Vieni con me in* hotel —invitó—. Deja la campaña, *ci andrai più avanti*... para más tarde. *Staremo* juntos *tutti e quattro. Ballaremo e faremo il bagno in* piscina; *parlaremo... e ci divertiremo come matti... Gozare* del encuentro...

Ilusiones, quimeras. Yo no tenía cuartos para pagar el hospedaje ni vestimenta adecuada. Todavía ignoraba lo que era dormir en hoteles. Además, me gustaba tumbarme en la dura tierra, sobre una manta. Mirar los guiños de las estrellas y sentir el trovar de los grillos. Ella me gustaba mucho, pero no para disuadirme del proyecto aunque hubiera dispuesto de los medios necesarios.

Nos bajamos en Villalba. La acompañamos al hotel. Me dio la mano.

—Estaré *pochi giorni*, pocos días. *Mi piacerebbe tanto tu venissi. Ti aspetto...* Te espero...

La vi caminar, las piernas deslumbradas de sol, hasta que se ocultó tras la puerta. Pero yo seguí viendo su imagen airosa como si se hubiera fijado en el tiempo. Luego mi hermano y yo iniciamos la larga caminata.

El lugar estaba yendo hacia Collado Mediano, varios kilómetros pendiente arriba. Montamos la tienda en un sitio cercano a las canteras. Había otras lonas instaladas y cruzamos saludos con algunos ocupantes. Luego nos dirigimos en bañador y con una mochila al objetivo: un pozo irregular de unos 60 metros de ancho, rodeado de peñas monstruosas. Fue excavado para sacar piedra, quién sabe cuándo. Nadie conocía su profundidad, tan hondo era. Ni cómo llegó allí el agua, que estaba helada y tenía color de acero. El asunto consistía en lanzarse de cabeza, nadar rápido, trepar por los salientes y tostarse al sol como las iguanas. Había muchos aficionados nadando o esparcidos entre las rocas. Nos bañamos, comimos y volvimos a bañarnos. Pasamos el día en esos menesteres, a veces oyendo música, hasta que el sol languideció. La canción *Marina* ocupó buena parte del repertorio, mi paciente hermano admitiendo la reiteración. No podía desalojarme del recuerdo de la luminosa *ragazza*.

Aquella noche tardé en dormirme pensando en ella. Y la noche siguiente. Y la otra. En la cuarta noche me desperté de golpe. Había estado soñando con Marina y fue tan real que me descoloqué. Supe que me había enamorado a tope y que estaba sin defensas.

Marina, Marina, Marina,
contigo me quiero casar.
Marina, Marina, Marina,
contigo me quiero casar.

Oh, morena guapa,
no digas que no me quieres,
no me arruines, no me dejes,
oh no, no, no, no, no.

Verla era perentorio, vital. Salí y paseé bajo la noche tremenda, oyendo el siseo de los insectos, que me parecieron mensajes de galanteo primario. No pude dormir, ahogado de amor. Al amanecer le dije a mi hermano que iba a ver a la chica al hotel.

—No tenemos dinero para eso.

—No voy a dormir allí. Sólo quiero verla.

—Voy contigo.

Dejamos la tienda al cuidado de otros excursionistas, metimos las cosas de valor en un macuto e iniciamos el regreso a Villalba.

Había muchos ocupantes en el hotel. En recepción me pidieron el nombre completo de ella. Sólo sabía el de pila: Marina. Les di la descripción y la fecha de entrada. No estaba. Ella y su amiga habían abandonado el hotel un día antes.

En ocasiones, en momentos de abstracción o perplejidad, todos hemos pensado en cómo habría sido nuestra existencia de haber hecho esto o lo otro, si hubiéramos tomado otras decisiones. Hay veces en que nos preguntamos si acertamos al elegir. No me refiero a los que fracasaron en muchas o todas las líneas de su vida, sino a los que, sin ser ricos ni poderosos, viven en la aceptación de sus situaciones. Dicho de otro modo: creo que todo el mundo ha pensado más de una vez en cómo sería haber caminado por una senda distinta, de haber llegado a tiempo de coger el tren que partió sin nosotros.

El tiempo ha volado. Aquella joven italiana ya no lo es. Quizá ni exista. Pero a veces, cuando escucho esta canción, pienso en cuál habría sido mi vida de haberla encontrado en aquel hotel. A pesar de haber tenido desaciertos, no los he tenido en el amor. Estoy a gusto con mi singladura y quiero a mi mujer, aún con pasión. Eso no es óbice para que en mi imaginación me vea con Marina en una juventud inacabable, viajando en un tren sin destino a través del tiempo infinito.

El Abulía

Él apareció una mañana de invierno cuando parte de las acerosas nubes se habían disuelto en lluvia. Una mañana sin nombre en la que los arrapiezos, muchos de ellos sin escolarizar, buscábamos descubrir cosas nuevas en el paisaje dolorido e igual; en las calles sin árboles, de aceras enlodadas y horizontes sin más allá. En esos años de bondad menguada, educación a mamporros, casas desacondicionadas y alimentos racionados, todos los chicos pasábamos horas y horas en la calle.

Su llegada provocó espanto en la chiquillería porque era grande de tamaño, de brazos desmesurados y rostro simiesco. Los pequeños huimos despavoridos, algunos llamando a sus madres. Los grandes espantaron al engendro a pedradas y a gritos. Escapó agachado a gran velocidad por el enorme campo virgen y las huertas hacia el paseo del Canal, emitiendo chillidos y alborotando a los pocos insectos que aguantaban el duro invierno.

Pero al día siguiente volvió a aparecer, como el perro apaleado que no tiene donde ir.

—¡El monstruo!

Nueva ración de cantazos y nueva escapada. Habida cuenta de que eran tiempos en que la Iglesia marcaba la línea de pensamiento, algunas madres señalaron que un ser así sólo podía ser engendrado por gente pecadora. Y entre las que comulgaban diariamente en la parroquia cundió la especie de que en ese nacimiento debía haber participado el mismo Lucifer.

Unos padres, poco influenciables por teorías fantásticas y con marcado desapego hacia la imposición religiosa, hicieron averiguaciones por la zona de Peñuelas, donde se situaba la enorme estación de mercancías de Renfe. De allí había surgido el extraño. Les dijeron que también apareció en el lugar sin saber su origen. Las bandas de golferas de la calle Arquitectura y aledaños, contra quienes hacíamos *dreas* regulares con resultado de cabezas quebradas y heridas de cuidado, le habían soportado un tiempo. Supusieron que, buscando más humanidad, el excepcional ser se había aventurado con los bribonzuelos del Matadero, sin sospechar que la brutalidad era el sentimiento predominante en aquella España escombrada, sobre todo en la chiquillería, con grupos de extrema crueldad.

No era una bestia sino un ser humano, aunque anormal. Tenía más de mono que de persona, lo que provocaba no sólo el temor sino la impiedad, sentimiento común arraigado secularmente en nuestro país contra todos los animales y débiles. La naturaleza había creado un híbrido injusto, increíble, único. De cabello negro e hirsuto y una maraña de pelos brotándole del rostro achimpanzado, así el dorso de las manos. Boca brotada, de dientes afierados, siempre destilando babas, mientras una organización de mocos adornaba su ancha y aplastada nariz. No hablaba. Sus cuerdas vocales no estaban diseñadas para formular palabras. Emitía gruñidos y mostraba un interés silvestre por las cosas. Al reír, cosa que hacía con frecuencia, abría su boca desmesurada y mostraba unas fauces escalofriantes mientras refrendaba su alegría con palmadas de sus grandes manos. Ese espectáculo atemorizaba a la chiquillería en sumo grado.

Pero era totalmente inofensivo. No había peligro con él. Así que días más tarde fue admitido cautelarmente en las pandillas del barrio, primero con curiosidad y luego como objeto de bromas violentas y denigraciones por parte de los cabecillas, a las que jamás respondía con enfado. Encajaba las burradas que le dedicaban creyendo que eran parte del juego, hasta que le reiteración le hacía comprender la realidad. Entonces se acurrucaba y quedaba quieto, mostrando una mirada tan llena de súplica que a los pocos pequeñajos sensibles nos llenaba de pesar. Con una paciencia incomprensible, permanecía en esa guisa durante tiempos prolongados, siempre ausente de ira. Cuando al fin decidía abandonar, escapaba raudo seguido de un reguero de pedradas e insultos.

Pero volvía, una y otra vez, con sus ropas andrajosas, insuficientes para el feroz invierno. Cuando llovía o nevaba, lo que era constante en aquellos meses invernales, todos menos él corríamos a guarecernos en los portales. Ahí quedaba, solo bajo la tormenta, encogido, mirándonos como un animalillo, mientras el agua o la nieve le empapaban y se mezclaban con sus mucosidades.

Poco a poco un sentimiento de compasión se instaló en las endurecidas pandillas. Alguien le dio ropas de más abrigo. Los matones dejaron de pegarle y le permitieron intervenir en los juegos reales. Algunos pudimos repartir con él la escasa comida que teníamos, así como las bellotas y castañas que arramblábamos en los corrales del Matadero Municipal en disputa con los cerdos.

Nadie tuvo interés en saber dónde vivía exactamente. Caminaba a dos patas, pero encorvado, dando la sensación de una tendencia a utilizar también las manos, como los cuadrumanos. Cada anochecer se alejaba, paseo Chopera arriba. Algunos días no se presentaba, pero no tardaba en aparecer. Podía tener cualquier edad, qué más daba. Tampoco nos importó su nombre. Alguien le puso Abulía porque así sonaba cuando se señalaba a sí mismo. Y con ese nombre se quedó.

Y el tiempo fue pasando. Y vino el verano y otra vez el invierno, las estaciones sucediéndose. El gran campo y las huertas se invadieron de chabolas, mientras los chicos nos adentrábamos en las etapas de la vida. Llegó la madurez para los mayores y la adolescencia para los menores. El país cambiaba y la dureza de la primera posguerra iba erradicándose del barrio. Ya no estábamos en la calle sino en las escuelas, formándonos. Pero de vez en cuando, al ir a nuestras tareas, veíamos aún al Abulía con grupos de críos nuevos, ya mejor vestidos, de mejores comportamientos y sin la maldad de los anteriores.

Arreglaron las calles. Los animales para el Matadero: ovino, bovino y caballar, dejaron de pasar en recua por la ancha acera. El gas de los faroles fue sustituido por electricidad. Y mientras los veranos seguían siendo sofocantes, en los inviernos las nevadas dejaron de ser anuales y se espaciaron. Aunque con lentitud, todo iba cambiando en el barrio.

Luego les llegó el tiempo a las chabolas. Poco a poco fueron desapareciendo. Cuando una familia abandonaba, los guardias reducían a escombros la caseta. No quedó ninguna. Pero el campo natural y las huertas nunca volvieron. Se perdieron para siempre, como nuestra niñez, y más cuando llegó la edad militar. Ya no había niños jugando en la calle, ahora llena de coches. El Abulía desapareció y no volvimos a pensar en él.

Parecía que, como tantas cosas, la maldad pura había sido erradicada. No podría subsistir en un mundo cambiante donde la bondad normalmente supone lo mejor que el estudio, la cultura y el conocimiento pueden producir en las personas.

La pobrería y lo ruinoso dejaron de ser imagen común. La gente embelleció de aspecto. Sin embargo, en muchos aún latía el salvajismo hacia el mundo animal, como si ellos fueran culpables de la fealdad que el Hombre puso en los escenarios. A los animales no les alcanzó la bondad que surgía con el impulso renovador. Los perros callejeros desaparecieron; las golondrinas no volvieron porque los insectos de campo habían sido aniquilados; los murciélagos fueron exterminados y los gorriones siguieron cazándose para servir de alimento en los bares.

Y peor que eso: persistía la maldad congénita, el atávico temor a lo diferente y a lo incomprendido. Así, un día, cuando los juegos de niños todavía no eran recuerdos sino vivencias recientes, supimos la noticia. No salió en la prensa ni se mencionó en la radio. Ni siquiera en *El Caso*, semanario de entonces especializado en crímenes y violencias. Nos llegó en los cuchicheos intrascendentes, como suceso de pasada, el comentario escueto: «Oye, ¿te acuerdas del Abulía...?»

Había aparecido muerto en uno de los muchos solares repartidos cerca del parque de la Arganzuela, en el mísero tabuco de chapas donde al parecer vivía en soledad, rodeado de basuras. Lo habían asesinado a cuchilladas. Y el autor o autores debieron haber estado muy agraviados con su existencia porque se entretuvieron en cortarle los órganos genitales y, junto con las también rebanadas orejas, metérselos en la boca.

Nunca se supo quién fue el salvaje criminal. ¿A quién importaba? Sólo era un anormal, algo feo que abochornaba al hermoso paisaje que se estaba construyendo sobre ruinas de siglos.

El poema

La pensión La Gallega, en el barrio de la Candelaria de Caracas, era uno de los lugares baratos de paso para inmigrantes españoles masculinos que carecían de familiares, amigos o contactos en el país de la esperanza. Allí estaban hasta que podían cambiar a otra pensión mejor o porque conseguían un empleo bien remunerado o una actividad estable suficiente para permitirles alquilar un piso.

No sobraba tiempo para hacer amistades porque todos buscaban trabajo, o lo desarrollaban, durante el día, y sólo se veían de pasada en las comidas y cenas. Eran más los rostros de preocupación y desencanto que de alegría. Sólo los que han sido emigrantes a la aventura, sin nadie en quien apoyarse, saben lo que es vivir esa soledad y abandono. Algunos, con buena suerte, mayor decisión y gran empuje, paraban pocas semanas. Otros permanecían demasiado tiempo viendo desfilar a compañeros sin nombre y notando cómo su entusiasmo inicial se esfumaba y era reemplazado por una impotencia rumiada.

Aquel hombre era distinto, y no por ser mayor. Nadie, ni los posaderos, sabía con certeza de qué parte de España procedía ni los años que tenía ni de qué trabajaba. Sólo que no era un emigrante sino un residuo de la guerra, en la que participó bajo bandera republicana siendo adolescente. Se hospedaba allí de vez en cuando. Delgado como un intersticio, comía en su mesita, siempre solo y siempre con su botella de güisqui. El menú no daba para mucho. Cuando el entrante era chipichipi, la patrona, cojitranca, los pelos encabritados y la edad vencida, traía los platos en las manos desde la cocina. Avanzaba al tran tran, ambos pulgares metidos en la sopa. Eran dedos henchidos por años de inmersión y de ellos procedía la única grasa que sustanciaba el somero caldo. Mientras comíamos, el extraño nos escudriñaba a todos con ojos muy hundidos en sus cuencas, como buscando a alguien. Después de las raciones se levantaba y, botella de licor en ristre, desaparecía.

El calor era inmisericorde. El aire acondicionado no existía en la fonda. Sólo había un baño y un retrete en cada piso, separados, ante los que se formaban impacientes colas todas las mañanas, cada hombre aferrando su orinal con los residuos nocturnos. El precio permitía una sola ducha al día por lo que el sudor barnizaba los cuerpos de continuo. Mi cuartito tenía un camastro, un deslomado armario y una silla coja. En un rincón, un minúsculo lavamanos. Encima, un espejo rajado partía en dos la imagen reflejada, ofreciendo cuatro ojos, dos bocas y dos narices, como si fuera una pintura cubista. Las ventanas de las habitaciones, con tela mosquitera, daban a un callejón estrecho. Estaban siempre abiertas en procura de un frescor imposible. Era difícil dormir con el calor, las toses, los pedos, los ronquidos y los juramentos que recorrían el vetusto edificio. Así, las noches se alargaban en la vigilia, y gracias a los sones lejanos de las arpas de Hugo Blanco no se convertían en un calvario.

Un atardecer golpearon en la puerta. Abrí. El extraño entró sin pedir permiso, con su botella de güisqui.

—Tomemos un trago.

—No bebo güisqui.

—Espera. —Salió y regresó con una botella de Coca-Cola fría. Cogió mi vaso del lavabo, escanció licor y lo colmó con el refresco—. Verás que te resulta más llevadero.

Apenas cabíamos. Nos sentamos en la cama. Bebimos, él de la botella. La mezcla que me preparó era agradable. Me miró.

—Venezuela es el país de toda América donde más güisqui se consume; más que en Estados Unidos, dicen. Para salir adelante deberás de relacionarte con gente de nivel, todos con el mismo vicio güisquero. Hay otro nivel, los del ron, con los que tendrás que convivir en ocasiones. Es lo mismo. Aquí bebe todo Cristo. Si no lo haces, estarás jodido. No te integrarás. Es otro modo de vida. —Su mirada me ponderaba. La apartó para tomar un trago y dejó que se perdieran unos largos segundos. Volvió a mirarme—. Sabes en qué lío te has metido, ¿verdad?

—No sé de qué me hablas.

—Los emigrantes se dividen en dos clases: los que triunfan y los que no. Hablo de los que vienen a «hacer las Américas», aquellos que llegan en busca de fortuna para volver ricos en pocos años. La realidad es que ninguno regresa a su país de origen en muchos años, algunos nunca. ¿Lo sabías?

Le dio otro tiento a la botella. Yo sudaba copiosamente, pero él estaba seco como una cagarruta en el mes de agosto.

—El que triunfa lo hace a cambio de tiempo. Para entonces se le han muerto los padres, ha dejado a su novia, algunos a su mujer, se ha ligado a una indígena de coño caliente que tenía a mano y se ha integrado en el país. Cuando vuelve, no es ya para quedarse en el terruño, como pensó al salir de él, sino de visita. Sus hijos e intereses están aquí. Nada le ata a la tierra en que nació salvo la nostalgia. Si acaso, presintiendo la llamada, regresa ya mayor para acomodar sus huesos a los de sus viejos. —Nuevo lingotazo—. Los que no triunfan, que son la mayoría, no tienen ni dinero para el pasaje y prefieren morir aquí antes de que les vean fracasados. En sus cartas dicen que están chévere, pero procuran que las lágrimas no caigan en el papel en que escriben.

—¿Qué me dices de los que pretenden integrarse en una nueva sociedad y crecer con ella? —dije, tratando de buscar una fisura en su discurso.

—La mayoría no viene a eso. Pero en esos casos también se aplica lo de la vuelta tardía o no vuelta. —Me auscultó con los ojos—. ¿En qué caso estás tú?

No le contesté. Miró en la mesa el papel y el bolígrafo de la escritura interrumpida, y movió la cabeza.

—Me gustaría que desapareciera la palabra «emigración» y lo que de ella se deriva. Sueño que algún día se eliminarán las fronteras y que todos seremos libres para ir de un sitio a otro del mundo, sin pagar peajes. La tierra es de todos, y nadie debería ser emigrante en ningún sitio. —Me miraba fijamente como si yo fuera el culpable de su denuncia. Se otorgó otro largo trago—. Me informé por la patrona. Eres casado y tienes dos hijos. ¿Qué haces en Caracas?

—De momento estoy en el laboratorio de una constructora de autopistas. Mañana salgo para el interior. ¿Y tú?

—Soy pescador y me llamo Pedro. —No había chunga en su mirada—. Te he observado. Los sentimientos son una rémora para un emigrante. Éste es el país más rico de América, ideal para aventureros y tipos con gran capacidad de sufrimiento. También para quienes no tienen futuro en la tierra dejada, aquellos que quemaron sus naves al partir. —Alargó un brazo, cogió el papel de la mesa y lo leyó. Me miró—. Al contrario que nosotros, los de la diáspora, vosotros, los emigrados no políticos, podéis regresar. Nada os lo impide salvo el orgullo y la búsqueda de vuestro límite. Lo peor son los tres primeros años. Si aún sigues habrás perdido tu identidad para siempre. Además, te diré algo que puede sonar descabellado. Y es que la América está ahora en España. El Régimen no durará muchos años y allá está todo por hacer. Deberán barrerse la desidia y la ruina de siglos.

Señaló mi escrito en su mano temblada.

—Bonito poema, decasílabos rimados. —Lo copió trabajosamente—. Lo llevaré a un periódico. Puede que te consiga un premio.

Se levantó. La botella estaba vacía. Se la había bebido a palo seco pese al implacable calor. Fue a la puerta. Se volvió.

—Olvida inútiles sueños. Vuelve a España y ayuda a su transformación. Serás más necesario allí que en este engañoso jardín —dijo, antes de desaparecer.

Dos meses después regresé a Caracas para unas gestiones. Fui a la posada a ver a Pedro. No estaba. Se había ido sin decir adónde. Dejó un sobre para mí. Dentro había un recorte de la sección cultural de *El Nacional* con mi poema impreso y un billete de cincuenta bolívares. La nota decía: «Te dieron 100 bolos de premio. Me quedo la comisión. Reflexiona sobre lo que te dije.»

Estaba en la inmensa Venezuela; deslumbrante, acogedora, moderna, llena de tentaciones y posibilidades. Nada que ver con la depauperada España. Pero no debería mirar desde la inmediatez sino oteando a largo plazo. La decisión no me afectaría sólo a mí, sino también a mi mujer y, en especial, al futuro de mis hijos. Opté por gastar un tiempo, superar pruebas, sopesar. Pero algo me decía que no debería gastar años sometido a los fulgores de ese El Dorado porque la verdadera luz estaba en... Leí el poema:

EN EL JARDÍN DEL MUNDO

Aquel joven español miraba,
allá en fronteras tropicales,
las playas, aves y palmerales,
y el verde mar que susurraba.

«Es el jardín del mundo», pensaba.
La brisa, la luz y los corales
ponían en sus ojos sueños tales
que honda pasión lo subyugaba.

Habló a su lado, dulcemente,
una catira, deidad hermosa
del caribeño tapiz ardiente:

«¿Hay en el mundo más bella cosa?»
Él miró hacia el sol naciente.
«Sí. Allá en mi Castilla, mi esposa.»

La noche detenida (Sonija)

El permiso de estancia en Venezuela como turista se me acababa. Tenía que renovarlo. Salí por la raya de San Antonio, al otro lado de los Andes, crucé el río Táchira y pasé a Cúcuta, en Colombia. Estuve dos días y me maravillé de su actividad y también de los muchos niños que mendigaban. Su industria principal parecía ser el cordobán, con tiendas y talleres multiplicados, aunque su mayor negocio podría derivarse del tránsito de personas y de la diferencia de moneda. Al estar el bolívar más alto que el peso, los venezolanos entraban a comprar mercancías mucho más baratas y, por la misma razón, los colombianos hacían el recorrido contrario para vender sus productos. Como en todos los puntos fronterizos, los aduaneros de la parte de divisa más fuerte, en este caso los venezolanos, debían decidir cuándo era consumo propio o estraperlo y qué parte podía revertir en sus propios bolsillos. Las largas colas diarias eran inevitables.

Una *buseta*, autobús sin puertas y desvencijado, me dejó en la aduana colombiana. Crucé a pie el puente sobre el río e ingresé en San Antonio del Táchira. Tras el pase por la aduana venezolana busqué un *libre* que me llevara hasta Mérida, en pleno altiplano.

—Ni se le ocurra tomar un bus. Son lentos y la carretera es muy peligrosa —me habían aconsejado.

Los *libres* eran sedanes amplios, cochazos de los de antes, haigas hechos en USA. Cumplían como mini-autobuses y podían albergar cuatro personas detrás y tres junto al conductor. Tenían paradas establecidas a lo largo de la ruta y sólo partían cuando todos los asientos estaban llenos.

Salimos a mediodía. Yo iba en el asiento trasero entre Victorino, un venezolano charlador que se presentó a sí mismo con gran desparpajo, y una joven rubia de gran hermosura, que apenas abrió la boca. Apostada junto a una ventanilla, no dejaba de contemplar el paisaje de lento deslizar. De vez en cuando se volvía y me sonreía, sin emitir sonido.

Una hora después llegamos a San Cristóbal, capital del Táchira. Cambiaron dos pasajeros, pero ninguno de los que estábamos detrás.

—A partir de aquí todo es hacia arriba. Tenemos que escalar los Andes —dijo Victorino—. Estamos en la carretera Trasandina, que mandó hacer el general Gómez. ¿Conoce la vaina? —Negué con la cabeza—. ¡Ah! Un tipo arrecho, que transformó Venezuela. Gracias a él tenemos carreteras en el país.

—Empleando a cientos de presos en trabajos forzados —terció el que estaba a su lado—. No se atuvo a estudios de ingeniería ni a plano alguno. Esta carretera se hizo sobre la senda de coches de mulas transitada durante siglos. Los presos se limitaron a picar para ensancharla y alisarla, como en el Egipto de los faraones.

—Había que ponerse al día lo antes posible —argumentó Victorino—. El país no podía seguir en la incomunicación. Pero fíjense. La carretera sigue igual que cuando la construyó. Nadie después modificó su trazado ni ha gastado plata en modernizarla. Es prueba del buen trabajo que hizo con tan pocos medios.

—Fue un tirano —interrumpió el otro—. Estuvo veintisiete años en los que ningún carajo podía moverse. Creó una milicia secreta que no pelaba ojo. Singó a quien hablaba mal de él. Son miles las personas que torturó, asesinó o exiló, mientras a sus amigos daba todo tipo de prebendas y posiciones de poder.

—Hacer un país nuevo no es tarea fácil, y más el nuestro. Era necesario mano dura. Pero cónchales, no me lo niegue. Gómez logró cosas que situaron a Venezuela en la modernidad. Fundó la Universidad de Caracas y acabó con la deuda externa.

Bajo su mando nació la clase media, necesaria en cualquier sociedad civilizada. Y lo más importante: formó un Ejército nacional, acabando con los caudillismos regionales. Gracias a eso integró el país y le dio fronteras estables. Si él hubiera mandado, Trinidad, Tobago, Curazao y la Guayana Esequiba no nos las hubieran robado los piratas holandeses e ingleses. —Me miró con reproche velado—. Claro que eso fue cuando estaban ustedes, los españoles.

La rubia se volvió a mirarme un momento, como si de pronto me descubriera. Yo había leído mucho sobre Venezuela, fascinado por ese inmenso país de ríos desmedidos, cordilleras enormes, selvas impenetrables y música vibrante. Conocía su historia y su enorme extensión, casi deshabitada. Y sabía de su historia reciente desde la Independencia hasta la presidencia actual del doctor Raúl Leoni, pasando por los cuatro grandes dictadores, Antonio Guzmán Blanco, Cipriano Castro, Marcos Pérez Jiménez y el citado Juan Vicente Gómez. Pero no contesté al envite de Victorino. Más que debatir me interesaba más escuchar, lo que es innato en mí.

—Usted le echa pico —arguyó el otro, dirigiéndose a Victorino—. Todos los dictadores hacen buenas obras públicas y hermosos edificios. Es su justificación histórica. Pero Gómez acabó con la inclinación al trabajo. El petróleo, que manejó como si fuera sólo suyo y de sus amigos, es nuestra ruina. Aquí ya no se fabrica nada, ni se siembra, ni se crea. Importamos hasta las habichuelas. Es un país que camina hacia la destrucción. Y de eso tienen la culpa el dictador Gómez y los que le siguieron.

—Que no, compadre —terció uno situado delante—. El señor tiene razón. Lo malo son los partidos políticos. Frenan el desarrollo. Los saltos adelante que dio nuestro país fue obra de los dictadores. ¿Qué usted cuenta de Pérez Jiménez? El gran emprendedor. Dejó una Venezuela que asombró al mundo. Nunca en ningún país se hicieron tantas cosas buenas en tan poco tiempo.

—¿Qué usted piensa, español? —me interpeló el opositor—. Allá tienen a Franco. Y como que no parece que las cosas caminan.

Los tres sumaron sus miradas a la de la rubia. Me salí por la tangente.

—Soy extranjero. No puedo opinar —dije, mirando a la mujer. Ella volvió sus ojos a la ventanilla. Al otro lado, los paisajes pasaban lentos por la velocidad menguada de la subida.

—Venga acá, don —insistió el otro—. Usted vino a hacer plata. No hace falta preguntar. Se le ve nuevo. Todos vienen a lo mismo. El país más rico de América, el de las grandes oportunidades. Pero llegó tarde. Con Pérez Jiménez habría hecho fortuna. Corría la plata. Llegaron Betancourt y ahora Leoni. La democracia de que habla el compadre. Se nos jodió la vaina. No encontrará ya las oportunidades que busca.

—No haga caso de esa mamaera e gallo —habló Victorino, mirándome—. El emprendedor saca partido en cualquier régimen. Si usted lo es, triunfará.

—Se acabó el filón, mi vale —sentenció el otro—. Nunca volverán los tiempos buenos.

Pareció que los contendientes se habían quedado sin razones porque guardaron el mismo silencio que desde el comienzo observaban los otros pasajeros. Quizá porque la ruta imponía amedrentamiento, incluso a quienes estaban acostumbrados a ella. No era para menos. Pista estrecha, sinuosa, con curvas tan cerradas que parecía imposible poder girarlas. Circulábamos lentamente entre un muro de roca desnuda y un abismo estremecedor, que cambiaban de sitio a izquierda o derecha según dictaba el trazado. Cuando aparecía un vehículo en sentido contrario, el cercano a la pared paraba y se adhería hasta casi el roce para que el otro pasara con dificultad bordeando el peligro.

—Póngale música, pue —dijo uno al conductor. Y las notas de Hugo Blanco nos dieron el alivio necesitado.

Apenas podíamos quitar los ojos de la pista. Como si fuera una pantalla, veíamos aparecer el muro de roca, cambiando a árboles desangelados y al vacío amenazante. A veces, en los escasos tramos rectos, podíamos ver allá abajo, en la distancia, pueblos abrumados por la inmensidad.

Tiempo después alcanzamos el páramo Zumbador, a 2.500

metros de altitud. El coche se detuvo en una rotonda frente a una posta de viajeros. Al lado, una cantina ofrecía sosiego y calma. Tiempo de ir al retrete o estirar las piernas, según recomendación del conductor. Salimos todos. Había una niebla medianamente densa. A la luz incierta, ayudada por unos focos colgados en postes, pude ver unas casas diseminadas, tipo chabolas. La temperatura era muy baja y racheaba un viento desagradable. Unos niños jugaban en la tierra desyerbada, en camiseta algunos, los bracitos al aire. No me lo podía creer. Se nos aproximaron, riendo, las negras greñas rivalizando con la curtida piel, y extendieron las manos.

—Están acostumbrados a estos fríos. Esta gente del altiplano como que son diferentes —dijo Victorino, echándoles unas lochas.

La rubia salió del establecimiento y cruzó rápida hacia el coche, entrando en él.

—Vaya tronco de catira —dijo Victorino con los ojos gachos—. Está para desguañangarla.

Al tipo no le faltaba arrogancia ni simpatía. Y era claro que se sentía pagado de sí mismo. Pero sus intentos de establecer contacto con la rubia habían fracasado. Estaría en la cuarentena y mediría alrededor de 1,85. Llevaba un buen flux, de corte internacional, y corbata. Había observado que esa vestimenta no era muy usual en el país debido a la temperatura general, a excepción de la de los Andes. La mayoría iba en camisa y algunos deslumbraban con el blanco liquilique.

—La vida es chévere, don. No me puedo quejar de mujeres. Pero nunca es suficiente. Me gustaría hincarle el diente a la doña. Como que usted me entiende, ¿verdad, español?

De nuevo en ruta, el libre completo. Otros dos viajeros habían cambiado, pero Victorino y la rubia permanecían. A partir de ese punto, la carretera descendía. El coche iba más despacio, algunas veces en primera. No había más curvas que desde El Cruce a Cangas del Narcea, allá en Asturias. La diferencia estaba en la enorme altitud de los Andes. Cuando llegamos a La Grita, sólo a unos 450 metros de altitud y ya un pueblo definido, la noche venía llegando. Hicimos parada y todos salimos. El frío no tenía cabida a esa altura. La rubia se me acercó, lo que yo no me había atrevido a hacer al verla tan reservada.

—Oí que usted es español. Parece nuevo aquí, como yo.

—Sí. Intento quedarme.

—Yo también quiero quedarme. Ahora vengo de Cúcuta, para arreglar el permiso de estancia.

—Feliz coincidencia —dije, compartiendo su sonrisa. Nos presentamos. Se llamaba Sonija, Sonia en sonido, y procedía de Yugoslavia. Se había licenciado en Filología Hispánica y había vivido en Perú, por lo que su español era muy bueno. Volvía a Barquisimeto, donde le esperaba su novio, también yugoslavo. Él ya tenía permiso de transeúnte y deseaba montar una tienda de alimentos para animales de granja. Tuvimos tiempo de tomar un café en el bar de la bomba de combustibles mientras esperábamos las órdenes del conductor.

Poco después volvimos a la carretera. Sonia recuperó su mutismo y los demás empezaron a dormitar. El camino era otra vez ascendente y siempre zigzagueante. Apenas nos cruzaban coches. Oímos algo parecido a un trueno lejano. Poco a poco fuimos escalando hacia el frío. La cima estaba a bastantes kilómetros todavía, en el páramo La Negra, a 3.100 metros de altitud. Pero no mucho después oímos de nuevo el ruido de truenos. El eco bajaba como un alud y se sostuvo durante un tiempo. Sin embargo, no podía proceder de las nubes porque el cielo estaba expuesto de estrellas. El conductor barajó la máxima precaución. Ningún coche venía en dirección contraria. Llegamos a una zona recta y amplia. Unos cuantos coches y camiones estaban detenidos, las luces de los faros iluminando el espacio. Varias personas estaban agrupadas. El conductor aparcó el coche y bajamos. Había habido un desprendimiento y la carretera estaba cortada.

—Ocurre con frecuencia —nos dijo nuestro guía—. Deberían tomarse en serio reforzar esta vía. Están haciendo autopistas por el centro del país y se olvidan de los extremos.

—Si hubiera seguido Pérez Jiménez... —esbozó Victorino.

—¿Y ahora qué?

—Habrán avisado. Vendrán las máquinas desde Tovar y despejarán. Pero como que tendremos que pasar la noche aquí.

Sólo llegaron dos autos más. Supuse que alguien habría avisado a La Grita y allí habrían detenido la circulación. Algunos prendieron una hoguera empleando ramas esparcidas y la gente se arremolinó. Hacía frío. El conductor dijo que estábamos a 2.800 metros de altitud. Uno de los camiones transportaba galletas y dulces. El responsable no tuvo reparos en repartir entre todos, sin limitaciones. Lo mismo hizo otro que transportaba güisqui y licores. Y un tercero que llevaba agua y refrescos. Parecía que se hubieran puesto de acuerdo. El ánimo general se apaciguó y, aceptada la anormalidad, todos buscamos el lado bueno de las cosas.

—Demos gracias a Dios —dijo uno—. Peor hubiera sido que nos cayera encima la montaña.

Tras un tiempo de cháchara, los conductores apagaron las luces de los coches. La fogata se hizo rescoldo, pero la negrura no nos dominó. El cielo exhibía su inmenso muestrario estelar, brindando tal luminosidad que dejaba la noche sin su función. Pero no era la única fuente. Había otra de gran seducción que yo nunca antes había conocido. Sonija, apartada y sentada en un tronco, la miraba. Me acerqué a ella.

—¿Puedo...?

—Sí —dijo, dejándome un sitio—. Mira. ¿Viste esto alguna vez?

Al otro lado de la carretera se elevaba la montaña. Estaba cubierta de luces minúsculas blanco verdosas. Miles, unas quietas y otras moviéndose; todas titilando como estrellas descendidas. Era como si un trozo de cielo se hubiera desprendido y hubiera forrado de centelleos la roca.

—Luciérnagas.

En el campo inmenso donde mi niñez se diluyó tuve trato con múltiples insectos, nunca con luciérnagas. Suelen estar en zonas húmedas y boscosas y mi solar era seco y desarbolado. Más tarde supe de su existencia, pero era la primera vez que veía su luz. Fue mágico y extraño contemplar esas bombillitas, cubriendo por bioluminiscencia esa extensa ladera. Me uní al éxtasis de Sonia y dejé que el silencio habitara.

—Las luces fijas son de las hembras —aclaró Sonija, minutos después—. Los machos vuelan, buscándolas para aparearse. —Hizo una pausa—. Es una especie en peligro de extinción, a la larga. La culpa la tienen las urbanizaciones, que invaden los montes en todo el mundo. En sus zonas, las luces de las casas desconciertan a los machos, que no encuentran a las hembras y no pueden cumplir. La población mundial de este excepcional insecto está decreciendo por esa causa.

No era fácil hablar ante esa maravilla. Permanecimos así un largo período, fascinados, sin sentir el frío. No creí que cosa tan bella, originada por seres tan sencillos, pudiera existir. Y comprobé una vez más que, como en casi todos los aspectos de la vida, no es lo mismo imaginar que verlo en vivo y gustarlo.

—Me recuerda a mi pueblo, al pie del Danubio —dijo Sonija con voz velada—. No hay tierra más bella que Serbia. Pero me quedaré en Venezuela. Es un lugar nuevo, de gente amable, donde siempre hace sol. Me casaré con Suave y tendré muchos hijos.

De repente se dio cuenta del frío que hacía porque tuvo un estremecimiento. Nos levantamos y fuimos al coche. Los demás ocupaban sus asientos y dormitaban. Con toda confianza, Sonija apoyó la cabeza en mi hombro y cerró los ojos. Yo cerré los míos e intenté dormir, pero algo me turbaba. Veía al conductor echando caladas a su cigarrillo. Cuando el sueño se me aproximaba, le oí.

—¡Atención, señores! Tenemos visita. Despéjense.

Un coche policial se aproximaba a la explanada con los faros largos y las luces azules girando en el techo. Se detuvo y emitió varios bocinazos. De él emergieron dos uniformados, las pistoleras golpeando sus muslos.

—¡Sálganse afuera con sus documentaciones!

—Cuidado —nos advirtió el conductor—. Guárdense bien su plata. Pero déjense en sus documentos un billete de diez bolos, como si no se dieran cuenta.

—¿Qué quieren?

—En teoría sorprender guerrilleros camuflados. Pero no se fíen.

—¿Cómo guerrilleros? —dije—. Creí que era en Colombia donde los había.

—Como que usted está desinformado, señor. Los hay, no con la ferocidad que en Colombia. ¿No recuerda que secuestraron al futbolista del Real Madrid, Di Stéfano? Vienen del Partido Comunista, luchadores contra las dictaduras. Eso dicen. La realidad es otra. Precisamente fue aquí, por la zona de Mérida, donde empezó el primer grupo.

Los dos agentes podían parecer cualquier cosa menos personas confiables. Ventrudos y con jetas mal avenidas, transmitían una gran inseguridad. A la luz de los focos y con cachaza fueron inspeccionando cada documento así como carteras y bolsos, embolsándose cuantos billetes encontraban. Cuando me llegó el turno, el espécimen fijó en mí una mirada llena de sospecha y dureza. Supuse que era una pose utilizada para desmenuzar al interpelado.

—Español, ¿ah? —expresó, mientras se guardaba el billete—. ¿Y qué usted hace en Venezuela?

—Turismo.

—Ya agotó sus seis meses y prolongó su estancia, pue.

—Es un país enorme. Hace falta mucho tiempo para verlo todo.

Me devolvió el pasaporte como si me estuviera haciendo un favor personal. Luego fue adonde su compañero, que atendía a Sonija. Al rato se apartaron de ella sin soltar su pasaporte. Conversaron por lo bajo, lanzándole miradas. De pronto uno se adelantó y le cogió del brazo.

—Usted se viene con nosotros.

Sonia se desasió y retrocedió.

—¿Por qué razón?

—Como que debemos comprobar sus papeles. Viene usted de un país comunista.

—Mis papeles están perfectos. Ya pasé por eso. No voy a ir con ustedes.

—Sí que lo hará, doña —dijo él, volviendo a atraparla. Sonija se revolvió y lo lanzó al suelo de un empujón. El otro corrió hacia ella y la golpeó. Victorino y todos los demás hombres avanzaron hacia él. Algunos eran lo suficientemente fornidos como para tenerlos en cuenta. Los policías enarbolaron las pistolas.

—¿Qué tanto intrépidos son, ah? ¿Quién quiere probar bala?

A la fuerza la metieron en el coche. Sus gritos partían el alma y la razón. Era un ejercicio inasumible de violencia y sospecha. Victorino dio un paso. Uno de ellos disparó dos veces al aire. Victorino se detuvo mientras las detonaciones abrían resonancias en la montaña. Contemplamos impotentes cómo el coche giraba y tomaba la carretera. Estuvimos mirando las luces hasta que las curvas las borraron. Victorino se puso a maldecir.

—¡Coño e madres, cabrones! ¡Hijos de la madre puta!

Nadie le contestó. Se apartó para seguir maldiciendo en soledad. Sin duda, que la acción de los agentes fue indiscutiblemente brutal, chulesca y amedrentadora. Pero estaba al cabo de las arbitrariedades de muchos policías. En cualquier país. Recordaba a los grises desde mi niñez. Por eso no entendía del todo la preocupada postura de esa gente. Y menos la ira y el disgusto de Victorino. Se lo pregunté al conductor, que me miró como si no estuviera en mis cabales.

—Aunque sea nuevo, ¿no oyó cómo es aquí la vaina? —Hurgó en su cajetilla, buscando el consuelo del tabaco—. ¿Qué cree que le ocurrirá a esa catira, ah?

—Supongo que...

—La violarán hasta hartarse. Es una mujer muy hermosa. Y ojalá que sólo sea eso. Puede que luego la maten y hagan desaparecer el cadáver. Las mujeres no pueden viajar solas en este país y más si son bellas. Desaparecen continuamente. Pocas se encuentran. Y da lo mismo que haya dictadura o democracia.

—No es posible. Serán unos cafres, pero son policías.

—Parecen policías y quizá lo son. O puede que bandidos disfrazados. O quién sabe qué coño e madres. Da lo mismo. Ocurre. Mire usted, don. Nunca me pararon estos carajos uniformados en la carretera. Pura suerte para todos. Porque si me los encuentro, no me detengo. Pasaré sobre ellos.

De repente había desaparecido la belleza del mundo. Miré la ladera. Las luciérnagas estaban apagándose. Me pareció que estaban llorando. Luego me di cuenta de que las lágrimas no eran de ellas.

Me acerqué a Victorino, que fumaba en soledad.

—Discúlpeme si no intervine. Pero no sé qué hubiéramos podido hacer. Parecían la autoridad.

—¡La autoridad...! Corruptos y despóticos. Eso es lo que son. —Movió la cabeza—. Tiene usted razón. Nada podíamos hacer. Y menos usted, un extranjero. Tendría una bala o la expulsión.

Pasamos en vela la poca noche que restaba. Con los primeros albores oímos ruidos de máquinas al otro lado. Unas horas después la carretera quedó despejada. Todos nos preparamos para la marcha. Victorino no entró en el libre.

—Vuelvo atrás, a La Grita y a San Cristóbal. Adonde sea. Tomé los datos del carro. Pondré una denuncia. Averiguaré qué le ha ocurrido a la catira.

Horas más tarde llegué a Mérida. Cogí un autobús a Caracas, ya el camino menos riesgoso. Y a partir de ahí quedé atrapado en la vorágine de sobrevivir al reto que había impuesto a mi vida.

Y los años siguieron. No he vuelto a contemplar el milagro de las luciérnagas. Como si aquella primera noche hubiera sido también la última. Como si Sonija, en la que tantas veces pensé, fue quien produjo aquella magia y se las hubiera llevado consigo.

Cuando años más tarde, en 1999, la OTAN bombardeó Belgrado por orden del español Solana, el recuerdo de aquella noche andina volvió a atraparme con fuerza. No fue mi peor experiencia en la vida, pero sí de las más conmovedoras.

¿Habría sobrevivido Sonija a la brutal experiencia? ¿Habría conseguido Victorino salvarla?

Tantos años han pasado y siempre esas preguntas llegando desde aquel dolor inmarchitable.

Sarah

Sarah Connor, como todo el mundo sabe, es perseguida por Schwarzenegger en la primera película de la serie *Terminator*. El sargento Kyle Reese, enviado desde el futuro por John Connor, el hijo de Sarah, intenta evitar que el Cyborg cumpla con su malvada misión. En la huida desesperada, Sarah y Kyle van a dar a lo que parece una especie de cueva, quizá la entrada a un paso subterráneo. Allí pasan la noche, temblorosos. A la mañana siguiente van a un motel y hacen el amor, acción en la que engendran a John Connor, el salvador del mundo tras la hecatombe, utilizando la teoría de los saltos en el tiempo.

Ahora ponen otra entrega de *Terminator*, que sería la quinta de la serie y la cuarta de Arnold. Y de nuevo siento el estupor de aquel momento imborrable.

Primavera del 63. Yo caminaba lleno de juventud, fuerza y poco dinero, determinado en hacer el trayecto Madrid-París en autostop, algo infrecuente en España hasta entonces. Caminé y caminé por la Nacional I, entonces carretera con calzada de dos sentidos, donde se enristraban los enormes camiones. Los turismos pasaban por mi lado sin mostrar solidaridad con el cartel que llevaba colgado a la espalda: «A París.» Y eso que, con mi atuendo, consistente en pantalón normal, jersey ligero, zapatos cómodos y un bolso, distaba de ofrecer la típica pinta del autostopista guarro. Algunos curiosos me recogieron, aunque para trechos cortos. Tardé tres días en llegar al Bidasoa y pasar a Francia, después de dormir en lugares recónditos, lavarme en los retretes de las estaciones ferroviarias y cambiar a menudo de calcetines. Contemplé paisajes inéditos con persistencia de belleza y singularidad. Pero los amaneceres y atardeceres ratificaron mi convencimiento de que todo es igual y diferente al mismo tiempo.

Desde Dax hacia arriba, la carretera es una línea recta interminable y descorazonadora. Kilómetros y kilómetros entre altos árboles y escasas poblaciones donde el horizonte se cierra y los coches pasan como centellas. Sentía el peso de la soledad y la exclusión, sobre todo cuando veía rostros mirándome fugazmente desde una ventanilla al paso veloz de un vehículo. Entonces obligaba a mis castigados pies a seguir hacia el objetivo marcado, tenaz como el canto de un grillo.

Dos días después llegué a Burdeos. Escarbé en mis bolsillos y rescaté unos francos, que me permitieron adquirir dos bocadillos de jamón y queso en una *charcuterie*. Aproveché para llenar la cantimplora de agua. En las afueras de la población, al norte del Garona, encontré una rotonda con un monumento en el centro. Me senté a un lado, en un borde de piedra junto a unos parterres, y procedí a obsequiarme con el primer bocata. Lo mastiqué con lentitud, para prolongar el disfrute, dejando el otro para la noche.

Era una tarde sin brillo y sin sol, amenazada de lluvia. La vi venir, encorvada bajo el peso de la enorme mochila y con su uniforme de autostopista: sombrero abollado, botas de cuero, pantalón vaquero corto y chaleco a juego. Todo debidamente ajado y sucio según manual. Sus piernas estaban morenas de soles y una pelusilla rubísima destacaba de sus pantorrillas. Apeó el macuto y se sentó a mi lado, obsequiándome con una sonrisa de contento que no enmascaraba su olor a sudor y polvo del camino. Tenía el cabello dorado, labios carnosos y resecos, estatura mediana y rasgos normales. Inglesa de Nottingham, se sorprendió al saber que yo era español y trotamundos. Mi vestimenta no me relacionaba con el arquetipo y ella nunca había encontrado especímenes de mi especie pateando deportivamente por los caminos. Tenía el convencimiento de que todos los españoles éramos cutres y emigrantes porque los veía a cientos en las estaciones, cargados de maletas baratas y con boinas encasquetadas. Una simpleza, coincidente con el juicio sobre nosotros que se barajaba desde años por la mayoría de los hijos de la Gran Bretaña. Venía de París y su meta era Biarritz. Nuestras rutas estaban cruzadas. Nos entendimos con mi mal inglés dado que ella sólo conocía su idioma. Traía su provisión de agua, pero confesó estar muerta de hambre y con la hacienda en crisis. Mirando con ansiedad lo que quedaba de mi bocadillo, confesó que llevaba un día sin comer. Saqué el que guardaba y se lo ofrecí. Sus manos eran ásperas. Nunca vi tanto reconocimiento en una mirada. No tuvo remilgos en despacharlo con voracidad.

Sarah era su nombre. No tenía excesivos prejuicios sobre los españoles, pero sí un concepto distorsionado, como la opinión expresada más arriba. Secuelas de la Leyenda Negra subsistiendo sobre la realidad del tiempo actual compartido. Le dije que no les educaban adecuadamente en las escuelas y que su intento de monopolizar la superioridad sobre los demás países era para ocultar su pasado de piratería. Nos movimos en un diálogo amistoso, lleno de agrado y bromas. Más tarde dijo que pocos la habían hecho reír tanto en sus correrías por Europa y que yo le daba motivos para reconsiderar su visión de España, por lo que la incluiría en futuros desplazamientos. Cuestionó que ése fuera mi primer viaje como autostopista y tampoco se creyó que pudiera ser el último. Sostenía que ésa era la forma más barata y mejor de conocer gentes y países para los jóvenes. Había hecho muchos recorridos por Europa y ello daba razones a su convencimiento. En esa ocasión había salido de Inglaterra con un aburrido compañero, que no quiso bajar de París. Decidió continuar sola, como otras veces.

Recordamos a Robín de los Bosques, leyenda de su región y captador de turistas. Me habló del castillo del sheriff, que no era el mismo de cuando el bandolero, y de la universidad. Estudiaba allí no sé qué cosa. Se maravilló al saber que yo había estado en los arenales de África gastando energías en lo absurdo. Me miraba como si hubiera llegado a la mágica Tombuctú o cruzado el río Congo. Era sorprendente, pero daba la sensación de que para ella todo era igual por allá abajo. Lo mismo los parajes achicharrados que describe P.C. Wren en sus novelas sobre la Legión Extranjera francesa que las cataratas Zambeze en la selva profunda exploradas por David Livingstone, su también compatriota.

Y hablando y riendo se nos oscureció el cielo y empezó a chispear. No era tiempo de caminar y buscamos un lugar donde cobijarnos fuera del casco urbano. Lo encontramos en un hueco de pared enfoscada y piso de tierra. Al fondo, una calavera y dos tibias pintadas en rojo sobre una puerta de hierro cerrada indicaba que era el acceso a un transformador de tensión. Había espacio suficiente. Ella mostró un saco de dormir, un lujo para mí porque todavía no se fabricaban en España. Me pidió que nos metiéramos en él.

Aquella noche la empleamos en hacer el amor concienzudamente mientras afuera la lluvia aportaba el decorado adecuado. En esos años nadie en España nos comíamos una rosca. Era imposible el sexo con españolas normales, lo que deja claro que «lo normal» es una actitud basada en el nivel cultural. Así que a pocos puede extrañar que aquella excepcional noche la empleara íntegramente en explorar los infinitos caminos de la estupefacción, con total complacencia por parte de ella, y que esa brevedad permanezca indeleble en mi recuerdo.

A la mañana siguiente fuimos a un bar. Indagué en mis parcos recursos para financiar dos cafés con leche y dos cruasanes, lo que dejaba en precario mi subsistencia hasta la meta. Ella se admiró del gesto y admitió quedar convencida de que yo era nuevo en la faena porque la regla del camino establecía que cada uno se pagara lo suyo, salvo que invitara alguien ajeno al asunto. La miré sin ambages, intentando retener su imagen. Tenía los ojos apoyados en trazos negros dibujados por la noche sublime, pero su sonrisa no estaba cansada. Supongo que a mí me pasaría lo mismo. La despedida fue simple. Un beso pausado y un abrazo breve. La vi partir en la carretera barnizada de agua, enjaulada en su equipaje y con el ánimo tan reforzado como el mío. Permanecí un rato mirándola mientras se fundía en el gris del paisaje. A unos treinta metros se volvió y agitó una mano durante un tiempo. Su rostro estaba desdibujado por la distancia.

No volvimos a vernos, ni siquiera nos escribimos. Ella no quiso que intercambiáramos las direcciones. Dijo que la vida era como las olas del mar, algo grato e inaprensible a la vez. En cualquier caso, ese encuentro fortuito e inimaginable puso razones de satisfacción al empeño en el duro viaje y lo marcó de singularidad.

La vida está sostenida por los recuerdos, que nos llegan en ocasiones impensadas. Cuando veinticinco años después vi el primer *Terminator*, me quedé helado. La heroína del film se llamaba como aquella inglesa fugaz y el lugar donde ella se esconde en la noche con el hombre del futuro era casi idéntico al que nos albergó a Sarah y a mí cuando éramos solitarios trotamundos. Había marcadas diferencias en ambas historias. Obviamente nadie nos perseguía para matarnos. Y ellos hicieron el amor en un motel y nosotros en la clandestinidad de un hueco abierto a la intemperie. Pero la vivencia fue la misma. Como en la película, éramos jóvenes, desconocidos, estábamos cargados de soledad y necesitados de estímulos.

Y luego me di a pensar, dejándome llevar por mi propensión a desbocar la imaginación. No creo que de aquel circunstancial encuentro se formara algo mío dentro del cuerpo de aquella muchacha porque aseguró que no había moros en la costa. Pero, suponiendo que hubieran fallado sus precauciones, es lógico pensar que habría tomado las medidas necesarias para resolver la cuestión en su momento, de acuerdo con el pragmatismo y los medios de la sociedad inglesa.

Sin embargo, a veces, la remembranza me sacude cuando hay mención de los filmes *Terminator*. Entonces, y sólo entonces, imagino que quizá la vida surgió en el vientre de Sarah esa noche y que ella la dejó seguir. En esos ensueños pienso que en alguna parte puede estar viviendo un John Connor con mis genes dispuesto a salvar el mundo. Quién sabe.

El médico

Un día mi madre tuvo sangrado vaginal. Dos veces. Fuimos al médico del Seguro quien le hizo unos análisis y pruebas. Luego nos firmó un volante para el Instituto Oncológico. Corrían los años setenta.

El oncólogo de turno examinó los análisis, hizo una exploración corporal a mi madre y dictaminó que tenía cáncer de ovario. Así, como si pudiera ver a través de la carne. No sólo nos aplastó con esa seguridad absoluta sino con su sentencia: había que operar con cierta urgencia y quitarle los órganos afectados, por lo que decidió su ingreso en el hospital en el acto.

Allí quedó mientras nosotros, los hijos, con el alma en vilo, íbamos a casa a buscarle ropa adecuada y sus cosas de aseo. Cuando volvimos, ya le habían puesto la bata igualitaria reglamentaria, que a mí me pareció carcelaria, quizá porque era la primera vez que pasaba por una experiencia hospitalaria. La enfermera al mando puede que tuviera la preparación técnica necesaria, pero distaba de ser una persona con el talante adecuado para atenuar el choque emocional que tan tremenda noticia produce en el enfermo y familiares. «Tienen que vaciarla», añadió, para que no hubiera dudas. De forma escueta y fría dijo esa palabra terrible y estremecedora, como si fuera la cosa más natural del mundo.

¡Vaciar a una mujer! ¡Quitarle su sistema reproductivo, eliminar el crisol donde principian los prodigios...! Era una palabra que siempre me produjo escalofríos porque la asociaba con el vaciado de una habitación o de una bañera. Dejarlas sin contenido, sólo el polvo o la mugre en los rincones. En esa ocasión, resultaba anonadante porque la funcionaria sin bondad estaba hablando de nuestra madre y del jardín de donde surgimos mis hermanos y yo, treinta y tantos años atrás. Aunque ella, obviamente, no iba a tener más hijos, esos órganos a extirpar formaban la parte más importante de su esencia femenina, su yo profundo.

Los acontecimientos se desarrollaban rápido. Demasiadas prisas. Era curioso, por otra parte, que yo pensara más en ese «vaciado» que en el cáncer mismo. La preocupación debería estar matizada de felicidad porque la detección del mal quizá estuviera salvando su vida. Pero no lo sentía así. Me obsesionaba el despedazamiento, por muy necesario que su enfermedad lo justificara.

Durante los días de preparación estuvimos con ella todo el tiempo que permitía el horario de visitas. La espera se hacía en una gran sala descuidada de seducción, con paredes despintadas. Las mujeres deambulaban, unas esperando la operación y otras en el postoperatorio. Mezcladas, cuando, a mi lógica, deberían estar separadas porque sus visiones y esperanzas no eran coincidentes. No es lo mismo el antes que el después. Serían unas quince. Ninguna alegría atemperaba el general descorazonamiento. Había unos bancos de madera sólida, como si las «pre» y las «post», al sentarse en tal dureza, hubieran de rendir penitencia por haber caído no en una infección sino en un pecado. No pude evitar una sensación perturbadora: la semejanza de esa sala a un campo de leprosos, aquellas adonde se metían para siempre tanto a los grandes contagiados como a los leves.

Mi predisposición a la observación de los lugares y las gentes se incrementó. Miraba a esas mujeres y no veía felicidad en ninguna. Sus caras estaban agredidas de resignación e infelicidad. Mi madre tenía un carácter fuerte, que manejó durante toda su vida. Pero allí estaba amilanada, contenida de iniciativas, confiada en sus hijos. Como muchas de las enfermas, daba por hecho que lo indicado por el médico era el único e inevitable camino para salir del trance. Y más al ver que nosotros lo avalábamos con nuestra aceptación. No estaba yo seguro, sin embargo, de que estuviéramos haciendo todo lo necesario. Me veía girando en una rueda imparable, como si nuestras vidas no nos pertenecieran.

En general, y al contrario que nuestra madre, pocas de esas mujeres recibían visitas, al menos no diariamente. En la espera acoquinada, ella hizo migas con un par de pacientes. Ambas habían sido operadas y estaban en la pertinente observación. El sufrimiento era palpable en sus rostros y explícito en sus palabras. Con ojos llantosos, lamentaban haberse operado porque tenían muchas molestias, cuando no dolores. Cada día y cada noche. Algo que no tuvieron antes de la operación. Les decían que aquello era pasajero, que les llegaría la calma, que tuvieran paciencia.

¿Ésa era la solución? ¿Salvarse del cáncer a cambio de una vida en sufrimiento, quizá? Pero ¿qué podíamos hacer? ¿Existía otra posibilidad? Deberíamos consultar. ¿Con quién, si especializados en la materia nos decían el camino a seguir? Estábamos en el Centro donde deberíamos estar. Por lógica, no había otro más adecuado para atajar el mal terrible.

Aquel día, sentado a su vera en el tablón, mi madre nos dijo que seguramente la operarían al día siguiente. La miré. En sus ojos azules estaban todos los paisajes bellos del mundo, aquellos que recorrió en su niñez alegre y que tanto bien nos hizo en la nuestra. Tenía la expresión calmada y dulce, tan de ella. La tremenda situación no había desalojado de tibias sonrisas su bello rostro. Sentí una enorme impotencia. No podía ser. Tenía que hacer algo. Y de pronto supe qué.

El médico de cabecera nos recibió. No era el que manejó el asunto sino el de siempre, el que teníamos antes de que nos lo cambiaran. Uno de los «médicos de familia», como antes se decía. Nos había tratado durante buena parte de nuestra vida. Era un hombre de baja estatura, años acumulados y gafas incrustadas. Tenía la pátina de los médicos de antaño, aquellos que de niños recibíamos casi con unción porque a nuestros ojos eran depositarios de todo el saber sobre las enfermedades. Podía pasar por científico o astrónomo ya que exhibía ese aire de perplejidad de quien sabe que apenas sabe. A la sazón, su pequeña cabeza se aureolaba de ondas plateadas. Aun sabiendo que ya no era nuestro médico, nos ofreció su tiempo, no sin antes preguntar por nuestra madre, a quien no veía desde tiempo atrás.

—Y bien. ¿Quién de los dos es el enfermo?

—Ninguno. Venimos a buscar un consejo.

Nos miró con interés renovado y dejó correr un puñado de segundos.

—¿Sabéis? Hace mucho que nadie viene pidiendo eso. Todos llegan prestos a volcar sus enfermedades reales o teóricas, buscando medicinas, recetas con qué aliviarse. Quizá la culpa es nuestra, de los médicos. Tenemos poco tiempo para escuchar. Todos hemos caído en las prisas. Por tal razón, oíros decir eso me hace recuperar la ilusión por esta profesión. Un consejo... Me cuesta creerlo... —Nos ofreció otra pausa—. Bien. Decidme.

Ya informado, se levantó del sillón y llevó su magro cuerpo hasta la ventana. No podía ver nada porque los cristales eran esmerilados. Habló como si el vidrio fuera el interlocutor.

—¿Qué dijo el ginecólogo?

—No hubo tal. El colega de usted nos envió directamente al oncólogo.

—¿Ha vuelto a sangrar? —preguntó, tras una pausa sostenida.

—No.

—¿Dolores?

—Tampoco.

—¿Se le hinchan las piernas?

—No.

—¿Ha perdido peso?

—No tenemos constancia.

Se dio la vuelta y volvió a su asiento.

—Soy un simple médico de general. La medicina va mucho más rápida que yo. Hay grandes avances en cirugía y en tratamientos cautelares y paliativos. Y vuestra madre está en el lugar adecuado. ¿Quién soy yo para poner dudas sobre dictámenes de especialistas? Pero me pedís algo que me ha emocionado. Un consejo. Y os lo daré.

»No podemos dudar de que los cirujanos operan cuando tienen claro el diagnóstico. Está, además, la cirugía preventiva, algo que, justo es decir, salva vidas. Pero también es cierto que en ocasiones es innecesaria. Y que hay a quienes les gusta mucho operar. Puede que ya sea demasiado viejo, pero para mí las intervenciones quirúrgicas son el último recurso, cuando ya no existen otras salidas, cuando las demás posibilidades están agotadas. —Parecía que no modulaba las palabras, sino que salían destiladas directamente de su cabeza—. Por lo que me decís, quizá pudiera haber cierta precipitación en el médico al mando. Yo le haría antes otros análisis y le daría tiempo. Unos días más no empeorarán su situación y a lo mejor el diagnóstico no es tan concluyente. Pero claro... Yo no soy el especialista...

Había dicho lo suficiente.

La enfermera despiadada puso expresión de sorpresa en sus ojos.

—No se la pueden llevar. Tiene que operarse.

—Se viene con nosotros en cuanto se vista.

—Ni hablar. No pueden hacerlo.

—No entiendo que no entienda lo que digo. Nos la llevamos a casa. Ya.

—Se lo diré al doctor.

A través de ella, el médico nos pidió que fuéramos a verle. Era el titular o el director o quién sabe quién. En el sombrío despacho su bata blanca resaltaba como un fantasma en un castillo escocés. En la sesentena y de mediana estatura, expandía gravedad en su rostro, genuina o impostada, dejando claro que allí no había más mando que el de él. Exhibía el argumento irrebatible de su oficio y de su relevancia social secular, condiciones que tanto imponían a la gente llana desde el principio de los tiempos y que a veces resultaba amedrentadora, impresión que tuvimos en ese acto.

—No os podéis llevar a vuestra madre —excretó, sin darnos la mano ni ofrecernos asiento, el tuteo achantador—. Me opongo.

—¿Por qué se opone?

—Tiene cáncer y puede morir. Sé lo que digo. Soy ginecólogo-oncólogo y me secunda un equipo de eficientes especialistas. Ella está ahora y por suerte bajo mi responsabilidad. Vosotros no estáis capacitados para decidir, no tenéis conocimientos, no lo entendéis. Debéis dejarnos hacer a los profesionales.

Era absurdo. Cierto que no lo entendíamos, pero desde otra perspectiva. ¿A tanto llegaba la responsabilidad de un médico que intentaba imponerla a los familiares, y de esa forma?

—Es usted quien parece no entender. Nos la llevamos. Nos hacemos responsables.

—¿Asumís el riesgo de que vuestra madre muera por no extirparle el cáncer que tiene? ¿Qué creéis que hacemos aquí? No operamos por operar. Salvamos vidas.

—Correremos ese riesgo.

De repente, y tras un silencio valorativo, nos soltó un discurso sobre la cantidad de mujeres que vivían gracias a su dedicación y las muchas que pasaron a mejor vida al haberse negado a ser intervenidas.

—¿Hace usted seguimiento de las mujeres que no se operan? —preguntó mi hermano, admirado—. ¿Les sigue el rastro?

El interpelado mostró sorpresa y duda en la mirada. Su respuesta fue un modelo de oportunismo verbal.

—Nos llegan noticias de algunas... Siempre hay familiares que hablan... Qué más da. Lo damos por descontado. Ello nos afirma en nuestra determinación. Vuestra madre irá a peor y luego no habrá remedio.

—En su momento volveremos a decidir. Ahora no se opera.

No hubo la normal despedida. Se giró bruscamente hacia la mesa y hurgó en los papeles, dando por terminada la conversación. Su incomprensible frustración le impidió ver que su comportamiento era inadecuado, al margen de nuestra decisión. Supimos luego que era asturiano, lo que de nada sirvió ante los prejuicios e intereses. No fue diferente la posición de la enfermera. No dijo nada, pero nos obsequió con una mirada más fría que la atmósfera de Júpiter. Las dos mujeres amigas lloraron al abrazar a mi madre. Fue doloroso observar su congoja.

—Es muy afortunada teniendo esos hijos. Ojalá yo hubiera

tenido quien me librara de la operación. La felicito, pero no lo deje. Cuídese. Mucha suerte.

Nos acompañaron hasta el final del pasillo. Su imagen de indefensión, soledad y desesperanza no tiene cabida en el olvido.

Mi madre no volvió a sangrar después de aquellas dos veces, ni tuvo dolores ni molestias en sus zonas íntimas. Nunca padeció de cáncer ni le aparecieron tumores en ningún sitio. Iba al váter con regularidad y sus sistemas abdominopélvico y genitourinario le funcionaron con normalidad. Murió en edad avanzada, treinta años después, por otras causas. Tuvo tiempo de disfrutar de cosas que dejó interrumpidas en su juventud primera, arrebatadas por la guerra y la larga posguerra. Cada año iba a Asturias cuando los calores. Allí encontraba sus eslabones perdidos y los guardaba en sus miradas. Muchas veces recordó a aquellas dos amigas desconsoladas y, al hacerlo, dejaba que su mirada se perdiera en silencios reflexivos.

Una semana después de los hechos narrados, la acompañamos a ver al médico de familia, su médico, el que nos dio el consejo. Ya no estaba. Ni allí ni en ningún otro ambulatorio. Nunca volvería. Mi madre no era religiosa. No iba a la iglesia, excepción de bautizos o funerales, aunque respetaba que otros lo hicieran. Pero tenía la religiosidad sembrada de los pueblos viejos, herencia de siglos. En sus conversaciones decía cosas como: «Que Dios se lo pague» o «Vaya con Dios» o «Que Dios no lo quiera», pero no como frases hechas sino sintiéndolas. Tenía la convicción de que Dios estaba al quite y obraba en consecuencia con su petición. Por eso, durante los años posteriores, mi madre mantuvo la creencia de que Dios concedió al viejo médico ocasión de hacer una buena obra antes de llamarle a su lado: la de aconsejarnos que interrumpiéramos una cirugía que la libró de padecimientos y que el tiempo demostró innecesaria.

La mirada

El laboratorio era un remolque espacioso para que la constructora, su propietario, lo desplazara a cada obra contratada. En él hacíamos los ensayos de áridos y bitumen que la planta asfáltica utilizaba, así como las mezclas de aglomerados que producía. Ambos, laboratorio y planta, estaban situados en una explanación efectuada en un cerro, a unos cuatro kilómetros por carretera de San Carlos de la Rápita, en Tarragona. También se asentaban las casetas para el director de obra, el ayudante, los topógrafos, los oficinistas, los obreros y el almacén. Y, por supuesto, la caseta de Obras Públicas, guarida del ingeniero, ayudante y resto del personal de la Administración. Entre ellos, los vigilantes técnicos, encargados de que el pavimento asfáltico cumpliera con lo especificado en los pliegos de condiciones. Para todos había vehículos, que nos transportaban al tajo desde los hoteles, y viceversa.

El hotel en que me hospedaba era pequeño, regentado por un matrimonio y dos hijos mozos, con pocas habitaciones y menos huéspedes. La estancia cubría también la manutención para los desplazados de la compañía y la Administración, una docena de desconocidos en su mayor parte.

Por la singularidad de que la constructora aportara un laboratorio ambulante propio de seguimiento de los trabajos, iniciativa pionera en España, el remolque se convirtió en lugar de reunión en diversos momentos del día, incluso para delegados del MOPU o de la Diputación que visitaban la obra. El horario de trabajo era de 8.00 a 17.00, con una hora para comer, cosa que casi todos hacían en la propia obra. A las cinco todo el mundo desaparecía salvo los guardas de las instalaciones, y mi ayudante y yo, enzarzados ambos en los ensayos de los testigos extraídos de la carretera a última hora de cada jornada.

Uno de los vigilantes técnicos era de Barcelona y, como la mayoría de los trabajadores, había sido contratado temporalmente para la obra. Estaba en los últimos suspiros de la veintena, como yo, aunque me adelantaba unos meses. Permanecía mucho tiempo en el laboratorio, dando palique; tanto, que a veces se quedaba con nosotros hasta tarde. Tenía el cuerpo bien remunerado de kilos y sólo le distanciaban dos cursos para graduarse como ingeniero de Caminos, estudios que había interrumpido tiempo atrás. Poseía una irrefrenable disposición para el discurso razonado, lo que nos conectó desde el primer día. A menudo nos enzarzábamos en discusiones culturales y teológicas, no sin cierta presunción mutua para demostrarnos que sabíamos enmarañarnos en cuestiones transcendentales. Él era un apasionado opositor a la Iglesia y a Dios, al que negaba la existencia. No recuerdo su nombre, pero sí el apodo con el que le bautizamos: Ergo, por ser reiterado de esa expresión en sus peroratas.

Tardaría seis años en que la muerte visitara a Franco para invitarle a cambiar de mundo y el Régimen seguía teniendo propósito de permanencia. Los momentos eran de fuerte censura y se había declarado el estado de excepción en el país. Pero la mayor parte de la sociedad clamaba ya sin ambages por el cambio, sobre todo los jóvenes, que incluíamos la Religión en los objetivos de nuestras impaciencias. Ergo era un genuino ejemplo. No pasaba día sin emprenderla con lo mismo, como queriendo justificar o razonar su absoluto ateísmo.

—El Diablo no existe.

—Es lógico que pienses así. Si no hay Dios, el Diablo es otra invención.

—No, es partiendo precisamente de la idea de un Dios creador y sometiendo al análisis esa falacia. Verás. Lucifer, como sabemos, era el príncipe de los Ángeles, el más querido por

Dios. Cuando se rebeló contra Él, pasó a ser el jefe de los demonios. Pero ¿cuál es la acepción verdadera de Demonio?: Ángel rebelde. Incluso en el Antiguo Testamento se le llama «adversario», sin connotaciones de malignidad. La idea de atribuirle la autoría de todos los males es posterior, por simplicidad. Por lo mismo que decimos Frankestein al referirnos al monstruo y no al doctor de ese nombre que lo creó.

—¿Adónde quieres ir a parar?

—Y, ¿por qué se rebeló Lucifer o Satanás o Belcebú o tantos nombres como se le ha dado al Ángel disconforme? Creo que fue el padre José Antonio Fortea en *Summa Daemoniaca* quien señaló: «Dios, que todo lo puede, no puede lo imposible. Y es un imposible el que Dios, que crea una voluntad libre, la fuerce después.»

—O sea, que Dios no puede evitar la maldad del hombre al haberle dado libre albedrío.

—Ese es un término filosófico condescendiente con el hombre porque, en realidad, debería aplicársele el *arbitrium brutum* de los animales, que se guían por estímulos pasionales.

—Significa entonces que en los animales la maldad es intrínseca.

—No. Cuando una horda de hormigas ataca a otra colonia y la extermina, no hay maldad, y menos diabólica. Sólo brutalidad, la que el hombre ejerce permanentemente. Lucifer se rebeló cuando Dios quiso quitarle la libre voluntad que en un principio le otorgó. Aplicando el razonamiento, hay que convenir la inexistencia del Diablo como generador de estímulos malvados. Ergo, la presencia misma del Demonio.

—¿Quién carga entonces con la responsabilidad de las desgracias y hecatombes que nos asolan?

—Nadie. La tierra está en período de formación, ergo todo lo que ocurre es producto de esa niñez planetaria. Todo es natural y lo natural está lleno de imperfecciones. Es la lucha de las especies por la supervivencia. No existe lo sobrenatural. Eso son invenciones basadas en nuestra incapacidad para encontrar explicación a esta mierda.

Las noches de octubre llegaban pronto y el lugar quedaba a

oscuras salvo las zonas de iluminación y el laboratorio. Al terminar volvíamos a pie al hotel pero, en vez de bajar por la carretera, bajábamos monte a través, ayudados de linternas. La distancia por ese lado se reducía a menos de un kilómetro. Al recorrerlo a trompicones casi a diario fuimos creando trocha. Era de ver a Ergo bufando en el esfuerzo de conducir sus noventa y cinco kilos entre el pedregal. Se trataba de un descampado primario sembrado de matojos y desprovisto de edificaciones, salvo una especie de cuadra abandonada. Sus muros de piedra y techado no presentaban signos de desmoronamiento pero sí de vejez. Una noche, las lluvias rondando, Ergo se paró a la altura de la construcción.

—¿Por qué no echamos un vistazo?

La puerta estaba cerrada. En el muro, a algo más de metro y medio del suelo, unos ventanucos verjados y con los postigos desnudos reclamaron nuestra atención. Las linternas hicieron huir la negrura en los puntos enfocados. Era un solo espacio, grande, aparentemente vacío y con el suelo polvoriento por falta de actividad.

—Vaya sitio. ¿Por qué no lo usarán?

—¿No os da miedo esa tremenda oscuridad? —dijo mi ayudante, de súbito, sorprendiéndonos porque era dado a mantenerse mudo, el habla imprescindible.

—¿Miedo? —reprobó Ergo—. Eso es una manifestación de la falta de inteligencia. No hay que temer nada de lo oculto, sólo de aquello que, viéndolo, puede producir daño.

—¿En serio? ¿Qué dirías si la linterna mostrara de pronto a una vieja muy vieja mirándote fijamente?

Fue una propuesta sobrecogedora. Noté un escalofrío recorrerme la médula.

—Joder, ¿sólo hablas para decir esas chorradas? ¿Cómo iba a haber una vieja ahí? Nunca escuché nada tan absurdo —rezongó Ergo. Pero en su tono aprecié que había acusado el impacto.

—Olvida los razonamientos. Sólo pregunto qué sentirías. La mirada de una vieja atrapándote desde la oscuridad, sus ojos agarrados a los tuyos, mirándote, mirándote...

—¡Basta de eso! Las gilipolleces no me interesan.

El resto del camino lo hicimos sumidos en el silencio. Y es que el visionado de la idea se había fijado en nuestros cerebros como una garrapata. Una vieja mirándole a uno fijamente desde la negrura. Vaya con la ocurrencia.

Dos semanas después, ya instalado el tiempo lluvioso, Ergo cumplió treinta años. Dejó para el viernes la invitación, que celebramos en el laboratorio al fin de la jornada. Hubo mucha gente, generosidad de viandas, música de radio y risas. Sólo echamos en falta la presencia femenina porque en la obra no trabajaban mujeres y ninguna ajena fue invitada. Pudimos sobrevivir a su ausencia al hacerlas protagonistas de nuestros chistes machistas, expresión impetuosa del sexo reprimido, que siempre fue asignatura pendiente en nuestra juventud.

La fiesta se prolongó. Luego, la gente empezó a marchar. Quedamos solos Ergo y yo, que procuraba mantenerme en el estado fronterizo entre el queo y la felicidad, y que como capitán de barco debía ser el último en abandonar. Mi amigo había agarrado una cogorza de padre. Se enredó balbuceante en temas filosóficos. Luego la cogió llorona. El aniversario le hacía sentirse desgraciado y terminó apiadándose de sí mismo. Le martirizaba la idea de que pronto sería un viejo y que nunca conseguiría culminar sus sueños.

Se hizo tarde, la noche muy instalada. Había que volver y no era aconsejable utilizar el coche habida cuenta lo trasegado. Así que decidimos bajar por el monte. Las nubes parecían estar vigilándonos y se desintegraron en lluvia copiosa, acentuando la torpeza de nuestros pasos.

—En la cabaña —gruñó Ergo—. Cubrámonos y esperemos a que amaine un poco.

Nos protegimos con el voladizo del tejado. Al poco, Ergo se aproximó a uno de los ventanucos y proyectó al interior la luz de su linterna. De repente dio un grito y corrió como si le persiguieran fantasmas mientras la linterna rodaba y se apagaba. Oí cómo trompicaba en la oscuridad sin dejar de gritar hasta que enmudeció. En un principio no supe qué hacer ante la sorprendente espantada. Luego me asomé con precaución al ventano y enfoqué mi linterna. El haz abrió camino en la negrura, recorriendo el muro de enfrente, a unos quince metros de distancia. De golpe, alumbró el rostro de una figura espectral donde días atrás había una pared desnuda, como si hubiera surgido de ella. Era la cara de una vieja sumida en arrugas, la boca incrustada, mirando hacia mí fijamente. Quedé inmovilizado, el espanto rondando. La linterna se me escapó y todo quedó a oscuras. Los vapores del alcohol se eclipsaron de golpe. Pocas veces tuve la mente tan despejada de imaginación y tan acuciada de preguntas. ¿Qué era aquello? Imposible que fuera realidad. Aunque el cuerpo me pedía salir pitando, mi racionalidad necesitaba la comprobación. Salí de la protección del tejadillo y la lluvia se me abalanzó. Busqué la linterna, palpando, hasta dar con ella. Me obligué de voluntad y volví al ventano. Allí seguía el horror, mirándome con la fijeza de una voluntad despiadada e ignota. Imposible entenderlo y menos explicarlo de forma comprensible. Me causaba la sensación de una inteligencia activa en ojos muertos. Parecía ser, era, sólo una vieja viva clavándome su mirada. Pero no podía ser real, no podía serlo.

Me desasí de ese hechizo y emprendí la vuelta bajo los dardos de agua. Unos veinte metros abajo estaba Ergo, sin sentido y resoplando como una marsopa. Lo desperté y se llenó de dolor salpicado de terror. «¡La vieja, la vieja!», reiteraba, la curda volatilizada. Lo incorporé e intenté que bajáramos. Tenía una pierna rota y sangraba. ¿Qué podía hacer? Estaba en medio de la nada, aislado del mundo en la noche profunda y atormentada, la lluvia cayendo y el terror detrás. No tenía medio de comunicarme con nadie. Si bajaba al pueblo para avisar, Ergo podía morir ahogado o desangrado.

—Agárrate a mi cuello.

Lo cargué a la espalda, a caballo, y descendí por el inexistente sendero.

Fue una bajada más allá de la lógica, en el límite de lo imposible, como si de un milagro se tratara. La lluvia interminable aumentaba la carga. El agua me cegaba y los rollizos brazos de Ergo se aferraban a mi garganta cortándome la respiración. Mientras que mi mano izquierda se ocupaba de la linterna, con mi brazo derecho trataba de soportar su gran trasero. El trayecto se hizo largo y despiadado, los pasos lentos en procura de un pisar seguro para evitar caídas. La tormenta no concedía un armisticio y los quejidos del herido eran pertinaces. Una eternidad después llegué a la población, las gotas estallando en el adoquinado. No se veía un alma, apenas unas luces mortecinas. Los últimos metros hasta el hotel fueron una tortura inolvidable, como si estuviera soñando una pesadilla. Traspuse la puerta del establecimiento y caí al suelo con mi carga. El hotelero y varios de los comensales acudieron.

—Ambulancia —urgí, señalando a Ergo y su pierna sangrante.

—Tardaría en venir. Mejor lo llevo en el coche a Amposta —dijo uno de los hijos—. Ayudadme.

—Voy contigo —añadió el otro hermano.

Al día siguiente, sábado, al no ser laborable, me levanté algo tarde. Uno de los hijos me informó de que Ergo estaba en un hospital. Le habían escayolado la pierna y le hicieron tomar un calmante. Divagaba.

—¿Qué decía?

—No se le entendía. Farfullaba.

En el comedor desayunaban el ayudante de ingeniero, los topógrafos y los otros vigilantes técnicos, que mostraron su asombro y felicitaciones por lo hecho con Ergo. No mencioné lo de la vieja. Preferí ver cómo se manifestaban, estudiarlos con disimulo para sorprender en ellos atisbos de una posible broma. Ninguna señal, así que oculté la experiencia. Por la tarde me desplacé a Amposta. Ergo ya no estaba. Se lo había llevado un familiar. En la noche recibí su llamada en mi habitación. Se encontraba en su casa de Barcelona con sus padres y hermanos.

—Oye, lo que hiciste... Fue increíble. No me explico cómo pudiste cargar conmigo. Te debo la vida.

—No, hombre. Tú hubieras hecho lo mismo por mí.

—No es lo mismo. Pesas veinte kilos menos.

—Déjalo. ¿Cómo estás?

—Estoy... —Hizo una pausa tan larga que creí que había colgado—. Bueno, ¿viste lo que yo, en ese maldito almacén?

—Vi algo extraño, sí.

—¿Extraño? Escucha. Creo..., creo que el Diablo existe; quiero decir, lo maligno.

—Vamos, Ergo, ¿qué estás diciendo?

—No podía ser una vieja. Imposible. Era el Diablo.

—Venga, chico. Tú no crees en esas cosas.

—Espera, espera. No volveré a la obra. Tuve una visión. Allí ronda el Diablo.

—En unos días se te habrá pasado.

—No, no. Estoy seguro. Pero ahora estoy preocupado por ti. Mira bien a tu alrededor.

Estuve pensando. La impresión debió ser fuerte para él. Si creía en el Diablo, es que se había hecho fan de Dios.

El domingo hubo tregua en el cielo y lució un sol amistoso, que aprovecharon las familias para sacar a oreo las proles y los vestidos domingueros. Mi ayudante no pernoctaba en el hotel. Lo busqué por la población. Lo encontré en el puerto pesquero, solo, sentado en un banco, absorto, captado quizá por el mar calmo. Volvió la cabeza hacia mí e intentó levantarse en señal de respeto. Le retuve y me senté a su lado. Instintivamente le miré con una atención no prestada antes. Era muy alto, extenuado de cuerpo, cetrino, cabello negro y abundoso. Nunca había podido ver el color de sus ojos, que mantenía en escondrijo bajo cejas como cepillos. Se había presentado una mañana en el laboratorio a poco de comenzar la obra. Dijo ser de un pueblo de Murcia y haber terminado la mili hacía poco. No tenía oficio. Con el bachillerato completado, dudaba si seguir estudiando. Por el momento tenía necesidad de un trabajo. Le acepté. Era limpio, trabajador y aprendió pronto a hacer las tareas. No me sorprendí ante sus silencios. Estimé que estaría habitado de timidez.

Estuvimos un rato en silencio mirando las gaviotas, allá lejos algún barco cruzando.

—Dime una cosa —dije, al cabo, sin poder ver sus ojos—. Sobre lo de la vieja, lo que dijiste el otro día. ¿Cómo se te ocurrió?

—¿Eso? ¿Qué importancia tiene?

—Bueno, tuviste una gran imaginación.

—¿Hay una norma para las ocurrencias?

—No, claro, pero fue una ocurrencia desusada. Parecía que...

—¿Es que la vio?

—¿El qué?

—Eso, la vieja mirando.

—No —mentí—. Pero fue muy sugerente. He pensado en ello. Me gustaría que fuéramos a verlo.

—No le entiendo. Ver qué. No hay viejas en chozas abandonadas. Lo dijo Ergo.

—Podíamos ir y comprobarlo.

—Lo siento. No me apetece salir esta noche, y menos a ver ocurrencias —dijo, con el tono neutro acostumbrado pero la sorna latiendo—. Olvídelo.

—¿Y mañana?

—Mañana será otro día —dijo, encogiéndose de hombros.

A primera hora del lunes fui a Amposta en busca de glicerina y otras sustancias necesitadas. Al entrar al laboratorio lo encontré impoluto. Habían desaparecido las botellas vacías y los restos de comida y suciedad derivados de la fiesta del viernes. Todo lucía limpio: los poyetes, la mesa de despacho y las banquetas; el suelo sin mácula y reluciente el fregadero de inoxidable. No estaba mi ayudante. En la oficina de obra me dijeron que acudió a pedir la baja y cobrar su salario. No me había dejado una nota explicativa de su decisión.

A mediodía, en el tiempo de almuerzo, bajé a la cabaña. Miré por el ventano. Aunque nubes agoreras tapaban el sol, había luz de sobra para vislumbrar el interior. La tenebrosa aparición había desaparecido. Fui a la puerta. Portaba una gruesa capa de polvo, las junturas con argamasa de arenisca de años. La forcé con una palanqueta y empujé. Hube de insistir. Se negaba a abrirse. Al fin lo hizo, chirriando como si se quejara. Entré.

No había nada salvo unos cuantos palés en un rincón, el suelo sembrado de polvo y tierra. Me acerqué a la pared donde estuvo la aparición y la examiné con detalle, incluso proyectando la luz de la linterna. Justo allí la superficie mostraba ausencia de suciedad, como si alguien hubiera estado apoyado. Bajé el foco al suelo. Desde ese punto unas huellas extrañas se destacaban en el polvoriento piso. Las seguí. Terminaban en una trampilla situada en el centro. También había rastros de manos en los bordes. Estuve mirándola, dudando. Las únicas marcas de pisadas desde la puerta eran las que yo había dejado. Por lo tanto, o existía otra salida al exterior desde ese sótano oculto, lo que resultaba improbable, o algo, lo que fuera, lo que había producido el rastro desde la pared, estaba allí, agazapado, viviendo, esperando. Si levantaba la tapa y miraba, quién sabe lo que hallaría allá abajo. Si no, el misterio me rondaría siempre. El silencio era tan profundo que oía atronar los latidos del corazón. Consideré que había cubierto mi cuota de heroicidad. Así que lo dejé estar y abandoné el campo.

No supe por qué mi ayudante marchó sin despedirse. Nunca volví a verle ni a saber de él. Lo mismo ocurrió con Ergo. Fueron los testigos de aquella vivencia y, como ella, quedaron en el misterio.

Desde entonces, a veces, cuando hay apagón de luz en mi vivienda y busco el interruptor con una linterna, me vienen los recuerdos de aquella experiencia estremecedora. Miro escamado por si aparece otra vieja clavándome sus ojos despiadados y me pregunto qué habría en aquel inquietante sótano.

La milla verde y una voz en la noche torturada

Preámbulo

En julio de 2004, cuando llevaba tres años trabajando en *El tiempo escondido,* fui intervenido quirúrgicamente en el Clínico San Carlos por un tumor en el colon (los análisis posteriores indicaron que el pólipo era benigno, lo que me dejó la impresión para siempre de que quizá la operación no fue necesaria). Los cirujanos, al coser, inexplicablemente dejaron un vaso sanguíneo sin cerrar, por el que me desangraba. Doce horas después, sobre la una de la madrugada, llamaron con urgencia a la familia, llenándola de espanto. Dijeron que debían ir al hospital de inmediato, sin más datos. Mientras, procedieron a abrirme de nuevo el abdomen en una acción a vida o muerte. De haber llegado tarde, el informe habría dicho: «... fallecimiento por paro cardíaco». Y habrían «olvidado» añadir: «... debido a la negligencia imperdonable del equipo de cirujanos». Y es de suponer que mis deudos pondrían en la lápida este epitafio: «Se sometió a una operación quirúrgica para tener una vida más larga y en el quirófano se la quitaron.»

Ya convaleciente en casa, hice remembranza de esa tremenda experiencia. La plasmé en una carta-petición que dirigí a la dirección del hospital y que entregué personalmente, incluido el preámbulo. He aquí el texto.

La Milla Verde era la distancia a recorrer en el corredor de la muerte, en el estado americano de Luisiana durante la Gran Depresión del 29, desde las celdas de los condenados hasta el lugar de ejecución, según la película de Tom Hanks, basada en un relato de Stephen King.

Cuando al día siguiente de mi ingreso nocturno me asomé al largo pasillo desde mi habitación 02 de la 3.ª Norte, aquello me pareció la Milla Verde. Porque en el otro extremo hay acojonantes salas donde cualquiera que decida operarse puede espicharla, lo que se advierte en los papeles que a uno le exigen firmar antes de ser sajado.

Permanecí dos inacabables semanas esperando la hora temida. Nunca entendí esa dilación porque ingresé con carácter de urgencia. Demasiado tiempo de espera. Acabé aborreciendo con vehemencia la habitación, la burocracia médica pública y hasta a los circunstanciales y desdichados compañeros de habitación e infortunio.

Quizá la razón de la demora se debió a que me querían con pocos kilos. Lo consiguieron. Porque, aunque siempre fui delgado, a las dos semanas tenía que pasar dos veces por el mismo sitio para que se viera mi sombra.

Cuando me llevaban en la cama rodante hacia el quirófano por el agobioso pasillo, la sensación de Milla Verde se acentuó. No ayudaban las miradas de conmiseración que me lanzaba todo el mundo, como si viajara en la barca de Caronte al río de los infiernos. En la antesala del destripadero me recibieron enfermeras de gran verborrea y una anestesista muy animosa. Y luego se dieron a parlotear sobre cosas mundanas (vacaciones, la boda de la amiga, los programas de la tele, lo queso que estaba el novio de fulanita, cómo pasarían el «finde», etc.), como si yo estuviera de paso por el lugar. Llegué a pensar que en realidad no me veían, que lo que había entre las blanquísimas sábanas era algo no discernible, quizá una mancha o un vómito. Incluso llegué a considerar que no me encontraba allí, que era un sueño debido a la larga estancia preoperatoria. Finalmente, lo interpreté como una función terapéutica para que el paciente-enfermo-cliente-víctima-objeto-cosa-número-materia-espécimen-nadie-nada se cobije en la tranquilidad. Pero en esos largos momentos, allí, esperando en la fría sala, desnudo como una sardina y descarnado como una momia, supe que iba a morir.

¿Por qué no escapé a toda hostia, dejando atrás la certeza de la rendición total? Recordé a mi padre cuando contó, siendo yo niño, que en marzo del 39 fue llevado con otros cientos de derrotados republicanos desde el puerto de Alicante a la plaza de toros por vencedores furibundos. Hacinados en la arena, vieron montar las ametralladoras en los tendidos. Oyeron que los iban a fusilar, sin más preámbulos. El acto fue frustrado por el general italiano Gambara, quien detentaba el mando militar en la zona y se opuso rotundamente. Le pregunté: «¿Y no ibais a hacer nada? ¿Por qué no intentasteis impedirlo lanzándoos sobre ellos?» (Era palpable mi afición a leer tebeos de héroes temerarios.) Él dijo: «¿Qué podíamos hacer? Estábamos condicionados por las circunstancias. Era como una obra de teatro. Cada uno debía cumplir con su papel.» Así que ese viernes 16 de julio de 2004 tampoco yo podía defraudar a tantos actores y me dispuse a actuar según el guion.

Retorné a la consciencia como perro apaleado, con una losa en cada párpado y un corcho como lengua. Estaba en la UCI y los familiares me animaron. Me era posible oírles, pero no verlos ni hablarles. Luego se despidieron felices porque según la médica «todo había ido de cojón de alabardero». Caí en sopor y tiempo después aprecié entre brumas un número desusado de gente de blanco rodeando mi cama, mirándome y murmurando como si tuvieran dudas de que lo que veían fuera un ser humano, a pesar de la apariencia. Tuve la sensación de no estar en la habitación anterior sino en otra con luces escatimadas y ocupada sólo por mí. Seguramente estaba muerto y los veía desde el plano de tránsito al definitivo más allá; plano que algunos parapsicólogos dicen que existe y que es cuando el alma, los veintiún gramos, no ha abandonado el jodido cuerpo todavía.

Pero eran de verdad. Cirujanos. Todos los que estaban de guardia en distintas especialidades. Me contemplaban y hablaban como si no supieran qué hacer con el despojo. Pude interpretar que algo ocurría y que no coincidían en la opción a tomar. Unos decían que sí y otros que no, como en *La parrala*. «¿Y si no ha habido error y se le pasa?», aventuró uno. Otro apuntó que una segunda operación en el depauperado amasijo podía ser demasiado para el corazón abrumado de taquicardias. ¿De qué error hablaban? La doctora P, responsable de la cirugía, debió tener la visión de lo que a ambos podía depararnos el futuro y apostó por el riesgo menor. Se inclinó hacia mí: «Joaquín, tenemos que volver a operarte. Estás perdiendo mucha sangre. Algo no quedó bien.» ¿Qué podía decir al respecto la esmirriada salchicha que yo era, aunque hubiera podido hablar?

Medio en sueños fui consciente del traslado por silentes y sombríos pasillos hasta otro desventradero. Allí, muchos ayudantes esperando: azul, verde, blanco, con rostros esterilizados e impacientes, como si les estuviera creando demasiado incordio, lo que suponía una gran desconsideración por mi parte. Me hice el propósito de morirme mejor esa segunda vez porque sé lo que es que le incrementen a uno el horario de trabajo sin paga extra.

Pero la doctora P tuvo acierto en corregir su inexperiencia (más tarde me dijeron que fueron sus dos primeras cirugías). Cuando surgí otra vez de la nada, oí su boca junto a una de mis orejas. «Joaquín, ya te hemos operado. Tenías un punto abierto y por ahí sangrabas. Queda tranquilo y descansa», con lo que quedé advertido de que tenía que seguir pagando mis dos créditos hipotecarios pendientes.

Y aquí viene el objeto real de este escrito.

Con dos operaciones en un intervalo de ocho horas, lleno de tubos y semiconsciente, mi cuerpo apiltrafado y mi mente mediatizada reclamaban ayuda. Y esa ayuda me fue dada en esa larga noche de sábado. Yo me agitaba y una mano secaba mi boca, me acariciaba la frente y el rostro, estrechaba mis manos mientras una voz mágica ponía gotas de sosiego en mi desventura. Con la mirada impedida de visión, yo insistía que necesitaba orinar. La voz femenina afirmaba que lo estaba haciendo porque tenía colocada una sonda, lo que no me entraba en el magín debido al quebrantamiento mental. Una de las veces le dije, angustiado: «¿Por qué no me atiendes?» Contestó en un susurro doliente: «No me diga eso. Llevo toda la noche pendiente de usted. No me he movido de su lado.» Y era la verdad, lo que resplandece en las nieblas del recuerdo.

Y luego amaneció y llegaron los días siguientes. «Si no hubiéramos vuelto a operarte, ahora estarías muerto», confesó la doctora P al darme de alta. Se le olvidó hacer la consideración fundamental: estaba vivo porque mi corazón aguantó el tremendo despiste. Ni más ni menos, qué coño.

Ahora estoy en casa y confío en que mi puñetero cuerpo esté a la altura de las circunstancias que me reclaman, y que no haya quedado inutilizado para ciertas tareas, entre las que no es menester mencionar pero que se realiza con las posiciones de la parte alta de la entrepierna.

Pero deseo resolver algo que está perturbando hondamente mis sueños. Necesito poner rostro y nombre a la voz de esa noche torturada. Porque en aquella horrible oscuridad mi único nexo con el mundo fue esa magnífica enfermera. No puedo olvidarlo. Y debo decírselo. Además, al buen profesional se le debe felicitar, rendir reconocimiento por su eficaz labor para diferenciarlos de quienes no lo son. Es necesario premiar a los buenos, que noten la admiración que despiertan. Igual que a la mujer amada, a quien se debe decir con frecuencia: «te quiero».

Hoy me dirijo a ustedes porque me es preciso saber quién era esa eficiente y dulce joven que hizo por mí algo más que cumplir con su trabajo. Porque ella también salvó mi vida.

Anhelo que me consigan su nombre, sus señas y que ella sepa mi deseo de contactarla. Quiero agradecerle profundamente la energía que me transmitió, oír de nuevo su voz cautivadora, poder ver su rostro, darle la mano, mirar la luz de sus ojos ignorados y decirle: «Gracias.»

Nunca recibí respuesta. Como quería saber de aquella esforzada enfermera, volví varias veces al hospital a reclamar. Insistí, empeñoso. Pero la contestación verbal fue siempre la misma: no podían dar datos de los enfermeros cuidadores porque sus normas internas lo impiden. La eterna burocracia atrofiada e insensible.

Todavía hoy y para siempre, en noches de insomnio, recuerdo aquellas horas terribles y el roce de la mano de aquella joven admirable, sin nombre y sin rostro, que en una noche torturada evitó que me disolviera en las sombras.

Tal como éramos

En el atardecer del día 30 de abril de 2010 pasaron muchas cosas en el mundo para la Historia grande. Para la no tan grande, en Madrid ocurrió un acontecimiento de tambores para muchos: el *Aleti* jugaba contra el Liverpool. Y justo en esos momentos estaban ocurriendo historias pequeñas, como de la que yo participaba. Era una cena con antiguos alumnos del Colegio-Academia Hernández. Nada menos.

Eso de los «antiguos» tales siempre me ha conmovido, porque sólo ocupan un lugar efímero en el gran libro de la vida. Incluso el término ya designa que su punto integrador viene del pretérito. Duran lo que la generación que los vio nacer y hermanó, y, en algunos casos, alcanzan la siguiente: la de los hijos de aquellos pioneros de algo que fue grande. Los recuerdos y los testimonios no van más allá.

Nunca he pertenecido a uno de esos clubes. He sabido a través de otros, y de lecturas, cómo eran (en mi libro *Una mañana de marzo*, describo la «Casa de los antiguos residentes en Marruecos» y su funcionamiento, antes de que desapareciera en el total olvido). El grupo al que acudí esa noche no es un colectivo asociado. Nada más lejos. Se trata únicamente del impulso de unas personas que buscan alargar su vitalidad, conectándose con un pasado que los unió. Hermosa idea, nunca decadente, para quienes tuvieron la oportunidad de crecer y desarrollarse en unos tiempos contrarios a lo que la sociedad mundial reclamaba.

En un restaurante de la calle de Jaime el Conquistador «por donde Manín camina para ver a Rosa el 12 de abril de 1942» (de mi libro *El tiempo escondido*, según me recordó Ángel Sotomayor al invitarme), que entonces y durante años fue un solar, me encontré con ocho personas que no conocía pero que pertenecían a mi pasado. Ellos, como yo, jugaban y estudiaban en los mismos años y en los mismos sitios del barrio de la Arganzuela, aunque no coincidiéramos en el mismo colegio. Y si alguna vez nos vimos, el tiempo aventó los años vigorosos y cambió nuestras fisonomías, haciéndonos desconocidos.

Ángel Sotomayor Cerdeño, mi anfitrión, el que me invitó, destacaba por su imparable locuacidad y sus propuestas de abrir debates políticos, en contraste con Luis Fernando Sánchez Fernández, sentado enfrente de él y elegantemente vestido para tan alta ocasión. Durante toda la velada Luis Fernando escuchó pacientemente a Ángel, en un brillante ejercicio de contención verbal y neutralidad de gesto. Alrededor de la mesa, Valeriano López Díaz, sobrino de Julio Hernández, fundador de la Academia-Colegio. Es el tertuliano perfecto. Comedido y equilibrado de juicios, subraya siempre sus intervenciones con una sonrisa alentadora. A su lado, Jesús *Riverita* Ávila, con barba blanca de actor cinematográfico otoñal, en cuyo rostro aparecían constantes destellos juveniles. Luego el atlético José Antonio Rivera, que fue futbolista y que conserva una figura esbelta y torera. Fue encomiable su disposición de comensal integrado a pesar de que hubiera deseado estar viendo a su amado *Aleti* en la tele. En la otra esquina del ring, Luis Rodríguez Fernández, único contendiente a la altura de Ángel ya que entre los dos hicieron la mayor parte del desafío verbal. Amigos íntimos desde la niñez, en su historial destaca que ambos aprobaron primero de bachillerato en junio de 1950 y segundo en septiembre del mismo año. Parece ser que la Academia-Colegio presumió de esa hazaña en sus anuncios, como si el mérito hubiera sido suyo y no de los lumbreras. Luis es hombre sólido, ocurrente, feliz de su andadura por la vida. Defendía una extraña teoría, según la cual la Banca mundial se mueve bajo el principio de la solidaridad y el altruismo hacia el mundo atenazado. Finalmente, Mariví Huerta Parra, un punto de coquetería en sus gestos, y su hermana Esther, ambas despojadas de maridos, que intentaron, y lo consiguieron, poner encanto femenino en un encuentro de retos varoniles.

Todos éramos «grandes», como dicen en México. Con mucha vida disfrutada o padecida, licenciados de muchas prácticas. Quizá Valeriano no haya alcanzado la meta jubilar todavía. Reímos, en una velada de posiciones en contraste, siempre la sombra de la nostalgia sobrevolando. Sorprendí en todos un sentimiento de renovación del pasado común, como queriendo atrapar algo y dotarlo de permanencia. Hablaban de situaciones, personajes y hechos que compartieron antes de que la vida los dispersara. Ellos recordaron a las compañeras que amaron y las dos hermanas tuvieron palabras para los profesores que las deslumbraron y las hicieron palpitar. Espero que a todos les haya resultado buena su andadura, en general, a pesar de que puedan tener el cuerpo algo escacharrado por dentro. No se pasa por la vida sin dejarse jirones por las esquinas.

Parecían alumnos de esos colegios americanos de las películas, tipo *Tal como éramos*, de Sidney Pollack, con los inolvidables Barbra Streisand y Robert Redford. Obviamente, salvando todas las diferencias. Conservaban el cariño y el elitismo, quiéranlo o no, de un colegio que tuvo renombre en el barrio. Y me hicieron sentir como parte de ese centro al que nunca asistí. El «mío» era de menor clase y no tengo constancia de que haya habido nunca reuniones de sus alumnos.

Cuando en Madrid estallaban los vítores por el triunfo del *Aleti*, nos despedimos. Ángel, verbo apasionado y absorbente personalidad, es el campeón del optimismo. Agotó a todo el mundo con su energía inacabable. Cuando llegaron los abrazos nos ordenó que nos mantuviéramos vivos hasta, al menos, las diez próximas reuniones. No era sensato oponerse a tanto entusiasmo como expresa. Así que juramos obedecerle. Luego nos aventamos. Pero quiero resaltar algo.

Las hermanas Huerta Parra se sentaron en un banco de madera en la calle de Embajadores, ellas solas, las piernas colgadas. No pasaban viandantes ni circulación rodada. Yo iba con Valeriano hacia su coche, aceptando su invitación de acercarme a mi casa, mientras observaba el apuro de Ángel al no poder seguir contendiendo con nadie. Le veía agarrar de un brazo a Luis Rodríguez, intentando retenerle. Mariví y Esther supongo que decidieron estar un rato cobijadas en confidencias, a pesar de ser tiempo de madrugada. El paisaje estaba cargado de paz y el momento era bello, como si hubiera acontecido una pausa en el mundo. Las miré y les hice una foto mental. Pero en mis registros no vi a dos mujeres viudas y en camino de vuelta sino a dos niñas, en ese banco que nunca existió en su tiempo. Eran dos niñas felices, todos sus sueños encendidos, contándose sus esperanzas, sin barreras en su fe en el futuro. Dos niñas de los años cincuenta cuando aún tenían padres protegiéndolas, un mundo por descubrir, la vida empezando. Yo las había visto antes en otros bancos, en el desaparecido barrio de aceras de tierra y faroles de gas. Tenía su imagen escondida, enganchada en mi alma. Y en ese momento, aquella noche, después de tantos años, las recobré.

La catedral perdida

En realidad, si al templo de la Almudena lo consideramos una iglesia, resulta una obra aceptable. Pero si pretendemos darle el rango de catedral, debemos calificarlo como un adefesio o, mejor dicho, un pastiche.

Iniciada a finales del XIX por el arquitecto marqués de Cubas en estilo neogótico, acabó en no se sabe qué estilo aunque quieran englobarlo en clásico barroco. Intentaron que no desentonara con las líneas del Palacio Real, como si fuera una obligación, cuando nada tiene que ver un edificio con el otro aunque sean vecinos. No hay razón inapelable para que vistan el mismo uniforme. Parece que el sentimiento de que el templo desentonaba con el palacio surgió en 1944, siendo director general de Bellas Artes el marqués de Lozoya. Dos marqueses en liza, sesenta años de por medio. Ninguno llegó a ver el resultado de sus proyectos.

La parte original, gótica (la cripta), se terminó en 1911. Las obras se suspendieron hasta 1950, luego hasta 1969 y finalmente hasta 1984. Pocos arquitectos están satisfechos con este engendro. Durante los largos años en que las obras estuvieron paradas, las ruinas permanecieron cercadas por un insoportable muro de pedrusco, imposible de olvidar para los viandantes. Cuando en 1960 se construyeron las dos esmirriadas torres y volvió el abandono, muchos expertos abogaron por tirar lo hecho, remodelar la cripta y olvidarse de construir una catedral porque nunca sería auténtica.

Tenían razón. Porque los muros y fachadas no están hechos con bloques de fábrica, como la cripta, sino de ladrillo revestido con placas. Gato por liebre. Y la idea de que la nave mayor estuviera al nivel de palacio llevó al absurdo de rebajar su altura a la actual. Me recuerda a aquel rascacielos que al final de los años cincuenta se estaba construyendo en Triana. No sólo iba a ser el más alto de Sevilla sino del país; más que la Torre de Madrid, entonces el más alto. Parece ser que el poder eclesiástico impidió su construcción. Nada podía ser más alto que la Giralda. Había que eliminar pisos. Así, el edificio, parado durante años, es ahora un muñón en plena calle principal.

Dado su magnífico emplazamiento, una alta muralla natural al borde de un precipicio que cae al Campo del Moro y a la amplia cuenca del Manzanares, había ocasión para que, quienes llevaban este asunto, se esforzaran y construyeran una catedral como Dios manda; algo que permaneciera con dignidad en el Arte. Pero ahí tenemos la falsa cúpula, prefabricada en metal en un taller igual que una campana y colocada por una grúa como un sombrero. Aunque lo que más destaca del esperpento, algo que daña la vista, son sus esqueléticas torres, totalmente inadecuadas para una catedral que se precie. Parece, dicen, que no se hicieron más grandes por problemas de cimentación. Pero en 1984, cuando ya hay decisión firme de terminar el templo, la técnica resolvía estos tipos de problemas, con lo que se podrían haber demolido y sustituido por otras «catedralicias» de verdad; como las de Málaga y Oviedo, por ejemplo. ¡Qué esperanza! La torre de la iglesia de Montserrat en la calle de San Bernardo es «más» de catedral que las tristes de la Almudena. Pero las prisas por acabar fueron más determinantes, en esta ocasión, que la crónica falta de fondos y los avatares políticos, causantes del retraso de siglos. Había que terminar a toda costa y en breve tiempo (se dio por concluido en 1993) un proyecto ideado en 1623 y comenzado en 1883.

La parte visualmente más bella (la única) es desde las Vistillas, concretamente la cercana al Viaducto; zona ocupada en el buen tiempo por las terrazas de El Ventorrillo y El Corral de la Morería, y donde se asoman los grupos de turistas. El edificio se ve desde su parte gótica, la trasera, y uno sueña que todo el conjunto es así. Desde esa atalaya se contempla también la Sierra de Guadarrama en todo su esplendor. Y hay tanto verde alrededor que el templo parece surgir de un bosque. Fue en ese punto donde quedamos mis amigos y yo.

Antonio Hidalgo es arquitecto y hombre fuertemente inclinado hacia la historia de Madrid, además de lector impenitente al que gusta el manejo de las palabras. En el fondo es un escritor que no ha dado el paso. Admiro su espíritu detectivesco, siempre en busca de arcaísmos, vocabulario en desuso y topónimos. Siente inclinación especial, más bien pasión, por los paisajes de Asturias, y su ilusión es poder visitarlos todos.

Y un nuevo amigo, que desconocía el lugar: Ramiro Silva del Pozo, Caballero de la Real Orden Americana de Isabel la Católica (instituida por Fernando VII en 1816 para aquellos americanos que trabajaban en pro de establecer vínculos permanentes entre los países hispanoamericanos y España). Ecuatoriano, ha estado de embajador de su país en Israel, Moscú, Berlín, La Habana, así como encargado de Negocios en varios lugares, entre ellos Madrid, donde estudió. Erudito, amante de nuestro país y sus aconteceres, se expresa en un castellano que ya quisieran para sí muchos de nuestros periodistas. Tiene los ojos desbordados de quien, a pesar de haber mirado tanto, todavía guarda espacios para la sorpresa.

Las castizas Vistillas. Había llovido y la temperatura no permitía estar sentados en las terrazas. Paseamos por la triple pista, donde la gente goza de la música, el jolgorio y la bebida durante las fiestas patronales. Estaban desiertas, como un campo de fútbol sin competición. Miramos la figura en bronce que corona el monumento a Gómez de la Serna (una mujer desnuda corriendo, con los brazos en alto, como si quisiera atrapar algo). Su imagen, teniendo como fondo el templo, es de una gran belleza. El lugar está rodeado de restaurantes de altos vuelos. Destaca el enorme y fantasmal edificio del Seminario, con sus gigantescos abetos, donde unas décadas atrás no cabía un alfiler, tantos querían ser sacerdotes. Luego nos metimos en María Pandora, una champañería-librería asomada al mirador. Charlamos de literatura, viajes e historia durante varias horas, acompañados musicalmente por Edith Piaf y todo el encanto de la *nouvelle vague*; luego por el sortilegio del jazz americano (Miles Davis, Charlie Parker, la inolvidable Billie Holiday y otros). Y, cuando llegaron las horas vampíricas, por los inmortales boleros con sones de todas las vidas. Ramiro recitó de memoria, a la par que Antonio Machín, la letra de *Amar y vivir*, esa que dice: «Se vive solamente una vez...»

Al salir a la ciudad quieta, encontramos el ambiente húmedo, algo frío, como el Madrid que me gusta. Era *trasnoche*, como dicen en Argentina. En la nocturnidad nos detuvimos a mirar el templo. Se mostraba majestuoso con su espectacular iluminación. Parecía algo que no era, usurpando la hermosa idea abortada. Y, como siempre que miro esa perspectiva, me invade cierta tristeza al intentar imaginar cómo sería la catedral perdida.

La vuelta al mundo en Chinchón

La primera vez que visité Chinchón fue en el cine Palacio de la Música, en 1957, cuando mis huesos no estaban asentados y dormía a pierna suelta todas las noches. Se estrenaba *La vuelta al mundo en 80 días.* En una época en que los cines se llenaban, esta superproducción americana causó una enorme impresión en todo el mundo. Fue algo sensacional. Había que pedir las entradas en taquilla con días de antelación. Recuerdo aquel día como si fuera hoy. El espectáculo empezaba en plena Gran Vía, la zona atestada de gente. No era una sesión de ópera en el Teatro Real donde el ropaje debía estar a la altura. Pero en aquellos tiempos todos éramos muy cuidados en el vestir como forma habitual. En las ocasiones de asistencia a grandes espectáculos, como el que describo, la tendencia era la de arreglarse lo mejor posible. Así, ellas hacían gala de su femineidad: ninguna en pantalón, sólo faldas y piernas al aire, trajes de chaqueta, tacones altos, cabellos domados y algunos tintados, rostros maquillados de largas pestañas y labios rojos. Ellos, con trajes y corbatas sin excepción, muchos bigotitos, quizá algún tipo raro con sombrero, las calvas aureoladas de pelo obedecido, ninguna cabeza rapada al cero; los jóvenes con cabello corto y tupé a lo Rock Hudson. Toda una sumisión a la pulcritud. Fueron los años dorados de los cines, fundamentalmente los de estreno, donde las películas de éxito, casi todas norteamericanas, duraban meses en las salas. Tales acontecimientos cinematográficos son impensables hoy día. Pero existieron y duraron unos veinte años. Nunca volverá ese esplendor.

En aquella sesión de noche la ausencia de niños acentuaba la madurez del momento. Todos cerniéndose hacia las puertas de cristal donde los porteros, de uniforme, cortaban las esquinas de las entradas, que eran generosos papelitos que muchos coleccionaban. Luego el lujoso vestíbulo de moqueta roja y la gente entrando en el patio de butacas o subiendo al anfiteatro donde diligentes acomodadores, también de uniforme, iban colocando a los 2.000 espectadores en los amplios sillones forrados de terciopelo rojo. Inolvidables los minutos que precedían a la proyección, o en el descanso tras el NO-DO, con aquellas hileras de cabezas emergiendo de los asientos del patio de butacas como si hubieran sido sembradas. Entre murmullos y humo, los rostros se mostraban felices y un tanto ávidos por lo que estaban a punto de contemplar.

La película duraba casi tres horas y había un entreacto a mitad de la misma, que muchos aprovechaban para lucir su palmito y salir al bar y a los baños del local. Cuando sonaron los timbres, las luces se evadieron y la preciosa música de Victor Young acalló todos los ruidos. Las grandes cortinas fueron separándose de nuevo lentamente hacia los lados hasta dejar libre la inmensa pantalla superpuesta a la original. Hubo un silencio expectante, erradicados los murmullos, toses y estornudos, todos esperando el milagro visual prometido. Y de golpe, la película con el cohete surcando el espacio.

El productor de *La vuelta al mundo en 80 días* fue Michael Todd. En 1956, cuando la produjo y dirigió en la sombra, tenía 44 años y era paradigma del típico americano. De familia judía humilde, con siete hermanos, a esa fecha y partiendo de la nada había sido millonario varias veces y varias veces estuvo arruinado. No sabía nada de cine. Hizo sólo esta película mítica con la que se convirtió en archimillonario y conocido en todo el orbe y que recibió cinco Oscar, entre ellos el más codiciado: a la mejor película. Todavía hoy no ha sido superada como espectáculo cinematográfico. Suyo es el invento del TODD-AO (una sola cámara para cinemascope, que sustituyó y anuló al sistema CINERAMA, que necesitaba tres cámaras de proyección simultánea). Las fiestas que hizo en Nueva York y en Los Ángeles en la presentación de la película no han sido superadas. Todd, que murió en 1958 al estrellarse su avión privado, dejó al mundo del cine vacío de su increíble capacitación para el espectáculo. En la película introduce España en el viaje de Phileas Fogg y su criado Picaporte para darle la fuerza del taconeo de José Greco en el tablao y el color de las corridas de toros.

Y ahí estaba la Muy Noble y Muy Leal Ciudad de Chinchón, en realidad sólo su plaza de toros, a rebosar de espectadores, eso sí, apaletados, porque no hay que olvidar que entonces para los angloamericanos el nuestro era un país exótico, atrasado y más bien africano. Chinchón no tenía tanta población. Hoy día lo hubieran arreglado por ordenador. Todd envió autobuses a Madrid y los trajo llenos de gentes que gritaban felices durante el rodaje porque en sus bolsillos estaba el tintineo de un dinero impensado. Y allí, en la pantalla, aparecían Cantinflas y Luis Miguel Dominguín ejerciendo de sí mismos. Los créditos aparecían al final de la película y eran tan originales que todos seguían pegados a los asientos para no perdérselos. Finalmente, las cortinas se cerraban sobre la pantalla encendida de azul y de ella surgía la música para acompañar a los satisfechos espectadores en su dialogada salida.

Y ahora he vuelto con mis amigos Antonio Hidalgo Girón y Ramiro Silva del Pozo. Y como en otras ocasiones, la plaza Mayor, donde estaban montando la de toros para las fiestas, me pareció una pequeñez al compararla con la de la película, que se mostraba enorme. Antonio es ese joven de pelo blanco que en la foto apoya su brazo sobre mi hombro. Ya destaqué sus excepcionales cualidades de anfitrión y su insaciable sed de conocimiento. Quiere ver toda España paso a paso, por lo que estoy seguro de que vivirá los cientos de años suficientes para conseguirlo. Decía que Chinchón «es el pueblo que tiene una iglesia sin torre y una torre sin iglesia».

Hacía tanto calor que se podían freír huevos en los adoquines. «Como en Écija, la sartén de Andalucía», dijo Antonio. Nadie transitaba. Con la población refugiada tras las viejas y nobles piedras de las casas, parecía un pueblo vacío. Antonio nos llevó al mesón Cuevas del Vino. El lugar es una antigua casa de labranza y en sus cuevas las fantasmales tinajas, ahora vacías, permanecen inmutables al paso de los años, quizá de los siglos. Comimos migas y aceptamos miel sobre hojuelas como postre. En la foto Ramiro tiene pose de torero, con la gorra asida como si fuera una montera. Y es que en su época estudiantil en Madrid tuvo anécdotas de fina figura, que nos fue narrando con su educado gracejo haciendo que el tiempo se hiciera corto. ¡Ah, lo de la calle Barbieri...!

Cuando volvíamos, salvados por el aire acondicionado del coche, pensé en aquella noche de 1957. Tantos años. Todos los actores famosos que aparecen en el film (Frank Sinatra, James Mason, Marlene Dietrich, David Niven entre muchos otros), están en el otro lado salvo una anciana Shirley MacLaine. Pero el recuerdo de aquel millonario singular sigue vivo cuando se contempla a la mujer de la que se enamoró perdidamente y con la que se casó el mismo año que hizo la película. Una mujer de 24 años entonces, leyenda del cine: Elizabeth Taylor.

La mosca

La mosca entró en nuestro piso de la Sierra de Madrid, situado en una de las urbanizaciones que se comen el monte. Era verano y las ventanas y terraza estaban abiertas. Cuando su presencia se hizo manifiesta, causó cierto alboroto. ¡Una mosca revoloteando, qué osadía! La familia consideró que constituía una imperdonable intromisión en nuestro sosiego. Al cabo, y como no se iba, se organizó un frente belicoso entre hijos y nietos para eliminarla. Su atrevimiento desvergonzado merecía el manotazo vengador. Me esforcé en imponer la escasa autoridad que me queda ya que ahora, el mundo cambiado, a los veteranos la vida nos encauza hacia una posición de silencio y aceptación.

—¿No recordáis lo que os leí de *El tiempo escondido*? Corazón Rodríguez dice a su hijo: «Los animales son como nuestros hermanos pequeños. Ni siquiera son conscientes de su existencia. Carecen de raciocinio, igual que los niños de años breves. Por eso debemos protegerlos.» Es nuestra regla: No matar animales.

—Es una mosca, no un animal.

Ése es el pensamiento dominante. Pocos entienden que un insecto es un animal, palabra que asocian generalmente con los mamíferos y de la que también excluyen a la especie humana por razones distintas.

Ya no vemos moscas en la ciudad, de vez en cuando alguna despistada. Las hemos expulsado a los arrabales. Recuerdo cuando a miles, millones, revoloteaban por todas las casas y convivían con nosotros del mismo modo que ahora conviven en tantos hogares del Tercer Mundo. Éramos incapaces de eliminarlas, constantes e inacabables como los piojos en el Ejército. A veces, la única carne que había en el plato eran las moscas caídas en la sopa, que retirábamos sin asco, con la normalidad de lo usual, lamentando que no fuera un trozo de buey. No hace tanto de ello, apenas unos años. Al final acabamos con todas, como terminamos con las lagartijas, los moscardones, los murciélagos, las mariposas, los saltamontes, los ciempiés y las mariquitas demostrando que el Hombre es la especie viva más dañina del planeta.

Pero el episodio descrito no ocurrió en la ciudad sino en la Sierra, un territorio con querencia de lo natural, algo que la sociedad moderna y desarrollada no entiende porque todo lo quiere suyo. Es el hogar de unas cuantas especies... todavía; un espacio que hemos invadido como los mares, las montañas y el aire. Era incomprensible que solo hubiera una mosca. Me di a pensar. ¿Dónde estaban las otras, las miles que deberían estar? ¿Acaso habían descubierto la brutalidad humana y disponían de un código telepático de advertencia? En cualquier caso, el solitario díptero no era un enemigo a batir sino un testimonio. Era injusto interrumpir su ciclo vital, de unos veinte días. Tres semanas, una vida entera para un ser que no sabe que existe y que no afecta a nuestra indiferencia. Esa mosca insensata puede que se hubiera extraviado de la manada ausente para buscar alimento, lo que le confería un derecho natural. Su tamaño me hizo deducir que había dejado la niñez. Quizá estaba en la mitad de su vida, lo que me hizo considerar que pudiera estar buscando pareja. O puede que se hallara en la edad crítica y rastreara el lugar ancestral donde vivió su especie desde hace miles de años, como los elefantes cuando viajan a sus cementerios para morir. ¿Por qué no? ¿Qué sabemos de las moscas?

—¿Por qué crees que hemos de matarla? —pregunté a Dulcinea, mi nieta de 15 años.

—Me da asco y nos molesta. Pero yo no quiero matarla.

—¿Has considerado la posibilidad de que seamos nosotros quienes la estemos molestando?

En sus grandes ojos vi la expresión de quien no da crédito a lo oído. Parecía escucharme «con la mosca tras la oreja», quizá preguntándose «qué mosca me había picado».

—¿Cuánto hace que no ves una mosca? —insistí.

—De vez en cuando... —dudó. Al momento aclaró, quizá «por si las moscas»—. Bueno, hace mucho tiempo.

—Llevamos aquí una semana y es la primera que vemos. Esto es el campo, a pesar de las urbanizaciones. Debería estar lleno de ellas, ¿no te parece? ¿Y si ésta fuera la última de su especie, que ya no hubiera más?

—No lo creo. Pero si fuera así, no perdemos nada. ¿Para que valen las moscas?

Estaba claro que su implicación en el amor a los animales no se extendía a los «bichitos». Recordé a Nino, un amigo que tuve y que desapareció en la turbulencia.

—Todos los seres vivos están en la tierra para algo, incluso las moscas —me dijo, muchos años atrás.

—Vamos, ¿qué beneficios pueden aportar las moscas?

—Quizá estén haciendo una labor positiva, que ahora ignoramos.

—No me imagino a Noé delante del Arca con su interminable lista y poniendo una equis en «mosca y pareja».

—Pues sí lo hizo.

—Venga, Nino. Seamos serios. ¿Qué me dices de las cucarachas, las chinches, los piojos, los mosquitos, los tábanos, las garrapatas..., tantos bichos repugnantes? ¿Crees que tienen alguna labor benefactora?

—No lo sé. Pero están ahí para algo y no sólo para incordiarnos, como parece. Entiendo que debamos defendernos cuando nos acosan. Hay un amplio muestrario donde descargar nuestros agravios: las plagas de langostas, las colonias de avispas, los hongos que matan a los árboles, los pulgones que arruinan las huertas... Pero una cosa es defendernos y otra ir a por ellos. Si el Hombre desaparece algún día por su salvajismo, puede que esos seres aborrecidos sean los únicos que sobrevivan y formen la base de la que surja una nueva Humanidad.

Muchas veces he recordado a Nino cuando pienso en los

abejorros, libélulas, lombrices, culebras y alacranes que ya no veo y con los que conviví de niño. Y en los cantos de los grillos y las chicharras que me arrullaron en los largos años sin televisión ni radio. El mundo perdido. ¿Qué será de la Humanidad si desaparecieran los animales y todas las especies vivas? Recién se ha sabido que las moscas, aunque pueden transmitir enfermedades, también ejercen una acción positiva en la polinización y en la eliminación de los cadáveres de otros animales. Es decir, pueden ser necesarias y no sólo para servir de alimento a aves y arañas, lo que significa que contribuyen a la cadena de la vida.

—¿Has tenido alguna vez una mosca en la mano? ¿Las has visto de cerca? —pregunté a Dulcinea.

—¡Huy, no! ¡Qué asco!

Atrapé la mosca con una mano y la metí en un frasquito. Ella la miró moverse en busca de la salida.

—¿La ves bien?

—No mucho.

Saqué una lupa grande. La imagen ampliada no mejoró su concepto sobre el díptero.

—Ves que tiene una trompa, que actúa como la de los elefantes: como mano y boca.

—Es horrible —dijo, absolutamente convencida.

—Lo es para nuestro canon de la belleza. Pero es posible que entre los insectos no dé imagen de fealdad, como no repugna a los que las comen. —Moví el frasco—. Mira bien. Tiene seis patas y dos alas grandes. Era costumbre en mis años pequeños arrancarles las alas para verlas corretear desorientadas.

—¡Cortarles las alas...! —exclamó Dulcinea, los ojos como girasoles, mirándome con reprobación—. ¡Qué crueldad! ¿Se las vas a cortar a ésta?

—Vaya, hace un momento se hablaba de matarla y ahora te escandalizas.

—Abuelo... —Había mucha sensatez en su mirada—. No es lo mismo.

No respondí. La muerte súbita o la tortura. Sabemos que los animales mamíferos sufren y que sienten miedo, felicidad y dolor. Seguramente también algunas aves. Y pudiera ser que esas sensaciones sean experimentadas por algunos peces y reptiles. Pero ¿sienten dolor las moscas al arrancarles las alas? Más concretamente, ¿experimentan dolor los invertebrados cuando se les espachurra o se les hiere para aniquilarles? ¿Y los unicelulares?

Quité el tapón y el animal escapó. Estuvo circulando de un lado a otro del piso rehuyendo el espacio abierto. No parecía interesado en abandonar el lugar. Hasta que un tiempo después vimos que salía a la terraza y se desvanecía por el quieto aire rumbo a su destino.

Me asomé. Allá brillaba el pueblo. A un lado de la urbanización unos vecinos peloteaban en la pista de tenis. Coches en ristras permanecían estacionados, como monstruos descansando, en lo que no mucho antes fue una arboleda silvestre. No cabían todos en la zona de aparcamiento por lo que algunos habían invadido el verdor menguado y acosaban a los árboles supervivientes. Parecían esperar la orden para seguir devorándolos. Unos chalés, inconclusos por la crisis, embadurnaban con sus esqueletos una parte que hace pocos meses fue bosque. Todo estaba tranquilo, ordenado. Las ardillas, los jabalíes y los conejos habían sido aniquilados, como en el pasado los lobos y los osos. No se veían perros callejeros. Las abejas ya no están donde habitaban y las aves de presa no cabalgan sobre el viento. Cada día desaparecen especies que no hemos llegado a sospechar de su existencia, como esos soles que nunca veremos y que se extinguen continuamente. La preocupación es la prima de riesgo, no que la vida salvaje y la silvestre se aniquilan vertiginosamente al compás de la indiferencia y la desesperación de tantos. Y que nosotros, como ellas, nos estamos destruyendo aunque no lo notemos.

La Gran Vía de Madrid en la época de Librería Felipa

Los madrileños, y otros que estudiaron en el foro durante los años bravos, saben de la Librería Felipa y quién fue su dueña. Por parte de muchos se echó a faltar un libro que perpetuara su memoria durante varios siglos más. Hoy ese proyecto ha cristalizado a través de su sobrino-nieto Juan José Asenjo. El libro ya está en la calle.

Fui invitado a participar en el mismo con un capítulo. Del depósito inagotable de los recuerdos extraje parte de mis andanzas y vivires de unos años vitales. Me sigo viendo en ellos. Helos aquí.

En mi memoria hay tres Gran Vía. Y digo «hay» porque los recuerdos son fotos fijas, inmodificables. Son los tres tramos de esta vía, pero al acomodo de mis vivencias.

Me crie en el barrio de Arganzuela, frente al Matadero Municipal. En aquella época, en los años cuarenta, Madrid era una ciudad pequeña rodeada de campo. Al norte, Cuatro Caminos marcaba el límite porque Tetuán (de las Victorias) fue municipio independiente hasta 1948. Al este, las Ventas y el cementerio de la Almudena. Al sur, las huertas de La China, más allá del fragoroso Mercado Central de Frutas y Verduras de Legazpi. Al oeste, el río Manzanares ponía frontera con los Carabancheles, también municipio autónomo, como Vallecas, hasta 1948.

A partir de esas esquinas Madrid era campo y pueblo. En realidad, más pueblo que campo porque alrededor se extendían cinturones suburbiales achabolados, con gentes aldeanas venidas de los viejos solares de la patria escombrada.

Mi madre, como otras muchas personas, cuando era necesario desplazarse al centro, decía: «Vamos a Madrid.» En esa primera memoria recuerdo mi pequeñez al ir «a Madrid». Por supuesto que andando. Entonces la gente iba caminando a todos los sitios, por lejos que estuvieran. Las calles se abrumaban de viandantes. Había muchos carros tirados por acémilas y pocos coches, casi todos taxis y camiones. Antes de pasarnos por la Cibeles, el Banco de España o el palacio de Correos, había que rendir tributo a la Puerta del Sol, el puro ágora de la Corte. No se podía «subir a la ciudad» sin pasar antes por esa plaza donde, en las mañanas y tardes, docenas de soldados destartalados se embobaban con las chachas y luego pasaban a los urinarios, situados en medio de la plaza, para cumplir con el ímpetu reprimido.

Y ya estoy en la Gran Vía, llamada Avenida de José Antonio toda ella, los tres tramos, durante cuarenta años. Camino por el PRIMER tramo, el que va desde la calle de Alcalá a la de Montera y que también para mí fue el primero en mi niñez. Recibió el nombre de Calle de Conde Peñalver, en honor del firmante del proyecto y exalcalde de Madrid, cargo que ocupó en tres ocasiones. He de señalar que el tramo nace más al comienzo de la calle de Alcalá que en el proyecto inicial. Según me contó mi padre, si hubiera empezado más atrás tendría que haberse derribado la iglesia barroca de San José, monumento arquitectónico de Pedro de Ribera. Hubiera sido una pérdida injustificable e irreparable para el Arte (y especialmente para él porque en ella fue bautizado).

Yo miraba esos enormes edificios con temor, notando que eran ajenos al entorno, como si se hubieran desplomado del cielo. En realidad, resultaba una ciudad extraña. Como leí luego a algunos extranjeros visitantes de años pasados, nuestra ciudad era «una ristra de rascacielos sembrados en medio del campo y rodeados de viejos palacios y casuchas». Veía esas tremendas fachadas y a los hombres encorbatados, la mayoría con sombrero como si fueran actores de cine. Admiraba su dinamismo, sus brillantes zapatos, sus flamantes trajes. Nada que ver con los obreros del barrio, casi todos vestidos con monos, petos y alpargatas. Y las mujeres... Bueno, bueno. Me quedaba con la boca abierta. Recuerdo que, mirándolas, quería hacerme mayor enseguida, temiendo que se acabaran si tardaba en crecer. Una congoja que me duró tiempo, el que tardé en auparme en los años y descubrir, para mi sosiego, que las chicas guapas nunca se acaban.

Miraba las joyerías Aldao y Grassi, los Almacenes Rodríguez, el Bar Chicote o las tiendas de coches para el embobo, como los Hispano-Suiza y Ford. Tiendas de fama, escaparates refulgentes, muchedumbre deslumbrante. Yo apenas parpadeaba para no perderme ningún detalle de ese universo distinto. Luego, con la mente estrujada, regresaba a mi campo, lleno de lagartijas, saltamontes, ciempiés, moscas y murciélagos; el mundo de los perros enguilados, las ropas tendidas al sol sobre las espigas, los sueños imposibles...

Cuando tenía ocasión me llegaba a la Red de San Luis, el cruce más cosmopolita de Madrid. Me sorprendía que recibiera tal nombre porque no veía ninguna red ni ningún San Luis. En aquel entonces, cuando una persona lucía limpia y elegante se decía que iba «como un San Luis». Así que yo imaginaba que lo de San Luis sería porque la gente de esa zona caminaba con muy alta consideración de limpieza y de vestidos. Luego supe que en la calle Montera estuvo la iglesia de San Luis y por ahí le vino el nombre. Pero lo de «red» seguía siendo un misterio. Concluí que el término se refería al metro, con el templete de hierro del arquitecto Palacios sobre la entrada, el mismo que hizo la Escuela de Sordomudos y el Ministerio de Fomento. Estaba justo en el centro del cruce, en plena calle, en una islita rodeada de tráfico automóvil, y parecía un castillo. Era grande como un baluarte y tenía una espectacular marquesina que a tantos resguardó en las lluvias furiosas. Uno se asomaba dentro y veía el tremendo boquete excavado en las entrañas del suelo, por el que descendían y emergían crujientes plataformas de hierro, lentas como bueyes uncidos y siempre llenas de gente. A los rapaces con afán aventurero nos encantaba recorrer las innumerables escaleras situadas a lo largo de las paredes, abajo y arriba, desde las taquillas a la superficie, hasta que los «metreros» nos espantaban con la amorosa contundencia de aquellos tiempos; es decir, a patadas y cintarazos.

Y allí, enfrente, la mole asombrante de la Telefónica, «el edificio más alto de Europa», según aseguraba mi padre. Por él aprendí que ese rascacielos fue el centro específico de Madrid durante una guerra atroz ocurrida no mucho antes entre españoles; choque bélico que entraba en la lógica a tenor de la ferocidad con que dirimíamos las disputas los chicos de barrios diferentes. Era normal que los mayores se embistieran a tiros si los chavales lo hacíamos a pedradas y palos ya desde renacuajos. Aprendí que desde la Telefónica se cubrían todas las informaciones telefónicas con el resto del mundo y que para muchos fue como un símbolo en aquella guerra. Con ese mensaje bullendo en mi cabeza, me quedaba alelado al ver los impactos de la metralla en las fachadas y el bullicio de la gente entrando y saliendo del edificio en un trajín interminable. Pasaba con timidez a la gran sala y veía embobado los cubículos acristalados desde los que la gente hablaba a través de los negros cachirulos. No podía imaginar que hubiera tantos pueblos y ciudades en España y en el mundo, como sin interrupción voceaban las telefonistas. El espectáculo representaba algo extraordinario porque en mi barrio nadie tenía teléfono y el utilizarlo era tan infrecuente y emocionante como entrar en un taxi o emplear papel higiénico.

Cuando mucho más tarde el alcalde Álvarez del Manzano hizo una encuesta entre los madrileños para elegir sitio donde plantar la estatua ecuestre de Carlos III, muchos opinamos que el lugar ideal era la Red de San Luis. Yo recordaba el centro de Buenos Aires, de Santiago de Chile, de Lima y otras ciudades de Iberoamérica, con jinetes de bronce situados entre los grandes edificios. Pero al final una mayoría aldeana apostó por la colmada Puerta del Sol. Se lo dije a don José María, años más tarde, ya exalcalde, en la presentación de un libro. Me dijo que él había decidido por la Red de San Luis pero que los votos se impusieron. Fue una oportunidad perdida para que Carlos III luciera en soledad admirada y para que hubiera otra «red» sustitutoria del castillo demolido.

El TERCER tramo de la Gran Vía, el que va de la plaza del Callao a la de España, para mí fue el segundo por su relación con mi adolescencia. Cuando empezó la guerra aún no se había terminado de construir. Entonces se llamó Calle de Eduardo Dato, en recuerdo del tres veces presidente del Consejo de Ministros en los primeros años del siglo XX. Cuando mis caminares por esos adoquinados, el tramo ya concluía en la plaza de España, donde abrumaba el Edificio España, plantado en 1947 y finalizado seis años más tarde. Ese edificio se escudaba, o viceversa, con otro gigante: la Torre de Madrid, que se alzó entre 1954 y 1957.

Ellos fueron testigos de los años de afirmación de los madrileños, cuyos padres hicieron la guerra. En su mitad, la Gran Vía es atravesada por la calle de San Bernardo, entonces llamada «ancha», y destacaba el enorme edificio del hotel Emperador. Abajo estaban Los Sótanos, un espacio subterráneo de diversión amable al que se accedía bajando por una estrecha escalera. Descubríamos un laberinto de pasillos atestados de tiendas de recreativos, tragaperras, «pósters» y cosas, bajo las propuestas musicales de Discoplay, referente musical del país durante años. Desde el metro de Santo Domingo, la «ancha» se proyectaba hacia la Universidad y constituía el gran mercado del Conocimiento. Atiborrada de viandantes y automóviles a todas horas, en ella se concentraban muchas librerías de viejo y de actual, siempre llenas de gente de todas las edades afanosas por ilustrarse. Baste recordar a Editora Nacional, Fuentetaja, La Moderna y Rodríguez. Al igual que las mujeres de entonces, que se extasiaban frente a los escaparates de las zapaterías, yo me ensimismaba mirando los libros en cada librería y soñaba con adquirirlos todos y tenerlos en la gran librería imaginada.

Pero el eje de la vida estudiantil estaba en la calle de Libreros. O, lo que es lo mismo, los estudiantes dábamos vida a la calle y su entorno. O, para no andar con melindres: en esos años, el TERCER tramo de la Gran Vía era un espacio subalterno de la calle Libreros. Riadas de mozos —no tantas mozas entonces, en verdad— bloqueábamos a diario la vía para el cambio de libros, principalmente en los comienzos y finales de curso. Fue una etapa irrepetible, como tantas otras en el devenir de los imperios. Colas ante La Casa de la Troya, Bataller, Doña Pepita, Brabazán, La Fortuna... Pero era en Felipa donde más nos arrimábamos a pesar del ceño normalmente fruncido de la dueña. Reconozco que imponía un poco cuando miraba con esos ojos negros, profundos y desconfiados. Era lógico. Buen barullo organizábamos, todos pidiendo a la vez. Momentos en que algún libro se pegaba a las manos sin pasar por caja, lo que era signo de aquellos tiempos de comportamientos pícaros por necesidad, como venía siendo desde los umbrales de Magerit. Porque en la Villa y Corte el pueblo siempre ha vivido en la penuria y eso fue el origen de la picaresca. Felipa tenía todos los libros y atendía con rapidez. Sabía dónde estaba cada ejemplar y no dejaba que florecieran tiempos muertos. Había aprendido bien su oficio y lo ejerció hasta sus últimas energías.

Librería Felipa era también lugar de encuentro, a la salida, para los que no cambiábamos de abrevaderos. «Hola, macho; qué tal» (entonces no se decía lo de «tío»). Después intentábamos sablearnos unos a los otros para tomar sidra en El Escarpín, mientras que en el bar La Estrella se reunía toda la gente del libro: editores, vendedores, almacenistas y demás gente de pasta de esa industria, que entonces premiaba con altos rendimientos. Para muchos, la vida era el Libro, lo más importante. Pero otras cosas también agobiaban, con sus propuestas de veladas ilusionantes: los cines Coliseum, Pompeya, Lope de Vega, Gran Vía, Rialto, Rex y Capitol, todos de estreno. Y el Azul y el Actualidades, de sesión continua. Nunca entré en esos cines en aquellas calendas. Prefería los de mi zona por razones financieras: Legazpi, Montecarlo, América, Elcano, Lusarreta, Pizarro, Candilejas, Delicias, Infante y San Carlos, todos de sesión continua y programas dobles, con los pasillos sembrados de cáscaras de pipas y gente tosiendo y riendo con desafuero.

Y llegó el tiempo para el SEGUNDO tramo de la Gran Vía, el tercero para mí, llamado en sus inicios Avenida de Pi y Margall, que fue el segundo presidente de la Primera República Española. Nuestro físico se había deslizado perceptiblemente de la adolescencia a la juventud primera, esa que pasa con tanta rapidez que sólo las fotos de los viejos álbumes garantizan que alguna vez existió. Los años de estudio obligado iban acabándose y estábamos en los vigorosos del gimnasio, con la mili como penitencia insoslayable. Las urgencias eran otras. Descubrí con alborozo que seguía habiendo chicas guapas. Eran los tiempos festivos de ir a los billares y futbolines de la plaza de Callao, siempre atiborrados, y echar unos pocos juegos. Y a los cines Callao, Palacio de la Prensa, Palacio de la Música, Avenida e Imperial, con los carteles enormes del pintor Jano cubriendo las fachadas e invitando a entrar. Ya sólo íbamos a la Gran Vía a la diversión, normalmente los domingos. Salíamos del cine y oíamos a unos chicos vocear *La Goleada*, con el resultado de los encuentros futboleros, porque entonces todos los partidos se jugaban sólo por la tarde de los domingos. Y tomábamos un bocadillo de calamares fritos y una cerveza (todavía el término «bocata» no se había inventado). Y luego a acompañar a casa a la chica o novia o quién sabe, en metro o tranvía antes de que cerrasen los portales y hubiera que llamar al asturiano del chuzo. Y más tarde el retorno a casa, a las luces mortecinas y a las noticias de la radio, imaginando que algún día capturaríamos nuestros sueños.

Ya la niñez y adolescencia habían desaparecido. Todo estaba extrañamente lejos. Libreros y Felipa dejaron de ser importantes en nuestras vidas y en la Gran Vía, para disolverse como el rocío de los años impulsivos.

A veces, ahora, me paso por esa calle, aún hay unas librerías sosteniendo nostalgias. Apenas circula gente: de vez en cuando alguien presuroso y con aire concentrado, como queriendo escapar. Ante la tienda que fue de Felipa gasto unos minutos, buscando en los regazos de la memoria. Estoy ante un cierre estrechuco y pintarrajeado, semejando una lápida. El edificio está restaurado y el cierre desidiado es un elemento fuera de lugar.

Enfrente, el hotel Los Condes. Hay un árbol torcido y escuálido en medio, como tocado por la enfermedad del abandono. Parece imposible. Pero Felipa está ahí albergada, detrás de ese postigo herrumbroso, con su moño y sus ojos inquisidores. Está en su puesto, «en su lugar, descanso». Y está en mí porque ese fue uno de los sitios que jalonaron mi andadura.

Y con esta ocasión que me brindan Regino Mateo del Peral y Juan José Asenjo Hita, vuelve a reverdecer de un pasado que no siempre fue mejor.

Ojos negros (la edad indefensa)

«A nadie se le debe quitar su libertad.»

No es una frase mía sino de una mujer de 98 años llamada Leonor.

En un pueblo de la Sierra de Madrid hay una residencia de ancianos; cabe decir que de ancianas porque sólo alberga tres hombres. Es un establecimiento privado, de menguado espacio. Por jardín, unos retazos de césped y losas para engañar la andada. Ella está ahí, aún erguida y batalladora, si bien la sordera le ha hecho mella y la articulación de una rodilla le recorta la zancada, no ha mucho decidida. Para sus casi diarios paseos se ayuda de un bastón, que también le sirve para apuntar hacia espacios inconcretos, quizá del pasado; un pasado que en ocasiones su mente conjuga con la realidad.

Tiene los ojos claros, la cabellera tintada de suave color castaño y un cerebro extraordinariamente diáfano. El «señor alemán» no ha invadido su mente todavía. Luce limpia porque les duchan a diario o con frecuencia. Y también arreglada, con vestidos que aún desprenden elegancia, lo que establece diferencia con sus compañeras, cuyas ropas son más sobrias y de andar por casa. Porque, mientras ella es de las contadas que pisan las sendas cercanas al hogar impuesto o elegido, las otras se rinden al ensimismamiento y a la inacción. Pasan sus horas desplomadas en los sillones ante la tele, casi siempre absortas más que entretenidas, adormecidas las más.

Creo que el mejor lugar donde vivir es la casa propia. Me caben pocas dudas al respecto. Pero soy consciente de que la vida impone reglas y que cada familia actúa según criterios específicos. Lo cierto es que las residencias son inevitables para mucha gente y puede que imprescindibles según las tendencias que se dibujan en el tiempo venidero. Y también es cierto que hay ancianos que aceptan ese destino, a la corta o a la larga, e incluso quienes lo demandan bajo el convencimiento de que es el mejor remanso donde esperar lo ineluctable. No entro a valorar esa opción. Lo que sí valoro es la contraria. Porque pienso en los no pocos que nunca se integran en esa imposición, los que no se resignan a la pérdida de los tactos y los olores que marcaron gran parte de sus vidas, los que prefieren abandonar la mirada última en su lecho de siempre.

Naturalmente que la economía juega un papel esencial, como en todos los aspectos de la vida. Hay residencias de niveles diferenciados. La que encuentra Corazón Rodríguez en *El tiempo escondido* en su búsqueda de Rosa, es inusual. Pocas semejantes existen en el mundo. A partir de ahí, la escala desciende según el bolsillo. Sin duda, que los familiares de Leonor encontraron para ella la más adecuada a sus posibilidades, al margen de sus deseos, quizá. Porque en el aspecto estricto del rendimiento económico, hay que aceptar que las residencias deben atenerse a la cuenta de resultados, como cualquier negocio. No es ahí donde Leonor apunta su rechazo.

—Aquí, la mayoría tiene la cabeza extraviada y esos males que aparecen con la edad. Pero todas vamos para atrás, y no sólo porque cada día somos más viejas. No es eso, no... Lo terrible es haber perdido la vida que teníamos. Ése es mi caso... Intento sobreponerme al fatalismo. No tengo nada en contra del centro. Las cuidadoras intentan ser amables a pesar del mucho trabajo que tienen. No paran, las pobres. No creo que sea el empleo que soñaban... Cuidar viejos... Esta residencia es lo que es. Pero aunque fuera la más cara del mundo... No me interesa. Sólo quiero volver a mi casa...

No conozco muchas residencias pero he visitado Hogares Sociales, adonde acuden mayores que duermen en sus casas pero que entretienen la mayor parte de sus horas en estos hogares, leyendo o jugando a las cartas, dominó, lotería, parchís y hasta ajedrez. Le pregunto si allí les ofrecen esos entretenimientos.

—¡Qué va, qué dice! ¡El parchís...! Aquí no hay nada de eso. Un joven viene dos días a la semana. Durante una hora nos pide hacer movimientos físicos y nos pone juegos para que ejercitemos la mente, dice... Bah. No sirve de nada. No nos atraen esas cosas porque son ajenas a nuestras costumbres. Nos cuesta trabajo entenderlas. Razón de que no pueda evitar la añoranza de mi casa... —Se le va la mirada al crisol interno donde se funden los recuerdos de su larga vida—. Si acaso se pudiera cantar... Me crie cantando... En mi casa todas cantábamos mientras lavábamos, fregábamos o cocinábamos. Y cantaban los vecinos de las otras casas... Y se reía, y se bailaba... Siempre bailábamos... Sí, ya lo creo... La vida era alegre y teníamos todas las ilusiones...

Cuando vi por vez primera a Leonor, me llamó la atención su soledad. Y cuando hablé con ella, su inadaptación a esa vida. Observo que no ve la tele y que no encuentra correspondencia a sus estímulos en las otras residentes. Lee el periódico que a diario llevan y enjuicia las noticias. Es notoriamente diferente a las demás. ¿Y cómo no lo va a ser? Porque nació en un lugar llamado Ojos Negros, un pueblo en las montañas de Teruel que fue próspero durante muchos años gracias a una mina de hierro. Un pueblo que llegó a tener más de 4.000 trabajadores y hasta una línea ferroviaria propia para llevar el mineral hasta Puerto Sagunto, en el mar valenciano.

¿Cómo se puede nacer en un lugar con ese nombre y no experimentar la fuerza de lo excepcional? ¿Cómo no llevar dentro vibraciones misteriosas que en el crecer pueden despertar a la poesía o a cualquier otro impulso artístico que pudieran jalonar su andadura por la vida?

No sé si Leonor está tocada por la gracia que tal sitio desprende o si su diferenciación obedece a una educación esmerada. Lo que no admite dudas es que su energía, su razonar y su verbo son algo fuera de lo común para quien está rozando el siglo de vida.

Ojos Negros. Lo pronuncio sin sonido. Lo paladeo. Es un nombre con trazo de eternidad. Eso dice Leonor cuando me mira, asombrada por prestarle una atención que nadie le brinda.

—No encontrará usted nombre más bonito para un pueblo. No existe en el mundo. Pero no me crie en él sino en Zaragoza. Mi padre tuvo que trasladarse por el trabajo y nos llevó a toda la recua con él. No volví las veces que hubiera querido... La vida pasa volando... —Se abstrae. E inesperadamente arma una oración de impecable factura—. Tengo dos nietos. Acuden a verme cuando les llamo, pero no vienen mucho. Supongo que no les gustan los viejos. Les comprendo porque a mí tampoco me gustan los viejos.

Luego vuelve a desgranar sus recuerdos y sus lamentos.

—Éramos siete hermanas y tres hermanos. Diez vidas alegres y generosas, diez canciones para evitar que nos alcanzaran las penas de tantos años convulsos... Porque fuimos una casa feliz antes de que buscáramos nuestros caminos... Sin embargo, yo sólo tuve un hijo, algo absurdo y de lo que siempre me he arrepentido... Aunque da igual ya... Pero si hubiera tenido más hijos, alguno sería como mis hermanos, sobre todo como Alfonso, que fue un padre para los demás cuando nos faltó el que nos dio la vida... Ahora no estaría aquí sino en mi casa, paseando por el Madrid de mis años alegres, el Madrid que tanto echo de menos...

Mira los coches pasar, el paisaje invadido de indiferencia.

—Mi hijo me metió aquí sin contar conmigo. Un día me trajo. «Mamá, es aquí donde vivirás a partir de ahora.» No me lo podía creer. Yo me manejaba por mí misma, estaba fuerte, tenía mi pensión y mis amigas, tenía vida propia... ¿Por qué no podía seguir en mi casa, la casa de mi propiedad, con mis muebles, mis cuadros, mis cosas...? ¿Qué hice de malo para que él tomara esa decisión, saltando por encima de mis sentimientos?

No me mira. Es como si hablara consigo misma. Se abstrae. En la pausa, vislumbro su hogar perdido, las cosas que no volverá a ver. En la introspección, veo mis propias cosas, todos aquellos objetos que he ido acumulando desde siempre y que ponen gozo en mi ánimo cuando las miro y las toco. No entra en mi entendimiento que pueda llegar a perderlas alguna vez, ni siquiera que puedan hurtarme de su contemplación. Siento un estremecimiento.

—Habló usted de sus nietos. Supongo que también su hijo viene a verla —digo, sobreponiéndome a mis temores e intentando aliviar su amargura.

—Sí, cuando le llamo, de vez en cuando... Poco... No son visitas gratas para ninguno porque siempre ve el reproche en mis ojos... A veces me lleva a un hospital. Una médico, que debe ser siquiatra o yo qué sé, me hace muchas preguntas sobre cosas. No me dicen para qué son esas consultas. No me dan los informes del resultado. No me examinan el cuerpo, esta rodilla que me falla, la sordera... No. Sólo preguntas y preguntas... No me gusta...

Estamos en un bar cercano, sentados a la sombra. Ha pedido cerveza, como una quinceañera, lo que añade nuevo apunte en mi sorpresa. Dice que es la mejor bebida que existe. La bebe a pequeños sorbos, paladeándola.

—Mi hijo y mi nuera viajan mucho. Siempre están de allá para acá, viendo pueblos y ciudades y gustando de buenas comidas... Puede que ahora yo sea un estorbo, pero no lo era cuando me trajo aquí, no recuerdo cuándo... Me valía muy bien y podían haberme llevado con ellos, alguna vez al menos... Aquí quedé atrapada, como una maleta vieja, viendo pasar los años... —En sus ojos celestes sorprendo destellos de resentimiento sobre su amargura. Al rato, mueve la cabeza y hace un gesto con la mano—. Más allá, al norte, se ven las montañas de la Sierra de Guadarrama. Ya no puedo verlas porque las casas lo impiden. Pero sé que están ahí. Y puede que no vuelva a verlas, como no volveré a ver el lugar donde nací... Ojos Negros...

Al regresar a la residencia, le ofrezco el brazo. Se apoya en él, algo turbada, sin creérselo del todo. Hace mucho tiempo que nadie tiene con ella tal deferencia. Al despedirnos se le bloquean las palabras y pone algo húmedo en mi mejilla. Sabe que volveré para estar con ella y con sus recuerdos. Pero noto su temor de que quizá pueda llegar tarde.

Luego camina hasta el ascensor para dirigirse al comedor. Es la hora del almuerzo y ya nadie queda en la pequeña sala de estar. Miro los rincones del espacio vacío y noto sollozos escondidos intentando vencer el silencio. O acaso creo notarlos en esa ausencia de latidos y de ilusiones.

Mientras conduzco hasta Madrid, una de sus frases se reitera en mi mente y me catapulta al mundo de los vencidos.

—¿Sabe? Mi hijo vive en libertad..., pero yo perdí la mía.

Le doy vueltas. Porque es verdad, aunque el hijo haya tenido razones para tomar la decisión de sacarla de su lado. Y eso me lleva a pensar más allá. Y siento que algo se enrosca en mi ánimo. Pienso en las personas de edad. Y también en los jóvenes y hasta en los niños, porque alguna vez dejarán de serlo. En todos ellos. No cabe duda de que en nuestro mundo occidental, aun siendo el mejor, no somos totalmente libres. Nos vigilan, estamos controlados por nuestros DNI y por todos los poderes gubernamentales habidos y por haber. Pero tenemos una libertad relativa. Merced a ella, podemos movernos de un lado a otro, complacernos con nuestras sencillas actividades. Pero entra en lo posible que en un futuro, largo o próximo según edades, alguien querido, familiar o no, algún día, por cualesquiera razones y en contra de nuestra voluntad, decida quitarnos esta libertad vigilada y no estemos en disposición de ofrecer resistencia.

Y puede que entonces nos ocurra lo que a esa anciana de ojos claros y añoremos desconsolados no los Ojos Negros donde nacen algunos elegidos sino los Ojos Verdes de nuestra vida acostumbrada.

El árbol de la vida

Recibí una llamada de mi amigo Juan, el librero de la calle Bolívar.

—Una amiga que ha leído tus libros quiere verte. Dice que es importante.

Nos reunimos un anochecer en el bar Anta, cercano a la librería. Es un lugar con sabor a taberna, tan grato en mis recuerdos. Tiene clientela fija, la mayoría de edades plateadas. No hay gritos ni golpeos en las mesas ni juramentos categóricos por lo que es posible mantener charla con el de al lado sin ayuda de auriculares ni de megáfonos.

Julia está en esa edad indefinida que en las mujeres va desde los 25 a los 60. Supuse que navega por el medio siglo. Es atractiva, bien plantada y su voz expresa una vida llena de alertas. Junto a ella, Pepa, activista de lo que haya menester y con quien departí tiempo atrás sobre la plaza de Legazpi.

—Leí tus escritos. Todos me emocionaron. Pero hay uno, *El chopo solitario,* que me hizo llorar. Esperaba que mencionaras otro árbol, el «mío», mi amado especial, el Árbol de la Vida. Él no ha tenido el triste destino de tu chopo. Muy al contrario, es un gigante sano. Y me extraña que no haya merecido unas líneas tuyas siendo como eres de Legazpi y tan enamorado de los árboles.

—El árbol de la vida... Hay una película norteamericana con ese nombre. Sobre los años sesenta del pasado siglo. La tengo en la memoria. Me gustó mucho. Montgomery Clift, Elizabeth Taylor y Lee Marvin. ¿La has visto?

—Por supuesto.

—La recuerdo especialmente porque a mitad del rodaje Montgomery tuvo un accidente de coche y se deformó el rostro. No recobró su guapura, pero los arregladores se esmeraron. Casi nadie nota que hay un actor con dos rostros.

—Es evidente que yo la recuerdo por el árbol, del que se decía que sus frutos son de oro. Más aún: que los senderos para llegar a él conducen a la paz. Y que el que lo encuentre hallará el sentido de la propia vida.

—Se hace referencia a una segunda interpretación, más comprensible. Tiene que ver con las aspiraciones del ser humano y de su logro. En realidad, lo que el árbol quiere representar es el premio a la constancia y al esfuerzo. Pero nunca encontraron el árbol. Porque no existe. Es sólo una guía, un camino mental por lo conveniente para conseguir una vida buena.

Me miró con ojos calmados y el respirar sereno.

—Existe. Y está aquí, en Legazpi. Por eso me sorprende que no lo hayas mencionado. Cierto que no da frutos de oro, pero sí sosiego y felicidad. A mí me dio ambas cosas. Quizá porque puedo hablar con él.

—¿Hablas con él, realmente?

—No debería extrañarte. De tus escritos se desprende que también hablas con los árboles.

—No exactamente.

—¿Hablar con los árboles? —se sorprendió Luis Fernando, un amigo desde los tiempos disueltos y partícipe en la reunión—. Eso es imposible. Los árboles no hablan. Una cosa es hablarles y otra mantener conversación con ellos.

Se hizo un silencio corto, que Pepa rompió mientras Juan nos miraba con benevolencia.

—No es imposible. Ella habla con ese árbol. Por inverosímil que parezca.

—No es una conversación con sonidos —puntualizó Julia—. Ellos hablan a su modo. Es una percepción de impulsos, un lenguaje sensitivo a través del contacto táctil. ¿Verdad que es así? —dijo, mirándome, como si yo fuera un especialista en el asunto.

—Puede ser. Hay muchas formas de comunicación. Son muchos los que hablan con animales, con personas que fallecieron, con santos y hasta con apariciones fantasmales. ¿Por qué no creer en diálogos con árboles? Todo es posible en estas cosas intangibles —dije, consciente de que era una forma de hurtarme del meollo. Devolví la mirada a Julia—. Pero vamos a lo que vamos. ¿Dónde está ese amado silencioso?

—A unos cien metros de aquí.

—¿Lo vemos?

—Claro, ahora mismo.

Cruzamos el parquecillo del paseo de los Molinos, en su día perteneciente al jardín interior de la fábrica de cervezas Cruz Blanca, dotado de árboles altos que se descubrieron al derribar la fachada. Alguien decidió con acierto no ceder el espacio a la especulación y esos árboles longevos quedaron como testimonio, marcando el inicio del parque. Giramos a la derecha y ahí estaba el coloso, enhiesto, poderoso y exuberante a la luz de las farolas Me paré, incrédulo, boquiabierto. No fue necesario hacer las presentaciones. Le conocía muy bien. Al cabo de tantos años volvía a contemplarle.

De golpe, parte de mi niñez acudió al timbrazo. Me vi con otros niños a tempranísimas horas en el Mercado de Frutas y Verduras, caminando entre el gentío hasta llegar a los vagones del tren. Exhibían sus entrañas llenas de frutos, naranjas normalmente, amontonados como las patatas. Nos ofrecíamos para ayudar en la descarga. Fui escogido varias veces por los encargados; hombres duros, de gestos iracundos. Nos parecían muy mayores, pero después supe que no llegaban a la treintena. El trabajo consistía en llenar de frutos unas canastas y llevarlas al borde del vagón, donde otros hombres con la misma catadura las volcaban en unas banastas o cajas abiertas, que luego depositaban en carretillas. La labor era simple pero intensa y agotadora. No había descanso y se trabajaba agachado como un hortelano. El cesto lleno pesaba lo suyo. Así que los chavales los arrastrábamos hasta el borde, resoplando, sin dejar de admirar a esos hombres que cargaban un cesto repleto en cada mano a la vez, como si fueran plumas de ave. Una vez vacío, vuelta a la montonera y al deslome. El pago consistía en llevar las naranjas que pudieran cargarse, ¿cuántas podían, en un mísero talego de tela y con 8 años de envergadura? Pero a pesar de tan irrisorio emolumento, volvíamos felices a casa. Porque no sólo aportábamos algo a la flaca despensa familiar, sino que nos llenábamos de orgullo por estar haciendo algo útil y provechoso.

Yo no iba todos los días, pero siempre había muchos, de varios barrios, deambulando a diario por los distintos puestos y recitando el ofrecimiento. Normalmente nos largaban con cajas destempladas. No se andaban por las ramas. Ante la insistencia recurrían a argumentos contundentes, como correazos, guantadas o puntapiés. A pesar de ello más de uno se rendía a la tentación. Alargaba la mano al fruto y salía de naja. Teníamos que emprender la estampida al completo porque para esa gente atormentada todos éramos de la misma golfa ralea.

En esos días de trabajo nulo, corridos de patadas y desprecios, esperábamos a que terminaran las tareas del Mercado, normalmente sobre las 12.00. Llenábamos entonces los talegos con frutas desechadas pero aprovechables, caídas en el suelo o tiradas en cajas rotas. Al ir a casa, muchas veces nos parábamos ante el árbol gigante. Nos sentábamos en el suelo, disputando el espacio a otros inquilinos. Sólo un rato para descansar y comer algunos de los frutos golpeados mientras nos consolábamos bajo su sombra protectora.

El árbol es un plátano de Indias o plátano de sombra. Ya era admirable cuando mis primeras correrías. Quizá naciera en los años medios. Entonces, y desde los siglos primeros, nadie plantaba árboles en ningún lugar del mundo. Germinaban y crecían por sí mismos. Este plátano habrá sido testigo del auge del Imperio hispánico y de su disolución. Y de todo lo que vino después. Y por su aspecto parece que conocerá lo que en el futuro hagan las generaciones de españoles aún no nacidos. Puede que aún se yerga cuando explote el planeta.

La última vez que le vi, hace tantos años, seguía imponente. Pero estaba en un mal lugar y en una peligrosa posición. La calle del Maestro Arbós era por entonces una vía mal adoquinada, llena de baches, y una acera de tierra en la parte izquierda sobre la que se agolpaban unas casuchas de baja estatura y pobre condición. El ala derecha la cubría y cubre en su totalidad un solo edificio: el Mercado de Frutas. No había acera o la habían anulado. Ese lateral era lugar de acampada, noche tras noche desde las madrugadas, por ristras de camiones que llegaban hasta las vías del ferrocarril, a unos metros del río. El árbol se adentraba en la estrecha calzada, muy separado de la línea de casas. Entraba en lo inevitable que el hacha despiadada abatiera al coloso cuando urbanizaran la calle. Porque es sabido que en la mayoría de los genes ibéricos está el desprecio, cuando no el odio, hacia los árboles.

Recordé lo dicho por Julia, sus silentes diálogos con el árbol. No mentía. Oculté que yo mismo, cuando pasé las manos por la rugosa piel en lo que creí mi despedida última, volví a sentir el palpitar de la vida plena, una comunicación inédita. Fue algo más que un adiós, la charla muda y abrumada de dos amigos. Porque creí que no volvería a verle. Sería exterminado. Nadie saldría en su defensa.

—Pero sí hubo quien hizo la hazaña —aclaró Julia—. Un concejal de obras o el propio alcalde, cuyo nombre debería estar en una placa descriptiva como ejemplo del bien hacer. El resultado es el que ves desde que en 2010 se urbanizó la calle.

Sin duda que fue un buen trabajo. Una calzada plana con una óptima capa de rodadura sirve como vía rápida desde la M-30 a la plaza de Legazpi. Hay una segunda y breve calzada a la izquierda, de consideración vecinal, que vale de tránsito tranquilo al pie de los renovados edificios. Cuando se creó Mercamadrid, los camiones dejaron de atosigar la fachada del Mercado. Ahora, una ancha acera arbolada permite caminar sin impedimentos a lo largo de la calle. Dejaron otra acera central, en la que plantaron dos hileras de árboles delgados, alineados con el coloso pero algo distantes. Tienen el aspecto de reclutas medrosos ante un general victorioso.

Me detuve viendo a Julia acercarse al monumento. Yo estaba en el tiempo indeciso, entre el pasado y lo actual. Observé cómo abrazaba el enorme tronco. Sus 360 centímetros de perímetro en la parte media impiden que una sola persona pueda rodearle con sus brazos. El tronco es corto. Las ramas, que surgen a metro y medio del suelo, son seis, gruesas como árboles en expansión. De ellas nacen otras y otras hasta formar una corona equilibrada, magnífica, pocas veces vista en otros árboles. No hay muñones. Parece que ninguna rama le fue cercenada. Luce entero, como cuando nació. Da la sensación de haber crecido sin talas ni enfermedades, puro como un seminarista concernido. De ahí su aspecto deslumbrante.

—¿Te fijas que no tiene incisiones ni golpeaduras ni pintajos? —señaló Julia.

—Cierto. Algo sorprendente.

—No lo es. Porque es el Árbol de la Vida, o uno de los que pueda haber repartidos por el mundo. Un árbol especial. Posiblemente emite ondas no apreciables a cualquiera; un efluvio invisible que seduce incluso a los destructores.

Da la sensación de que la parte del troco oculta bajo tierra es más larga que la visible. Imagino sus raíces muy en el fondo, extendiéndose como patas de araña quién sabe hasta dónde. Se evidencia que su fuente de nutrientes es muy productiva. Quizá un arroyo subterráneo fluyendo entre estratos de adecuada mineralización. Eso parece al compararlo con otro ejemplar próximo. Su menor talla, su tronco torcido y sus ramas descoronadas indican que no tuvo los mismos padrinos naturales que el gigante hermano.

—Es un ejemplar definitivamente único en todo el barrio —dijo Julia—. Y me atrevo a decir que en Madrid pocos pueden competir con él. Ni siquiera habrá semejantes en el Retiro ni en Arturo Soria. Habría que llevar un candil para la búsqueda.

El número 5 de la calle corresponde a un edificio de 6 pisos, más un séptimo retranqueado y la planta baja para comercios. Las ramas cimeras del coloso compiten a la misma altura del tejado: unos 30 metros de esplendor vegetal.

—Con seguridad que habría muchos como él en este lugar, aunque no fueran árboles de la Vida —apostó Julia—. Porque este sitio forma parte de la antigua Dehesa de la Arganzuela, creada cuando la vegetación invadió la tierra. Fue terreno intocado durante siglos. Pero en 1901 empezó a construirse el primer puente de la Princesa, todo de hierro, sobre el Vado de Santa Catalina, antiguo paso por el que se cruzaba el Manzanares. Aquel puente era muy necesario. Sirvió de conexión entre el paseo de las Delicias y las carreteras de Andalucía y Alicante, para dar cauce a la creciente circulación automóvil. Fue la primera tala, a la que siguió la habida en 1910 por la iniciación de las obras del Matadero Municipal. Luego, en 1926, se comenzó la construcción del Mercado de Frutas, del barrio del Pico del Pañuelo y de la zona industrial de Legazpi, de la que destacó el complejo de Manufacturas Metálicas Madrileñas. La zona industrial no existe y la dehesa no regresó. En su lugar, pisos y pisos. Pocos saben que durante muchos años, cada una con su importancia, ambas extensiones existieron. Mi amado árbol es quizá el único testigo de aquellas matanzas.

Posiblemente no sea el Árbol de la Vida, como postula Julia, pero hay una incuestionable singularidad en este ejemplar. Seguro que existen otros más altos, más gruesos de tronco y con mejores anillos de ramas. Lo que le hace especial es la conjunción en él de esas características.

Eché a andar hacia el árbol, un punto de emoción posicionándose en mis defensas. ¿Me reconocería cuando le tocara? Mientras caminaba, el tiempo fue deshaciéndose a mi alrededor, como si hubiera entrado en un túnel móvil e impalpable. A cada paso los años corrían presurosos hacia atrás. Al acercarme, y antes de abrazarle, pude verme a mí mismo a los 8 años sentado bajo el gigante y comiendo fruta golpeada con otros niños que nunca volví a ver.

Retorno al viejo *teixo*

Estaba allí, solo, como toda la vida, en el prado que durante tantos años sirvió como gran mantel para las comidas del día de la fiesta del pueblo y que quizá nunca más se celebren, aparte de la misa. Porque este año cinco vecinos tomaron el largo viaje y no hay mucha alegría en las gentes de las casas aún no cerradas.

El *teixo* es árbol solitario, de madera dura y corteza áspera. Huye de sus semejantes, como el oso o el tigre de las nieves. En la soledad crece mejor, otea el horizonte, permanece. ¿Cuánto vive un *teixo*? Algunos le suponen 5.000 años, lo que es excesivo porque las secuoyas, los más longevos, no llegan ni a los 4.000. Quienes dan tan larga vida a los *teixos*, no son los botánicos especialistas en árboles ni los dendrólogos, sino los coleccionistas de leyendas y fábulas. Porque al ser el árbol sagrado de los antiguos celtas, se enmarca de lleno en la mitología, que legaliza todas las imaginaciones.

No se sabe en qué fecha nació el «mi» *teixo*. No hay escritos al respecto y es obvio que nadie vive para contarlo. Se dice que la iglesia se construyó en 1871, pero otros sostienen que esa fecha corresponde a la restauración que de ella se hizo. La experiencia dice que un edificio normalmente se restaura tras una observación prolongada, por lo que no es aventurado afirmar que la erección del templo sería muy anterior, quizá a comienzos de 1800.

En la antigüedad el templo era el propio *teixo*. Bajo él, los celtas hacían sus rituales y sus peticiones. Más tarde, los cristianos construyeron sus cementerios y templos junto a los *teixos*, cuyas hojas perennes garantizaban la protección divina. Al transcurrir las centurias, cambió el procedimiento. El *teixo* se plantaba después de alzar la iglesia. Eso es lo que ocurrió con el árbol «de» Barrero. Tendrá, por lo tanto, la edad de la iglesia: alrededor de 200 años. Significa que al menos nueve generaciones florecieron a su compás. Pese a ello y a despecho de su longevidad, no deja de ser un *guaje* de su especie.

Esa reciente mañana, allá lejos, al otro lado del valle reverberaban los minúsculos pueblos. Había un silencio total bajo el sol calmado, nadie a la vista en la inmensidad; a veces el eco distanciado de una vibración. Cuando me acercaba al coloso caminando sobre la verde alfombra, oí tenues llamadas. Me detuve. Procedían del árbol. Me aproximé. No era él quien hablaba sino, a su través, los parientes que un día fueron.

Me junté al *teixo* y fue como si manos invisibles me abrazaran, mientras una suave brisa ponía ondulaciones en la alta hierba.

Un lugar para las águilas

Arbolente, una aldea de la parroquia de Cibuyo en el concejo de Cangas del Narcea, es una mirada de águila. No está en la cima del mundo pero sus 1.000 metros al borde del casi despeñadero le confieren un puesto de atalaya. Subiendo desde Castañedo es la última aldea de este monte, que culmina en la Sierra Peña Ventana, hacia el suroeste. No hay viviendas más arriba.

—Este lugar fascinó de siempre a mi madre —recordé, la nostalgia apabullando.

—Lo sé. La viera siempre que venía. Fuera muy guapa.

Dejé un poso de silencio mientras nos acercábamos a la iglesia.

—Estará acostumbrado a ver águilas reales —dije.

—Bueno... De tarde en tarde. Mataran demasiadas los tiradores, como a tantos otros animales. Los escopeteros de los cojones.

Arbolente no es un lugar aislado porque una carretera bien presentada, más ancha y pavimentada que otras de la zona, lo ponen en la general AS-15 en poco tiempo.

—Pero no hace tanto, apenas unos años, no existía carretera, tal y como se entiende. Fuera un camino para burros y luego para carros. Entonces, para acortar camino, bajáramos a la mina por esa fuerte pendiente, monte a través, pasando por praos y torrenteras, hiciera frío o calor, nevara o caieran chuzos. Y luego subíamosla, muchas veces sin luz en el cielo, alumbrándonos con la luna o con linternas. Y no nos rompíamos los tobillos. Ni siquiera tropezáramos. Camináramos con la seguridad del lobo.

Se llama Agapito y es el *Vistor* de la aldea, aunque de la media docena de casas sólo haya dos habitadas. Es de cuerpo recio y mirada fisgona. Nos atendió con la sorna y la cachaza de los hombres pegados a la tierra, esos que ven nacer el mundo cada mañana y saben que las estrellas están siempre en el mismo sitio, aunque no se vean cuando llueven ríos o deslumbra el sol.

—Hace tiempo que no vienen por acá, ho. Soy el fiu del matrimonio que les atendiera. No tan ya. Ahora yo me ocupo.

—Ojalá por muchos años. Se le ve con tiempo por delante.

—Bueno. Tengo «el carro» y unos «manoios» más. Y tranquilidad.

La iglesia es muy pequeña y goza de intensa luz, ofrecida por el emplazamiento abierto al valle y por sus paredes encaladas sin tiznes. La Virgen se llama Montserrat.

—Igual que la patrona de Cataluña. Pero aquella ye negra y esta ye blanca —dice, mostrándome una reproducción en miniatura de la Virgen catalana.

Se sorprendió mucho cuando le dije que la de Cataluña era blanca también.

—¿Qué dice usté, ho? ¿No ve que es negra? —dijo, alzando la figurita.

—Se talló en madera de álamo, pero el humo de las velas, el incienso y la luz colocadas delante suyo ennegrecieron el barniz de rostros y las manos a través de los siglos. Está considerada como Virgen negra, pero es blanca por dentro.

Me miraba como si le estuviera contando un cuento. No era extraño. Es una tierra donde se han inventado toda suerte de fábulas desde antes de que naciera la escritura. Y lo mío sonaba como tal. Aunque no sólo en esos parajes. No todos los catalanes saben lo de su Virgen.

Abrió un arcón y sacó los dos candelabros que hace más de 40 años donó mi madre a ese lugar. Están excepcionalmente brillantes, como el primer día, sin mácula en la superficie plateada. Son las dos únicas piezas de algún valor en la iglesia. Por unos momentos la emoción se adueñó del lugar. Parecía que mi madre estaba allí. La vimos haciendo entrega de los objetos a sus mayores, con esa luz que emanaba de su agraciado rostro. Salí para no desmoronarme y caminé hasta el borde amurallado.

Todo el macizo occidental de la cordillera cantábrica estaba a la vista, como en el Acebo; pero no asomado al mismo panorama sino a un lado del inmenso valle donde manda el río Narcea. Todos los pueblos y aldeas estaban contabilizados en miniatura en las ingentes laderas. Pegaba el sol pero un viento suave amainaba el calor y traía imágenes de años depositados en el tiempo. Prolongué el recorrido visual para deshacer los encontronazos con el pasado.

Y en esos momentos de magia pude ver un águila real girando sin prisas en el azul incomparable, en vueltas amplias y majestuosas. Como en tiempos primarios, cuando todas las especies convivían sin peligro de extinción. Estuve un buen rato viendo su vuelo, la mirada atrapada. Y me hizo ilusión creer que saludaba mi vuelta a uno de los escenarios donde todas las ambiciones sucumben.

Encuentro en Covadonga

El día de Covadonga estuve allí. Se celebraba una misa tumultuosa en la basílica, presidiendo alguien poderoso porque estaban los de la televisión de Asturias y había un gran despliegue policial. Una carpa con pantalla de televisión se alzaba pegada a la pared izquierda. No cabía un alfiler, al igual que en el templo. Supongo que quien fuera el gerifalte, estaría allí más por obligación que por devoción, porque las cosas del poder tienen sus copagos. Pero no dudo de que también le embargaría una pincelada emocional, que es lo que sentimos todos los de sangre asturiana, en esa mezcla de convicción y tradición.

Había mucha gente sentada en los escalones y en las sillas situadas en la plazuela exterior, desde las escaleras hasta la estatua de Pelayo. Conseguí una vacía y me dispuse a observar. Lucía un sol amigo, de esos que no son ni mucho ni poco sino todo lo contrario. Se estaba bien. A mi lado, una mujer joven contendía con su hijo enrabietado, de unos tres años. Ella me dio la mano, como a los de alrededor, en el momento en que la liturgia lo aconsejaba. Pero el niño se rehusó, dejándome la mía al aire.

—Nico, da la mano al señor. Sabes que debes ser respetuoso.

El crío siguió enfurruñado. Al rato, me levanté y eché a andar. De pronto aprecié que el crío caminaba a mi lado con la mano alzada hacia mí. Se la di. La madre vino corriendo.

—Nicolás, ¿te vas con este señor o con papá?

—Con él —señaló.

Caminamos los tres como familia bien avenida, él con su mano en la mía. Trechos más allá, ella le preguntó:

—¿Vamos ahora con papá, Nico?

—No.

Intentamos arbitrar soluciones pacíficas. Ni por ésas. La madre tiró de él sin más concesiones. Se lo llevó llorando y pataleando. Él se volvía y tendía su mano, reclamándome. Un cambio de actitud natural, que los adultos no hacemos a pesar de que muchas veces somos conscientes de que actuamos en error.

Hacía tiempo que no iba a Covadonga y aprecié cambios, como el Museo, trasladado a otro edificio. Pregunté a un hombre por los retretes, tal y donde es obligado acudir cuando las horas se amontonan.

—Vaya por el pasillo de las tiendas, al final, bajando.

Pero todo el pasillo porticado que me indicó, donde antes había varias tiendas, se ha transformado en una sola, grande, con pared de cristal y piso de salón. Un lujo de tienda o una tienda de lujo, que tanto monta, donde se venden cientos de artículos de referencia. Otro cambio. Al retornar por esa modernidad debí quedar en las Batuecas, recordando los tiempos compartidos con quienes ya no están.

—Disculpe —dijo el mismo hombre, en la supertienda. Volví al presente—. Le orienté mal. Llevo años sin venir y no imaginaba este cambio. —Sonrió—. Bueno, ya sabe: los mercaderes del templo. Es inevitable.

Era un hombre de edad menguada, ajustado de kilos, bien trajeado, corbata y zapatos negros brillantes. Tenía un bigote discreto y algunos años menos que yo. Estaba con un libro en la mano y parecía ganoso de conversación, que no le concedí por mi enmarañamiento con el pasado.

Subí a la *Cova Dominica*, donde está la Santina. Me senté en uno de los bancos situados ante el altar, que sirven para el descanso y la meditación. Después de un rato de ver desfilar gente con actitudes piadosas y de circunstancias, me dio por imaginar cómo sería la cueva cuando Pelayo. Por supuesto, que no existiría el túnel excavado en la roca por el que accede la gente. ¿Cómo lograron llegar los rebeldes astures, 300 según los escritos? Parece ser que hay o había una gruta de nombre Orandi, por la que penetraron. O lo hicieron con escalas o vaya usted a saber. Lo cierto es que se defendieron lanzando piedras y flechas. Pero no pudieron haber sido 300, como los espartanos de las Termópilas. En la cueva no hay sitio para más de 30 con sus pertrechos. Lo que presta a considerar que ése fue el primer frente de resistencia y que luego la batalla se extendería por los estrechos desfiladeros, con desventaja para los ismaelitas por desconocer el lugar, algo que los montañeses dominaban. Lo cierto es que ese grupo de «asnos salvajes» venció a las huestes del gobernador Muzuza y al cuerpo expedicionario enviado por el valí de Córdoba. Un ejército dominante e imbatible hasta entonces sufrió su primer fiasco. No parecía importante, pero se había producido algo imborrable. Como dijo Napoleón, tras la batalla de Bailén, su primera derrota: «Es la dolorosa pérdida de la prístina aureola de un Ejército invencible.»

Tiempo más tarde, decidí subir a la cafetería que hay en la zona de la campana, treintena de escalones arriba, entre el verdor. En una de las mesas de madera estaba el hombre regalándose un tentempié.

—Hombre, usted otra vez —dijo alegremente, distendiendo el bigote—. Y luego dicen que el mundo es ancho.

Me ofreció asiento a su lado. Acepté y pedí algo para estirar la reunión. Era un agradable conversador y conectamos enseguida. Había sido catedrático de universidad y rezumaba cultura en cada palabra. Atendía por José y venía de Santander. Tenía un libro sobre la basílica.

—Deseaba uno sobre Pelayo. No lo hay.

—Igual me ocurrió —aseveré—. Hace años compré uno, de los varios que había editados. Quise ver si había nuevas versiones.

—Eso es parte de lo que estamos viviendo.

—¿Se refiere...?

—Lo mismo de estos tiempos falseados. No es políticamente correcto, y mucho menos comercial, exponer libros de quien infligió tan importante derrota a los musulmanes. No es sólo para no agraviar a los posibles visitantes árabes y simpatizantes. Se silencia la historia por incalificables razones. Es el complejo de inferioridad de unos pocos, que gravita sobre todos. Esos pocos no solo pretenden hacer tabla rasa con nuestra historia, sino que quieren destruirla para, sobre sus restos, escribirla de otra forma. Ya sabe: el Descubrimiento de América fue el único genocidio en el mundo; Isabel la Católica expulsó a los judíos y moros para quedarse con sus cuartos; España no aportó ni pizca a la Cultura ni a la Civilización, y el Ebro es un río catalán.

Era evidente que tenía muchos sentimientos de agravio dentro de sí y buscaba oyentes para la causa. Al principio me pareció desigual comparar lo del Ebro con las otras importantes cuestiones. Luego recordé su origen y lo comprendí. Porque, como por desgracia no les enseñan a los niños catalanes, el Ebro nace en Fontibre, provincia de Santander. Ignorarlo ha supuesto un insulto de gran nivel para todos los cántabros.

—Supongo que usted cojea del mismo pie que yo, y si no, disculpe, pero no puedo por menos que mostrar mi aburrimiento por quienes desprecian lo que somos: españoles que amamos España. Ni más ni menos que lo que los franceses sienten por Francia y los ingleses por Inglaterra. Esos europeos no tienen menos defectos que nosotros. Simplemente, no abjuran de su historia, por mala que haya sido a lo largo de los siglos; en ocasiones notablemente peor. ¿Me permite seguir?

—Por supuesto. No ha dicho nada que no pueda suscribir.

—Quizá le estoy retrasando.

—Tengo tiempo. Mi autobús a Gijón sale a las seis.

—Lo más grave es el desafío de los separatistas catalanes, que olvidan que la mayor parte de sus productos la compramos el resto de españoles, y de ahí viene su alto nivel económico. Olvidan que desde hace siglos todos los gobernantes españoles han dado a Cataluña todos los privilegios posibles, por encima de otras regiones, y de ahí su desarrollo. A Franco, por concretar, deberían hacerle un gran monumento porque con él Cataluña vivió los momentos de despegue económico más importantes de su historia. Baste sólo citar a la Seat y lo que ello supuso de inversiones y trabajo. Pero al mismo tiempo produjo un fenómeno de migración interior hacia Barcelona desde otras partes de España, especialmente de Andalucía, Extremadura y

Murcia, que duró varios años y que empobreció gravemente a esas regiones.

»Pero cuanto más se les da, más quieren esos separatistas, no los catalanes normales que también los sufren. Tienen todas las capitales de provincia unidas por el Ave, mientras que en Cantabria, en Asturias y en otros sitios estamos como estamos. Tienen también la mejor red de carreteras y autopistas. Y ahora el Gobierno está postulando a Barcelona como sede de la Agencia Europea de Medicamentos, lo que significa que Madrid no podrá presentar su candidatura por la Autoridad Bancaria de la Unión Europea ya que un país no puede tener dos instituciones europeas. Le supongo enterado. Es decir, por beneficiar a Cataluña, Madrid está dispuesta a perder posiciones en el tinglado europeo. Ya ve. Igual que en su día se hizo con la Comisión del Mercado de Telecomunicaciones, que se le quitó a Madrid, donde se había creado, para pasarla a Barcelona, dejando a todo el personal sin trabajo. Y más cosas, como algunas que parecen sin importancia, pero la tienen. Disculpe, pero cuando me embalo...

—No se preocupe. Le escucho.

—Me refiero a la Operación Triunfo. Sí, esa de los aspirantes a cantantes. Están construyendo o restaurando un edificio en Tarrasa para la nueva edición. Ya se les dio las otras, como si no hubiera más ciudades igual de capacitadas. Parece una chorrada, pero no lo es. Significa dinero y prestigio, que les viene de todos nosotros. Y a pesar de todo, los secesionistas quieren destruir una economía que depende fundamentalmente de toda España. —Se tomó un respiro y miró el vaso vacío—. Su propósito está basado en un sentimiento equivocado, que les hace mentirse a sí mismos. Un irredentismo falaz.

Me miró fijamente, buscando alguna señal de discrepancia o aburrimiento. Sólo encontró mi interés. No sólo por lo que decía sino por su voz doctoral, ligeramente incalmada. Me tocaba decir algo.

—Hay otros catalanes, no rupturistas, que no niegan esas concesiones recibidas por los gobiernos centrales y que admiten no ser superiores sino iguales a los demás españoles; catalanes que tienen a honor ser la región más rica de España y que son solidarios con las otras regiones desde una convivencia de siglos. Ellos inclinarán la balanza a favor de la razón y el entendimiento. Tarde o temprano. Porque son buena gente, como los demás. Sólo que están confundidos por una enseñanza falseada.

Acentuó su mirada sobre mí, quizá sorprendido de mi repentino discurso, aunque lo plasmé como reflexión valorativa, sin sentar cátedra.

—Espero que sea así. Pero ellos sólo son una parte del degradado horizonte político. Los hay igual de peores. Son los nuevos, que creen haber descubierto la lavativa. No son los regeneracionistas de Joaquín Costa. Como sabe, aquellos renegaban de las ideas predominantes en la España heredada, pero no del país. Querían educación y Universidad. Estaban heridos de pesimismo por la pérdida de los restos del Imperio de ultramar, pero reclamaban acción y objetividad tanto a las derechas como a los progresistas, tanto a los republicanos como a los monárquicos. Hacer una nueva España, pero entera. Acabar con las oligarquías y con el analfabetismo. Transformar nuestro viejo solar en una nación sujeta a los valores del estudio y del esfuerzo.

»Estos de la extrema izquierda de hoy son universitarios, gracias a sus padres y a la Constitución del setenta y ocho. Han sacado provecho de sus mítines, pero no han trabajado nunca. Hablan del mundo obrero y nunca lo han vivido en sus carnes. No saben lo que es levantarse todo el año, cada día, para ir a fichar a la fábrica, al taller, al hospital, a la obra, a la mina. Estar horas y horas en el tajo, tener media docena de hijos. No crean ninguna riqueza, ningún trabajo productivo. No saben lo que es el mundo de la empresa, grande o pequeña, autónomos o cooperativas; la valentía que hay que tener para crearla, las dificultades para mantenerla, la lucha real para que se conserven los puestos de trabajo... Sólo saben pedir derechos, reclamar mejoras, pero que las hagan otros. Cantan la *Internacional* comunista con el puño cerrado en alto, totalmente fuera de su tiempo. Vea que en Italia desapareció el PC, aunque unos pocos nostálgicos quieren renacerlo. No lo hay, sustancialmente, en Inglaterra ni en Alemania. Y en Francia apenas cuentan, además de que han sustituido la hoz y el martillo por una estrella y que cantan la *Marsellesa* y no la *Internacional*. Pero aquí...

—Lo que dice es verdad. Pero hay que reconocer que la situación dista de ser lo boyante que quisiéramos.

—Cierto. Ni en Francia, ni en Inglaterra, ni en Italia. Allá donde usted mire las cosas van mal. Pero no hay ni por asomo la hambruna de los tiempos de Costa, ni el retraso cultural. El analfabetismo está erradicado, o en una proporción inapreciable. España es un Estado de Derecho y las cosas funcionan razonablemente bien, aunque muchas deben mejorar. ¿Cómo comparar la España de hoy con la de Costa o con la del 36? En realidad, los que más vocean tienen buenos sueldos asegurados, nunca pasaron estrecheces. ¿Sabe lo que ocurre en verdad? Que es la búsqueda del poder lo que les incita a la subversión. Lo quieren, luchan por él, no les importa el pueblo. Están llenos de arrogancia y de charlatanería. Prefieren ser cabeza de ratón en vez de compartir cabeza de león. El Estado de las autonomías es una desgracia, ya que casi todas quieren barrer para sí, ser más que la otra. Las autonomías no han integrado al país, que fue la idea que guiaba a los constitucionalistas del 78.

»¿Y su insensatez, la de estos falsos progresistas que se unen a los separatistas? Quieren gobernar España y al mismo tiempo intentan trocearla. Si muchas partes se desgajaran, ¿qué España les quedaría si llegasen al poder? Sería como heredar una casa a la que han derruido varias habitaciones. Puede que cuando se den cuenta no tenga ya remedio. Nadie podría consolarles de saberse culpables de haber hecho tanto mal a tantos.

No había dudas de que se había despachado a gusto. Noté que su propia plática le vulneraba. Le veía sentido, impotente. Ya no tenía sonrisa y su mirada vagaba por sus sueños internos.

—¿Qué se puede esperar cuando un presidente de España suelta en una cámara parlamentaria que «la Nación española es un concepto discutible y discutido»?

Nos separamos con un apretón de manos. Me cogió el brazo con la otra mano, no sé si para transmitirme su energía o tomar de la mía. Pero todavía le quedaba algún consejo en la recámara.

—¿Sabe que escribió Benjamin Franklin?: «Declaremos la guerra a nuestros defectos, acordemos la paz con nuestros vecinos y que cada año sea una oportunidad para ser mejores personas.»

Le vi bajar las empinadas escaleras, algo agachado. Seguro que llevaba cuidado de no caer por las peligrosas escaleras. Pero había algo más. Me pareció que gran parte del peso de nuestra historia gravitaba sobre él de forma sufriente, como ocurre con todas las personas dedicadas a la lectura y a la enseñanza de las Humanidades.

Ruta o camino de la Reconquista

El hombre es joven, espigado, sobre los cuarenta. Y vizcaíno, que es condición notable pero menos que ser asturiano. Un extraño espécimen, porque pasó del silencio más absoluto a una generosa locuacidad. Merced a ello supe que es licenciado en Historia y que ha caminado a lo largo del mundo. He ahí el primero de los puntos de afinidad. Llevaba el negro cabello cortado como Dios manda y una barbita para no desentonar con nuestro tiempo ni con los pasados.

El azar dispuso que tuviéramos asientos juntos en el Alvia que va de Madrid a Gijón. Inició la charla de sopetón, kilómetros adelante, deduciendo que bien merecíamos un intercambio de ideas ya que éramos los únicos que leíamos un libro de verdad en todo el coche; quiero decir, de los de papel, con portada y olor a imprenta y pizcas de aromas vegetales. Ése fue el segundo punto de coincidencia.

—A ver si terminan la famosa obra bajo la cordillera cantábrica y podemos llegar antes —comenzó—. Aunque no mucho, según las últimas noticias.

—No estoy al tanto.

—Los trabajos comenzaron hace trece años. Llevan unos cuantos de retraso. Filtraciones de aguas en el túnel de Pajares, al parecer. Pero la realidad son los bajos presupuestos para esta obra; es decir, falta dinero. Los de Fomento opinan ahora que llegar antes a Gijón no justifica una gran inversión. Igual ocurre con Santander. Los asturianos y los cántabros no importan.

Que esperen. Como si el tiempo no contara para ellos. Sin embargo, no se escatiman inversiones para otras partes de España. ¿Te digo cuáles, concretamente?

—No es necesario. Ya sabemos dónde van casi todos los proyectos de modernidad. Aunque supongo que los responsables basarán sus cálculos en la población. Asturias tiene poco más de un millón de habitantes. Nada que ver con Andalucía, Galicia o Cataluña, pongamos por caso.

—Es un criterio lógico, pero como consecuencia de una perversidad. Veamos. Se crea un foco de trabajo y de oportunidades. La gente acude, abandonando su lugar natural, donde le gustaría estar. Porque si bien el Hombre es un ser inquieto y ávido de recorrer y descubrir, no es menos cierto que casi todos deseamos vivir en el lugar que nos vio nacer. Las consecuencias de esa migración, son dos: el crecimiento y prosperidad donde está el foco y el despoblamiento de otros lugares. En el primer caso, la inversión no se detiene y se emplean todos los medios públicos posibles. En el segundo, la inversión pública se detiene y finalmente decrece porque no es necesaria tanta alfalfa para tan pocos estómagos.

—Eso es lo normal desde tiempo ha.

—Sí, si la atracción surge de forma espontánea. Ejemplo, el descubrimiento de oro en California hace dos siglos o la voluntad empresarial de hombres como Henry Ford en USAlandia. Hay cientos de ejemplos. Son casos incuestionables en los que los mercados mandan. Pero si la atracción no es natural, sino dirigida por los poderes públicos, entonces es perversa. Un ejemplo en nuestro país: la decisión de instalar la Seat en Barcelona. Una industria crucial en un momento crucial.

»Por lo tanto, ese criterio no puede ni debe ser esgrimido como impedimento, y todos deberían saberlo. Hay que repartir los servicios públicos por igual para que la riqueza y las oportunidades lleguen a todos. Si no, las zonas deprimidas seguirán siéndolo hasta el fin de los tiempos. Y los jóvenes emigrando toda la vida en busca del pan.

—Te expresas con claridad meridiana.

—Tampoco desde los poderes asturianos se ejerce la presión política necesaria. Es como si aceptaran una posición de segunda clase en el organigrama general de España en vez de cagarse en la hostia y armarla, como hacen otros. Pienso que ello es por la tradicional desunión que hay entre los asturianos.

—¿Cómo dices?

Me miró como evaluando mi capacidad de percepción de sus razones.

—¿Eres asturiano?

—Más o menos.

—Entiendo que entonces te suene a chino, porque desde dentro no se ve.

—¿Qué no se ve?

—Coño, la desunión.

—No sé si te entiendo...

Se tomó un silencio. Supuse que estaba organizando su mente para soltar un discurso sin caer en el muermo.

—Asturias tiene una extensión similar a la establecida por los romanos. Y desde la división territorial de España hecha en 1833, fue la única zona uniprovincial del país, junto con Navarra, dejando las Vascongadas como conjunto triprovincial, por así decirlo. Tras la constitución del Estado de las Autonomías en 1978, ya hay más zonas uniprovinciales, aunque sin solera. Asturias sigue siendo la específica, la uniprovincia por excelencia, el Big Bang de lo que con los siglos es España. Y esa excepción debería cantar igual para todos los asturianos. Sorprendentemente, no lo es.

—¿A qué te refieres exactamente?

—Caminé mucho por Asturias, esa tierra de leyendas. Es mi debilidad. He comprobado que cada Concejo quiere ser más que los otros. Hasta tal punto que muchos asturianos, dicen que lo son pero después de señalarse como de su Concejo. «Soy de Tineo, o de Gijón, o de Mieres», o de cualquier lugar. Y luego, «asturiano», no al revés.

—¿Es así?

—Compruébelo. Es un hecho constatado. Por eso, probablemente, nadie ha promocionado la idea de un Camino de la Reconquista.

—Caramba. También he pensado a veces en la conveniencia de esa ruta. Y otros me lo han hablado.

—No es sólo conveniente sino imprescindible. Hay rutas con mucho menor significado. Docenas. Ayer supe de otra, inimaginable: las Rutas europeas del emperador Carlos Quinto, que conectan con Villaviciosa. Hala. —Me miró, pero ni entonces esbozó sonrisa alguna—. La Ruta de la Reconquista tiene una entidad de miles de años. Iría desde Covadonga, el comienzo del empujón, hasta Granada, el cierre de miles de sueños y cientos de jornadas de esfuerzos. O viceversa. Sería un camino que pasaría por los hitos históricos, hoy ciudades, como Sevilla, Córdoba, Jaén, Ciudad Real, Badajoz, Toledo, León, Oviedo, Gijón... Y muchas más, por supuesto. El censo es extenso. Sería un camino de gran impacto cultural y económico, además de integrador, donde de nuevo volviera a sentirse el valor de lo general sobre lo tribal.

—Es una idea que muchos de tus paisanos no suscribirían.

—La ignorancia y el prejuicio. Los vascos hemos tomado parte de la Reconquista desde la primera ocasión. Y la mayoría desea que se recuerde, pese a algunos políticos.

Nos despedimos en Oviedo, donde un coche me esperaba para llevarme a Cangas. Él no llevaba maleta. Un macuto lleno, supuse que de utilidades prácticas. Y su juventud. Nada le faltaba. Desde ese momento comencé a auscultar a mis príncipes del paraíso.

—Déjame que te pregunte una obviedad —pregunté al conductor, al rato—.Tú, aparte de europeo, ¿de dónde dirías que eres; mejor dicho, cómo te consideras?

—Español y cangués.

La jodimos. La sombra irónica del vascongado parecía rondar.

—Pero eres asturiano.

—Claro, también. Si soy de Cangas, soy asturiano.

En el hotel de Cangas del Narcea estaban los empleados de siempre. Celebraron mi regreso a las fuentes del sentir. Bajé al restaurante para la cena. Estaba casi lleno de comensales. Me acerqué a unas mesas.

—Perdón, ¿me dirían de dónde son ustedes?

—Oh, *güi*; de la *Frans*.

Otros dijeron que de *Yermani*, otros de Andalucía y otros de Valencia. Es decir, de su país, región o provincia; en ese orden. Pero los asturianos que ocupaban otra mesa dijeron ser de Pola de Siero. Y otros, de Oviedo. El vascongado del tren tenía razón. Primero, el lugar de su primer berrido. Daban por hecho que todo el mundo mundial debe saber que sus patrias chicas son asturianas y que hasta los esquimales conocen que Asturias está en España.

Más tarde hablé con Jose, todo un personaje, natural del lugar.

—Pasado mañana es el día de Covadonga, el día de Asturias. Iré hasta allá —le dije.

—Ye el día de la Virgen del Acebo.

—También. Pero Covadonga marca Asturias. ¿No es así?

—Bueno, pal que quiera. Nunca estuve allí.

—¿Me tomas el pelo?

—Ye verdad. Nunca fui a Covadonga

—¿Por qué no?

—Porque aquí tenemos la nuestra Virgen.

—Venga, Jose; es la misma Virgen en todos lados.

—No, ho. No es lo mismo hilar que darle teta al *nenu*. La Virgen del Acebo ye más guapa.

—Pero, hombre... Covadonga es la máxima virgen de Asturias y el mayor reclamo. Es la meca del sentir asturiano.

—No pa nosotros.

—¿Qué te parece una Ruta de la Reconquista? Iría de Covadonga a Granada, pasando por muchas ciudades importantes.

—Ye buena idea. Téngolo oído. Pero meyor desde el Acebo a Granada.

—Vamos, Jose. No seas tozudo. Pelayo estuvo en la cueva, allá. Lo del Acebo es mucho después. La historia es la que es.

—Covadonga tien la fama. Pero es sólo una cueva.

—Sí, pero de esa cueva partió la pelea, que se extendió por trochas y quebradas y luego por toda la península.

—No tien paisaje. Todo allí, cerrado de montañas.

—En los Lagos, arriba, hay anchos paisajes.

—Na que ver. Cuando en el Acebo subes a la Cruz de la *Tona*, el alma se apretuja. No hay na más grandioso que esa vista.

Subí al Acebo. Había gente paseando y desparramada en mesas, muchos coches rompiendo el encanto. En la iglesia, varios extranjeros haciendo fotos a diestro y siniestro; otros, encendiendo velas. En un tablero de pared muchos clavan fotografías suyas o de sus amores, casi unas sobre otras porque no hay sitio, tantas hay. Algunos subían por detrás del hermoso retablo, restaurado hace dos siglos, para besar o acariciar el manto de la Virgen. Le pedían alivio para sus males y desgracias, absolutamente convencidos de que iban a ser escuchados.

Luego, afuera, ascendí hasta la Cruz, en el centro del montecito. El viento era fuerte y al sol le quedaba un gran trecho hasta su puesta. Jose tiene verdad en este punto. Porque la vista es tan excesiva que sobrecoge. No hay adjetivos suficientes para describir esa inmensidad de ciclópeas cumbres en cualquier dirección. Sólo hay que mirar hasta que los ojos se llenan de todas las distancias y de todos los silencios.

DEL CUMPLIR

El nadador

Manuel Santana Santana era el mejor nadador de todo el contingente de reclutas, más de cinco mil, que nos adiestrábamos en el campamento instalado junto al poblado legionario de Dar Riffien, en tierras marroquíes bajo el Protectorado de España. Yo nadaba bien, pero nada que ver. Él se movía como Johnny Weissmüller, el mejor Tarzán cinematográfico. Nunca conocí a nadie tan rápido y resistente en el agua. Ambos pertenecíamos al cordón de vigilantes en playa y ríos establecido por el Mando para los ejercicios diarios de baño y natación de la nutrida tropa, en la que muchos no sabían nadar ni habían visto nunca el mar. Cubríamos un área grande. Pero aquel día Manuel no logró escaparse porque me chivaron de su propósito, porque fui más determinado que él y porque el río que escogió para desaparecer, el Uad Lila, si bien hondo en la parte baja, dejaba de ser profundo en la zona media y, curso arriba, se mostraba escindido en pequeñas corrientes imposibles de ser nadadas.

—Déjame en paz, jefe —dijo. Él y otros me llamaban así por haber sido designado escribiente de la Compañía.

—¿Sabes lo que intentas hacer? ¿Por qué ese interés en desertar?

—No sería un desertor. No hemos jurado bandera.

—Te aplicarán el grado. Estás en un ejército instalado en tierra extranjera, aunque sea Protectorado.

Desde varias quintas atrás no se pelaba a los *pipis*. Él conservaba su cabello negro y fosco. Tenía la cara empujada para dentro y la barbilla saliente, lo que hacía que su perfil fuera cóncavo. Poseía un cuerpo esbelto y armonioso, moreno de piel y de tez, y había algo africano en sus facciones.

—Nada hay tan grave que justifique una medida tan extrema.

—Sí la hay, pero no te lo voy a decir.

—¿Adónde crees que llegarás, sin papeles y sin nada?

—Me apañaré. Tengo recursos. Déjame ir. ¿Qué te importa?

—Más arriba están los poblados de Men Fak y Beni Zalen. No pasarías desapercibido, en bañador y descalzo. Los moros te cogerían y quién sabe lo que te harían. Ya sabes cómo están las cosas con ellos.

—Tendrás que obligarme a volver —dijo, echando a correr por entre los árboles. Ahí yo tenía más ventajas. Le atrapé. Volvimos y nadie se enteró de la aventura.

Unos días más tarde juramos bandera y en camiones nos transportaron a los diversos destinos en los acuartelamientos de Tetuán, a la sazón capital del Protectorado español. Los de Infantería de Regulares fuimos llevados a un enorme fortín situado en la cima del monte Dersa, una enorme construcción neoárabe que domina toda la ciudad. Las grandes naves fueron ocupadas por las distintas compañías. La 10.ª era la nuestra y constaba de 250 hombres. Me hicieron cabo Furriel y, todos los días, al pasar lista y citarle, Manuel y yo nos mirábamos unos segundos. No éramos amigos por lo que cada uno se integró en su grupo.

Durante las primeras semanas no nos permitieron salir del recinto militar. Luego pudimos bajar de paseo a la ciudad todas las tardes. Pero Manuel nunca pudo hacerlo. Un día llegó un pelotón de soldados de la guardia y se lo llevaron al calabozo. Fui a verle. El cuartucho, situado junto al Cuerpo de Guardia, estaba limpio pero las paredes desconchadas y el suelo roto testimoniaban el nulo interés en hacer reformas en el fortín, que en pocos meses sería entregado a Marruecos. Manuel me miró detrás de unos barrotes oxidados. En sus ojos no había resentimiento sino fatalismo.

—Debiste dejarme ir.

—Lo habría hecho si me hubieras contado el problema.

La orden de detención era policial. La justicia ordinaria lo reclamaba desde la península. Manuel había sido condenado a varios años de cárcel por reincidencia en...

—Contrabando de tabaco rubio americano. Sí, ¿y qué? No es un artículo prohibido como la grifa. Se vende libremente. Lo que castigan es el no pagar los impuestos, que para el pobre de nada sirven. Meten en la cárcel a la gente por eso. ¿De qué vamos a vivir los miles de personas que no sabemos hacer otra cosa?

Cuando descubrieron que había ingresado en filas, vino el requerimiento. Y ahora estaba allí, indefenso, añorante. Iba a verle todos los días y a menudo le llevaba galletas, chocolate y tabaco. Semanas después lo trasladaron a Ceuta, a la prisión de El Hacho. Pasaron los meses. No nos permitían salir de Tetuán, salvo por motivos familiares. Pero con el tiempo me las ingenié y conseguí un permiso. En un autobús de La Valenciana me desplacé a la ciudad española. Al otro lado de la teórica «frontera» de Castillejos establecida entre el Protectorado y Ceuta, la enorme fortaleza, que corona el monte Hacho a unos doscientos metros de altitud, resultaba imponente. Desde el campamento se divisaba perfectamente y durante los meses de instrucción varios oficiales no perdían ocasión de recordarnos que era una prisión militar, adonde iría cualquiera que no observara el comportamiento adecuado. Nunca supuse que un día habría de traspasar sus muros, ni siquiera de visita. Manuel sonrió al verme.

—¿Qué hay, jefe?

Dormía bajo rejas, pero durante el día campeaba con los otros presos por el enorme fortín. No me guardaba rencor. Caminamos por la explanada y no todo fueron silencios. Pude así penetrar en la coraza que se había hecho y supe de sus penurias y sufrimientos desde su niñez. Pidió permiso para subir a las terrazas. Desde ellas se domina todo el estrecho de Gibraltar en una vista grandiosa. Tras las murallas del penal, el monte natural, casi una isla, se extiende alrededor y va descendiendo hasta llegar al mar bravo, muchos metros más allá. Era imposible escapar. Manuel debería permanecer allí el período de la mili y luego sería enviado a Canarias para terminar su condena.

—¿Sabes, jefe? Siempre que me asomo aquí cierro los ojos y me imagino volando hasta llegar al mar y luego ir nadando al pueblo de Tenerife donde nací y donde aprendí a nadar antes que a caminar.

Había tanta tristeza en sus palabras, que me volví para que no viera mis lágrimas.

—Siempre creí que en el río te estaba salvando la vida.

—Lo sé. No te apures, jefe. Las cosas son como son.

Volví a verle en diciembre del 60, aprovechando un permiso por las Navidades. Me dijo que necesitaba la libertad que siempre tuvo y que prefería morir a seguir así. Le visité en dos ocasiones más, siempre sus escuetos lamentos. En noviembre de 1961 fuimos licenciados. Charlaba distraído con unos compañeros en la cubierta de proa del trasbordador que nos regresaba de África cuando oí la voz:

—Eh, jefe.

Manuel Santana llevaba una camisa blanca abierta resaltando su morenez. Estaba en un grupo de penados vigilado por la Guardia Civil. Seguía parco de palabras, pero sus ojos brillaban. Estuvimos juntos todo el tiempo, dejando que el viento aventara los malos recuerdos. El *Virgen de África* cedió en velocidad y derivó lentamente a sotavento. Algeciras estaba cerca, como a media milla. Manuel me pidió algo al oído. Accedí. Me separé de él y hablé con mis compañeros. Nos acercamos juntos a la barandilla de babor.

—¡Allí, allí! —grité, señalando abajo.

Los otros me secundaron y formamos gran algarabía. Todos los de cubierta se acercaron a mirar, incluidos los tricornios. No había nada. Era el plan acordado. Me volví. Manuel estaba en estribor y se subía a la baranda. Comprendí entonces lo que intentaba hacer y que no me dijo. Era una locura. Se mataría. Corrí hacia él. Erguido, extendió los brazos en cruz, de cara al mar, la camisa flameando al viento. Segundos para la eternidad. Cuando los picoletos se abalanzaban para agarrarle, Manuel tomó impulso y se lanzó. Saltó hacia arriba con los brazos abiertos, como un pájaro, separándose lo más posible del casco. Fue cayendo horizontal y, en el momento preciso, juntó las manos, agachó la cabeza y entró limpiamente en el agua. Hubo un silencio profundo, expectante, casi sobrenatural, todos mirando el oleaje. Luego estalló un griterío general. Era mucha la altura. El barco dejó atrás el punto de impacto y no pudimos ver si salió o no a la superficie.

Cuando la nave atracaba, varias lanchas salían del puerto en busca del evadido. El tren para Madrid partía a la mañana siguiente. Requerí noticias durante todas esas horas, en las que no pude dormir. A Manuel nadie lo vio y su cadáver no apareció. El comentario general fue que se habría ahogado. Moriría en la larga caída o bien tratando de llegar a la costa. Él me había pedido que distrajera a los vigilantes. Lo hice, sin preguntarle. Y ahora me agobiaba de culpa. ¿Buscó en el suicidio la libertad anhelada? ¿Le salvé de ser matado, como creí en su momento, para acabar participando de su muerte?

El tiempo pasó. Manuel se aferraba con fuerza a mis sentidos. Tuve noches de insomnio y momentos en que, al recordarle, me flagelaba con angustias irreprimibles. Y así iría a seguir siendo el resto de mi vida. Cuando en los veranos iba a la piscina, veía a Manuel en todos los saltadores de trampolín. Algunos lo hacían muy bien. Pero nada podía compararse con aquella imagen suya, casi religiosa, con los brazos en cruz desafiando al viento y a su suerte.

En septiembre de 1967 caminaba por la plaza Bolívar de Caracas. Estaba llena de gente, muy animada, como siempre.

—Eh, jefe.

Me volví. Manuel Santana Santana me mostraba su sonrisa. Estaba más moreno y se había dejado bigote. Venía hacia mí con los brazos abiertos, su camisa blanca sin abotonar. No hacía viento. Pero yo la vi ondear como la otra en aquel momento indeleble en que el mejor nadador del mundo se transformó en ave.

El ratoncito

Aquél iba a ser un día tan tedioso como los precedentes, en aquella larga travesía africana. Después de la comida toda la soldadesca teníamos tiempo de descanso hasta las cinco de la tarde, salvo los designados para los servicios y los castigados a ejercicios. Me refugié en la oficina de la compañía y procedí con mis cometidos personales. Al otro lado de la puerta estaba la gran sala con ciento cincuenta literas de dos alturas. Los quintos dormían la siesta, escribían cartas y, los menos, aprovechaban para estudiar o leer un libro. Había poco ruido, a pesar de ser tantos. La primera hora estaba obligada de silencio siestero, si bien no resultaba posible eliminar los murmullos, las toses, de vez en cuando una carcajada disonante. Yo estaba solo, enfrascado en las cartas para los amores lejanos.

Fue entonces cuando oí el ruidito. La oficina era pequeña. En la segunda pared se enmarcaba la puerta que daba al almacén y donde sesteaba el chico-cuarto, nombre que se daba al soldado encargado del mismo. En la tercera pared dominaba la puerta de acceso al despacho de oficiales, vacío por las tardes. La cuarta ala lo ocupaba la gran ventana, que se asomaba a la ciudad de Tetuán, allá abajo, y por la que entraba la luz del verano. El sonido salía por debajo de la claridad. En el rodapié de madera, a un metro aproximado de la mesa, a la derecha, había un agujerito al que nunca presté atención desde que llegamos del campamento, tres meses antes. No rendí la vigilancia, la cabeza girada, el cuerpo quieto, porque el roce seguía allí. Y, al poco, apareció un diminuto hocico empujado por dos ojillos negros y redondos como bolitas de alfiler. Me moví y la cabeza desapareció. Seguí escribiendo y, de nuevo, el ruidito. Allí estaba la cabecita, mirando a todos lados, el instinto cautelar al máximo. Intenté desplazar un brazo con lentitud. El hueco volvió a quedar vacío. Permanecí un momento observando. Ni un atisbo del animalito. Me levanté, fui al almacén, partí uno de los chuscos depositados en el arcón del pan, saqué una miga y la coloqué junto al rodapié, a unos diez centímetros del roto. Esperé en pasividad. La cabeza volvió a surgir, con la mayor desconfianza. Al poco, salió una cosa minúscula, agarró la miga y desapareció. Casi no me dio tiempo de verlo, tal fue su velocidad. Puse otra miga, más grande. Cuando el invitado salió a recaudarla, instintivamente alargué raudo la mano para agarrarlo. Fracaso. Situé otra miga. Repetición del acto, tan malogrado como el anterior. Lo dejé estar, no sin antes poner una corteza a unos veinte centímetros.

A su hora retornó la bulla a la compañía. Cerré la oficina y fui de paseo a la ciudad con otros compañeros. Al regresar, y antes de la cena, miré en la oficina. La corteza había desaparecido.

En la noche tuve un pensamiento para el roedor. No creí que existieran tan pequeños. Al día siguiente, en la mañana, hubo el trajín habitual, con la breve presencia de los oficiales, el papeleo del brigada y todo lo demás. Me había olvidado del agujero. Pero en la tarde, de nuevo solo, escuché el ruido. Allí estaba el ratoncito. Puse otra miga y esperé estático, la trampa tendida para atraparlo. Su velocidad contra la mía. Salí derrotado en todas las intentonas. Poseía una inimaginable velocidad. Coloqué nuevo cebo, esta vez a unos treinta y cinco centímetros, y esperé. El bichejo no se movió de su cueva. Pareció adivinar que a esa distancia yo sería más rápido. Pasé del asunto. Pero en la tercera tarde el puñetero ratón se había convertido en una preocupación. Todos mis intentos fallaron. Era incapaz de atraparlo. Si acercaba la miga al hueco, la cogía velozmente; pero si la alejaba, no se aventuraba a salir. Sentí que me era esencial capturarlo antes de que mi dignidad se viera afectada. Podía lanzarle una patada y espachurrarlo. Pero había superado los años niños en los que matar insectos y lagartijas era de obligada educación. El asunto me estaba produciendo gran insatisfacción porque entendía que era una lucha entre dos inteligencias. A la semana estaba descabalgado de otros deseos que no fuera atrapar al intruso, aunque, a veces, percibía otros ojos detrás de él. No estaba solo, lo que era normal.

Disponía de unas pocas horas de soledad y silencio al día. Así que cambié de táctica. En vez de pan puse un trozo de queso a la distancia desconfiada. El efluvio debería ser irresistible para él. Y así fue. Se asomó, alerta pero decidido. Me convertí en estatua. Salió, agarró el botín y desapareció a la velocidad acostumbrada. Coloqué un segundo trozo, un poquitín más distanciado. La secuencia se repitió. Dos días después de mantener la estrategia combinada de suministro e inmovilidad, lancé mi mano al agujero cuando él mordía el queso. Sabía que nunca le cogería si intentaba hacerlo donde estaba el alimento. Voló hacia el refugio pero llegué antes, justo a tiempo. Le enganché por el rabo, ya con la mitad del cuerpo dentro. Tiré con cuidado mientras él se agarraba a los bordes con sus patitas delanteras. Me había puesto guantes por si mordía, cosa que no hizo. Finalmente le agarré del todo. Se agitaba dentro de mi puño intentando escapar.

Hasta ese momento no tenía más propósito que capturarlo para establecer quién era el más listo. Ahora no sabía qué hacer con él. De pronto decidí conservarlo. Cogí un frasco vacío y lo introduje. Pude así observarlo mientras se movía buscando la libertad perdida. Era una miniatura. No más de cuatro centímetros, rabo aparte. De color grisáceo, tenía una manchita blanca a un lado del ojo derecho. Más tarde requisé tela metálica del almacén e hice una jaula de unos 40 × 30 × 25 centímetros. Y allí lo introduje.

Fue noticia en la compañía y fuera de ella. No habían visto nunca a nadie que tuviera un ratón enjaulado. No era un hámster, sino un vagabundo de alcantarilla que podía albergar enfermedades. Los oficiales aceptaron la anormalidad con curiosidad y me dejaron hacer. Vinieron mandos de otras compañías y se unieron en la sorpresa de contemplar un roedor tan chiquitito. Quizá algunos apreciarían también en él la belleza que me seducía. Yo metía la mano en la jaula para nutrirle de agua y alimentos. A los pocos días, el olor de sus excrementos resultó insoportable porque no era fácil limpiar la jaula con minuciosidad. Así que construí otra, más grande, y cada día le cambiaba de sitio, procediendo a lavar la sucia al grifo y con jabón. Ya no hubo hedores. A la semana siguiente comía de mi mano, incluso subiéndose en ella. Como entendí que podía necesitar un compañero, practiqué el mismo plan de captura y unos días después eran dos las mascotas meñiques, si bien la segunda nunca me distinguió con su confianza.

Y así pasó agosto. Decidí acudir al hospital para extirparme las amígdalas. Encargué al chico-cuarto que cuidara de los animalillos, dada mi forzada ausencia y la de Domingo Vives Antich, el otro cabo escribiente, a la sazón de permiso en España. Sería cosa de un día. Pero a veces las cosas se complican, como la de mis glándulas esófagas. Por infección tuve que permanecer en el hospital más tiempo del debido. Domingo Vives acabó el permiso y fue a verme.

—El chico-cuarto no cuidó de tus bichos. Aquello olía fatal por falta de limpieza. El día que llegué, el capitán dio orden de matar los ratones, romper las jaulas y tapiar el hueco. —Me miró—. Hice todo menos matarlos. Los dejé escapar por el agujero.

Ya en la oficina, miré el rodapié y la madera clavada. Era un parche feo, invasivo a la vista. Parecía el fin de algo intrascendente.

Unas tardes después, encontrándome solo escribiendo a los hogares distantes, oí un roce en la tablilla bloqueadora. Algo raspaba desde dentro. Estuve considerando el asunto. Cogí un destornillador y desclavé la maderita. Me senté a esperar. No tardó mucho en aparecer una cabecita. Incluso sin la mancha blanca en su ojo derecho la hubiera reconocido. Miró a todos lados y luego me apuntó con sus brillantes ojuelos. No se movió cuando fui a buscar una miga y la puse junto a la abertura. Salió y la comió. Coloqué otra en la palma de mi mano y la acerqué. El ratoncito se subió a ella y procedió. Lo puse sobre la mesa. Cuando terminó de comer se apoyó en las patas traseras y se alisó los bigotes con las delanteras. Luego me miró, supuse que esperando más comida. O acaso para saludarme. En ese momento entró Domingo Vives. Al notar su presencia, el ratoncito se alarmó. Corrió en busca de mi mano protectora, que tenía sobre el tablero, y se guareció en el cuenco, como si fuera un nido. Asombrado, mi amigo tomó asiento y se hizo cargo de la situación.

—¿Qué piensas hacer? No te permitirán volver con eso —dijo, minutos de silencio por medio.

Miré a través de la ventana. Llegaban nubes otoñales y el sol se había escondido. El tiempo cambiaba. Pronto llegarían las lluvias y el frío. Llevé al animalito al hueco y lo introduje. Luego clavé la tablilla.

Durante varias tardes estuve oyendo arañar la madera. Un día cesó el ruido. Desclavé el parche. Justo en el borde estaba tumbado el cuerpecillo. Lo saqué. Tenía los bigotes quietos y los ojos guardados. Ya no volvió a abrirlos.

El fantasma

José Irazusta B. era un muchacho vascongado de mentón voluntarioso y palabra lenta. En realidad hablaba poco, apenas lo justo para que se supiera que estaba presente cuando se mencionaba su nombre al vocear el Correo o al pasar lista. En sus ojos azules y francos bailaba el cohibimiento, como si al partir del terruño le hubieran apercibido de que se disimulara entre la masa media de *pipis* para que las hostias se las llevaran los tontos o los enterados.

Aquel día le tocaba a nuestra compañía hacer guardia en el hospital. Con el albor todavía escondido cubrí con el pelotón los pocos kilómetros que nos separaban del cuartel, buscando el camino esquinado establecido para hacer menos visibles nuestros uniformes. Para esa labor rutinaria cargábamos con todo el pesado equipo, según indicaban las ordenanzas, además de llevar el ajado uniforme en las mejores condiciones posibles.

El día anterior estuvo invernal, tapado de nubes acerosas. Pero no llovió. En el Cuerpo de Guardia esperaban impacientes parte del pelotón anterior. Encabecé una sección y con el cabo saliente procedí a hacer el cambio de centinelas en los puestos de vigilancia. El tipo era de la 18.ª Compañía y me resultaba totalmente desconocido, entre otras razones porque yo nunca había hecho guardias anteriormente. Además, aunque llevábamos meses de convivencia obligada en el mismo cuartel, el hecho de ser miles los soldados de los Tabores propiciaba que la mayoría fuéramos desconocidos unos para otros. Era flaco, de estatura mediana y apenas me habló. Procedía de forma rara, como si se hubiera cagado encima. Cuando llegamos a los puestos del jardín, aún la oscuridad cabalgando, no dejó de mirar a todos lados como si temiera una invasión. Su intranquilidad se acrecentó cuando llegamos a la garita más alejada de los pabellones. Aprestó el arma y se acercó cautamente al guripa, que dio unos pasos hacia nosotros. Le preguntó si había habido novedad, tal y como hizo con los demás centinelas, lo que no me sorprendió pues era la forma ordenada de proceder. Luego caí en la cuenta de que en esa ocasión había puesto demasiado énfasis en la pregunta y sostenía el mosquetón a la defensiva. Hecha la permuta de soldados, continuamos la ronda hasta el final. Otra vez en el Cuerpo de Guardia y mientras los últimos soldados relevados se aseaban, me percaté de que conocía a dos de ellos. Uno me guiñó un ojo. Me acerqué a él.

—¿Qué le pasa a tu cabo? —dije, en voz baja.

—No sé. Está descentrado. Se pasó la noche entrando y saliendo del cagadero. Sólo hizo las rondas del día y la primera de la noche. Encargó a ese de ahí que hiciera los relevos nocturnos en su lugar.

—¿Ocurrió algo?

—Nada, que yo sepa.

Más tarde hicimos el relevo formal del pelotón. «Sin novedad», había garrapateado el cabo en el parte de incidencias antes de su firma.

—Nada que destacar. Una guardia normal —añadió, desabrido y lleno de prisa como si fuera a perder el tren.

Formó a sus hombres, inspeccionó con rapidez su impedimenta e indumentaria y dio la orden de marcha por la ciudad, ya recuperada de sombras. Tenían todo el día para descansar y no harían instrucción ni imaginarias. Era la compensación por las guardias.

El Hospital Militar Gómez Ulla, también llamado Hospital Español, ocupaba una extensa área cuadrada, circundada por un muro de piedra y ladrillo. Estaba en un lugar extremo del llamado Ensanche Español, fuera de la Medina. La parte delantera, la de acceso principal y donde estaban los pabellones médicos, oficinas y barracones de servicios, se integraba en la ciudad europea. La parte trasera, ocupada por un amplio jardín arbolado, daba a una zona abierta de campo, con huertas y escaqueadas casuchas. El recinto hospitalario rebosaba de actividad durante el día por tener que atender a miles de militares de todos los Cuerpos y a sus familias, no sólo de la ciudad sino de otras poblaciones cercanas.

Intrigado, volví al jardín y lo recorrí. Estaba vivo de trinar de pájaros y lleno de soldados paseando su convalecencia. Caminé por el lado del muro, al pie del cual se situaban espaciadas las garitas de vigilancia. No había puertas al exterior. Nadie podía acceder al hospital desde esa parte, salvo escalando el alto muro. Cambié impresiones con los muchachos. No parecía lugar adecuado para situaciones imprevistas.

En la noche, después del toque de silencio, fui a visitar los puestos del muro. Seguía intrigado. Las estrellas seguían de huelga y todo estaba tapado de negro. Un ligero viento hacía sonar el ramaje. Me abrí camino con la linterna. En las garitas, los guripas intentaban controlar el frío arrebujados en sus chilabas. La situada en la parte extrema, la que motivó la extraña acción del cabo saliente y donde había dejado a José Irazusta, estaba vacía. Busqué con la luz por los alrededores. A lo lejos, más allá de los árboles, mortecinas luces señalaban los pabellones hospitalarios. Luego le llamé en voz queda.

—¡Quieto ahí! —le oí gritar—. ¡Santo y seña!

Obedecí, intentando localizar el lugar donde se agazapaba.

—Aquí —dijo, desde las ramas de un árbol.

—¿Qué coño haces ahí subido?

Bajó y le enfoqué. Tenía los ojos alarmados y tocaba su arma con nerviosismo.

—Apaga la luz, cabo, y mira con atención la garita.

Le hice caso y permanecí en silencio, a su lado. La palidez de la garita destacaba del muro y al otro lado de la puerta la negrura era sólida. No se veía un alma y sólo se oía el sisear de las hojas.

—¿Qué? —dije, al rato.

—Vete allí y mira dentro. Enchufa bien la linterna.

—¿Por qué no me dices qué te ocurre? —dije, después de un rato de inspección por la caseta y alrededores y no encontrar nada.

—¿No has visto a nadie?

—No. ¿A qué te refieres? ¿Alguien intentó entrar desde afuera?

—No, no sé, joder... ¿Puedes quedarte un rato conmigo?

Su petición era insólita pero lo acepté. Era un chico sano, de mente no invadida de lecturas y sin imaginación desbordada. No tuve dudas de que algo le había alterado. Pero la situación continuó en la normalidad mucho tiempo después.

—Bueno, macho. Tienes que olvidar ese rollo y vigilar desde la garita.

—¿Cuándo llega el relevo?

—Te queda más de una hora.

La experiencia me llenó de perplejidad. Reflexioné sobre lo acontecido. Sabía que en los pueblos circulan leyendas y cuentos sobre apariciones y que hay personas que tienen miedo a la oscuridad. El asunto hubiera sido intrascendente de no haber ocurrido lo del cabo anterior. Le dejé y visité las otras garitas del jardín. Ninguno había visto nada anormal. Fui al Cuarto de Guardia, donde casi todos dormitaban. Cogí el arma y regresé al puesto de José. Otra vez se había encaramado al árbol.

—Pero, José, ¿qué coño te pasa?

—Cuando marchaste volví a ver...

—Vamos allá.

Mientras él se aproximaba con cautela a la cabina yo di vueltas alrededor inspeccionando.

—¡Cabo! —gritó José.

Acudí de inmediato. El soldado señalaba tembloroso la garita. Enfoqué la luz. No había nadie.

—Apaga la luz y entra —balbuceó.

Lo hice, aunque era absurdo. No había espacio oculto en tan reducidas dimensiones. Nadie. Permanecí a la escucha. Nada.

—A lo mejor sólo ocurre cuando hay uno solo —apuntó José, quejumbroso.

—¿Qué coño es lo que tiene que ocurrir?

—Joder, cabo, alguien anda por ahí.

—¿En serio? —Le miré. No estaba de broma. Su susto era real.

—Sí... —dudó, como reconsiderando el asunto—. Bueno, me pareció... Coño, creo que vi un tío.

—¿Cómo era?

—Hostia, cabo. Con la oscuridad no se distinguía bien.

—Hagamos una cosa —propuse, después de meditar—. Me quedo en tu lugar. Ve a la Guardia y dile a Agapito Ortiz que venga a sustituirte, que te encuentras mal y te mareas. Que le acompañe Pío García. Luego te acuestas. Ten cuidado con el arma durante la vuelta, no vayas a disparar.

Quedé solo y vacié la mente de pensamientos, los ojos y oídos abiertos en profundidad. No fue un acto de valentía sino de curiosidad. Nunca tuve miedo a la oscuridad ni a los fantasmas. Por el contrario siempre me fasciné por lo ignorado. Un rato después entendí la situación. La soledad y la oscuridad podían ser impactantes para algunas personas sensibles a la atracción del más allá. El viento circulando hacía más evidente el silencio de vida humana. Podía uno imaginar cualquier cosa en ese tipo de paisaje. Por ejemplo, un cementerio. Pero aquello no era tal sino un lugar civilizado y vivo, por muy aislado que pareciera. Seguí en la espera. Entonces oí reptar algo por la hojarasca. Permanecí inmóvil y alerta. El ruido se repitió. Proyecté la luz de la linterna. Eran las hojas arrastrándose por virtud del viento. O quizá por algún reptil oculto. ¿Sería eso lo que alteró a José? Pero él habló de una aparición fantasmagórica.

Un tiempo más tarde vislumbré dos sombras acercándose desde la barrera de árboles. Les di el alto. Eran Agapito y Pío. El primero se quedó en la garita y volví con Pío a la sala de relevos. José parecía dormitar con gesto beatífico. Ni rastro del gesto espantado.

Al día siguiente, ya en el cuartel, echó balones fuera. No había visto nada, le habría sentado mal la cena. No quiso seguir hablando de ello. Después de la comida busqué en la otra compañía al cabo que había relevado. Me informaron que era de Barcelona y muy dado a la lectura. Descansaba en su petate y leía un libro. Me reconoció y puso cara de disgusto, al tiempo que escondía el libro.

—¿Qué se te ha perdido?

—Me gustaría que me dijeras lo que te ocurrió anteayer en el hospital —dije, sentándome en la litera.

—No sé de qué coño hablas.

—Del aparecido que viste rondar en la noche.

Le miré. Todos estábamos tostados del sol de muchos meses al aire, algunos pareciendo mulatos. Pero él era de los pocos bañados de palidez, como Jaime Manzanares. Agarré el libro y lo miré. Antes de que me lo arrebatara vi que versaba sobre esoterismo y parapsicología y que tenía el sello de la biblioteca. Estaba claro que no había perdido el tiempo en buscar explicaciones.

—Lárgate de aquí —dijo, con voz helada—. Ve a tocar las pelotas a otro sitio.

No podía dejar las cosas así. A la mañana siguiente pedí permiso al capitán y a continuación bajé a la ciudad. En la plaza de España estaba el edificio de la Alta Comisaría. Busqué al brigada que servía en la 10.ª Compañía cuando llegamos del campamento. Había sabido encontrar mejor destino. Era un hombre sobre los sesenta, sosegado, canoso, barriga de ordenanza, bigote como una hilera de hormigas y gafas de aros redondos. Me había tomado afecto porque le cumplí muy bien con el papeleo y con mi dominio de la máquina de escribir. Lo encontré en un despacho compartido, lleno de humo. Fumaba continuamente tabaco rubio, utilizando una boquilla larga que mantenía la brasa alejada. Así le parecía que era otro quien fumaba y que no le llegaba el alquitrán. Me llevó a un despacho vacío que pronto empezó a humear.

—Es un asunto viejo. De ello viene hablándose desde los primeros tiempos —dijo, tras escucharme con una media sonrisa mientras apuntaba la pipa hacia arriba como si fuera una tea.

—No entiendo entonces que la gente no quiera hablar.

—Es lógico. Temen que luego lleguen la mofa y los motes. Ya sabes. La mili es dura para muchos tronchos.

—¿Puede decirme algo?

—Un centinela desapareció una noche de invierno, de esa garita precisamente. Nunca apareció.

—¿Desertó?

—Es lo que se dijo oficialmente, pero la lógica no lo corroboró. Porque un desertor en terreno hostil se lleva el arma para emplearla como argumento negociador, algo que no hizo el soldado porque su fusil estaba en la garita. Además tú viste el muro. Es demasiado alto para escalarlo sin cuerdas ni escalera, algo que nadie vio allí. Y al otro lado, ¿qué hay? Todavía hoy no es un terreno acogedor.

—Permítame. Pero pudo esconderse en algún lugar, vestirse con otras ropas y salir disimulado entre el trasiego, al día siguiente.

—Se ve que no conoces el hospital. No hay donde esconderse sin que te descubran. Por todos lados hay gente, soldados, vigilancia al entrar y salir. Precisamente porque estamos en tierra no amistosa. Además, suponiendo lo que dices, ¿cómo llegar a Ceuta y luego a la península? En el barco lo hubieran detectado. Aun así, se dio orden de búsqueda a España. El chico era de un pueblo de La Mancha. La Guardia Civil estuvo vigilando en vano durante años.

—¿Qué se supone que ocurrió?

—Es un misterio. Pero es cierto que a través de los años algunos centinelas creen haber visto un soldado sin rostro aparecerse en esa garita.

—¿Dónde puedo recabar más datos?

—¿Para qué? No hay testimonios escritos. Sólo narraciones orales de algunos. En su tiempo el Mando se interesó por ello, de forma extraoficial. Hubo muchos oficiales que durante varios años estuvieron alternándose de noche en ese puesto, solos, para sorprender al fantasma. Ninguno lo consiguió. Sin embargo, en ese tiempo, a muchos centinelas se les apareció en sus guardias. Bueno, ya sabemos que los fantasmas son caprichosos. —Quitó la colilla y puso un nuevo cigarrillo—. Dejé de sentir curiosidad por el tema. Tenlo como cosas de los misterios de África. No pierdas el tiempo.

La licencia nos llegó dos meses después y el asunto se quitó de mi mente. Dos años más tarde caminaba por la plaza de Legazpi, entonces un núcleo importantísimo en el comercio alimenticio y de servicios. Camiones, camionetas, carros y gente se agolpaban en la amplia arteria desde las madrugadas de cada jornada hasta mediodía en una actividad interminable. De repente oí una llamada por entre el griterío. Por la ventanilla de un enorme camión José Irazusta B. mostraba su amplia sonrisa. Me acerqué y me subí al estribo. Llevó el vehículo a un lado y lo detuvo, el motor en marcha.

—Joder, cabo, qué alegría.

—También para mí. Ya veo cómo te las apañas.

—El camión no es mío.

—Ahora puedes hablarme de aquella noche —dije, después de un intrascendente preámbulo.

—¿Qué noche? —dijo, haciéndose el tonto.

—Venga, José.

—¿Te refieres a la del fantasma? —señaló. Movió la cabeza sin que le desapareciera la sonrisa—. El cabrón apareció a mi lado, de golpe. Como ahora te veo a ti. Todas las veces. Me cagué de miedo. Por eso me subí al árbol. De milagro no se me cayó el fusil.

—¿Cómo era?

—Tenía la cara desdibujada, blanca como los muertos. El hijoputa desaparecía cuando te oía llegar. No sé cómo no le pegué un tiro.

—Casi me lo pegas a mí. ¿Sigues pensando en ello?

—No, me lo quité de encima. Hoy lo recordé al verte. —Ensanchó la sonrisa—. Sé lo que ocurrió. Lo comenté a la vuelta a casa. En la oscuridad no era difícil moverse rápido para quienes conocían el lugar. Sería un cabrón de la enfermería, con la cara pintada de fósforo. Porque olía y respiraba, cosas que ningún fantasma hace. Bromas de la puta mili. No fue un fantasma, cabo.

No le conté lo informado por el brigada. José había escogido una versión placentera del asunto, a la vez que poco verosímil. La garita estaba junto al muro, en zona despejada, apartada de los árboles, como las demás. Un espacio amplio para permitir la vigilancia adecuada. Nadie podía moverse con la rapidez asignada al intruso ni había lugar cercano donde esconderse. Se le apareció sin ruido dentro de la torrecilla, por detrás. ¿Cómo entraría en ella si el vascongado bloqueaba la entrada?

—Acércate por Tolosa. Escríbeme. Tomaremos un vino. Ahora no puedo dejar el camión.

Le vi marchar dando la sensación de estar muy satisfecho de sí mismo Nunca pude ir a Tolosa a tomar ese vino. Pero, lo que son las cosas, en uno de mis viajes a la Ciudad Condal, no mucho después, fui a un bar de alterne con mi amigo Nino. Alguien me agarró del brazo. Me volví.

—Joder, tú —dijo José Sala G., después de saludarme con efusión mientras las luces danzaban y el diapasón apenas dejaba oír—. No hay lugar en el mundo donde esconderse. Siempre te encuentras a la gente. ¿Qué se te ha perdido por aquí?

José era uno de los propietarios del local. Siempre fue un catalán pudiente. En la mili recibía dineros con asiduidad, lo que le permitió no desprenderse de su orondez. Esa noche estaba acompañado por uno, que resultó ser el cabo desabrido de la noche agorera. Qué cosas. Cervezas después salió el tema de aquella noche, la suya. Se reía al recordar el asunto.

—Me jugaron una pasada. No era ningún fantasma. Me dijeron que era una novatada. De vez en cuando uno de los que prestaban servicio en el hospital se pintaba la cara con fósforo y le pegaba el susto al tonto de turno.

El mismo cuento que el de José Irazusta. Simplemente había optado por la explicación que sosegaba su espíritu. No quise recordarle la versión del brigada, lógica dentro de la ilógica de lo paranormal, ni los libros que le vi leer ni que él no era precisamente un lelo.

Hoy he sabido que el Hospital Español de Tetuán ha cerrado sus puertas. Desde que las últimas guarniciones militares españolas abandonaran Marruecos en 1961 el hospital estuvo subvencionado en todos sus gastos por nuestro país a través del Ministerio de Exteriores y más concretamente por el Consulado de España en esa ciudad. En los últimos años, salvo el asilo de ancianos, todos los enfermos eran marroquíes por lo que carecía de lógica seguir atendiendo las necesidades sanitarias de una población no española.

De ese misterio, siempre ha prevalecido en mí lo que me contó aquel brigada veterano, a pesar de no creer en aparecidos. Porque hubo un soldado que se eclipsó. Y eso no fue una invención.

¿Qué le ocurriría? ¿Realmente volvía en espíritu a aquella garita? ¿Y por qué lo hacía? ¿Siguió yendo también cuando el recinto hospitalario quedó vacío de soldados? Quizá su alma en pena dejara de rondar cuando más tarde el Gobierno marroquí eliminó las garitas, ya innecesarias. O puede que haya seguido deambulando todos estos años por el jardín. En cualquier caso me gustaría creer que con el cierre del hospital, último vestigio de la presencia militar de España en Marruecos, ese fantasma ha podido encontrar al fin un merecido descanso.

Mi héroe apócrifo

Muchas personas tenemos a otras por héroes. No a los padres, nuestros primeros coleccionistas de virtudes porque en su mayoría se sacrificaron para dotarnos de lo mejor, ni a aquellos que realizaron grandes hazañas en cualquier tiempo y lugar de la Historia sino a quienes influyeron decisivamente en nuestras vidas. Me refiero a los desconocidos que llegaron a nosotros circunstancialmente desde los pliegues del destino para dejarnos una huella indeleble antes de perderse en el mare mágnum de la existencia.

Al mirar hoy viejas imágenes, encuentro una foto que creí perdida, la única que tengo con mi héroe, ambos de paisano y en mangas de camisa, apoyados en la barandilla de una de las terrazas del enorme cuartel africano de Regulares. Está ahí, con su esplendor inalterado. Metro ochenta, delgado, rostro largo y afilado: Juan C. Manzanares, compañero de la intensa mili en las entonces muy lejanas tierras.

Era charlatán de ferias, de esos que vendían un crecepelo «no a cinco, ni a cuatro, ni a tres, ni a dos» y además regalaban un peine «completo con sus púas y que no se rompe», ofreciendo un mundo de gangas en una jerga imparable hasta que la voluntad del oyente quedaba atrapada en el engaño.

Inculto, pero licenciado en gramática parda y listo como un lazarillo del Siglo de Oro. Tenía un empaque poco igualable, valga decir que aristocrático. Llamaba la atención en aquel ejército colonial, un hervidero donde se fundían todas las diferencias. Sólo cuando abría la boca su distinción plástica desaparecía en el verbo atropellado y chulesco. Madrileño barriobajero, arrastraba herencia de un hacer trashumante y un argot entre cañí y castizo. Fumaba despiadadamente en grado tal que los bordes de sus dientes estaban negros. Consciente de ello, hablaba y reía con la boca fruncida, embozando el bello diseño que su vicio había afeado. Desde quintas atrás no se pelaba a los soldados. Así que su cabello negro y ondulado, con un tupé a lo primer Travolta aunque sin grasa, nunca dejó de aureolar su cabeza griega.

Ya en el campamento de instrucción destacaba de los demás. Sus andares causaban sensación por el donaire y la arrogancia. En las formaciones y en las paradas de la compañía, le ponían siempre delante, de gastador. Su personalidad encandiló a los oficiales desde el primer momento, allá donde estuviera, y nunca recibió de ellos castigos ni reprimendas. Nadie resultó inmune a su atractivo, ni mandos ni tropa. Sin embargo, era renuente a hacer amigos y hablaba despectivamente a los demás, tildándoles en general de paletos, labriegos y subnormales, y dedicando a cada uno en particular un epíteto hiriente connotado a su jeta o armazón, siempre con el esbozo de una sonrisa, que en vez de atenuar el insulto hacía más expresiva la mofa.

No era agresivo pero sí valiente, impertérrito a las consecuencias que su comportamiento podía acarrearle con otros notoriamente forzudos y de leche amarga a quienes cabreaba sin piedad. Por ello, resultaba asombroso que nadie le enfrentara; al contrario, la mayoría buscaba su amistad como si emitiera un efluvio hipnotizador. Siempre seguro de sí, un valladar de firmeza que sólo se diluía cuando hablaba de su madre, a la que adoraba.

Cuando nos trasladaron al cuartel, sólo mantenía trato amistoso conmigo y con otro madrileño que tal bailaba en comportamiento, aunque para nada en hechuras: Miguel M. Toro. «Me importan todos tres cojones, menos tú y este bruto», decía. Manuel era de casta noble y de coeficiente a nivel de su segundo apellido. Yo le escribía las cartas a la familia y amigos porque no sabía leer, a pesar de haber nacido en la calle de Vallehermoso, en pleno barrio de Chamberí, lo que no era desdoro para el sistema educativo imperante sino para la naturaleza de algunos padres.

Avalado por su don natural, Juan se apañó para ingresar en la Enfermería, liberándose así de guardias y servicios. Aprendió a poner inyecciones y lavativas, a hacer curas, a cortar hemorragias y a dar pastillas con la solvencia de los médicos, de quienes copió el mismo repertorio de indiferencias basado en poner cara de yeso ante los enfermos, salvo los que agonizaban. Era el tradicional desprecio sustentado en la teoría de que los tronchos tenían tendencia a inventarse males para eludir los servicios, lo que era cierto en muchos casos pero no como para elevarlo a categoría.

Poco a poco dejamos de rozarnos y, si lo hacíamos, era para discutir. Porque no hizo renuncia a su inclinación natural de zaherir a todo quisque. Tumbado en su litera de abajo, cerca de la entrada a la nave-dormitorio y fumando sin parar, se mofaba de los que llegaban derrengados en la mañana después de pasar la noche en vela integrando pelotones de refuerzo en el lejano hospital o en la no menos lejana Base Aérea. Venían exhaustos bajo el pesado equipo y tras los recorridos de kilómetros que habían de hacer a pie como lo hicieron a la ida. Pero Juan parecía incapaz de sentir acercamiento al padecer ajeno. Para corregir tal actitud le puse con frecuencia en la tercera imaginaria. De nada sirvió. No sólo no cedió un ápice, inalterable como un eje diamantino, sino que me incluyó en los destinatarios de sus burlas.

Con el tiempo empezó a hurtarnos de su presencia. Durante los paseos diarios desaparecía, solitario imposible en la ciudad floreciente de uniformes y túnicas, para llegar raspando al paso de lista antes de la cena.

Y paulatinamente fue disociándose de la soldadesca a la que nunca asumió pertenecer. En los obligados servicios se eclipsaba con frecuencia de la Enfermería durante el día entero, dejando el peso de la bostezante tarea sobre la responsabilidad de los otros dos enchufados, dado que el capitán médico habitualmente brillaba por su ausencia y sólo aparecía cuando surgía una emergencia inaplazable. Más que conducta personal era un sistema aceptado por todos, como la de que la solución normal para la mayoría de los problemas de la tropa era la de «ajo y agua». Juan dejó de acudir a los no obligados almuerzos en los comedores del cuartel. Durante los desayunos y cenas yo le miraba los ojos, cada vez más hundidos, y sorprendía el brillo alucinado que emanaba de su mente agredida de estupefacientes.

Y una noche, todos formados en el recuento, no contestó al citarle. Repetí su nombre. Silencio. No faltaba ningún otro, sólo él. Apareció en la alta noche. Yo no dormía y le vi desplomarse en el petate. En la mañana se levantó antes del toque de diana, se metió en la ducha y para la lista estaba como el pincel de siempre.

—Anoche faltaste a la formación —le dije en el desayuno. Círculos negros instalados alrededor de sus largas pestañas destacaban de su piel, tan clara que el sol no podía dorar.

—Sólo vine un poco tarde.

A la noche siguiente se repitió el número.

—Si reincides tendré que informar.

—No eres un chivato.

—Llamas chivarse a cumplir. Nos meterás en un lío.

—¿Qué lío?

—¿Te haces el tonto? —Miré su delgadez, su insobornable tez blanca—. Si alguno da el chivatazo, iremos al calabozo.

—¿Esos cabrones? Tú los manejas bien.

—Casi todos te tienen fila. Has sembrado malas semillas. Pero se trata de ti, no de ellos.

—Entonces hazte el *longuis*.

—No lo entiendes. ¿Por qué tengo que jugármela?

—Porque eres un amigo.

—No estoy seguro de que lo sea. Nadie es amigo tuyo.

—Que les den por el culo. Y a ti también.

Noches después volvió a desaparecer. Esa vez tampoco estuvo en la formación matinal. Mentí audazmente al sargento de cuartel al informarle de que la compañía estaba completa. El día se me hizo muy largo. En la Enfermería aprecié dudas en los otros dos doctorados en vagancia respecto a la promesa de silencio que me hicieron cuando lo de Juan sólo eran escapadas. Llevaba dos días sin aparecer por allí. Era un asunto serio para ocultarlo.

Conseguí la colaboración de un grupo de amigos y durante el paseo lo buscamos por la alcazaba, entre la bullanguera multitud tetuaní. Nada. En la noche persistió su ausencia, al igual que mi insomnio. Dejé que viniera un nuevo día, temiendo que algún soldado cantara. Nadie querría jugarse el pelo ante un posible caso de deserción, algo sumamente grave, y menos por complicarse en la salvación de un tipo tan poco aconsejable de aprecios. En realidad, era un milagro que los suboficiales no se hubieran percatado de su falta.

—Algo le está pasando.

—Que le parta un rayo a ese hijoputa —espetó uno—. Está en la mierda de la grifa. Un caso perdido. No llegará lejos en la vida.

—Desertó —dijo otro—. Da el parte y que le busque una patrulla.

—Lo buscaremos nosotros —expuse.

—¿Por qué?

También yo me preguntaba por mi inclinación al sacrificio al ocuparme de un tipo aparentemente desaprensivo y tan alejado de mi forma de entender las responsabilidades. Pero hay cosas que carecen de explicación racional. Decidí llevar el riesgo a extremos. Porque tenía que buscarle y debía ser esa noche, la tercera. Intuía que no podría haber una cuarta sin que se destapara el asunto y me llevaran al Hacho por cómplice de deserción. Como era impensable hacerlo solo convencí a Miguel, que en ocasiones había estado con él en los fumaderos y sabía los lugares. Y también se prestó a la insensatez Rafael Jiménez, un mocetón de Baza, Granada, que practicaba culturismo a diario y mostraba su anatomía de músculos enzarzados.

Después del toque de silencio, los tres, vestidos de paisano, nos acercamos a un lugar de la fortaleza cercano a la Medina. El centinela se avino al compromiso solidario. Saltamos las almenas y bajamos por el terraplén y luego nos introdujimos en las callejuelas desiertas, estrechas, sinuosas y malolientes, a veces cubiertas, siempre amedrentadoras. Empezamos el peregrinaje por los fumaderos tenebrosos, faltos de oxígeno, de atmósferas espesas, colmados de gentes oscuras. Tirados en camastros y alfombras los espectros, no todos musulmanes, dormitaban arrullados por el silencio y el enajenamiento onírico, solos o hacinados en catacumbosos cuchitriles, vigilados desde las sombras por cuidadores de aviesas miradas. Hicimos rondas discretas, indagando, soltando humo de cigarrillos enrollados a mano para despistar. Tuve la impresión de que un par de rostros se repetían, pero acepté que habría concurrencia de fisonomías en aquella maraña. La decepción fue adueñándose de nuestras expectativas a medida que progresábamos en la nada.

—Tenemos que dejarlo —dijo Manuel—. Corremos peligro.

—¿Cuántos tugurios quedan?

—Joder, unos cuantos, no los conozco todos.

—Intentémoslo. Sólo en dos más.

Y ocurrió lo presumible. Los rostros sospechosos se manifestaron, ahora con ojos de cuchillo. Habían estado siguiéndonos. Éramos piezas del odiado ejército invasor, hurgando en lugares tan prohibidos para los extraños como un harén.

—¿Qué vosotros buscar, paisas cabrones?

Nos vimos rodeados de miradas iracundas, el razonamiento ausente. Dialogar era una quimera pero lo intentamos, buscando una disculpa para poder escapar. Una masa de manos bravías nos aplastó mientras un ulular de gritos incomprensibles azuzaba la golpiza. Los golpes caían sobre nosotros y ni siquiera la fuerza de Rafael ni nuestra desesperación conjunta pudieron mitigar la zurra. Vimos el destello de armas blancas y percibí lo duras que eran las reglas del juego al que yo había apostado insensatamente.

No parecía haber escapatoria a un inquietante destino. Y de pronto, sobre la impotencia y el error, sobrevino una quietud y un silencio expectantes. Estábamos magullados, sangrantes y acorralados. Las chilabas se apartaron y en el centro apareció una figura inconfundible a pesar del humo que la envolvía: Juan C. Manzanares.

—Son mis amigos. Dejadlos —dijo, después de una pausa ponderadora. Luego soltó una perorata rápida y casi ininteligible, como si estuviera vendiendo peines en las ferias. El feroz grupo se dispersó y se integró en las tinieblas. Fue sorprendente, casi mágico, apreciar que era obedecido sin rechistar por esas gentes. No era entendible la gran ascendencia que mostraba sobre ellos, ni siquiera asumiendo que estaría facilitándoles antibióticos sustraídos de la Enfermería, algo sospechado y nunca probado. No. Había algo más, algo que sólo consiguen los conductores de masas natos. Y los héroes.

Nos llevó a un rincón mullido de alfombras y requirió agua y unos trapos para restañar nuestras heridas. Fue consciente de la amargura que me embargaba.

—Tienes que dejar esto. De una vez, para siempre.

—Podéis marchar. No os harán nada. Mandaré a dos de éstos que os acompañen.

—No es suficiente. No nos iremos sin ti. —Le vi dudar y aproveché la ocasión para lanzar un órdago a lo emocional—. Piensa en tu madre, cacho cabrón.

Mientras daba caladas a su cigarrillo, fino como una paja de sorber, no dejó de espiarme con ojos enfebrecidos. Se tomó un tiempo largo, meditado, sin palabras. Noté el forcejeo entre su obcecación y mi determinación. Una hora más tarde los cuatro escalábamos furtivamente la muralla del cuartel y entrábamos en la compañía.

Su cambio fue radical, increíble. Acaso le alcanzó una revelación. Se apartó totalmente de la marihuana, erradicó el hábito de ofender a los demás y no volvió a faltar a las listas, si bien ello supuso en él la adopción de una actitud de indiferencia hacia todo. Y sin nada que lo motivara volvimos a abandonar la relación, lo que resultaba contrario a la lógica porque habíamos vivido algo extraordinario. Esa realidad, sin embargo, nos traía silenciosos reproches mutuos en vez de animosos encuentros. Cuando nos cruzábamos, las miradas vacías nos alejaban más.

Un día ingresé en el hospital. Estuve varias semanas y algunos amigos fueron a verme. Él apareció una tarde, sorpresivamente, una tenue expresión de indulgencia en su rostro alargado. Sus ojos estaban aliviados de sombras. Me llevó chocolate, galletas y leche. Nadie había tenido tal gesto, ni los más allegados. Demostraba no haber hecho renuncia a la vieja costumbre, ahora desaparecida, de llevar víveres a los enfermos, aunque, como los otros, podía haberse escudado en su condición de soldado de bolsillo vacío. Pero quizá había algo más. Como la señal de un aprecio escondido o una petición de tregua para los agravios pasados. Fue la reconquista de un afecto surgido entre las dunas un año antes.

Nos llegó la licencia y los años se precipitaron desde entonces, ocultando los recuerdos. Un día recibí una carta de Rafael Jiménez. Estaba en París, en una competición de culturismo. «Joder, macho; pudimos haber muerto aquella maldita noche —decía, entre otras cosas—. Lo he pensado muchas veces y me dan temblores. Aquellos putos moros iban a matarnos. Ahora no estaría aquí. Y todo por ese cabrón de amigo tuyo.» Noté un escalofrío.

Era cierto. Fue un punto de inflexión en nuestras vidas, que la juventud desbordante no aquilató en toda su profundidad en aquel momento álgido y que luego relegó al arcón del olvido. Rafael tenía razón. Lo más probable es que aquellas sombras indignadas hubieran acabado con nosotros, sin más. Desaparecidos, el Ejército creería que habríamos desertado, lo que no era infrecuente. Nos habrían buscado inútilmente y las familias nunca conocerían la verdad. ¿Amigo? Nunca lo tuve por tal, pero su imagen se imponía cuando en ocasiones pensaba en todos los que me acompañaron en aquellos dos años raptados. Y de repente descubrí que, en cuanto a personas, fue quien más se me grabó de aquella inacabable inutilidad. Supe entonces que al recordarle lo vestía de héroe subconscientemente, aunque no lo hubiera comprendido así hasta ese momento. De pronto me urgió verle, saber de él, recuperar los tiempos gastados en la indiferencia. Lo busqué en la casa del barrio de San Blas donde decía vivir con su madre y hermanas. No estaba. Hacía tiempo que habían marchado.

Años después, circulaba yo por el paseo de Recoletos en un tranvía 1001, aquellos estilizados italianos de puertas cerradas. Le vi caminar en sentido contrario, hacia Cibeles, por entre la gente, inconfundible en sus garbosos andares. No pude saltar, como sí podía hacerse en los antiguos tranvías Charleroi sin puertas. Sacudí la campanilla y hube de esperar a la primera parada. Recordé en la película de David Lean la escena en que Zhivago-Omar Sharif vislumbra a Lara-Julie Christie desde el tranvía moscovita. La misma angustia. Sólo que él buscaba el amor perdido y yo al compañero extraviado. Corrí, buscándole. La gran plaza estaba colmada de gente y no le encontré.

El viento de los años volvió a imponerse y nunca supe de él. Muchas veces lo busqué en El Rastro y ocasionalmente en las ferias de los pueblos, con la esperanza de verle vendiendo engaños, camelando a la gente como en su día cautivó a aquellos moros resentidos. Pero ha tiempo que ese mismo viento incalmable eliminó aquel oficio de épocas miserables. Quién sabe en qué trajines embarcó su juventud dinámica.

Pero ahora está ahí, ante mis ojos, moviéndose en el recuerdo, la gracia imperecedera. Mi héroe apócrifo, aquel que en una noche lejana me apartó de una posible muerte y por el que arriesgué en demasía para evitar que se hundiera en una existencia penosa y sin futuro: la que tendría si hubiera desertado y seguido con los narcóticos.

Y porque le hice ver que poseía el bien de una vida sana que no debía desperdiciar, me gustaría creer que quizá yo también fui un héroe para él y que en ocasiones me recuerda como tal... allá donde esté.

Aves migratorias

Miguel Molero T. apareció por el cuartel tras un permiso veraniego. Su rostro franco mostraba cierta pesadumbre, como si tuviera hemorroides, lo que interpreté como consecuencia del retorno obligado a la mili africana después de cuatro semanas de holganza en el foro. Peor que eso.

—Es que salí con una chavala. Se llama Pepa. Estoy tibio, cago en los mengues. Pienso mucho en ella.

Era un tipo risueño, macizo, sobre el metro setenta, con unas manos grandes de dedos como morcillas. Noblote, simple, de mirada carente de subterfugios. Mantenía siempre fruncida la estrecha frente, como si estuviera procesando con dificultad cuanto llegaba a su cacumen. Nacido en el barrio madrileño de Chamberí, había adquirido la condición de castizo. Utilizaba un argot chuleta propio del entorno donde se crio, tanto en el léxico como en la pronunciación. Reparé en él cuando meses antes desembarcamos en Ceuta en la arribada inicial y nos dirigíamos al cuartel de transeúntes donde habían de darnos el primer repaso. Íbamos en fila desangelada, cargando con las maletas. Al cruzarnos con una chica, soltó esta perla inolvidable:

—¡Eh, tú, coño alegre! Me comería tus zancas.

Sin embargo, era enormemente tímido con las mujeres al tenerlas delante. Cuando bajábamos de paseo a Tetuán, solos o con otros desplazados, teníamos ocasión de relacionarnos con chicas de allí, siempre gozosas del aire renovador que aportaba la soldadesca a la población española. Todos pasábamos gratos momentos de charla con ellas, menos él, que se refugiaba en silencios temerosos o en balbuceos poco inteligibles. De hecho, nunca había tenido novia.

A pesar de que estábamos en la década de los sesenta, entre los miles de reclutas había cientos de analfabetos. Para mi asombro, Miguel era uno de ellos. No sabía escribir y leía con dificultad. Sorprendentemente no era el único madrileño en esa guisa. Ya en el campamento de instrucción buscó mi compañía y yo me encargué de escribir a sus padres.

Miguel trabajaba en un taller de recauchutados, poniendo parches a los neumáticos. Con asiduidad frecuentaba un local de baile situado en la glorieta de Quevedo llamado Las Palmeras, donde por las noches sólo iban mujeres para mercadear con sus atributos y con las que él satisfacía las necesidades de su entrepierna. En las tardes de los fines de semana era un baile abierto y acudían chicas normales para buscar novio o entretenerse.

—No es una pelandusca —dijo, para dejar claro que su chica no era mujer de nocturnidades—. Es una chica honrá. Siempre va con sus amigas.

—¿Cuánto hace que la conoces?

—Hemos hablao diez tardes. He quedao en escribirla. Tienes cacerlo por mí, macho.

—¿Qué relación quieres establecer con ella?

—Coño, pa... Bueno, me gusta. Quisiera que me escriba, ser amigos. Por eso quiero que la escribas, como haces con mis viejos. Pero debes hacerlo como si fuera yo.

No era lo mismo. Los padres sabían de la condición del hijo y que las cartas se las escribía un compañero. Pero aquí se trataba de engañar a una chica. ¿Qué ocurriría si ella se interesaba en serio hacia la personalidad falsificada? Por el momento yo tenía una novia con la que me cruzaba encendidas cartas de amor. ¿Qué lenguaje debía emplear con esa chica desconocida? ¿Era aconsejable una tarea semejante, eso de meterse en los sentimientos ajenos e incentivarlos con prosa apócrifa? Menuda responsabilidad. Me negué a ello.

Pero él insistió. En verdad que lo suyo no era un interés pasajero. Adelgazó. Se le puso la cara amarilla, como si en vez del corazón fuera el hígado quien padeciera de tormento. Tuve que acceder antes de que empezara a hablar en chino y se le esquinaran los ojos.

Me entregó una dirección, al parecer escrita directamente por ella. Pero no tenía fotografías. Y sus descripciones sobre la muchacha eran inmanejables. Resultaba difícil dirigirse a una chica desconocida e ignorada, haciéndolo como si hubiera paseado con ella. La letra de la dirección era bonita pero insuficiente para situar el nivel de la persona. Establecí mis cálculos teniendo en cuenta el lugar donde se conocieron. Y medí su interés hacia mi amigo por las características personales de él, al margen de su condición analfabética, que ella ignoraba. Miguel tenía presencia marchosa y sus facciones estaban bien dibujadas. Eso era lo que la atrajo y sobre ello debía armar mi estrategia.

Así que le escribí una primera carta, con una letra inventada y algunas faltas de ortografía desparramadas. Una sencilla misiva recordando los momentos pasados y el deseo de volver a verla para ampliar la amistad y poder pasear con ella a solas, sin escopetas. Sorprendentemente, ella contestó. Aparte de su agradable letra, las oraciones estaban razonablemente construidas y apenas tenía faltas, lo que me obligó a modificar mis planteamientos. Contestó por segunda vez y ya no dejó de hacerlo. Habíamos conseguido interesarla.

Cuando llegó el invierno, a Miguel le dieron otro permiso navideño de un mes. Volvió entusiasmado. Su relación con la chica había llegado al noviazgo. Estaba embalado.

—Fetén, cabo. Pepa ya es mi chorba. Está mu enamorá. Lleva siempre mis cartas en el bolso. Las enseñó a las amigas y toas me miran como si yo... Tenemos que seguir.

El asunto era notablemente diferente. No sólo porque tendría que escribir cosas íntimas sino porque la relación derivaría en una situación de auténtico fraude, con resultados imprevisibles, quizá dolorosos, cuando se descubriera el pastel. Pero el incipiente noviazgo no podía quedar a medias ni era oportuno confesar la verdad. Podría romperse algo bello. Para solucionarlo, y en la convicción de que nos quedaban todavía unos cuantos meses de mili como consecuencia del fin del Protectorado, decidí enseñar a escribir al Romeo, algo que quise hacer al principio y a lo que se resistió. Ahora era imperativo.

Así que poco a poco, y mientras yo mantenía la correspondencia, él fue descubriendo el alfabeto y lo que le sigue. Le obligué a copiar la letra que me había inventado para ella, cogiéndole la mano como se hace con los niños. Y así un día, meses después, ya le escribió la primera carta, por supuesto que dictada. Sólo hubo tiempo para otra más. Para entonces yo había besado y abrazado a la chica en nombre de Miguel en cada misiva y le había entregado hermosas promesas.

Cuando nos licenciaron, me la presentó. Era una chica alta, enjuta, morena y tenía tanta felicidad en su rostro que le hizo parecer bella. Me sorprendió su voz agradable, casi culta, aunque ya durante la correspondencia advertí que estaba por encima del nivel en que la catalogué al principio. Trabajaba de auxiliar administrativa en una agencia de viajes. Miraba a Miguel con tanto arrobo que él se mostraba entre orgulloso y azorado. Fue un momento atosigado de perennidad para mí. Porque aquella mili, con su feroz lejanía, el largo lapso temporal y el efecto negativo de la falta de roce, había deshecho muchos noviazgos, incluso matrimonios, y dejado muchas vidas en encrucijadas. Mi relación con aquella novia que lloraba agarrada a mi cuello cuando el tren partía en la estación de Atocha y que sostuvo cientos de mis noches en la distancia obligada, se quebró. Mis cartas dejaron de ser hermosas para ella y los mensajes que contenían no suscitaban los ecos de felicidades juradas. Y así el amor se disolvió inmisericorde. Sin embargo, para Pepa, las epístolas fraudulentas salidas de mis mismos sentimientos fueron la llave que abrió su amor hacia mi amigo y llenó su alma de sueños. Cartas que para la amada desvanecida ya no decían nada y que para otra joven enamorada lo decían todo.

La boda se celebró pocos meses después. Fue en el templo de Santa Teresa y Santa Isabel, situado en la glorieta del Pintor Sorolla, más conocida por de la Iglesia. Hubo mucha gente, todos celebrando ese gran amor surgido de una correspondencia africana. Era una tarde de invierno, con el sol asociado a nubes blanquecinas. Bandas de aves migratorias diseñaban juegos geométricos en el cielo mientras se desplazaban hacia distancias programadas genéticamente desde hace miles de años. En aquel destierro africano las había visto muchas veces volando hacia el norte mientras soñaba en el reencuentro demorado, deseando ser una de ellas para cruzar el Estrecho de Gibraltar y fundirme en los besos anhelados. Pareció como si en ese atardecer nupcial aún estuvieran señalándome el camino hacia la esperanza. Lo sorprendente fue que Pepa se detuvo en la puerta del templo y miró hacia ellas. No dejó de observarlas con lágrimas en los ojos, la comitiva asombrada y expectante, hasta que las últimas se perdieron tras los edificios. Luego, durante el ágape, confesó que siempre le había emocionado el paso de esas aves y que en esa ocasión lo había interpretado como una confirmación de la felicidad brindada en las cartas.

No muchos inviernos después les visité durante uno de los viajes que hice a París. Habían seguido el impulso de los millones de españoles que emigraron a diversos países de Europa. Los dos trabajaban allí, de porteros en un edificio sólido cerca de la plaza de la Estrella. No tenían niños, condición impuesta para optar al empleo. Les permitían ocupar gratuitamente uno de los cubículos abuhardillados situados por encima del último piso noble de la propia casa, en el camaranchón perimetral; un cuartucho de unos doce metros cuadrados, con un ventanuco inclinado que sólo permitía ver otros pizarrosos tejados, nunca la calle. Debían compartir el baño con un elenco de emigrantes que llenaban todos los habitáculos contenidos en ese espacio del inmueble, cuya función original era la de trasteros. Los propietarios parisienses descubrieron un filón al alquilarlos a los cientos de inmigrantes llegados en avalancha en aquellos años.

Fue un encuentro muy agradable pero con el punto de desilusión que la realidad impone normalmente sobre el romanticismo de los tiempos primeros. Miguel no había cambiado respecto a sus limitadas aptitudes. Pepa ofrecía una imagen vulnerada de rutina sobre su delgadez enquistada. Les invité a comer en un restaurante, algo que ellos no hacían desde que llegaron. No se lo podían permitir, sojuzgados por la imposición del ahorro, que es el catecismo de los emigrantes. En el establecimiento se mostraron cohibidos, fuera de lugar. Pepa miraba a los demás comensales con los ojos húmedos. Tuve que desarrollar mis mejores artes para que hubiera estribillo de sonrisas, a lo que colaboró el buen vino francés. Al final del largo reencuentro, mientras él abatía su mirada emocionada, ella habló con voz cargada de sinceridad y reminiscencias.

—Miguel es un hombre bueno. Y le quiero. Siempre creí lo que me decía en aquellas cartas de la mili, con las que me enamoró. Cuando me trajo a París pensé que se iban a realizar los sueños prometidos. Pero ésta es una ciudad fría, nubosa, gris la mayor parte del año. Es buena como telón de fondo para las películas y para hacer visitas turísticas. Pero dura, cara para vivir, incluso hostil. Y más para los emigrantes. Llevamos aquí cinco años. Puedes ver qué vida llevamos. Gastamos lo imprescindible. A veces ni eso. Nuestro deseo es volver a España cuando hayamos ahorrado lo suficiente para comprarnos un piso en Málaga, de donde es mi familia. Poder sentir el sol cada día y encontrar allí un buen trabajo para los dos: un taller para él, una oficina para mí. Y tener niños... —Lanzó un suspiro prolongado y su rostro se llenó de luces—. Aún podemos alcanzar ese horizonte de brillos y belleza que aquellas cartas ofrecían. Y volver a contemplar el paso de las aves migratorias. Aquí no las he visto nunca.

Más tarde, solo, me asomé al Sena. Sus aguas oscuras no tenían nada de románticas. Hacía frío de cuchillo y todo tenía un barniz grisáceo, cielo y árboles incluidos. La Torre Eiffel estaba secuestrada de la mitad hacia arriba. Ningún pájaro humanizaba el paisaje y no había bandadas de aves compitiendo bajo las nubes acerosas.

No he vuelto a verles ni a saber de ellos. Nunca supe si Pepa conoció la verdad. Pero confío en que sus bellos ensueños se hayan realizado. Porque muchas veces he visto a esas aves migratorias volando hacia el sur.

El guarnicionero

Mohamed Laarbi sonrió al verme, y su boca desdentada semejó uno de los innumerables agujeros por donde desfilaba el ejército de ratas.

—Ah, paisa. Qué bien que tú visitas a mí.

Estaba sentado junto al quicio de la guarnicionería, extrayendo del sol los calores que necesitaba su escualidez y atareado con sus cueros y cinchas. Se levantó, obsequioso, dejando sus trastos en la silla de tablón sudado. Medía metro y medio aproximado y su cuerpo era de una magrez casi imposible.

—Necesito que repares esta correa.

Su taller no era tal sino un pequeño espacio situado a un extremo de una nave amplia donde se exhibían y despachaban ropas y objetos relacionados con el ajuar militar. El lugar testimoniaba el tiempo que caducaba, aunque lucía limpio como el resto del gran cuartel.

Las Fuerzas Regulares Indígenas de Tetuán fueron creadas en Melilla en 1911, al estilo de los Cuerpos formados por otras potencias coloniales. La tropa era mora y la oficialidad sólo española. Cuando se crearon otros Grupos de Fuerzas Regulares, el n.º 1 pasó de Melilla a la capital del Protectorado y ocupó el enorme cuartel de Cazadores de Tetuán, construido en 1914 sobre el monte Dersa. Ése era el cuartel adonde una madrugada silenciosa nos llevaron camiones fantasmales desde el campamento de reclutas de Dar Riffien, tantos meses atrás.

Miré las paredes desconchadas, que contrastaban con el techo de recio maderamen. España había empezado a abandonar el Protectorado hacía tiempo. El Ejército español ya no estaba en las plazas de significación, el peso de los tiempos barriendo la sangre desperdiciada de tanta juventud. Siete de los diez Grupos de Regulares se habían disuelto o integrado en Ceuta n.º 3, Melilla n.º 2 y Tetuán n.º 1, siendo este último el único de Regulares en el Protectorado junto a las otras fuerzas del Ejército español.

Marruecos nunca tuvo un ejército nacional, como tampoco fronteras definidas dentro de la inmensidad del Magreb. Cuando en 1956 se firmaron los acuerdos de devolución de la soberanía a la rama Alauí encabezada por Mohamed V, a la sazón exiliado por Francia en la isla de Madagascar, Marruecos tuvo sus primeras fronteras delimitadas. Fue entonces cuando se crearon las Fuerzas Armadas Reales, de uniforme verde oliva. Unos 15.000 soldados indígenas del Ejército francés y otros 10.000 del Ejército español pasaron a engrosar las filas de las FAR, a las que se unieron los miles que formaban el ELM, Ejército de Liberación de Marruecos, que tantos daños y desgracias causaron a las Fuerzas ocupantes, especialmente a las francesas. Para organizar ese ejército, cientos de oficiales y suboficiales franceses estuvieron al frente varios meses hasta que las academias de St. Cyr, Toledo y Casablanca formaron los suficientes mandos marroquíes.

Los Grupos de Regulares llevaban años nutriéndose de soldados españoles de reemplazo. Por eso hacía tiempo que la palabra «indígenas» había desaparecido de su denominación. Pero a partir del 56 no quedó ningún moro, salvo unos acemileros y algún que otro suboficial, todos de edades subidas. Y entre ellos, el talabartero de la historia.

Mohamed Laarbi era un residuo más que un anacronismo, el resto del Imperio perdido. Yo llevaba 18 meses en el cuartel y no recuerdo cuándo le conocí. Mi comportamiento debió parecerle diferente. Me buscaba y hablábamos. Había estado en la Guerra Civil de España, con Franco.

—Pero yo nunca disparar fusila. Sólo acemilero.

Podría ser una disculpa. Qué importaba a esas alturas lo que hubiera hecho. Casi analfabeto, su cartilla de soldado decía que nació en 1912. Estaba por tanto en la edad de cualquier padre de los movilizados de mi quinta, pero parecía el hombre más viejo del mundo. Tenía una sola mujer y cuatro hijas jóvenes. Un día me pidió que me casara con la menor. Lo tomé a broma. Para mi sorpresa, él siguió insistiendo con toda la paciencia heredada de su raza.

—Tú no arrepentir. Será fiel esposa. Y ser bella como Flor del Desierto.

—¿Qué flor es esa?

—La más bella. Grande, rosa. Yo tener en mi casa. Tú verla si venir.

En el cuartel había cientos de chicos amables y sobrados de apostura. Candidatos donde escoger un marido. Pero él me prefirió.

—Tú ser bueno conmigo. Tú ser diferente.

No era una explicación plausible para comprar un yerno. Lo había comentado con mi compañero de furrielía, Domingo Vives Antich.

—A saber si tus facciones le recuerdan a alguien soñado —contestó—. Es inútil que te lo plantees. En la vida se dan circunstancias donde la lógica no interviene.

—Es un verdadero incordio.

—Si te lo hubieras espantado en su momento... Pero le has ido dando cuerda. ¿Por qué le enseñaste la foto de tu novia?

—Una estupidez. Me dijo que no había mujer más bella que su hija y quise sacarle de su error. Por eso le mostré la foto.

—¿Qué dijo al verla?

—Qué iba a decir. Que su hija era más guapa.

—Natural.

—No sé cómo quitármelo de encima. No puedo hacerlo con brusquedad. Es un buen hombre, sencillo, respetuoso. Mantendré la paciencia.

—¿Cómo es la chica?

—No me enseñó fotos de ella. Impedimentos de su religión, al parecer. Dice que tiene 13 años.

Yo no debía aportar ningún dinero ni bienes a la boda. Todo correría por parte de la novia, según costumbre. La dote que ponía para acompañar el casamiento me pareció desmesurada, habida cuenta de la forma humilde en que vivía. Se componía de una casa amueblada; todo el ajuar y los utensilios de un hogar; un burro con todos sus pertrechos y un huerto. Y 30.000 pesetas que había ido ahorrando año tras año. Las otras tres hijas estaban casadas con marroquíes. Pero para su ojo derecho, Amina, quería un español. Y en eso tampoco valía buscar explicaciones.

Esa mañana de setiembre el calor llenaba el aire de ondas que desdibujaban las cosas alejadas. Como la visión de un oasis en la lejanía del desierto.

—Sabes que abandonaremos el cuartel dentro de poco —dije, achicando los ojos. Los suyos eran dos rayas sobre mil rayas.

—Sí, paisa. Por eso querer que tú ver mi Amina. Sólo verla.

Cuando en la tarde volví a recoger el cinto reparado, insistió sólo en que viera a su hija. Había cambiado el discurso o la estrategia. No mencionó el matrimonio.

—¿Por qué ese empeño? No me voy a casar con tu hija. Tengo novia en España. Me casaré con ella. Te lo dije.

—Novia dejar a ti. Siempre pasa a todos soldados. Mi hija buena esposa. Nunca dejar y trabajar siempre para ti. Tú sólo chapar y hacer hijos.

—No es un mal futuro —dijo Domingo más tarde, sonriendo—. Quizá no sea tan malo quedarse aquí. Muchos lo hacen.

—¿Tú te quedarías? Si es así te propondré a Laarbi.

—Ni de broma. Aquí no se me perdió nada.

Lo que mi amigo decía era cierto. Dada la situación de renovación, como era la creación no sólo de un ejército marroquí, sino, en realidad, de un nuevo país, muchos eran los huecos a cubrir. El Gobierno de Mohamed V estaba ofreciendo puestos de interés a militares de las dos naciones protectoras. Se emplearon en la propaganda ofreciendo el oro y el moro. Nunca mejor dicho. No fueron pocos los españoles que se sintieron seducidos por esa oportunidad. Quedaron en Marruecos, integrándose en la estructura militar, administrativa y civil naciente: médicos y practicantes; oficiales, suboficiales y cabos; chóferes, mecánicos, contables y una representación de oficios y profesiones.

Una semana después, en la tarde, vino a la oficina el soldado que hacía la guardia en la compañía.

—Hay un moro que pregunta por ti.

En la puerta de la nave estaba el guarnicionero. Le hice pasar al despacho. Domingo le contempló, la ironía bailando en sus ojos.

—Traer para ti este regalo —dijo, poniendo ruego en su humildad—. Hacer Amina para ti. Pastel de dátiles.

—Gracias, Laarbi —dije, sabiendo que no podía rechazarlo. Sería una gran ofensa. Lo abrí. Tenía la buena pinta que se suponía—. Dale recuerdos a tu hija.

—Ella pedir tú ir a verla. Por favor, paisa.

Le acompañé hasta la salida, impidiendo que alguno le gastara la extendida broma al moro pacífico consistente en gritar *¡jalufo!*, *¡jalufo!*, al tiempo de apretarle el cogote.

—¿Por qué no vas a verla? —sugirió Domingo, al hablar de ello—. Es la mejor manera de quitarte este rollo. La ves y hasta luego.

—¿Me acompañarías? —ofrecí, después de pensarlo.

—¿Por qué no? Siento curiosidad.

A la tarde siguiente, pedimos permiso para ir de paisano y caminamos en busca de lo desconocido. A la derecha del cuartel, saliendo, el terreno escalaba las alturas y estaba salpicado de chabolas, blancas como la leche. Nos cruzamos con hombres y mujeres, la mayoría con las vestimentas habituales: chilabas y caftanes. Algunos vestían a la europea. Las mujeres se mostraban hacendosas. Cargaban bultos, cuencos en sus cabezas; cuidaban niños, lavaban en grandes barreños. Los hombres consumían té y kifi sentados en grupos, ausente en ellos la iniciativa al movimiento. Domingo me guiñó un ojo.

—Ya ves —susurró—. Si te quedas, se te acabó el currar.

La chabola de Mohamed estaba más allá del cuartel Jordana, donde todavía quedaban algunas acémilas y acemileros nativos. Entramos. Desde el exterior no daba idea de lo grande que era.

Tenía dos espacios. Nos quedamos en el primero. Las paredes cubiertas de tapices en su mayoría; el suelo con alfombras tupidas, cojines y pufs. Nos sorprendió que el enorme calor de afuera no atosigara. Sabían apañarse. Nos presentó a su esposa, a sus hijas casadas y a los yernos mientras un montón de críos nos miraban embobados. La mujer de Laarbi llevaba túnica y se cubría el cabello. Las chicas no y, como los hombres, iban en pantalón y camisa; todos altamente simpáticos y con deseos de agradar. Una juventud aparentemente occidentalizada.

Y luego estaba Amina.

No era ninguna Flor del Desierto, ni mucho menos, pero sus ojos secuestraban el resto del rostro. Eran increíblemente verdes. Me acordé de Miguel de Molina y de su famosa copla. Nunca había visto ojos tan grandes y un contraste semejante: cabello azabache enmarcando ojos esmeraldinos. Se sonrió al darle la mano y me dio la sensación de que ello representaba para ella una declaración de matrimonio. Era bajita y conservaba mucha niñez todavía, aunque se afanaba en darse mayoría de edad. Como sus hermanas, vestía pantalón y camisa blanca. Era imposible imaginar una esposa en su cuerpo infantil.

Obsequié a la mujer de Laarbi con una caja de bombones, comprada en una pastelería de la calle de La Luneta, y ella correspondió con una copiosa merienda a base de dulces, agua y tés. Fue una experiencia digna de conservar porque aprecié que esa forma de vida podía ser grata entre gente tan agradable y amistosa. Pero estaba a mucha distancia de mi mundo.

En la parte trasera tenían un huerto que les proporcionaba patatas, tomates y otros vegetales. Vi unos arbustos de gran altura instalados a pleno sol y henchidos de bellas flores rosáceas: la Flor del Desierto. Al final, y antes de oscurecer, nos llevaron a la chabola que Amina compartiría con el marido elegido. Era igual que la de Laarbi, pero nueva, todo a estrenar. Un aroma dulzón flotaba y varios pájaros piaban en sus jaulas. Tuve la sensación de que de un momento a otro asomaría la mismísima Scherezade.

Nos despidieron llenos de emoción y agrado, todos de pie, saludando con la mano mientras bajábamos las empinadas cuestas.

Un mes después llegó la orden de abandonar el cuartel. Mucho antes de rayar el alba, filas de camiones fueron ocupando la explanada. Había que vaciar todas las compañías y almacenes, de acuerdo a un listado. Habría varias expediciones dada la cantidad de enseres y hombres a transportar. En todo el cuartel, el jolgorio y la alegría de los soldados contrastaba con la seriedad de los oficiales. Para ellos era muy doloroso. No sólo perdían un lugar de privilegio, con sueldos muy altos en relación con los de España, sino que sufrían la emoción y el desengaño de quienes se vieron engañados por la historia. Creyeron tener esa tierra para siempre aun sabiendo que no era española.

La primera expedición partió hacia Ceuta, donde quedarían los soldados y las cosas. Iríamos en la tercera. En la compañía todos se afanaban ordenadamente en deshacer las camas y los muebles, empaquetarlos y agruparlos. Entre el jaleo vi avanzar la humilde figura de Laarbi.

—Tú quedar, ¿verdad, paisa?

—No, Laarbi. Tengo que volver.

—¿Amina no bella para ti?

—Amina es muy bella. Pero es una niña. Debes dejarla crecer.

—No ser niña. Tener edad para casar.

—No, Laarbi. Hazme caso. Déjala vivir con sus años.

Salió, engurruñido, como purgando una penitencia. No encontré el consuelo de los ojos de mi amigo Domingo Vives. Estaba en España, de permiso, y allí le llegó la licencia. Tampoco estaba mi otro compañero, José Manuel Ruiz. A la sazón cumplía en otro destino.

La noche previa intentamos dormir en el suelo, en las mantas. Pocos lo consiguieron porque no cesaron las risas, ni las exclamaciones ni los cánticos. Incluso algún que otro llanto. Desde mucho antes del amanecer llegó el ruido de los camiones, que regresaban vacíos. Aún los sargentos tenían empeño para gritar órdenes. La compañía fue vaciada de todo su contenido, ya empaquetado con mantas y cuerdas, de forma ordenada. Los camiones se llenaron y las cargas se cubrieron con lonas. Luego, los soldados escaparon de la compañía a la explanada como si tuvieran miedo de quedar en tierra. Todos esperando la ansiada orden de marchar.

De pronto me di cuenta de que estaba solo. Yo y el silencio. Desde la puerta miré la nave-compañía, totalmente vacía. ¿Qué me retenía? ¿Qué me impelía a esa postrera inspección? No lo entendí entonces. No me acudía la prisa. Tenía un camión asignado y tardaríamos en partir. Entré y pasé al despacho de oficiales, a la oficina donde tantos meses gasté, al almacén. Sólo quedaban los agujeros de los ratones. Luego crucé la nave hasta el otro extremo. Nunca valoré lo grande que era. Mis botas sacaban ecos del suelo y rebotaban en las paredes. Entré en el cuarto de suboficiales de guardia y luego bajé a las letrinas y lavaderos. A pesar de los desconchones de las paredes y los techos, todo estaba limpio, casi reluciente, en estado de revista, como a estrenar. Ni un papel en las paredes, ni una colilla en los suelos, ni una pintura en los cristales. Era algo increíble. Un día antes, 225 hombres, camas, maletas, muebles y ropas atestaban el mismo lugar. Y durante muchos años estuvo lleno de quintas; soldados que llegaban y soldados que partían. Y ahora esa estremecedora soledad y ese tremendo silencio. Miles de hombres en la edad creativa dejaron allí parte de sus afanes y cumplieron una misión en la historia africana de España. ¿Dónde estarían ahora, cuáles habrían sido sus destinos en la vida? Me pareció estar viajando en el tiempo.

Me llegué a una de las ventanas que se asomaban a la alcazaba y a la ciudad europea, allá abajo. Recordé la primera mirada desde el mismo sitio, tantos meses atrás, cuando el alma gemía por la separación impuesta. Nunca volvería a mirar la ciudad desde ese lugar ni el macizo del Gorgues ocupando el frente lejano. Ningún soldado español volvería a hacerlo. Recordé a Baltasar Gracián.

Fui a la salida. Me detuve en la puerta y me volví para llorar la última mirada. Era el último soldado de la 10.ª Compañía del Grupo de Regulares n.º 1 de la última quinta en Marruecos. No sabía que era un momento importante y quizá no lo fue. Era como entrar en la Historia por la puerta de atrás. O quizá ni eso. Pero sucedió.

Bajé a la explanada. Docenas de camiones cargados y miles de hombres arracimados alrededor. Llegó la orden. Todos a embarcar, con correajes, cartucheras y fusiles. Junto a cada conductor, un cabo o cabo primero, fusil en las manos. Arriba, sentados en cada camión sobre la lona que cubría los bártulos, dos soldados armados. Me correspondió el camión 24 y un chófer que no conocía. Era de los de Larache y llevaba poco tiempo en Tetuán. La mitad de los camiones sólo transportaban soldados. El convoy se puso en marcha y circuló muy lentamente, casi al paso. Al otro lado del portón de entrada, en el borde de la cuesta que bajaba a la ciudad, cientos de musulmanes nos despedían agitando manos y pañuelos. Y allí estaba Laarbi, con Amina y sus hermanas. Me localizaron y se pegaron al camión, acompañándolo en su lento rodar y en sus paradas, mientras me lanzaban miradas compungidas. En la plaza de Primo de Rivera, donde está la iglesia de Nuestra Señora de la Victoria, el gentío paralizó momentáneamente la circulación. Y así todo el camino. Muchos lloraban. Y no sólo porque desaparecía para ellos una fuente de ingresos.

Tiempo más tarde, el convoy alcanzó el borde de la ciudad y los camiones aceleraron. Todo fue quedando atrás. Miré por el retrovisor. Mohamed Laarbi y su prole estaban parados y agitaban las manos. Estuve mirándolos hasta que las curvas los secuestraron de mi vista, pero no de mi memoria.

La lágrima

Aquella tarde de domingo yo estaba en la tienda de campaña, solo, escribiendo a los que añoraba cuando la tranquilidad desapareció. Por la abertura entró violentamente un soldado alto. Le seguía el capitán Prieto, quien lo había empujado.

—¡Cabrón de mierda! —gritó el oficial—. ¡Te voy a enseñar a respetar a un superior!

Procedió a cruzarle el rostro con la fusta, poniendo gran empeño en la tarea. El soldado se bamboleaba de un lado a otro mientras su rostro se rajaba en tiras sangrantes.

—¡Firmes, hijoputa, o te reviento!

El muchacho intentaba mantenerse recto, los brazos ajustados al cuerpo. El látigo hendía la carne y el silencio, la sangre salpicando. Era un espectáculo bárbaro, sobrecogedor. Nunca en mi vida había sido testigo de tal paliza a nadie, y menos sin que el castigado ejerciera su derecho a responder o siquiera a protegerse. Desde mi niñez por Legazpi y alrededores, en los años broncos, contemplé numerosas y salvajes peleas, de dos contendientes o de grupos significados, armados con barras de hierro, puños de acero, navajas y adoquines. Muchas tuvieron colofón de ambulancias y muertes. Pero lo que estaba viendo en ese momento era otra cosa, algo inédito en el campamento desde que llegamos dos meses atrás. Porque, además, chocaba con la orden de no pegar a los reclutas. Y aunque a los sargentos se les iba la mano por arraigada costumbre, nada era comparable a esa brutalidad.

El soldado no pudo aguantar más y se desplomó tosiendo y vomitando, la boca contra el suelo.

—¡Soy capitán del Tercio, veterano en África y combatiente victorioso en la guerra española! ¿Sabes, basura? —dijo, dándole puntapiés en el abdomen. Luego presionó una bota sobre el hombro del caído hasta ponerle boca arriba. Agachó la cabeza sobre él y le gritó en la cara—. ¡Lo vas a pagar caro, bolsa de mierda! —Me miró—. ¡Coge el mosquetón y si se mueve le das con la culata! ¡No importa si le partes la cabeza! —Se quitó los guantes ensangrentados, cuidando de no pringarse los dedos. Vio mi indecisión—. ¿Qué coño te pasa, escribiente? ¿Estás sordo? ¡Que cojas el fusil, joder, y te acerques a esta mierda!

Lo hice, sin tener resuelto el desorden mental producido en mi cabeza.

—¡Eso es! Ni se te ocurra auxiliarle. Ahí tirado es su sitio. Como un perro. Como lo que es. Si intenta levantarse, culatazo.

Sacó un pañuelo blanco, grande como una servilleta. Echó mano de una cantimplora, mojó un extremo del paño en agua y se limpió las gotas de sangre salpicadas en su impecable guerrera azul.

—¡Mira cómo me ha puesto este cerdo! —se lamentó.

Limpió esmeradamente la fusta y luego puso los guantes en la parte manchada del pañuelo, cubriéndolos con la parte limpia para formar un envoltorio manejable. Nos echó una mirada especulativa al soldado y a mí y salió con toda la arrogancia de un oficial de los tiempos del Gran Capitán. Quedé en tan extraordinario escenario sin saber cómo reaccionar. Examiné al caído. Me fue imposible ver sus facciones, convertidas en un mapa. No era recluta ni español. Sus ropas indicaban su pertenencia a la Legión.

El campamento de instrucción se montó cerca de la ciudad-cuartel legionaria de Dar Riffien. Mientras duró el aprendizaje no se nos permitió a los reclutas salir del mismo, salvo por asuntos de fuerza mayor. Nuestros paseos de las tardes y de los festivos estaban restringidos al área campamental. Aunque era muy grande, con el paso de las semanas resultó muy aburrida para los 6.000 hombres venidos de España. Nos estaba vedado expresamente acceder a la ciudad legionaria. Por el contrario, en los días festivos, los legionarios que tenían familiares o amigos entre los *pipis* pudieron pasar a nuestras instalaciones y gastar unas horas en la cantina o paseando.

Ese chico sería uno de esos legionarios visitantes y debió de haber hecho algo muy gordo para encolerizar de esa manera al capitán. Me esforcé en explorar su rostro, que exhibía el resultado de tan tremendo castigo. Tenía un ojo oculto tras una hinchazón en crecimiento. Surcos sangrantes por toda la cara lo hacían irreconocible. De repente pensé en Peter Kemp, un británico que se alistó en la Legión Extranjera española durante la Guerra Civil. Había leído el libro que escribió sobre sus andanzas y memorias. Decía que en la instrucción los oficiales y sargentos enseñaban a fustazos. Los legionarios borrachos recibían brutales correctivos. No se permitía la mínima insubordinación. Señala que a la mínima el oficial sacaba la pistola y le pegaba un tiro en la cabeza al infractor.

Sin duda que a ese soldado no lo ejecutarían. Distábamos más de dos décadas de aquellas bestialidades. Pero estaba claro que para algunos mandos ciertas reglas disciplinarias no tenían fecha de caducidad.

El capitán Prieto destacaba por muchas razones. De pequeña estatura, tenía la cintura casi debajo de las axilas. Así, la panza condimentada y el trasero desmandado le ocupaban la mayor parte del cuerpo, que terminaba en unas piernas cortísimas; tanto, que a la hora de defecar le sería necesario escalar la taza del váter y dejarlas colgando. Se las calzaba con botas de media caña, recortadas para evitar que le invadieran las ingles. Las manos párvulas se adherían a unos brazos tan cortos que debía resultarle muy hazañoso lavarse la mollera, peinarse o ponerse el gorro. Y luego estaba la cabeza, con un desplome carnal bajo la barbilla que le daba aspecto de calabacín. Era claro que la naturaleza le había tratado con gran desconsideración. Pero también se evidenciaba que había elegido una profesión en la que podía compensar la burla valiéndose de carne indefensa.

Siempre se presentaba impecable, uniformado de revista, sin que ello fuera obligado. Los reclutas sólo usábamos el mono de faena y alpargatas, al igual que la mayoría de los mandos, que se ponían ropa de instrucción y calzado al efecto. Incluso a la misa del domingo íbamos con ropa de trabajo, aunque ellos, en esas ocasiones, vestían el uniforme. Pero Prieto constituía la excepción. El árbitro de la elegancia, con ropas de buen corte y ajustadas a su singularidad corporal. Calzaba botas refulgentes como espejos y usaba guerreras azules que parecían estrenadas cada día. De ellas colgaban infinidad de medallas que repicaban como cencerros. Tenía la tez morena, el pelo negro y de enorme pilosidad muy fijado al cráneo con brillantina. Aunque afeitado a diario, sus mejillas lucían sombreadas, las raíces pintando desde debajo de la piel.

En la instrucción nunca participaban capitanes. Era función de tenientes, alféreces y sargentos. Los capitanes aparecían de vez en cuando a echar un ojo al esfuerzo ajeno y al momento desaparecían en la sala de oficiales a quemar el tiempo en la nada, dándole al coñac francés y al güisqui escocés. No así el lechuguino Prieto, que nos regalaba la imagen de su anormalidad atildada. Como para animarnos. Se presentaba a distintas compañías para inspeccionar, dar órdenes innecesarias y dejar impronta de su persona. Nunca supe si estaba asignado para ello o lo hacía por su cuenta.

El legionario abrió el ojo superviviente y comenzó a explorar sus posibilidades desde el suelo. Noté que un color azul irisado pugnaba por eliminar el vaho de alcohol. Una teoría de gargajos rojos le escapaba por una comisura de los labios y se escurría al piso de tierra compactada formando un charco.

—No temas. No te voy a golpear —dije. Me asomé a la entrada. No vi al capitán entre tanto paseante. Volví al soldado—. Voy a darte agua, pero no puedes limpiarte. Se notaría.

Dejé el arma, cogí la cantimplora, me arrodillé y le aupé la cabeza. Se ladeó y escupió el borbotón. Entre la masa de babas se le escurrió un diente. Bebió con ansia, sujetándose el abdomen. Lo vomitó todo, con toses, ampliando el charco.

—Inténtalo otra vez, despacio —animé.

Lo hizo, a pequeños sorbos, escupiendo casi todo. Le apoyé la cabeza en el suelo, boca arriba. Intentó hablar. Le salió un barboteo. Me miró y vi que se le formaba un destilado de agua en el ojo utilizable. Era una lágrima, que fue creciendo hasta adueñarse de todo el órgano y luego del cuenco. Quedó allí, sin escurrirse a los lados, como un pequeño remanso. Me di cuenta de que debajo habían surgido unos colores extraños. ¿Cómo era posible una lágrima tan increíble, que actuaba como una lupa? Asombrado me incliné sobre él y miré al otro lado del agua. Parecía la entrada a algo mágico. Veía un valle circulado por un río de aguas turquesas y punteado por montes de mil colores. ¿Qué era aquello? Comprendí el fenómeno. Significaba que el soldado, en su dolor y vulnerabilidad, regresaba mentalmente a su niñez aventada y añoraba los predios donde se crio. Y por una ecuación en el tiempo y un misterio de la Física, yo estaba siendo testigo de lo que manifestaba el alma del soldado.

¿Dónde estaba la excepcionalidad cantada de los legionarios, su resistencia al dolor, su amor a la muerte? Leyendas. No necesitaba la brutalidad vivida para entender que son hombres. como los demás. Y ese destilado lacrimal era una confirmación.

El capitán aparcció con dos legionarios armados del servicio de vigilancia, quienes levantaron al soldado con esfuerzo. Miré su rostro. El agua ocular tomó gravedad, se volvió goterón y se deslizó, borrando la magia de su ojo. Hizo un surco en el rostro atormentado. Lo vi descender hasta colgarse de su barbilla y caer como un proyectil sobre la camisa, donde se extendió. El muchacho era incapaz de tenerse en pie. Se tocaba el vientre y daba bocanadas de arcadas. Algo maligno le habían producido los puntapiés. Sentí la rebeldía de mi sangre impulsiva.

—A este hombre debe verle un médico, mi capitán.

Fue falta de prudencia lanzar ese aviso. No estaba el horno para capitanes. Pero a lo hecho pecho. Me miró un momento, los ojos refulgiendo. Luego el grupo desapareció, el golpeado a rastras. Miré el suelo. Un cúmulo de sangre y gargajos mojaba un gran círculo. Lo limpié con papeles de periódico. Quedó una mancha húmeda. Siguió allí muchos días, como mudo testimonio de una crueldad, como si quisiera recordarme lo inolvidable.

Estuve pensando en el legionario. Pero sobre su imagen se anteponía la lágrima. ¿Cómo era posible que hubiera podido contemplar la desmesurada gota y, a su través, un paisaje rememorado? ¿Qué tiempo mágico se me ofreció para garantizar mi adhesión a la esencia pura?

Un rato después apareció el capitán. Se había cambiado de guerrera y llevaba guantes limpios, como si no pudiera soportar la mínima suciedad. Dio unos pasitos, moviendo la fusta entre sus manitas y estirándose para intentar dotar de dignidad su contrahechura. Miró la mancha y luego descabalgó su negra mirada sobre mí. Desde nuestro primer encuentro supe que le agradaba mi presencia. Era un hecho ventajoso porque siempre es bueno caer bien y más en un ejército cabreado como era el español de África desde 1956. El tener que abandonar la tierra que tanto costó durante tantos años tenía amargados a muchos mandos.

El motivo de su feliz disposición hacia mí quizá fuera porque llegué de la capital, de la que se deshacía en elogios. Estuvo en el frente de la Ciudad Universitaria y entró triunfante con el general Varela. Ese paseo victorioso por la Gran Vía era uno de sus mejores recuerdos. O puede que su inclinación tuviera algo que ver por mi talante de escuchador, lo que aprovechaba para venderme su retrato y tenerme como oidor de sus relatos y reflexiones siempre que se le antojaba. Además, ser escribiente era un factor añadido muy positivo porque constituía el puesto de confianza y consideración para los mandos de cada compañía.

Sin embargo, la situación creada era nueva para mí. Había vivido una explosión de tremenda crueldad y abuso y si antes Prieto no me gustaba por su engolamiento, ahora me era totalmente despreciable. Intuí que él había percibido algo de ese sentimiento. Como no sabía qué hacer y por dónde empezaría su rollo, decidí quedarme quieto, con los brazos colgando.

—No te ha gustado lo que has visto, ¿eh?

—Supongo que tendría sus razones, mi capitán —dije, precavido, tras una pausa valorativa.

—Sí, importantes razones. No me saludó al cruzarse conmigo.

Intenté no parar mientes en algo tan absurdo. Porque en el campamento nadie saludaba nunca. No era obligado. Y aunque lo hubiera sido. Entendió lo que pensaba.

—Vosotros sois reclutas. No tenéis que saludar. Pero ese cabrón es un legionario. Conoce las ordenanzas. Vio mi uniforme a distancia. Y pasó a mi lado como si nada.

—Quizá no le vio por estar bebido —señalé cautamente, intentando oponer alguna racionalidad al disparate.

—¡Me vio! Se me ve a la legua. Su obligación como legionario es estar alerta, borracho o cuerdo, en festivo o a diario. Siempre alerta.

—¿Qué... qué le ocurrirá?

—¿Te importa? Es un desecho, como la mayoría de los que se alistan en el Tercio. Los lumpen y criminales del mundo. Aquí les regeneramos y les damos la dignidad de Caballeros Legionarios. Pero los hay que no cambian, como ese tipo. Pierde cuidado. Mañana estará listo. Estos cabrones son duros. Después de la enfermería irá al calabozo y más tarde al pelotón de forzados.

Se sentó sin quitarme los ojos de encima. No aparté la mirada. Sabía que eso lo valoran en positivo los mandos. Pero él no podía ver que mi cabeza era una olla de escepticismo. Porque carecía de lógica que el no saludar fuera sinónimo de degeneración y que mereciera tan desproporcionado castigo. Tampoco me pareció que el legionario fuera a sanar tan rápido.

—¿Qué te pasa? ¿Tienes dudas? Necesitas conocer más sobre el Ejército. ¿Cómo defines tú el Ejército?

—Bueno... —dudé—. Es el estamento que...

—¡Disciplina! El respeto, la obediencia y demás valores se basan en la disciplina. Y ella se concreta en el saludo. El saludo es lo que integra el Ejército. Su alma.

Su tono era pretendidamente negociador. Imposible descubrir en él al desbocado agresor de momentos antes. Razones ocultas le llevaban a conseguir mi consenso. Pero yo había sido testigo de un acto de violencia extrema que no dejó la menor duda sobre los procedimientos de quienes manejan el poder sin limitaciones. La ira que albergaba procedía de la que manejaron sin frenos él y tantos durante la guerra y había seguido expresándose desde entonces de diversas formas sobre la parte vencida de la población. El Régimen estaba fuerte y asentado por el acuerdo con los Estados Unidos y el beneplácito de la Iglesia. No había posibilidad cercana de que las cosas cambiaran en un ejército absolutamente fiel a unos postulados nacidos de una victoria militar.

Pareció haber agotado su prisa. Se quedó un buen rato dándome la vara con sermones y buscando mi aquiescencia. Al cabo expresó el sentimiento de todos los militares africanistas: la mezcla de decepción, rabia y desánimo recurrente en todos ellos por la pérdida del Protectorado y el chollo en el que vivían. Siguió dándole coba al asunto hasta agotarlo. No volvimos a mencionar al legionario y nunca lo hicimos las veces que apareció por la compañía a lucir sus uniformes y su verborrea. Como si hubiera sido un sueño.

El tiempo siguió. Terminamos la instrucción y juramos Bandera. Ese acto fue muy emotivo y permanece imborrable en mi equipaje emocional. Por primera vez nos pusimos el uniforme. Era un día soleado y en la enorme explanada nos alineábamos los 6.000 reclutas en filas perfectas. En la tribuna, todos los mandos: comandantes, coroneles y generales. Al frente, el nuevo Alto Comisario, general Galera Paniagua, luciendo sus mejores galas y medallas. Se hablaba de que Galera había sustituido al general García Valiño por la torpeza de éste en llevar los asuntos del Protectorado en los momentos más difíciles. A un lado, una compañía de legionarios con sus banderines y su banda.

La parada se inició muy temprana la mañana, todavía las estrellas mirando. Duró varias horas hasta que el sol se hizo dueño del cielo. Uno a uno fuimos pasando bajo la bandera, mosquetón en ristre, y juramos la consigna mientras los tambores atronaban. Desde allí se dominaba el mar Mediterráneo, con el monte Hacho de Ceuta al fondo, a unos pocos kilómetros. Tan cerca y tan lejos para la vuelta a casa. Se lanzaron vivas a España y se cantaron los himnos de Infantería y de Regulares. Los legionarios contribuyeron a humedecer muchos ojos, incluidos de los antimilitaristas como yo, al cantar *El novio de la muerte*, tonadilla nacida para una revista cuplé y cantada por vez primera en el teatro Vital Aza de Málaga por Lola Montes en 1921. La letra emocionó tanto a tantos que Millán Astray, el fundador de la Legión, la transformó en himno-marcha. Desde entonces no ha dejado de estrujar los corazones guerreros.

La comida fue abundante y especial y todos, incluso los antibelicistas, creímos que podíamos volver a conquistar América, dada la euforia contagiada. Ya éramos soldados y se nos destinaba a una misión no exenta de riesgos. Ser los últimos de una presencia militar no era moco de pavo. Todavía estaba reciente lo de Ifni, silenciado en los noticiarios y en los periódicos patrios, pero sabido por otros conductos. Varios soldados españoles habían muerto en una emboscada y gracias a los franceses no fueron más. Eso no ocurriría a nuestro contingente. Nadie podría vencernos.

Llegó el momento de partir al cuartel. Prieto vino a despedirse de mí. No era habitual que un flamante guerrero lleno de sobreestima se dignara hablar con un soldado sin relevancia militar.

—Iré a Tetuán en ocasiones. Quizá nos veamos en tu cuartel. Espero que no guardes mal concepto de mí.

Me estaba ofreciendo reconstruir un recuerdo en el que no apareciera como la bestia que era. Lo acepté. La vida reclamaba de mí otras cosas. Me olvidé de él en ese momento y no volví a verle ni a soñarle en toda la larga mili.

El campamento fue desmantelado. Increíble cómo ocurrió. En menos de un mes y sin abandonar la diaria instrucción, habíamos transformado unas tierras yermas y salvajes en una urbanización moderna. Calles rectas, lisas, de arena apisonada a lo chino, sin barros ni charcos, con canaletas para desaguar las lluvias e hileras de palmeras humanizando el enorme recinto. Nunca vi tanta belleza ordenada en un lugar de armas. Disponía de tendido eléctrico en zonas principales. Qué decir de las eficientes zonas de duchas, de letrinas, de cocinas, de comidas; la gran explanada, los almacenes, las oficinas de mando, el tendido telefónico... Todo ello fue minuciosamente destruido sin posibilidad de que algo pudiera servir a otros. Si algo quedaba en pie se encargarían los legionarios. Había que dejarlo tan silvestre como antes.

El transporte de los soldados y enseres a los distintos cuarteles de la ciudad se hizo en camiones cerrados, de noche, con las luces cortas y el sonido mínimo. Como invasores fantasmas. Desde mi asiento y a la intensa luz de las estrellas miré alejarse el campo arrasado y volví a sentir la sensación de pérdida que me acompañaba desde que salí de casa.

Y luego pasaron largos meses de resignación en la demoledora espera inactiva. El mundo caminaba, menos esa quinta malhadada que pretendía ocupar un puesto en la historia de la nada.

Pero también ese período pasó. El Protectorado desapareció y volvimos a la vida civil.

Unos cinco años después de abandonar África entré en la línea 3 de metro, andén dirección Legazpi. Estaba desbordado de gente, como siempre. Y allí, menudo como un pegote, reparé en el capitán Prieto. De repente me vi en aquella escena tremenda. Tuve la percepción de que el tiempo no había pasado, que cosas como aquella nunca pasan. La enorme lágrima del soldado volvió a danzar ante mí y borró todo lo demás. Ahí estaba el paisaje verde desconocido ofreciendo la serenidad mil veces necesitada. Hice un esfuerzo y volví al presente. Contemplé al capitán discretamente y algo fascinado. Una reliquia del peor tiempo cercano. Vestía de civil, un terno de alta clase. Lucía como en sus mejores tiempos, con un prendedor en la corbata y un pañuelo en el bolsillo superior de la chaqueta. Se mantenía junto a la pared, remiso a mezclarse con la muchedumbre, cohibido, media sonrisa estereotipada. Un hombre sin relieve, invisible, totalmente perdido en la vorágine de la gran ciudad. Nadie paraba mientes en él, nadie sabía quién era o qué fue. Estaba en la vida real y no en el mundo brutal y seguro donde él campeaba.

Yo llevaba prisa. Pero de repente decidí explorarle y ver si era capaz de soportarle. Y si me recordaba. Me acerqué a él distraídamente, dándole la espalda. Vino un tren, expelió gente, otras gentes se lanzaron dentro entre empujones y denuestos. La vida cotidiana madrileña antes de la era del automovilismo, cuando nadie tenía coche salvo los bien situados, los que medran y los taxistas. Me moví hacia atrás y le di un empujón. Me giré.

—Disculpe, lo siento.

Por un instante su mirada se llenó de dureza. Se dio cuenta del lugar en que estaba y puso amabilidad en su expresión.

—¡Qué barbaridad! Qué desorden —dijo.

—Es el metro. La gente va y viene al trabajo. No pueden esperar.

—Sí, comprendo. Esperaré otro tren. No tengo prisa.

No me había reconocido. Habían pasado unos siete años desde su despedida y además me había dejado la barba. Ahora llevaba el cabello sin recortes y vestía el establecido traje y corbata. Nada que ver con aquel recluta acojonado con mono de instrucción del último campamento español en la morería.

—¿No es usted de por aquí?

—¡Oh, no! Soy militar, capitán del Tercio de Extranjeros —apuntó, irguiéndose perceptiblemente—. Estamos en Ceuta, en la frontera, para proteger España. Somos los mejores soldados del mundo. El cuerpo de marines yanquis está copiado de nuestra Legión, pero no llegan a nuestra altura.

—¿La Legión? He oído que los soldados legionarios son gente de aluvión, delincuentes sin remedio, la hez del mundo.

—¡Qué dice usted! —Me clavó sus pequeños ojos y creí que me iba a reconocer—. Le han mentido. En el Tercio no se admiten personas con pasados tenebrosos. Hay controles previos. La primera condición es que sean hombres de recta trayectoria. Al contrario que en la mili, donde va todo el mundo, en el Tercio sólo pasan los elegidos. Por eso es la crema de nuestro ejército.

El pomposo tirano y su falso discurso, tan contrario al que me largó en el campamento. ¿Cuántas palizas habría dado y a cuántas criaturas inermes habría malogrado? Me resultó agobiante el deseo de darle caña, de ponerle en ridículo. Pero en los mediados años sesenta los militares seguían siendo poderosos en España y el sujeto no aceptaría una degradación verbal sin regalarme una denuncia.

—¿Conoce África? —dijo, evidenciando sus ganas de charlar de lo suyo.

—¿Toda?

—No, hombre. —Rio, el colgajo de la barbilla tapándole parte del pecho—. El norte, el RIF, lo que ahora es Marruecos.

—No —mentí.

—¿No oyó hablar del Protectorado Español en Marruecos?

—Algo, no mucho.

Me miró de lado, con notoria sorpresa.

—Debería leer sobre ello. Todo el mundo tendría que saberlo. Porque fue algo grande. Esa tierra era nuestra, nos correspondía. Tanto nos costó.

Se aureoló de melancolía guerrera y volví a ver el tiempo deshecho en el que España soñaba con salvarse a sí misma. El tiempo arrebatado a tantos por un sueño imperial trasnochado. Le miré. Tenía colección de rayas en los bordes de los ojos. Le calculé sesentón. Y entonces vi mi oportunidad.

—Dígame. ¿Participó usted en la guerra de España?.

—Naturalmente. Ahí conseguí mis estrellas de capitán. ¿Por qué lo pregunta?

—No, por nada. Es que todos los militares que conozco y que hicieron la guerra son ahora coroneles y generales. De ahí mi extrañeza de que usted no haya ascendido en tantos años y siga de capitán. Se ve que no han considerado sus méritos.

Su rostro se volvió cerúleo. Había acusado el golpe y toda su fanfarria desapareció. Me miró, desconcertado. Llegó otro tren. Me subí a él. Desde el último vagón vi al capitán Prieto empequeñecerse en el andén hasta que el túnel le borró de mi vista. Él me miraba también. Y tuve la sensación de que en esos momentos la sombra de mi recuerdo y la de aquel legionario de la mágica lágrima le estaban inundando la mente.

DEL CAMINAR

La promesa

Las viejas fotos que hiciera a mis hijos hace años, con la ampliación a 20 × 30 que estoy realizando, han modificado totalmente su estampa. Ahora se ven sus rasgos, sus sonrisas y sus ojos, lo que no era posible en los pequeños originales de 7 × 10. De pronto, al recuperar esas imágenes ampliadas, parecen otras nunca vistas. Ellos están ahí, en sus cortas edades, como intentando reclamar algo. Ya no son así. Sus rostros cambiaron y tienen sus propios hijos. Pero en las fotos siguen siendo niños, tal y como siempre los recordaré. Al verlos, tan entrañables, me embarga gran emoción, que no evita el dolor de algo perdido. Porque el tiempo es implacable, nunca se detiene. Pero hubo un día...

Mayo, 1980. El hombre era cuidado de palabras, escaso de estatura, contenido de carnes y de edad conjeturada. Se sentó junto a mí en el avión que cubría el trayecto Ryad-Madrid, donde retornábamos un grupo de expositores en una feria española organizada por el INFE y celebrada durante diez días en la capital de Arabia Saudí. Vestía un traje oscuro impecable y portaba sombrero, que se quitó, no así las gafas de cristales opacos que le cubrían media cara. No le había visto entre los participantes durante el evento, lo que me extrañó porque creí haber hablado con todos. Tampoco me especificó qué era lo que había exhibido. Comenzamos por hablar de negocios sin que aportara nada respecto a su empresa. De una forma sutil fue interesándose por mi familia. Cuando dije que tenía cinco hijos, volvió su faz hacia mí, no con admiración sino como confirmación, como si lo hubiera supuesto o adivinado Me fue imposible ver sus ojos, enmascarados en las lentes que emborronaban sus facciones.

—Es usted joven para tener tanta prole. ¿Cómo lo ha hecho, si viaja tanto? Yo sólo tengo dos hijas... También tres nietos...

Se volvió hacia la ventanilla, situada junto a su asiento. Era de noche y las luces de la nave estaban mitigadas. Habló desde su postura ladeada y las palabras parecieron salir del semblante desdibujado que reflejaba el cristal.

—¿Sale con ellos, emplea algún tiempo en disfrutar de su crecimiento?

Había cierto reproche en la pregunta, como si supiera cuál iba a ser la respuesta. Mi contestación no entró en la excepcionalidad. Era uno de tantos a quienes la vida imponía estrictos cumplimientos. Apenas veía a mis hijos por los continuos viajes. Él se colocó de perfil y estableció un tramo largo de silencio. Se quitó las gafas y procedió a limpiar los cristales. Luego se masajeó los invisibles ojos. Lo hacía con morosidad, como gozando de esos movimientos de costumbre. Pensé que había desistido de seguir en la conversación, pero minutos después volvió a ponerse las lentes y giró el rostro ligeramente hacia mí. Su llanto era silencioso y las estrellas se reflejaban en su labio superior.

—Sufro por mí y por el tiempo perdido, el que no empleé con mis hijas. Quiero a mis nietos, pero no es lo mismo. Deseo estar con ellas en su niñez. Daría cualquier cosa por volver a esos años, hacer retroceder el tiempo. Me jubilo dentro de poco y no encuentro justificación a tantos años que gasté en la aventura del trabajo, una vez que nacieron. Cuando ahora las miro, me veo jugando y hablando con ellas en un sueño inventado porque apenas lo hice. Y eso me está matando poco a poco. ¿De qué me sirve la placidez económica obtenida con mi trabajo? Nada es comparable con lo que perdí.

De repente, buscó mi mano y la apretó con la suya.

—Mi aflicción no es sólo por mí sino por usted y por todos los que priorizan el trabajo gastando el tiempo que no vuelve. Y le voy a pedir una promesa.

Me apretaba con fuerza desusada, como temiendo que me escapara. Había algo misterioso en la situación, con el pasaje en silencio, las luces adormiladas y el ronroneo de los reactores. Parecía que flotábamos solos en el espacio. Tan lejos del suelo. Tan lejos del cielo.

—Mañana es lunes. Cuando llegue deseará ir a su empresa, ver qué ocurrió en estos diez días, hacer sus informes, examinar los planes de trabajo, relacionar los pagos, los pedidos... la rutina. Y volverá a ver a sus hijos dormidos. Pero mañana no hará usted eso —sus gafas estaban llenas de extrañas luces—. Mañana hará algo diferente. Cogerá usted a los niños y a su mujer y se escaparán de los deberes. Se tomarán el día libre. Detendrán el tiempo. Esta petición es el mejor regalo que nunca jamás recibirá. Prométamelo.

No me lo podía creer. Porque no era una petición sino algo imposible de rechazar, como una orden vital. Impresionado, le hice el honor. No se dio por satisfecho. Me hizo repetir el juramento, lo que hizo subir mi asombro. Recordé in mente la leyenda del Cid ante el rey Alfonso VI en la iglesia de Santa Gadea. Juré de nuevo. Soltó entonces mi mano, se dio la vuelta hacia la ventanilla, se acomodó y pareció dormitar. Tuve de súbito la extraña sensación de que su asiento no fue obtenido por azar, sino que él lo había elegido para estar a mi lado.

Cuando el avión llegó a puerto, se caló el sombrero y puso un gesto estereotipado en sus rasgos, haciéndolos más indefinidos. Al desembarcar le vi perderse entre el gentío, sin reclamar equipaje ni hablar con nadie ni mirar atrás. Podría ser que alguien se encargara de sus muestras, o acaso que las hubiera vendido, fueran lo que fuesen. Sin embargo, su comportamiento, conversación e imagen me dejó lleno de sospechas indefinidas. No supe su nombre ni dónde vivía. Nunca volví a verle. Pero me dejó esa herencia imborrable. Única.

Porque ese día hice exactamente lo prometido. Mi mujer pidió un permiso en su empresa y nos llevamos a los cinco niños de holganza. El día se prestó soleado y sin viento, como queriendo participar de la singularidad. Paseamos por el parque, jugamos a la pelota, montamos en las barcas, comimos y reímos, olvidándonos de todo lo que no fuera nosotros mismos.

Cuando el sol pintaba de ocre el verdor, volvimos a casa, los niños derrengados. Más tarde, los cinco dormidos, mi mujer y yo nos miramos a los ojos y supimos que habíamos recuperado nuestros viejos sueños.

Después la vida siguió y el frenesí cotidiano regresó. No volvimos a hacer novillos, desgraciadamente. Y ahora las fotos imponen la nostalgia del tiempo que no vuelve. Pero, como la luz de un faro en una tormenta marítima, del fondo de la memoria surge la remembranza inextinguible de aquel día en que el tiempo se detuvo.

La artista

Ella desayunaba, casi siempre sola, en la misma mesa de uno de los restaurantes del lujoso hotel Oro Verde de la ciudad de Guayaquil, la más poblada de Ecuador y con uno de los puertos marítimos más destacados del Pacífico suramericano.

Al segundo día de estancia me informaron que estaba en el mismo hotel. Bajé y estudié la situación. Era curioso ver que todos los comensales, la mayoría del grupo español, la miraban sin que nadie se acercara a saludarla, como si tuvieran algún prejuicio o timidez, lo que chocaba con lo que cabía esperar de tan decididos empresarios. En ocasiones, alguien se paraba, le decía algo y desaparecía.

Me acerqué a ella, me presenté y le confesé mi admiración, sobre todo desde que se instaló en México y cambió su repertorio. La artista estimuló su belleza con una sonrisa y me invitó a sentarme. Cuando le dije que vivía en Madrid y por Cuatro Caminos, donde ella nació, rindió todas sus cautelas.

—Hace muchos años de eso —dijo, una sombra cruzándole los ojos.

No tuve repararos en decirle que era la mejor cantante española, que lo hacía como los ángeles y que estaba convencido de ello.

—Es que Ángeles es mi nombre.

—Lo sé. —Tras un rato de charla, añadí—: Lamento tener que dejarte. El autobús para la feria saldrá dentro de poco.

—Así que eres uno de esos paladines de la industria española.

—Sólo un pequeño empresario. Como tú, una esforzada trabajadora de la canción, intentando ganarme el pan en mercados lejanos.

La feria de Guayaquil no está en la ciudad sino en un poblado o cantón llamado Durán, al otro lado del ancho río Guayas. Se celebra todos los años y es internacional. En aquella ocasión el INFE había montado una exposición de productos españoles. Próximo al recinto estaba el teatro donde ella actuaba. Al cruzar por delante en el autobús veíamos los grandes carteles que mostraban su rostro invitador como figura estelar. Cuando regresábamos en la noche, numeroso público se agolpaba para entrar y disfrutar de sus canciones.

Era muy simpática, riendo casi siempre. Me explicó que tras desayunar dormía todo el día «para estar fresca en la noche». La recogían al atardecer, la llevaban a cenar y después al teatro, donde cantaba durante varias horas. Luego con el representante y directores de la sala alargaban la noche.

—Me gustaría pasear por las calles, ver la ciudad, debe ser muy interesante —me dijo al día siguiente.

—Mañana es 9 de octubre. Se celebra el día de la Independencia. Habrá desfiles. Han retrasado la hora de entrada a la feria. Me propongo fotografiar la estatua del fundador de la ciudad. Lo hago en todas las ciudades de Hispanoamérica que visito. Puedes hacer una escapada y te enseñaré la ciudad —dije, consciente de lo absurdo de la invitación.

—Qué más quisiera. Está el tema de seguridad, incluido en el contrato. No puedo salir sino con mi guardaespaldas. Hay muchas cláusulas. Además, me agotaría este clima. —Su mirada era acariciante—. Espero que me cuentes cómo te fue.

Mi distribuidor era del país. Bajito, joven, de vientre en avanzada, con el rostro del color de una aceituna de Camporreal. Llevaba botas de tacón alto, lo que elevaba varios centímetros su figura. Se llamaba Santos. Regentaba un negocio de materiales para la industria metalmecánica, ayudado por sus tres hermanos, tan idénticos a él que parecían haber nacido de sopetón. Eran serios, parcos de palabra y modestos en sus expresiones.

—Pero es un monumento mísero. Pocos saben que existe.

Nadie lo visita. La zona es peligrosa y poco frecuentada, en la parte vieja. Hay muchos malhechores. Olvídese.

No creí lo que decía. Debía estar confundido. Era uno de los más destacados descubridores del Nuevo Mundo, esos hombres excepcionales que, según el historiador norteamericano Charles F. Lummis, llenaron de asombro a Europa durante cincuenta años por sus hazañas y por la fe inquebrantable en su destino. Así que a la mañana siguiente, con mi Canon FT colgada del cuello, volví a hacer lo que ni por asomo se le ocurría a nadie de cuantos íbamos a ferias, misiones comerciales o visitas empresariales: pasear a solas por las ciudades y mezclarme con la gente, lo que hice siempre en todos los sitios en los que estuve.

Yo ya había caminado por los parques de Guayaquil desde el Centenario hasta el Bolívar, siguiendo las largas y principales avenidas. Me maravillaba el ver a las iguanas trepadas en los gigantescos árboles y desplazándose sin miedo por los tramos de verdor, como las ardillas en Toronto. La humedad y el calor constituían una mezcla asfixiante por lo que eran contados los gringos que salían del hotel, salvo para lo imprescindible. Lo que sí me admiraba era el ver que algunos empresarios, en todos aquellos países de color, música y calor, dejaban las muestras y el trabajo de exposición a cargo de sus distribuidores, sin acudir nunca al stand, mientras ellos pasaban el tiempo del evento tostándose permanentemente en las mágicas piscinas de los hoteles, disfrutando de la música y de las bellas mujeres mobiliario.

La avenida Nueve de Octubre estaba a rebosar. Contemplé un florido carnaval y un pequeño alarde militar. Luego me dirigí, siguiendo el plano, en busca de Francisco de Orellana, quien en 1537 fundó de manera estable la ciudad. A medida que avanzaba hacia el barrio primigenio, veía las casas más viejas y arruinadas. Poca gente, cada vez menos. De cuando en cuando alguien cruzando presuroso por las calles laterales y haciéndome gestos de que no siguiera.

—¡Cuidado, gringo! ¿Perdió el camino? ¡Retroceda! —gritó una mujer desde una ventana.

—¿Está loco, gringo? —voceó a coro una pareja madura que salía de un portal—. ¿Adónde va? ¡Es muy peligroso!

Y eso repetían los pocos con los que me cruzaba. Me detuve y estuve considerando el asunto. Era una mañana clara de sol y no veía nada amenazador a la vista, sólo la calle vacía en cuyo final estaba lo que buscaba. En mis sentidos noté un soplo indefinido, como si algo tirara de mí. Decidí continuar. Paso a paso fui progresando. Llegué a una especie de plazuela desprovista de vida, con unas cuantas casuchas vacías de una planta, a punto de derribo. Ni pájaros se oían. En el centro, un círculo de agostada grama, sin árboles. Y allí, el monumento. No podía creerlo. Nada de un jinete en brioso corcel, ni siquiera una figura de cuerpo entero. Era un pequeño busto de bronce sobre un pedestal deslucido de metro y medio de altura. Estaba lleno de pintadas. El rostro cincelado bajo el casco característico parecía mirar a otros lugares menos ruines, quizá al río cercano por el que llegó. Me imaginé el momento, tantos años atrás. Él, sosteniendo la espada y marcando el punto donde habría de surgir una gran ciudad. A su lado el clérigo y el escribano, tomando acta de lo que acontecía. Alrededor, hombres de hierro testimoniando el acto. Toqué el metal con suavidad, desplazando la mano por los trazos que hizo el escultor y creí notar una palpitación. Quizá hacía años que nadie le concedía una caricia. El primer europeo que recorrió el río Amazonas desde su nacimiento a la desembocadura, y que muy pocos repitieron durante los cinco siglos siguientes, merecía un monumento y un emplazamiento más dignos.

De pronto mis ojos captaron movimientos. Allí estaban. Venían desde varios puntos, despacio, convergiendo hacia mí. Eran jóvenes y no especialmente patibularios. Me acordé de la película *Solo ante el peligro*. Pero yo no era Gary Cooper, sino un estúpido temerario que olvidó lo del cántaro y la fuente. Previsoramente no llevaba dinero, ni reloj, ni tarjetas. Ni siquiera pasaporte, sino una copia del mismo. Pero la cámara era buena. Y quizá les conviniera un secuestro exprés. Miré los ojos quietos del conquistador mientras apreciaba periféricamente cómo el enemigo se aproximaba.

—Ustedes se paran ahí tranquilos —dijo la voz conocida, como pidiendo disculpas.

Me volví. Santos se adelantaba pausadamente desde una callejuela en sombra, montado en sus botas altaneras. Llevaba una pequeña pistola enfundada y sujeta a su cintura, la mano en la culata. Me pareció el más alto y atractivo de los hombres. Y más al ver en una segunda fila a sus repetidos hermanos.

—Siga, señor —añadió Santos—. Haga sus fotografías. Nadie le molestará.

Los atracadores se dispersaron. Al hacer las tomas pensé que, como otrora el fundador, también yo tenía mi guardia de hierro.

—¿Qué pasó? —pregunté a Santos—. ¿Qué te impulsó a venir?

—Sentí una extraña vibración en mi interior, como una llamada. Supe que me necesitaba.

Volví a mirar al busto. El sol, al desplazarse, había cambiado la expresión de sus ojos. Tuve la imposible sensación de que fue él quien hizo la llamada.

Después de la feria invité a los hermanos a una buena cena en la terraza del principal restaurante del hotel. Las mortecinas luces, situadas estratégicamente, garantizaban la conveniente penumbra a la gozosa clientela. Próxima a nuestra mesa estaba la pista de baile con orquesta, donde hombres mayores perdían sus canas y compostura frotándose con explosivas jóvenes de contrato bajo un cielo atosigado de estrellas. Y, al lado, la piscina, iluminada desde el fondo por focos redondos como ojos de buey. En el agua nítida y esmeralda, hermosas mujeres en biquini se desplazaban sensualmente mientras la música llenaba la noche de embrujo.

A la mañana siguiente me senté con la artista y le conté la experiencia. Abrió mucho los ojos.

—Fuiste muy valiente.

—Insensato, más bien. Pero te diré una cosa. No sentí miedo. Como si algo me estuviera protegiendo.

—Sé de qué me hablas. También yo tuve protección inesperada cuando las dudas acosaban mi vida.

Fue la penúltima vez que vi a Rocío Dúrcal, la mujer que cantaba como los ángeles y la que con algunas de sus canciones me hizo llorar.

Vivir peligrosamente

Martín Valdés había sido piloto de profesión y un importante cargo del Ejército del Aire chileno. Durante la Segunda Guerra Mundial, casi cuarenta años atrás, ya hacía vuelos a Estados Unidos llevando materiales que el Ejército americano necesitaba, de acuerdo con la alianza entre ambos países. Había salido de la institución militar mucho tiempo atrás. No me dijo si voluntariamente o por otros motivos. Luego trabajó en una compañía norteamericana, volando a varios países americanos y transportando personas y carga, normalmente en los Douglas C-47 Dakota, de dos motores radiales y mandos manuales. Era, por tanto, un piloto conectado con la edad pionera de la aviación en la que el vuelo era un riesgo acentuado, pero que añadía la embriaguez de la aventura y daba al aviador la sensación de ser el dueño de su destino.

Aunque retenía un azul intenso en sus ojos y ondas doradas en su escaso cabello, costaba trabajo relacionarle con el joven hermoso y delgado que desafiaba al tiempo en unas viejas fotografías, enmarcadas artísticamente. A la sazón había sobrepasado la edad de jubilación, pero se veía obligado a trabajar a comisión en la empresa de suministros industriales que representaba mis máquinas. Él era mi agente de enlace y siempre me recogía y me devolvía al aeropuerto internacional Arturo Merino Benítez. Nunca quiso decirme qué se torció en su vida para que sólo tuviera una pequeña pensión del Ejército. Lo cierto es que el cuerpo se le había derrengado y una masa indomable colgaba de su cintura como un Michelín gigante. El peso excesivo le produjo artrosis en ambas rodillas y era de ver cómo caminaba intentando mantener la disciplina en su cuerpo. Pese a tanta vicisitud nunca le oí quejarse ni vi su ánimo arredrado. Para mí, en plena juventud madura, era admirable contemplar el empeño que ponía en todas sus acciones aquel hombre bueno, que conservaba el aire, los modales y el lenguaje de quien perteneció a una clase alta diferenciada. Su cultura era extensa y había viajado por todo el mundo. Siempre le llevaba una botella de Chivas de 12 años y un libro sobre España, cosas ambas que agradecía profundamente.

Era un cicerone concernido y amaba a Santiago como si fuera una novia. Me enseñó todo lo destacable, tanto en edificios, calles y monumentos. La plaza de Armas, corazón de la urbe, un espacio sembrado de plantas y árboles gigantes, se rodea de la catedral neoclásica del siglo XVIII, la Municipalidad (antiguo Cabildo y Cárcel), el Correo Central (antigua sede del Gobierno) y el Museo Histórico Nacional (antigua Real Audiencia). Casi nada. En una esquina se yergue la poderosa estatua ecuestre del extremeño Pedro de Valdivia, realizada por Pérez Comendador. Su rostro impávido desafía los siglos. Nunca podría haber imaginado que el paraje desértico que en 1541 eligió para fundar la ciudad pudiera transformarse en un espacio tan formidable y con tanto emporio, lugar de encuentro diario de miles de personas.

En el pequeño aeródromo de Tobalaba, la blanca cordillera de los Andes está ahí mismo, a un paso, y, con su inmensidad, parece querer aplastar la ciudad o empujarla hacia el mar. La barrera ciclópea se pierde a derecha e izquierda hasta los confines, dejándole a uno estremecido. Avionetas de alquiler y aviones privados ponían ruido y movimiento en la límpida atmósfera. Allí me presentó a unos amigos, algunos todavía en activo. Los pilotos de aeronaves tienen el aura de los elegidos, quizá porque trabajan cerca del cielo y porque las vidas de miles de millones de personas dependen de su habilidad especial. Sus miradas siempre están llenas de arco iris. Cuando hablan entre ellos hay un mundo de complicidad natural en el que no tenemos cabida los que reptamos. Martín y sus colegas se sumergieron en ese mundo empleando frases escatimadas y sonrisas en esbozo, como si manejaran un código secreto. Miré el perfil estoico de Martín y vi al hombre joven de las fotos subir con diligencia al avión, prender los motores y lanzarse a las nubes. Fue un secuestro del tiempo tan bello que tardé en volver a la realidad.

Aquel día de noviembre de 1982 me invitó a cenar. Estaba casado de segundas con Rebeca, una española de San Sebastián criada en Chile, sobre la misma edad, seca como un sarmiento y heredera de una exquisita belleza y unos modales aristocráticos. Poseía ojos profundos y miraba con altivez de clase. Divorciada por dos veces, tenía una hija, no de Martín, y dos nietas en Los Ángeles. «Las niñas estudiaban aquí, en la Universidad Católica. Tuvieron que salir de Chile cuando llegaron Allende y su chusma, tan alejados de Dios. Ahora vienen a verme una vez al año.» Martín tenía un historial de esposas, divorcios e hijos, tan oscuro como lejano. Nunca entró en materia sobre ello.

Vivían solos en un chalé de una urbanización del distrito de Las Condes, más allá de la Escuela Militar O'Higgins, rodeado de árboles, quietud y seguridad. Dormían en piezas separadas, lejos una de la otra, supongo que por discreción para los mutuos ruidos nocturnos. Cuando el matrimonio se retiraba en la noche era como si fuera a pernoctar en casas diferentes. No vi la habitación de ella. La de él era un espacio sorprendente. Parecía un lugar de supervivencia, con la ventana cerrada con gruesos postigos y sin cortinas. La cama individual estaba hundida en el centro, como si fuera una hamaca. Una librería amotinada de libros y revistas ocupaba dos paredes. Tenía cuarto de baño, teléfono, frigorífico, cafetera, microondas, mesa con dos sillas, un gran sofá y un televisor. Lo del televisor me sedujo especialmente. No podía creer entonces que alguien sensato decidiera tenerlo en su dormitorio. Me enseñó dos pistolas que guardaba: un revólver 38 de cañón corto y un colt 25 automático. «Siempre he tenido armas», dijo, como si hubiera de justificarse. También varios cuchillos procedentes del ejército, como los utilizados para supervivencia en terrenos enemigos. Me regaló uno, por si me perdía en selvas solitarias.

Asistió a la cena una amiga que deseaba ver a «ese español» tan amante de la historia de Chile y tan contrario al insigne mandatario del país. Quería hacerme ver lo injusto de mi valoración respecto al régimen chileno actual.

—El general Pinochet salvó al país de caer en el marxismo y en el caos, igual que hizo Franco en España —me soltó con afabilidad en el momento propicio, en los prolegómenos de la cena y tras un animado aperitivo en la que cayó la botella de Chivas. Es sabido que la bebida propicia la desinhibición—. No entiendo que ustedes lo critiquen cuando pasaron por una experiencia semejante.

Hija de italiana y español, se llamaba Adriana. Era menguada y atractiva, con un tic en la barbilla, que acentuaba al entrar en discusión. Estaba en la cincuentena y se mostraba regalada de joyas. Nada tuve que objetar de sus elegantes y corteses formas, que en ocasiones me hicieron parecer como algo rudo en el contraste.

El menú había sido cocinado por la «chica», que lo dejó preparado al irse, por lo que sólo había que calentarlo. Eran platos deliciosos y dignos del mejor restaurante, que acompañamos con un buen tinto de Concha y Toro.

—Ahora Chile tiene orden y tranquilidad —dijo Rebeca—. No hay inseguridad ni huelgas. Una puede pasear sin temor por las calles. La economía está en alza porque se respeta el trabajo. Los militares trajeron la paz y el desarrollo que necesitábamos.

—No parece que el país esté pacificado —aduje—. Esta misma mañana, en la calle Ahumada, la policía cargó con gases lacrimógenos y chorros de agua contra gente que se manifestaba. No parecían delincuentes.

—No sabes lo que dices —opuso Adriana—. Ésos eran bolcheviques, que no se dan por vencidos y quieren volver a las andadas. Pero el Ejército velará. Nunca esa chusma volverá a incendiar nuestra sociedad.

—Yo pasaba por allí, como otras muchas personas ajenas. Fue una pesadilla. No sé si habéis experimentado lo de los gases. Se enganchan a los ojos, a la garganta, impidiendo respirar. Estuve vomitando el desayuno. Y menos mal que no me atropellaron con los caballos, como sí hicieron con otros.

—Eso te hará caminar con cuidado por donde vayas —dijo Valdés—. Hombre apercibido llega siempre a buen puerto.

La conversación derivó hacia la historia de Chile. Y salió el nombre del madrileño Alonso de Ercilla y Zúñiga, autor de *La Araucana* y capitán de Castilla a las órdenes de Valdivia.

—Para mí es un poema épico a la altura de la *Odisea* —señaló Valdés—. Es el único escrito en toda América para cantar la Conquista española. Pero al contrario que el griego, o el portugués *Os Lusiadas*, no habla de un héroe patrio, en este caso castellano, sino que resalta el valor del pueblo araucano.

—Ahí reside el hecho de que casi no se conozca en España ni en el mundo, sólo en Chile, donde tiene un lugar de privilegio en la historia chilena, como si todos descendiéramos sólo de ese pequeño grupo indígena, tan batallador como inhumano y cruel —añadió Adriana. La miré—. ¿Conoces la obra? —Asentí—. Entonces sabrás que el cacique Lautaro y sus guerreros capturaron a Pedro de Valdivia, le cortaron los brazos y las piernas y se los comieron en su presencia antes de cortarle la cabeza.

Hicimos honor a la rememoración de tan brutal acto con un silencio prolongado. Debió ocurrir exactamente así porque nunca nadie refutó el hecho.

—En sus cantos, Ercilla tiene como un recordatorio, quizá reproche, a Felipe II, a quien dirige el Poema, señalando lo que fue el esfuerzo de aquellos descubridores —apunté. Y recité de memoria, ante la admiración de mis anfitriones:

Climas pasé, mudé constelaciones,
golfos innavegables navegando,
extendiendo, señor, vuestra corona
hasta casi la austral frígida zona.

Dejo, por no cansaros y ser míos,
los inmensos trabajos padecidos,
la sed, hambre, calores y los fríos,
la falta irremediable de vestidos;
los montes que pasé, los grandes ríos,
los yermos despoblados no rompidos,
riesgos, peligros, trances y fortunas,
que aun son para contadas importunas.

Fue una muy grata velada, incluso con la distinta visión sobre las formas de gobernar los países. Cuando quisimos darnos cuenta, había pasado la medianoche.

—Adriana podría dejarte en el Carrera —señaló Valdés.

—Al tiro —dijo ella sin entusiasmo, luego de pensarlo unos instantes, lo que me sorprendió.

No es imaginable lo extensa que es Santiago. Para apreciarlo hay que subir al Cerro de San Cristóbal, a 850 metros de altura, y mirar desde la base de una enorme estatua de la Virgen María. Entonces se ve la ciudad desplegada como un mar, no distinguibles sus límites con la vista, salvo en la pared de los Andes. Creo que distará poco de la enorme Buenos Aires o de la no menos desparramada Ciudad de México.

Había una larga distancia desde el refugio de Martín hasta el hotel. Aquella mujer manejaba su escarabajo amarillo como si fuera a apagar un fuego. La larga avenida Las Condes, luego la Apoquindo y después la Providencia. El viaje parecía hacerse interminable para mi acompañante.

—¿Qué te ocurre, Adriana? Estás muy nerviosa.

—¿No sabes que hay toque de queda en la zona donde vamos? —dijo, rompiendo el largo silencio.

—Sé lo del toque. Pero vamos al más prestigioso hotel. El estar junto al centro de poder del país le da esa ventaja y servidumbre. Tendrán que dejar entrar o salir de él.

—Sí, pero en taxis o coches controlados.

Llegamos a la ancha avenida O'Higgins. Ni un alma por las calles. Eran casi las dos de la madrugada. Pasamos por delante del magnífico Palacio de la Moneda, sede del Gobierno y residencia de Pinochet. La calle Teatinos, por la que se accede al hotel a través de sus grandes escalinatas, estaba prohibida. Giramos por Amusátegui y luego por Salas, una calle corta en la que se apoya el lateral derecho del afamado hotel. Llena de nervios, Adriana frenó justo delante de una barrera, pero se había saltado una señal de PARE.

—¡Sal rápido, no demores!

Salté del coche impelido por su urgencia. Ella no esperó. Con la puerta abierta y las ruedas chirriando, giró en redondo, se subió a la acera izquierda y embragó de vuelta. Dos uniformados se adelantaron. No sabía si eran carabineros o militares. Uno de ellos me apuntó con su fusil y el otro lo hizo al coche, que enfilaba con desespero a Amusátegui. El disparo retumbó como un cañonazo en el feroz silencio, al tiempo que el coche desaparecía. Los dos uniformados me encararon, uno sin dejar de apuntarme.

—No se mueva —dijo el otro con voz donde estaban reunidas todas las inflexiones de mando del mundo.

¿Moverme? Yo estaba más quieto que la momia de Tutankhamón. Eran tíos macizos, grandes, de ojos fosforescentes. Me ordenaron alzar los brazos, me cachearon a fondo, cogieron mi pasaporte.

—Español. ¿Qué hace usted por aquí a estas horas?

—Estoy en el Carrera. Vengo a dormir —dije con lengua de trapo, viendo el ojo agorero del fusil del otro enfilado hacia mí.

—Lo comprobaremos. ¿Por qué huyó su compañero?

—No lo sé. Es una mujer respetuosa, de mediana edad. Muy adicta al Régimen, si ello sirve de algo. Quizá se asustó.

—¿Asustarse? ¿Por qué? Con decir a qué venían, no habría problemas. Hay un paso permitido al hotel.

El enorme hall del Carrera estaba poco animado. El recepcionista no pareció muy sorprendido de ver un civil rehén de dos guerreros.

—Sí, el señor se hospeda aquí —dijo, tras la comprobación.

—¿Qué hace usted en Chile? —inquirió el portavoz de la pareja.

—Expongo maquinaria en la FISA —contesté, bajo la impresión de seguir apuntado con el arma.

Tomó nota con la parsimonia del que no es ducho en el manejo de la pluma.

—Diga a su amiga que se presente mañana en la comisaría de Santo Domingo. Y usted no abandone Santiago.

El teléfono estaba sonando cuando abrí la puerta de mi habitación.

—Me ha llamado Adriana —dijo Martín—. Estaba histérica. ¿Qué ocurrió? —Le expliqué. Añadió—: Iré con ella mañana a la comisaría.

—No parecían policías.

—Eran *milicos*, pero se ve que lo apreciaron como una falta y por eso lo han derivado a los *pacos*. Un mal menor.

—Quizá deberíamos convenir que lo de Adriana no fue un impulso equivocado. Podríamos decir que se abrió una fisura en su veneración de las bondades de la Dictadura. De repente comprendió que este régimen, al contrario que uno democrático, podía matarla sin haber cometido ningún delito.

—No se respetaron las normas. Saltaron un control y ella escapó.

—Hablo de disparos, Martín. Pudimos morir por unos brutos.

Tuvo la superioridad de ser reflexivo en su pausada contestación.

—Cumplían con su obligación. En cualquier país, no importa qué régimen, hay que respetar las prohibiciones. Si los hechos hubieran ocurrido en la democrática Casa Blanca de Washington, ¿cómo crees que habrían reaccionado los guardias de seguridad ante un coche haciendo extraños movimientos y sin respetar las señales? —Dejó flotar las palabras el tiempo suficiente—. En cuanto a morir, eso puede ocurrir en cualquier momento. Es el riesgo de estar vivo.

Cuando colgó, la magnitud de lo que podría haber ocurrido se me cayó encima. Me asomé al balcón. El hotel forma uno de los cuatro lados de la plaza de la Moneda. El adyacente, cruzando Teatinos, lo ocupa el palacio del Gobierno. Los otros dos lados están sin casas por lo que la plaza es una gran explanada hacia los edificios de Agustinas y Morando. Ahora todo ese espacio, fuertemente iluminado, estaba desierto, salvo detrás de las barreras del palacio donde se agazapaban sombras armadas. El mundo había desaparecido. Dentro de poco se llenaría de gente presurosa: funcionarios, agentes de bolsa, ejecutivos, comerciantes. Pero sobre la imagen real se imponía otra imposible de olvidar: el agujero ominoso del fusil. Un impulso en el dedo hubiera cambiado mi destino y el de mucha gente, aquélla con la que me relacionaría en los años siguientes y que podría depender de mí. A cámara lenta vi salir la bala, entrar en mi cuerpo y arrancarme la vida. ¿Qué habría sido de mi mujer, mis hijos niños aún, mis proyectos, la vida sin colmar ni realizar? ¿Habría sido justo ese futuro impuesto, sólo por saltarse un disco?

Ser o no ser, la existencia al más puro azar. Y de golpe pensé en Alonso de Ercilla y recordé su canto final de *La Araucana:*

Y yo que tan sin rienda al mundo he dado
el tiempo de mi vida más florido,
y siempre por camino despeñado
mis vanas esperanzas he seguido,
visto ya el poco fruto que he sacado,
y lo mucho que a Dios tengo ofendido,
conociendo mi error, de aquí adelante
será razón que llore y que no cante.

El dolor del mundo

El Centro de Convenciones ATLAPA, en la parte moderna de la ciudad de Panamá, debe su nombre a que el país es un istmo separando a los dos grandes océanos del planeta: el Atlántico y el Pacífico. Es un espacio enorme, techado en su mayor parte, con lo que se evitan las tremendas solaneras, los aguaceros y los vientos. Se celebraba una feria internacional de muestras y allí estaban representados muchos de los países industrializados, entre ellos España.

La auténtica novedad, primicia mundial para muchos, la presentaba una firma norteamericana. Un *jacuzzi*. Y no tanto por el invento en sí mismo, sino porque en la pileta prefabricada al efecto los movimientos los hacía una joven exuberante y bella, en minibiquini. El lugar de exposición fue bien elegido porque no estaba en un stand sino en la confluencia de varios pasillos, un espacio abierto entre las casetas. Todos los visitantes habían de pasar por ese punto neurálgico una y otra vez. La chica destacaba como luciérnaga en la noche entre tanto visitante y expositor pulcramente vestidos. Era un espectáculo nunca visto. El aire acondicionado batía fuerte y la joven rubia, siempre rodeada por un círculo de hombres alelados por su hermosura, se ponía a tiritar cuando salía del agua. Me dijeron que, como casi todos los expositores, pernoctaba en el impresionante hotel Marriot Caesar Park situado junto al Centro. Nunca coincidí con ella.

El primer domingo yo había vendido mis muestras a Fernando Moreno, nieto de españoles, joven, alto, atlético, bien parecido, de irreductible sonrisa y capaz de derretir el plomo con su simpatía. Ese mismo día, en la oficina de aduanas sita en el Centro, presenté la factura a nombre de su empresa así como el certificado de origen. Él pagó las tasas correspondientes a la importación de las máquinas. A primera hora del día siguiente me recogió en el lujoso hotel con su flamante Cadillac y me llevó a un banco español, donde obtuve un cheque en dólares garantizado.

—¿Conoces Panamá? —preguntó aquella luminosa mañana—. Hay tres Panamás: la de la Fundación en 1516, que es la vieja; luego la denominada Casco Viejo, nacida en 1673, y finalmente la que llamamos internacional. La vieja es un conjunto deshabitado de ruinas tras el saqueo, las matanzas y la destrucción que hizo el pirata inglés Henry Morgan en 1672. Los supervivientes de la masacre construyeron la segunda Panamá en el otro extremo de la bahía, al oeste, en una pequeña península. La dotaron de un bastión defensivo de gruesos muros y buena artillería llamado Las Bóvedas, que se convirtió en infranqueable para los piratas ingleses. Con los años, la ciudad fue creciendo hacia el este y llenó el espacio yermo que había entre las dos Panamás. Y ésa es la ciudad moderna o internacional, donde ahora nos encontramos.

Y menuda ciudad. Nunca vi tantos rascacielos en tan breve espacio. Ni siquiera en Benidorm.

Fue una visita muy instructiva, que nos llevó casi toda la mañana. Durante el almuerzo en La casa del marisco, un restaurante español con música suave y gastronomía del país a base de mariscos, Fernando acentuó su inacabable sonrisa.

—No eres veterano en estas cosas, ¿verdad?

—Qué cosas.

—Lo de vender en el extranjero. —Miró con ironía la pregunta en mis ojos—. Las máquinas se nacionalizaron ayer a mi nombre. Desde ese momento son mías. Si hoy no aparezco, si no te pago, seguirían siendo mías y nunca cobrarías ni podrías regresarlas porque ya son panameñas. Se hace al revés, mi amigo. Primero se paga y luego se pasa por la aduana.

—Lo sé. Pero me fie de ti —dije, tras un rato de silencio—. No tienes pinta de ir por ahí engañando a la gente.

—La pinta no cuenta. Los embaucadores son gente confiable.

—Tuve suerte contigo.

—Así es. La verdad es que tú también me caíste bien. Y acertaste. Nunca engaño a nadie.

Tenía cierto aire con Burt Lancaster y el papel que representa en *El fuego y la palabra*. Su provisión de frases era inagotable. Escuchándole parecía que no hubiera dolor en el mundo. Se había quitado la chaqueta y mostraba sus antebrazos tostados. Llevaba un brillante en un dedo, una pulsera de oro en la muñeca derecha y un Rolex de oro en la izquierda.

—¿No temes que esas cosas te coloquen en situaciones de peligro?

—¿Qué me atraquen? No ofreceré resistencia. El Rolex está numerado y lo perseguirán si algún loco desinformado me lo robara. No podría venderlo en ningún sitio del mundo. Mientras, me facilitarán otro. La pulsera y la sortija están aseguradas, como el coche. No pierdo nada. Creo que es absurdo tener joyas y guardarlas en un cajón. Se tienen para disfrutarlas. Porque hay que disfrutar de la vida cada día.

«Disfrutar de la vida cada día.» Es lo que todos queremos y muy pocos saben hacer. Desde luego yo no practicaba tan sabio consejo. Mi cada día era, como los de la mayoría, trabajar muchas horas para mantener la prole y pagar las facturas. Le mencioné mi deseo de ver el monumento a Vasco Núñez de Balboa, el primer europeo que vio el océano Pacífico en 1513.

—Mañana. Ahora te llevaré a ver el Canal.

Estuvimos en las esclusas de Miraflores y me explicó el funcionamiento del famoso paso que permite que los barcos sean alzados desde el Atlántico y descendidos desde el Pacífico, salvando una altura de veintiséis metros entre los dos mares. Cuando la tarde declinaba me dejó en el Marriot.

—Te recogeré a las cinco de la mañana y verás el amanecer junto al monumento a Balboa. Es el mejor momento.

Aún de noche nos sentamos en un banco frente al mar. El horizonte empezó a encenderse y las estrellas fueron devoradas. Me extasié viendo surgir el disco amarillo de la línea lejana. En la quietud parecía que estaba naciendo el mundo. Me volví al monumento. Por detrás del conjunto escultórico los rayos solares incendiaban los edificios del *skyline*, asombroso en tan pequeña ciudad. Una especie de Manhattan desafiando la lógica, única entre las poblaciones del istmo centroamericano. Subimos luego las escaleras hasta el pie del monumento. La figura en bronce está muy alta, de pie sobre un globo terráqueo de mármol, inaccesible como durante siglos el océano que descubrió. En su mano derecha empuña la espada por la hoja y ofrece en alto la cruz a los vientos que venció. El sol daba de lleno y por unos momentos pareció que de esa cruz salía una luz. ¿Qué sentiría tan gran descubridor cuando sus ojos vieron esa Mar del Sur desconocida, nombre con que la bautizó? Su temprana e injusta muerte le impidió saber que había descubierto el más grande océano de la tierra.

—En 1906 —dijo Fernando—, cuando los yanquis iniciaron las obras del Canal en el Atlántico, al área de Colón se la llamaba «la tumba de los blancos». Era uno de los lugares más insalubre del planeta. Más de 30.000 hombres murieron desde que los franceses lo intentaron en 1880. Por supuesto, no sólo blancos; también negros y antillanos. Pero si contamos los caídos desde la fundación de la ciudad de Panamá, siglos en que el transporte entre las dos orillas del istmo se hacía en ristras de mulas por caminos casi intransitables y con grandes penalidades, los muertos son incontables. La mayoría por la malaria y la fiebre amarilla. Pues bien, ese tío de ahí arriba, cuatro siglos atrás, con su armadura y casco de hierro, en sólo veinticinco días atravesó con sus hombres la impenetrable selva desde la costa atlántica, llena de mosquitos portadores de fiebres, serpientes venenosas, caimanes, felinos y guerreando con los nativos. La hazaña, que sigue asombrando al mundo, no es sólo por haber descubierto un mar sino por haber cruzado la temible jungla bajo esas terribles condiciones y salir indemne.

Vino a verme al stand durante la semana. Mandó a dos hombres para que los adiestrara en el manejo de las máquinas. Me pasó pedido por otras del catálogo, que serían tramitadas bajo Carta de Crédito. La chica del *jacuzzi* había desaparecido al segundo día. Un cartel indicaba las características del invento y remitía a un teléfono. Aunque el sistema de hidromasaje siguió funcionando de forma automática en la bañera, fue como si la feria hubiera perdido su mayor atractivo.

El día en que la exhibición finalizaba, Fernando me llamó para decirme que me invitaba a cenar en el mismo hotel Marriot donde yo pernotaba. Esa noche subí a uno de los elegantes restaurantes de comida internacional. Había reservado mesa y esperé a que él llegara mientras disfrutaba de la impagable vista de los iluminados rascacielos. El ambiente era de grandes ocasiones, lleno de gente animada que al día siguiente volvería a sus países.

De pronto hubo cierta conmoción y el murmullo de conversaciones se mitigó. Miré. Fernando Moreno venía hacia mí. Pero no era él quien concitaba la admiración sino la persona que iba a su lado. Ni más ni menos que la chica del *jacuzzi*, deslumbrante en su vestido minifaldero de amplio escote. Su fulgor anuló todas las luces femeninas. Me levanté conturbado. Pocos hombres podían tener el valor de caminar junto a una mujer tan despampanante. Pero ahí estaba el panameño, presentándomela. A sus méritos físicos ella añadía unos modales sencillos, como buscando el perdón por el estropicio que causaba. No llevaba una sola joya encima. Se bastaba con la de su cuerpo. Era de Los Ángeles, se llamaba Caroline y hablaba bien el español, hecho que añadía grados a sus atractivos.

La cena fue irrepetible, casi mágica. Allí estaban esas dos muestras de lo que millones de personas quisieran ser. En ocasiones yo miraba a otras mesas, donde cenaban expositores del grupo español. Leí en ellos la lelez y la envidia. Algunos me guiñaron un ojo como si yo fuera el beneficiado por la divina. Fernando dijo que había tomado la representación de la firma americana y que había contratado a Caroline. «La hurté de seguir protagonizando los sueños eróticos de tanto palurdo. Estará unos meses en mi empresa.» Manejaba con fluidez el inglés y toda la noche hizo abundante derroche de ingeniosa conversación en ambas lenguas, lo que entendí como un honor a la mujer.

—Mañana, mientras tú regresas a España, nosotros iremos a Isla Contadora. ¿Oíste hablar de ella? No hay nada igual, con playas tan cristalinas. Iremos a la de las suecas, que es nudista. Caroline y yo tenemos la misma inclinación a este respecto. Creemos que mostrar el cuerpo desnudo es volver a la Creación. —Me miraron, sonrientes, y debieron apreciar la impresión que me causaban. Él añadió—: Sí, amigo Joaquín. Ya ves cómo suceden las cosas en la vida.

Ya en la madrugada nos despedimos. Dormirían en la habitación de ella. Los vi ir hacia los ascensores, hermosos, sanos y felices, dejándome la sensación de que todo el dolor del mundo había dejado de existir.

Mi primer Buenos Aires

Cuando llegué a Buenos Aires en la primavera de 1978, Argentina vibraba. Ni la aguda crisis ni la férrea dictadura de Videla, Massera y Agosti parecían apaciguar el entusiasmo de los argentinos. El Mundial de Fútbol se celebraría en ese país y había gran euforia en el comercio y en los negocios. La gente tomaba como inevitable que el peso se devaluara cada día y que los precios de todos los artículos y alimentos debieran ajustarse al alza a diario, en una escalada inflacionaria sin fin. El ajuste se hacía al valor del dólar y los que podían acaparaban esta moneda y la depositaban en bancos gringos seguros. Eso contribuía a que las cuentas públicas estuvieran en quiebra. También parecían olvidar que las cárceles estaban llenas de disidentes políticos. Declinaban hablar de ello, en parte por la censura y en parte, es de suponer, por el temor a las delaciones. Lo cierto es que cualquier conversación de negocios comenzaba y terminaba con el Mundial y con la certeza de que Argentina conseguiría la Copa. Hablaban de Menotti, Ardiles, Kempes, Bertoni y otros como si fueran grandes inversionistas o financieros que habrían de traer al país las necesarias reformas económicas. Contradecir esa creencia hubiera provocado caer en el menosprecio.

En el centro, ese espacio magnífico llamado Capital Federal, la multitud dinámica invadía las calles en un trajín permanente. Florida, Lavalle, Corrientes, por citar sólo algunas, eran un hervidero interminable de gente caminando y de tiendas repletas. Nunca vi muchedumbre tan elegante. Día tras día. Parecían creerse que estaban en el único lugar donde la primavera es eterna y el azar siempre es favorable. Ellos, trajes y corbata, zapatos lustrosos, altos, bellos, portando maletines casi todos; presurosos, como llegando tarde a los sitios. Y ellas, rutilantes, altamente notables en la gestión de sus movimientos, como modelos en exhibición. Pocas vestían pantalones por lo que el muestrario de piernas, sobre zapatos de aguja, era como un torbellino. Mirar esas mujeres y no hacer otra cosa era una tentación comprensible.

Joaquín Romero me habló en su tono bromista habitual, metiendo como siempre el porteño *lunfardo* en su oratoria. Y me sorprendió el ver que presumía de las mujeres argentinas como si todas fueran suyas.

—¿Te gustan nuestras *minas*, eh, amigo?

—¿Por qué lo dices?

—Vamos, tenés el cuello descoyuntado.

—El mirar es libre. Pero sí. Estoy espeluznado. Madre mía.

—¿Viste chicas más bellas?

—Claro. En todos los sitios las hay.

—¿Qué decís vos? Mirá: por cada fea que encuentres te doy un dólar, ¿oíste?

Durante la cena con su mujer y otras parejas, le dije que sólo había visto una desentonar. Su permanente sonrisa fue acompañada del regocijo general.

—¿Sos vos un colaboracionista? ¡Qué carajo! ¿Sólo viste una? ¿Miraste siempre la misma? No importa. Aquí tenés tu dólar.

No mentí al contar. Las mujeres que vi, docenas, eran como las chicas de Horacio Altuna. Incluso las menos jóvenes. Quizá por el añadido de su andar y su vestir. Quizá por su desenfado y su forma de mirar. Quizá por... bueno, bueno.

En la mañana, mientras esperaba a Joaquín, me hice un sitio en un bar, tipo de los de París, encaramándome a uno de esos taburetes para equilibristas. Justo a mi lado dos féminas con físicos para provocar mareos. Se percataron de mis miradas y rieron. Al pedir café, una de ellas se volvió a mí, deslumbrándomelo todo.

—Sos español, ¿cierto?

—Sí...

—Le dije a ésta. ¿Y por qué cantan ustedes al hablar?

—Ah, no. Quienes cantáis al hablar sois los argentinos.

¿Cómo fue su risa?: argentina, naturalmente. La situación podría interpretarse como que ellas desearían ir más allá. Falsa impresión. Esas mujeres son así: espontáneas, amistosas, risueñas. Y por eso creí ver sólo una con poco atractivo.

Joaquín Romero me enseñó los edificios más representativos de la inmensa urbe. En la plaza del Congreso señaló el edificio del Parlamento.

—¿Sabés cómo lo llaman? La Casa de los Espíritus. —La broma bailó en su sonrisa.

Estuve un rato mirando el bello palacio, inactivo y desangelado desde hacía años. La Voz del pueblo enmudecida, su airosa cúpula pareciendo querer llamar a las puertas del cielo. Catorce *cuadras* hacia el río de la Plata, en línea recta por la avenida de Mayo, se encuentra la Casa Rosada, a la sazón ocupada por un usurpador. Ambas Casas anuladas de sus valores auténticos. Perdí la cautela.

—Eso también es aplicable al Colón, ¿no? —Sabía que el famoso teatro llevaba años cerrado y camino de la ruina—. Parece que no sólo la democracia está por los suelos aquí, también en parte de la cultura.

Su gesto festivo se enfrió.

—¿Sabés? Aquí estamos para *laburar*. Lo demás no es función nuestra.

Nunca supe de qué pie cojeaba mi buen Joaquín Romero. Pero es imposible que tuviera afinidad, siquiera de refilón, con el régimen de los militares. Tan generoso, desmedido en atenciones, con una familia extraordinaria: Dora, su mujer, y dos hijos. Era mi distribuidor de maquinaria y nos habíamos conocido en la Cámara de Comercio de Madrid. Formaba parte de una Misión Comercial de su país y conectamos desde el primer momento. Tenía pasión por su ciudad. Cuando le dije que muchos de sus bellos edificios necesitaban reparar sus fachadas, se encrespó.

—¡Tenés razón! Falta espíritu de conservación. Nadie quiere gastar su guita. Y el Ayuntamiento no carbura... ¡Ah, pero tenemos lo que ninguna otra! —me soltó, para superar la observación—. Sí, tenemos la avenida 19 de Julio, que es la más ancha del mundo, con sus 140 metros.

La avenida es realmente magnífica, con una vista aplastante, sobre todo en el cruce con la avenida Corrientes, donde forma una enorme rotonda llamada plaza de la República. Ahí se yergue el Obelisco, una aguja de 64 metros que representa el emblema de la ciudad.

—Y no sólo tenemos eso y tantas otras cosas, sino también la calle más larga del mundo, la avenida Rivadavia, de 35 kilómetros. Es una calle muy nutrida de todo y llega hasta las afueras. ¿Conocés Manal?... —No había oído hablar de ellos. Me miró como si hubiera estado desperdiciando partes sustanciales de la vida—. Manal es un grupo de rock argentino, muy famoso. Le dedicó una canción a la calle. El estribillo dice:

Caminamos una calle sin hablar,
avenida Rivadavia.
Y pensé, y pensé cuándo subiste a mi tren, mujer,
que yo no te vi.

En la noche abierta sin horarios de cierre, la iluminación prodigada, todos los restaurantes estaban llenos. Y los cines. Y las librerías. Nunca vi nada igual en un país en esa situación de finanzas en caos. La gente embaulaba grandes bifes servidos en fuentes, no importaba la hora. Qué forma de comer y beber. Qué forma de gastar. Qué forma de charlar y reír... Sin prisas, sin sombras. Era como si esperaran el fin del mundo y apostaran por apurar la última copa y la última risa.

No vi mendigos, los de las villas miseria, los marginados. Ninguna duda de que existían. Y era sabido que había otra Argentina, la sin voz, la perseguida, aquella ahora en la oscuridad que la Dictadura trataba de erradicar por métodos siniestros. Pero lo que yo veía era real. Miles de personas aparentemente gozando de la vida. ¿Qué sentían, en realidad? ¿Todos los que abarrotaban las calles y comercios eran culpables de colaboracionismo con los torturadores, tenían culpa del hundimiento de la economía? Qué disparate. Porque entonces, los humildes empresarios extranjeros como yo y las poderosas corporaciones internacionales estábamos delinquiendo también por tener tratos comerciales con un país dirigido por gobernantes deshumanizados. Pero ¿había posibilidad de escoger? ¿Qué puede hacer un ciudadano por sí solo, cuando pintan espadas? La verdad histórica nos dice que si las empresas hubieran de tener en cuenta los derechos humanos, no existiría el comercio mundial.

¡Cómo olvidar aquella primera noche en que Joaquín me llevó a cenar con Dora y sus amigos...! Con el de mi anfitrión, cuatro matrimonios, todos en la treintena larga. Yo estaba de non, como objeto a examinar. Ellos eran arrogantes de planta, rostros bien dibujados y condescendientes de gesto. Argentinos. Todos de gran estatura y bien trajeados, como si me hicieran el honor. Joaquín, que también se había engalanado, dijo que los otros siempre vestían de ese modo. Ellas, bueno... Vestidos oscuros hasta la rodilla, tacones de aguja, pantorrillas liberadas, hombros al descubierto, bustos tratando de emanciparse.

El restaurante, cuyo nombre no recuerdo, era amplio, de primera clase y estaba colmado de gente. Tenía una pequeña orquesta: piano, violín, acordeón. Sólo tangos viejos. Los comensales bailaban según sus conveniencias. Siempre había gente adornando la pista con sus quiebros. Antes de los postres, una de las mujeres, Maritel, morena, rostro devorado por los inmensos ojos, se levantó y me cogió la mano. Salimos a la pista. Yo bailaba aceptablemente pero no había comparación. Ella, una especie de Cyd Charisse, lo bordaba. Ya desde los primeros pasos establecimos que aunque pareciera que yo guiaba, porque el tango es un baile de acentuada disposición masculina, era ella quien dirigía de forma imperceptible. Logramos aplausos, inmerecidos por mí. Maritel se pegaba como era menester, fundida en mis movimientos. El roce con ese cuerpo tan armonioso, en la reiteración, rompió mis defensas y me empalmé sin remedio. Quedé aterrado, como el niño a quien sorprenden mirando por el ojo de la cerradura. Maritel notó la dureza avanzando entre los dos. Me miró, sonrió y se pegó aún más, sin duda para ayudarme en el trance y que nadie lo notara. Fue más suplicio que placer. Y así toda la noche, inflándome y desinflándome, porque ella me acaparó de forma absoluta.

Supe luego que el marido, atractivo y agradable, era displicente con el baile, por lo que pasó a ser el non en la danza. Pero ¿por qué ella no bailó con los otros? ¿Porque los conocía y estaban curados de espanto, sus cuerpos adiestrados en la contienda repetitiva del tango? ¿O quizá porque yo constituía un ensayo para su definición de ese baile melancólico nacido del desarraigo y en el arrabal?

En el hotel Plaza, la cama vacía era enorme. En la alta madrugada miré a través de los cristales. La calle Florida, peatonal, apenas había cedido en ajetreo. Tomé una ducha larga y eché de menos a Marisa, la mitad de mi corazón, ahora en el otro lado del Atlántico. Siempre la echo a faltar, incluso teniéndola a mi lado. En aquella soledad, en el lugar donde estaban las mujeres más bellas del mundo, recordé a aquel hombre de Caracas llamado Pedro y su vaticinio del futuro de España. Acertó. La situación era diferente. Yo no estaba en una humilde fonda sino en un hotel de gran lujo, con todos los servicios a mi alcance. Pero la distancia con la amada era la misma. Me envolví en un flamante albornoz amarillo con el nombre bordado en azul, que aún conservo. Me senté y, trece años después de la noche caraqueña, escribí otro poema lleno de la misma invariable nostalgia:

EN LA CIUDAD SOÑADA

Desde mi quietud de hotel cualquiera
miro la ciudad enorme y viva,
de intensa actividad cautiva,
como si descansar nunca quisiera.

La ciudad que ayer resplandeciera
en los sueños de mi niñez perdida.
Buenos Aires, eterna, presentida,
en tu seno quedaría si pudiera.

Mas no puedo soñar esa quimera
pues lejos de aquí sonríe mi vida,
perenne manantial, luz sostenida,
esposa mía, mi dulce compañera.

—¿Qué te pasó a vos anoche? Parece que aguantás poco —comentó Joaquín cuando nos encontramos al día siguiente, estribillo de sonrisas en su rostro—. ¿Tenés problema de eyaculación precoz?

—¿Aguantar poco, dices? Fui el campeón de la resistencia silenciosa. —Le miré con preocupación—. ¿Crees que alguien lo notó, además de ti?

—No creo, ni siquiera Dora. Todos estaban cargados y a lo suyo. —Rio—. Además, ella volvía a la mesa por delante, tapándote a vos. Pero si pensás raro te equivocás. Maritel no es una aventurera. Adorá a su hombre y son una pareja feliz, con dos hijos fenomenales, amigos de los míos.

Días después Joaquín y Dora me llevaron al aeropuerto internacional de Ezeiza.

—¿Viste? Una carretera intransitable. La ciudad más bella del mundo no tiene autopista que la conecte con el aeropuerto. La falta de guita paralizó las obras recién comenzadas.

En el anticuado aeródromo, desbordante de vitalidad y colmado de banderas alusivas al cercano Mundial, estaban Maritel y su marido. Noté en Dora y en Joaquín el intento de disimular su sorpresa.

—Gracias por los tangos que bailamos. Nunca encontré mejor pareja. Volviste a llenar mi cuerpo de impulsos juveniles. Hiciste que me sintiera orgullosa de ser mujer —dijo Maritel en mi oído, al besarme en la despedida. En sus ojos no había promesas sino la mirada de una atenta amiga.

Desde el aire, la ciudad intensa era una mancha infinita. Estuve mirándola hasta que desapareció en la distancia, consciente de que aquel Buenos Aires de 1978 quedaría para siempre en mi recuerdo.

Las cosas de la vida

Mantuve contacto relativo con Marcelo Fernández desde nuestros días de África, donde estuvimos en el mismo regimiento de Infantería aunque en distintas compañías. Asturiano, trabajaba en Standard Eléctrica y más tarde se independizó para fundar una empresa de fabricación de muebles de cocina. Así que ambos tuvimos una alegría al coincidir en una Misión Comercial a México patrocinada por el INFE.

—¿Se pueden vender tus muebles en un lugar tan lejano, con la cercana competencia de los yanquis?

—Se puede vender de todo en todo el mundo. Los proteccionismos tienden a desaparecer y los mercados ofrecen infinitas posibilidades. Y si la venta directa no cuaja, buscaré un socio mejicano y montaré aquí una fábrica.

México. Nadie escapa al sortilegio de su nombre. Uno se imagina a ese enorme país norteamericano bajo una permanente cobertura musical. En general, existe la creencia de que es inevitable tropezar a cada paso con grupos de mariachis y que los mejicanos se pasan el día cantando. Una leyenda. Lo cierto es que en la actividad normal la cosa funciona como en cualquier país. La mayoría de la gente no está para músicas.

Por supuesto, fue imprescindible ir al Centro Asturiano, y más cuando Marcelo tenía familia viviendo en México desde hacía muchos años. El Centro Asturiano era, es, una institución más que una asociación de emigrantes. Un verdadero emporio con múltiples actividades culturales, deportivas y de esparcimiento que le dan un rango diferenciado en la sociedad mejicana. Tiene grandes espacios acotados en la capital con hermosos jardines rodeando pabellones, campos de fútbol, canchas de tenis y pistas de atletismo. A la sazón, para ser socio había que ser asturiano, descendiente de o tener familiares del tronco astur.

Era festivo y los restaurantes al aire libre estaban a rebosar. Color, griterío y, aquí sí, música. Marcelo se levantó de la mesa al ver aproximarse a un hombre alto y de magnífico aspecto. Tras un titubeo se abrazaron. Marcelo me llamó y nos presentó.

—Me cago en diez, tío —dijo el desconocido, mirando a Marcelo—. Han pasado veinte años. Te veo igual. Ni siquiera has engordado y conservas la cabellera.

—Bueno, puedes aplicarte el piropo. Teníamos veinte años. Ahora tenemos veinte más. No son tantos como para que no conservemos nuestra imagen.

Se llamaba Avelino y estuvo en nuestra mili africana, aunque nunca le había visto. Llevaba en México quince años y tenía una red de panaderías. Tras el intercambio de direcciones, ya en la despedida, Marcelo le preguntó:

—Tengo curiosidad. ¿Tiraste al mar a aquel tipo, como juraste?

El otro le miró largamente y noté su desconcierto. No pareció aceptar de buen grado la pregunta.

—No, hombre. ¡Cómo iba a hacerlo! Esas cosas se dicen pero luego se olvidan. Bueno, se ve que tú no lo olvidaste.

Más tarde, ya en el hotel María Isabel Sheraton, Marcelo me contó la historia mientras cenábamos.

—Avelino es paisano, del mismo Concejo. Coincidimos en el sorteo de Pravia y luego hicimos juntos el viaje desde Asturias al Protectorado. Estuvo destinado en Artillería y por eso no le recuerdas. De vez en cuando nos veíamos en Tetuán. Pero no es fácil de olvidar a un tipo así y lo que le marcó en mi memoria.

»Ocurrió en el Hospital Militar, aquel soberbio conjunto de instalaciones que España dejó en Marruecos. Como sabes, era un oasis de la medicina, con sus pabellones para la atención médica y salas de reposo rodeadas de jardines arbolados. Un lugar para la paz, que no la hubo para mi amigo.

»Había un tipo de la misma quinta que servía también en el regimiento de Artillería, precisamente en la misma compañía que Avelino, como supe más tarde. Hubo de operarse, creo que de fimosis. Era canario, guapo, esbelto, ojos y rizos negros. Y un pelota redomado. Cameló a las enfermeras, que como sabes eran monjas, y ellas le recomendaron al jefe médico. Así que no abandonó el hospital. Cuando tuvo el alta lo enchufaron de enfermero. Se libraba así del cuartel y de todas las duras labores de un soldado. Fue un arreglo entre militares ya que él siguió perteneciendo nominalmente a Artillería. Luego le hicieron cabo encargado de la sala general de cirugía. Al cabrón se le subió el cargo a la cabeza. Paseaba dándose pote en su bata blanca, autoritario, libre de controles y con la total confianza de las monjas hasta el punto de que él sugería quién estaba listo o no para volver al servicio activo, según le cayera mal o bien. Era un cocinilla y anormalmente inflexible con el horario nocturno. Había que apagar las luces a las ocho en punto de la tarde y hacer observación de silencio absoluto. Él mismo giraba los interruptores y gritaba: «¡A dormir todo el mundo!», interrumpiendo a los convalecientes que jugaban la partida, charlaban, leían o escribían. Pero en su habitación privada y bien pertrechado de alimentos y medios (tenía hasta radio), él no se sumaba a esa rigidez.

»Tuve que ingresar en el hospital para operarme de una hernia inguinal, quizá lo recuerdes. Allí estuve soportando a ese fulano. Y un día apareció Avelino para quitarse unas amígdalas. Ya viste el pedazo de tío que es. Imponía respeto con su físico. Es un líder nato. Enseguida hizo un grupo, yo incluido. Por supuesto que él y el canario se conocían y algo debió haber habido entre ellos porque no se tragaban. Se estableció un choque entre voluntades. El canario extremó su celo en lo de las luces, haciendo rondas. Avelino y los demás nos colocábamos en el suelo, en un rincón, bajo unas luces de posición y seguíamos jugando a las cartas en silencio, lo que provocaba los arrebatos del dictadorzuelo. La pugna terminó cuando una noche Avelino, harto, lo mandó a tomar viento. El otro se llegó al capitán médico de guardia y dijo que había sido amenazado. Sin más explicaciones, el oficial nos mandó al grupo al calabozo del hospital. Avelino le juró al chivato, por la Virgen de Covadonga, que daría buena cuenta de él cuando saliera y que, como por lógica se licenciarían a la vez, en el barco de regreso a España lo tiraría al mar. Fue tan contundente en su fría promesa y en su viril expresión que todos le creímos. El otro se aterró y hubo nuevo chivatazo, lo que supuso corte de pelo y quince días más de calabozo para el asturiano. Mientras, el tipo paseaba con una chica bonita. Era una de las hijas del jefe médico, creo que un coronel. Se la llevaba a los bailes y entre sus íntimos se jactaba de que se la ventilaba.

»Meses después, ya en el cuartel, me llegó la noticia. La hija del coronel médico le había denunciado por violación. Parece que el canario lloraba, arrojado al suelo como un guiñapo, suplicando merced y negando los hechos. Le castigaron con corte de pelo al cero y un mes de calabozo, donde algunas de sus víctimas se cobraron venganza dándole unas buenas sobas. Y expulsión del hospital para volver a su compañía artillera, a hacer guardias e instrucción.

—No fue un castigo excesivo para una violación. Y más tratándose de la hija de un coronel por un soldado.

—Eso me pareció. Fue raro. Mantuvieron gran secreto en este tema.

—Si volvió al cuartel, Avelino tendría oportunidad de consumar parte de su venganza.

—No volví a verle hasta hoy. Y según se manifestó parece que no hubo tal venganza, lo que me sorprendió mucho. Creí que en verdad mataría a ese tipo. Nunca vi a nadie tan ferozmente comprometido con un juramento.

Era mi primera vez en México y quedé deslumbrado. Ahí es nada, una ciudad de veinte millones de habitantes entonces. El tráfico y la polución atmosférica eran intolerables. Pero compensaba la belleza de sus edificios y de sus largas avenidas como la de la Reforma, donde se asentaba el hotel. Desde las ventanas del restaurante se veía el grandioso monumento a la Independencia, comúnmente llamado El Ángel, muy parecido al Triunfal erigido en el Tiergarten de Berlín. Ambas altas y bellas columnas tienen una figura dorada con alas en la cúspide, signo de la Victoria.

El distribuidor que elegí se llamaba Jorge Navaluenga y tenía grandes almacenes de hierros, aluminios y refacciones para la industria metalmecánica. Era alto, delgado, de escasas palabras, rubio y llevaba siempre un sombrero tejano, pantalones vaqueros y botas a juego. Parecía estadounidense. Su discurso, cuando ya habíamos intimado con nuestros diarios contactos, no sólo ratificó esa impresión sino que me dejó perplejo.

—Se magnifica absurdamente la Revolución mejicana, señalando que fue lo mejor que le ocurrió a México y pretendiendo, al mismo tiempo, que se borren los siglos anteriores, precisamente los de mayor grandeza. En realidad la Revolución fue un desastre para este país. Los primeros revolucionarios, Madero, Carranza, Obregón, Zapata, Pancho Villa, fueron asesinados. ¿Qué movimiento es ese que mata a sus líderes? —Me miró con los ojos entornados—. Ahora hay muchos más pobres proporcionalmente que cuando gobernaba Porfirio Díaz, a quien tumbó la Revolución. El general Díaz. Ganó todas las elecciones durante treinta años, aunque es verdad que funcionó como un dictador. Pero llevó la economía de México a su mayor auge. Fundó la Banca Nacional, construyó la red de ferrocarriles, incrementó la producción minera, abrió el país al comercio exterior, que no existía, y construyó el Palacio de Justicia, el de Bellas Artes, la Cámara de Diputados... Y en el campo del arte hizo de México una nación igual a las más grandes. Había paz, progreso y orden social. Todo eso fue anulado. El país cayó en la barbarie, su economía quedó destruida y hubo millones de muertos. Para nada. Deberíamos haber copiado a los yanquis. Ellos tuvieron su guerra y surgió una gran potencia. De nuestra escabechina ni siquiera salió un país sino una desdicha. ¿Hablo demasiado, quizá?

—No. Pero para ser hombre de pocas palabras estás siendo muy locuaz.

—Sólo a veces y para contrarrestar el bobo patriotismo. —Abrió media boca para que se le escapara un amago de sonrisa—. ¿Sabes? Envidio a los gringos. Voy mucho a Houston, Austin y San Antonio, en la Tejas que nos robaron. ¡Qué decirte! Si hubiera seguido en nuestras manos tendría la misma miserable condición de nuestros estados mejicanos. Desearía que en las guerras que mantuvimos, los Estados Unidos hubieran invadido México entero y lo hubieran incorporado a la Unión. Habría sido lo mejor para los mejicanos.

—Supongo que esas ideas no te harán muy popular entre tus compatriotas.

—No creas. La mayoría reflexiva coincide. Por lo pronto no habría espaldas mojadas muriendo mientras tratan de cruzar al otro lado. ¿Sabes el dicho?: «Pobre México, tan lejos de Dios y tan cerca de los Estados Unidos.»

Muchas son las bellezas de México, pero en aquella ocasión dos monumentos me impactaron especialmente. A uno le llaman «El Caballito« y es una estatua ecuestre de Carlos IV de Borbón realizada en 1802. La Revolución pretendió destruir todo lo relacionado con España. Muchas iglesias y edificios desaparecieron, así como todas las pinturas y monumentos de los conquistadores o que hacían referencia a la Conquista y a la Colonia. De Hernán Cortés no quedó nada. Pero los destructores dudaron ante la perfección de la obra del escultor Manuel Tolosa. Es la única que se salvó. En el pedestal de piedra se indica: «México la conserva como un monumento al arte.»

El otro es nuestra Cibeles, copiada en bronce. El entonces alcalde de Madrid permitió sacar los moldes. Una placa dice: «...Siendo uno de los monumentos más representativos de Madrid, se erige hoy en la ciudad de México como símbolo de hermanamiento entre ambas metrópolis.» Resulta sorprendente ver a nuestra diosa madrileña en color mestizo.

En el 747 que nos llevaba de vuelta a Madrid, Marcelo y yo hicimos balance de nuestras visitas. Hablamos de La Cibeles.

—A pesar de que la copia fue costeada por la Comunidad de residentes españoles, no todos están de acuerdo con la medida —dijo mi amigo—. Ni yo. Porque no es «uno de los monumentos» sino el que define a Madrid. Es como hacer una copia del *David* de Miguel Ángel o de la *Venus de Milo* o del cuadro *Las Meninas*. Son piezas únicas para contemplar en sus lugares únicos. Si se abre la veda, ¿por qué no hacer más copias y repartirlas por el mundo?

Las luces estaban apagadas y los pasajeros se iban rindiendo al sueño.

—¿Volviste a ver a tu amigo Avelino?

—Y tanto. —Se hizo de rogar en un silencio precursor—. ¿Sabes? Pásmate. Él y el canario que no mató viven juntos. Son pareja desde la mili y, según me confesó, muy estable. No pueden vivir el uno sin el otro. Estuvieron en Canarias y luego vinieron juntos a México. —Me miró pero no le vi los ojos—. Sus peleas eran motivadas por los celos mutuos. Por supuesto, que la hija del coronel no fue violada. La examinaron. Estaba virgen. Confesó que se sintió despreciada, sin sospechar las verdaderas razones del guripa. De ahí el corto castigo que le impusieron, más bien por bocazas y escandaleras.

No dormí durante las largas horas de vuelo, pensando en cómo son las cosas de la vida.

Notas a la narración sobre los monumentos citados:

EL CABALLITO. En una cara: «El día 4 de agosto de 1802 fue fundida y vaciada esta estatua en México en una sola operación con el peso de 450 quintales por el director de escultura de la Academia Don Manuel Tolosa quien la pulió y cinceló en 14 meses. Se trasladó en 1824 a la Universidad y en 1852 siendo Presidente de la República Mexicana Don Mariano Arista y Presidente del Ayuntamiento de México Don Miguel Lerdo de Tejada se condujo y colocó en este sitio.»

En otra cara: «El Virrey Don Miguel de la Grúa Talamanca, Marqués de Branciporte, que gobernó la Nueva España desde 1784 hasta 1798, mandó hacer esta estatua de Carlos 4.º de Borbón Rey de España e Indias, la cual fue colocada en la Plaza

Mayor de México el día 9 de diciembre de 1803 cumpleaños de la Reina María Luisa siendo Virrey Don José de Yturrigaray. México la conserva como un monumento al arte.»

FUENTE DE CIBELES: «Esta copia ha sido donada a la ciudad de México por su comunidad de residentes españoles, contándose para ello con la aquiescencia y acuerdo del Excelentísimo Ayuntamiento y vecinos de la Villa de Madrid. Siendo uno de los monumentos más representativos de la ciudad, se erige hoy como símbolo del hermanamiento entre ambas metrópolis. Setiembre 1980.» (Nota: el alcalde de Madrid y promotor de la idea fue Enrique Tierno Galván.)

Los soles de la ciudad de los reyes

Subimos a la sala de baile del hotel Crillón, de Lima, situada en el último piso, para ver el ambiente. Mi socio y yo habíamos cenado en el mismo hotel y teníamos previsto dar un paseo nocturno más tarde. En la amplia sala, con cristaleras que daban a las luces de la gran ciudad, una animosa orquesta interpelaba a los numerosos danzantes extranjeros. «De Italia», decían unos. Y la orquesta interpretaba algo de ese país. «De Francia.» Lo mismo. Y luego de Inglaterra, Estados Unidos, Suecia y un largo rosario de países. Ninguno mencionaba España. No parecía haber ningún turista español, al menos no se hacía sentir. Así que, desde la amplia puerta de cristal, dije: «De España.» Y todos se volvieron a mirar porque no hablé desde la pista o desde una mesa. Sonaba como una intromisión en la fiesta. Pero la orquesta atacó sin dudarlo el pasodoble *En el mundo* y la gente se esforzó entusiasta en los giros y taconeos.

Salimos a la avenida Nicolás de Piérola, muy circulada. Y en ese momento preciso la ciudad se apagó. Fue impactante. En la noche cerrada lo único encendido eran los faros de los coches. Bocinazos, gritos, sirenas. La gente corría entre tinieblas, tropezando, mientras buscaba refugio porque durante esos apagones se producían abundantes atracos callejeros y robos en las tiendas. Sendero Luminoso había vuelto a volar las estaciones de distribución eléctrica. Curioso nombre el de esos terroristas que dejaban a oscuras las ciudades.

Lima, la ciudad donde nunca llueve, tiene la plaza de Armas más bella de cuantas existen en Iberoamérica. Limpia, blanca. Están el Palacio de Gobierno y unas réplicas de asombrosos edificios del siglo XVI con hermosas balconadas, como son la Municipalidad de Lima, el palacio del Arzobispo y el palacio de La Unión. En una esquina, la briosa figura ecuestre en bronce de Francisco Pizarro, obra del escultor norteamericano Charles C. Rumsey. En 1923, su viuda, Mery Harriman, mandó fundir en París dos estatuas gemelas, donando una a Lima, la ciudad donde murió el conquistador, y la otra a Trujillo de Extremadura, donde nació. En la bella catedral barroca hay una urna de cristal con una momia. En la placa dice: «Capitán General Don Francisco Pizarro, fundador de Lima con el nombre de Ciudad de los Reyes el 18 de enero de 1535. Muerto el 26 de junio de 1541. Fueron depositados sus restos en esta urna el 26 de junio de 1891 por acuerdo del H. Concejo Provincial de Lima.» También hay un cuadro de Pizarro en la isla del Gallo con una leyenda alegórica a los Trece de la Fama: «Por este lado se va a Panamá a ser pobres, por este otro al Perú a ser ricos, e sería el que fuere buen castellano lo que más bien le estuviere.»

No es lógico enjuiciar los hechos de Francisco Pizarro desde nuestro tiempo. Realizó una hazaña de asombro, excepcional, pocas veces repetida. Pero lo que hizo con Atahualpa es de una gran crueldad. La historia lo ha juzgado por ello y demuestra que en todos los humanos anida el mal y el bien y que los actos de los hombres son reflejo del siglo en que viven y, más concretamente, de las circunstancias especiales en que se desenvuelven. Ahí tenemos al bien afamado Churchill ordenando bombardear sin piedad y sin tregua las poblaciones alemanas, algunas desarmadas como Dresde. Su fijación por «acabar con el espíritu alemán» produjo millones de víctimas inocentes y un horror que todavía pervive en los testigos. Hoy mismo, en la Era de la Cultura y la Solidaridad, los vencidos y los débiles son masacrados delante de los monitores de televisión. Los vemos mientras almorzamos y cenamos, con la piedad cubriendo nuestros buches satisfechos. Pizarro acabó con la inimaginable crueldad de los sacrificios humanos en Perú, pero su comportamiento con el inca es puesto en juicio por los espíritus sensibles de hoy y por eso llevará siempre ese estigma. Como tantos y tantos miles.

En una céntrica avenida está la estatua de Manco Capac, un personaje fabuloso. La tradición incaica afirma que el Sol, padre de la Humanidad, envió a la tierra a dos de sus hijos, Manco Capac y Mamá Ocllo, hermanos y esposos, para que civilizaran a las razas bárbaras del continente y la poblaran de una nueva raza. En su mano izquierda, la estatua lleva el bastón de oro que, según la tradición y tras mucho caminar, se hundió sin esfuerzo en el suelo del valle del Cuzco, señalando el lugar exacto donde los dos hermanos debían iniciar su benéfica misión.

No supe si existía un monumento al gran Huayna Capac, que dejó sus vastos dominios, cinco veces más extensos que el egipcio en el apogeo de su Imperio Medio, a sus hijos Huascar y Atahualpa. Al primero le nombró rey de Quito y al segundo, del Cuzco. Murió sin saber que Atahualpa ordenó asesinar a su hermano para quedarse con todo el imperio. Sin embargo supo de la llegada al río San Juan de hombres blancos y barbados. Y, en cumplimiento de lo predicho por los oráculos, ordenó a sus hijos y vasallos que prestaran sumisión a esos invasores, como ellos lo fueron varios siglos antes, porque los nuevos también eran enviados del Cielo.

En la plaza de San Martín, un gran espacio ajardinado, está el monumento al general que el 28 de julio de 1821 proclamó la independencia del Perú con las históricas palabras, según reza una placa: «Desde este momento el Perú es libre e independiente por la voluntad general de los pueblos y por la justicia de su causa que Dios defiende.» Monta brioso caballo y su aire no es guerrero sino pacificador. San Martín está en la historia grande al mismo nivel que Simón Bolívar. Ambos fueron piezas clave en la liberación de la Hispanoamérica del sur. La calle Unión, que conecta las plazas de San Martín y de Armas, es un emporio comercial lleno de tiendas y joyerías, pegadas unas a otras y plagada de gente a todas horas. El derroche de objetos lujosos no concuerda con la miseria que se exhibe en calles menos céntricas y en los «barrios jóvenes» surgidos en los cerros y en los suburbios.

Lima y ese inolvidable viaje. El primer día, al ir a cambiar dólares por soles ante las ventanillas de una de las casas de cambio, se nos acercaron dos hombres de buen aspecto. Dijeron que había sitios donde daban el doble de soles. Caminamos con ellos hasta un edificio alto y de buena traza. Subimos en ascensor hasta el sexto piso. Había largos pasillos transitados, con puertas con placas. Nos detuvimos frente a una sin placa. Uno de los hombres le pidió a mi compañero los dólares a cambiar. Doscientos. Mucho dinero entonces. Yo no necesité cambiar porque lo hice en el aeropuerto. El hombre golpeó la puerta. La abrió otro bien trajeado, que le cedió el paso y cerró. Nos quedamos en el pasillo con el acompañante, que no cesaba de hablar. Cinco minutos después dijo que iba a ver. Llamó, abrió la puerta y desapareció tras ella. Nos quedamos solos mi amigo y yo. El tiempo pasó. No era normal. Abrimos la puerta. Detrás no había ningún despacho. Era una escalera de las varias que tenía el edificio para acceso a los pisos. Los tipos habían escapado tras ejercitar un timo perfecto.

Exponíamos en la Feria Internacional del Pacífico, un predio enorme situado en Callao, donde está el puerto más importante del Perú. Junto a nuestro stand estaba el de Nueva Zelanda, atendido por dos guapas chicas que constantemente venían a darnos kiwis, una fruta que en España era nueva y cara porque llegaba de importación. Ocurría lo mismo con un joven matrimonio belga que exponía armas de caza Springfield. Tenían poco trabajo y pasaban muchas horas con nosotros. Al lado había un stand controlado por dos chicas peruanas con una breve pincelada en sus atractivos rostros. No nos hablaban y sus miradas siempre eran de reprobación al vernos reír. Un día me acerqué.

—¿Qué tal, vecinas?

—Bien.

—Tenemos la impresión de que os hemos ofendido en algo.

—Ustedes mataron a Atahualpa.

—¿De veras? ¿Cuándo fue eso?

—En 1533.

—De eso hace 447 años, lo que significa que te equivocas o que hemos tomado el elixir de la eterna juventud.

—Bueno —ni siquiera una sonrisa—, no exactamente ustedes sino los españoles.

Almacenaba gran repertorio de agravios y los fue soltando como si estuvieran ocurriendo en ese momento. El colofón:

—En Machu Picchu se refugiaron los últimos incas huyendo de ustedes. Los españoles llegaron y mataron a todos, mujeres y niños. —Permitió que su bello rostro se crispara en una huella de desprecio—. Tupac Amaru, el último rey, dijo: «No me cogeréis vivo.» Y saltó al vacío.

—¿Dónde aprendiste eso?

—Lo dicen los libros. Se enseña en las escuelas y en los institutos.

Busqué ser lo más contemporizador y amistoso en mi respuesta.

—Quizá debería haber una revisión en esos textos. Porque es un hecho comprobado que Machu Picchu fue abandonado por los incas unos doscientos años antes de la llegada de los españoles a Perú, posiblemente por una epidemia. Los españoles nunca tuvieron conocimiento de ese lugar, incluso durante la Colonia. El primer blanco que pisó la ciudadela fue el norteamericano Hiram Bingham en 1911, mientras buscaba la mítica Vilcabamba. Lo encontró de casualidad. —Me miró como si la estuviera obligando a prostituirse, tanto fue el asco que mostró—. Y ninguno de los dos Tupac Amaru murió así. Además, tú no eres india sino blanca. Seguro que tienes una gran herencia española.

—Por las violaciones que hicieron a las mujeres indias aquellos salvajes de ustedes. Pero yo soy inca. Estuve allí. Lo que usted ve es una reencarnación.

Carecía de argumentos para refutar tanta convicción. Así que traté de que nos integráramos al presente.

—¿Puedo mitigar tu amargura invitándoos a cenar?

—¿Y pagar con el orito que nos robaron? No, gracias.

A la salida de la feria se formaban grandes colas ante los autobuses. La primera noche, una chica bien parecida y de buen aspecto se hizo la encontradiza con nosotros. Se mostró educada, agradable y desinteresada durante el trayecto al centro. Mi amigo la invitó a tomar algo en la cafetería del hotel, que finalmente devino en una cena. Teníamos una suite con dos espacios y dos camas. Pusimos una cama en cada espacio y ellos durmieron en una esa noche, puerta por medio. A la mañana siguiente la invitamos a desayunar y partimos hacia la feria, sin ella. «Duerme en los hoteles con los turistas y se alimenta de ellos, como con nosotros —contó mi amigo—. No pide dinero pero siempre le cae una propina. Ésa es su vida.» Cuando en la noche volvimos al hotel, allí estaba esperándonos. Mi amigo le dijo que bastaba con la noche anterior. Se dirigió a mí. «No estoy disponible. Estoy casado.» Se echó a reír y nos dejó.

Vendimos las máquinas a un industrial, precisamente español, quien nos dijo que nunca venía a Lima (centro) salvo para algo muy concreto. Señalaba que era zona peligrosa, incluso durante el día. Vivía en una urbanización cerrada y exclusivista del distrito de Miraflores, la mejor zona de Lima, como si fuera otra ciudad. Habíamos recibido muchas visitas en el stand. Así que nos quedamos una segunda semana para corresponder al interés mostrado y tratar de conseguir más pedidos. Decidimos buscar un hotel más económico que el Crillón. Tomamos un taxi, que nos llevó al recomendado Hostal España. Era una acogedora casa colonial que había sido hogar de los gobernadores españoles en sus tiempos y estaba junto al Monasterio de San Francisco, impresionante con sus dos torres amarillas enmarcando su portada barroca. Entramos, hicimos la reserva y volvimos por las maletas. Al pagar, el taxista nos sorprendió al pedirnos el triple de lo concertado. «¿Qué quieren? No entiendo su protesta. Podría haberme ido con los equipajes. Es lo que otros hacen. Pero yo soy honrado. Les hubiera resultado mucho más caro.» Era un razonamiento irrefutable.

En las direcciones que nos dieron algunos visitantes, incluso con tarjetas bellamente impresas, nadie los conocía. En la mayoría de los casos eran solares, edificios abandonados o calles inexistentes. Los teléfonos también eran ficticios Serían unos treinta clientes los que visitamos en tres días. Sólo cinco estaban localizables. «Hay mucha gente así —nos informó el taxista, al que habíamos contratado—. Viven en chozas o en el campo, en lugares donde no pueden recibir. Se hacen imprimir tarjetas con datos falsos para ser bien atendidos durante las ferias.»

No teníamos obligaciones feriales ni horarias porque el evento había terminado. Así que se acabaron los caros almuerzos en los ineludibles restaurantes de la feria. Apreciando el abismo que existía en la sociedad limeña, decidí que pusiéramos algo de sobriedad en nuestra forma de vida, lo que mi amigo no entendió del todo. Así que, al mediodía, fuimos a los puestos callejeros, llamados *anticuchos*, a cumplir con «comida chatarra». Eran de madera y muchos estaban unidos costado a costado, cerrados por la parte de la acera. Dentro cocinaban y servían en el mostrador. El comensal pagaba, recogía el menú en una bandeja y buscaba asiento en las largas mesas de madera con asientos corridos unidos a las mismas, al aire libre. Caseta, mesa y bancos formaban conjuntos que se prolongaban a lo largo de muchas calles, incluso céntricas, ocupando una mitad de las calzadas. Invitamos cada vez a dos indigentes, que nos correspondían contándonos anécdotas y curiosidades de la vida peruana. El menú, siempre el mismo: sopa, pollo con arroz y gaseosa. Sin pan. Al terminar me sentía menos culpable de pertenecer al primer mundo.

Sólo fuimos una noche a la plaza de San Martín. Paseábamos y caímos en la cuenta que únicamente había hombres. Ni mujeres, ni ancianos ni niños. Se acercaban y nos rondaban. Intuimos que algo no iba bien. Nos alejábamos sin precipitación cuando un grupo nos rodeó y, a mi amigo, que iba fumando, le pidieron fuego. Él sacó su mechero y cumplió con todos. Comentamos luego con el conserje del hotel nuestra inquietud. «Es un lugar donde se reúne gente muy peligrosa. Maricones en su mayoría. Ningún extranjero se aventura. Es un milagro que no les hayan atracado o agredido.» Mi amigo se palpó. Le habían afanado la cartera. Por fortuna, el pasaporte y otros documentos, al igual que yo, los tenía en el hotel. Pero se quedó sin los dólares y los soles que llevaba. «Lo siento por la cartera. Era un regalo de mi madre.»

Alguien me dijo que el Gobierno peruano había hecho una emisión de monedas de plata de cien soles. Fui al Banco Central de Reserva del Perú y pedí trece monedas para regalárselas a mi mujer, como unas segundas arras, ya que las usadas cuando nos casamos fueron pesetas rubias (y a Dios gracias porque otros usaban botones o monedas de diez céntimos). Es un banco enorme y estaba lleno de actividad. La mujer a la que fui dirigido me dijo que toda la emisión, varios millones de monedas, había sido adquirida por los Estados Unidos sin que llegara a ponerse en circulación. Algo sorprendente. No había posibilidad de adquirirlas. Le rogué y noté que mis argumentos la conmovían. Me dijo que volviera al día siguiente. Lo hice. Allí tenía mis trece monedas de buena plata. Nunca olvidaré a esa joven morena ni a su bella sonrisa.

En el avión, volviendo, mi compañero hizo una reflexión.

—Vaya viajecito. Me salió chungo.

—No te quejes. Te ventilaste gratis a una linda chavala.

—No tan gratis. Le pagué la cena y el desayuno. A propósito. No puedes decir a las mujeres que no te acuestas con ellas porque eres casado. Nadie lo hace. No es una razón lógica.

¿Podría haber otras más poderosas? Pensé en mi joven y bella esposa. Cumplía en una gran empresa multinacional de Madrid donde trabajaban cientos de personas, la mayoría de ellas buscando infidelidades: las tentaciones diarias, el anzuelo de jefes donjuanescos, los momentos de soledad. Ella me era fiel y me recordaba con sus llamadas telefónicas a diario. Aunque fuera anormal para el pensamiento mundano, yo debía pagar su fidelidad con la mía. Y, además, se me hacía insoportable el solo pensamiento de restregarme en otros brazos. Tanto la quería. Tanto la quiero.

El sueño de Ypacaraí

El bimotor de Aerolíneas Argentinas procedente de Buenos Aires aterrizó en el pequeño aeropuerto internacional de Asunción y el grupo de empresarios descendimos por la escalerilla, bajo un sol brillante. En la terminal nos esperaban varias personas de la Cámara de Comercio Hispano-Paraguaya, que nos llevaron en autobús privado al lujoso hotel Guaraní, situado en el centro de la capital paraguaya, a un lado de la enorme y vistosa plaza de la Independencia.

Con el tiempo medido para registrarnos y dejar los equipajes, nos trasladaron al Palacio de Gobierno, situado junto al río Paraguay, caudalosa vía fluvial que, procedente del Matto Grosso brasileño, corta el país en dos partes casi iguales. El palacio es un edificio blanco en forma de herradura con un torreón airoso en el centro. A un lado, un frondoso jardín; al otro, una zona de chabolas, lo que resultaba chocante. Fuimos recibidos por importantes miembros del Ejecutivo, la afabilidad impregnando sus rostros. No éramos, ni mucho menos, empresarios de altura. Por eso estábamos admirados de tal recepción. Mi conocimiento de la turbulenta historia de este pequeño país sin salida al mar me hacía comprender lo mucho que debían de agradecer la visita de gente venida de tan lejos para animar su economía. Pero nunca esperé un recibimiento semejante.

Durante la recepción fuimos invitados a tomar tereré, un té de hierbas y sabor amargo que es la bebida nacional. Me recordó mis viajes a los países de Oriente Medio, donde tienen por tradición ofrecer al visitante el té de hierbabuena ya en el primer saludo, con la diferencia de que el americano se sirve frío. Invitaron, a quienes lo deseáramos del grupo, a contemplar desde el aire el complejo hidroeléctrico de Itaipú, el más grande del mundo cuando se terminara su construcción. La visita sería al día siguiente y no todos se apuntaron.

—Es lo que no entiendo —me dijo Juan, más tarde, en confidencia—. El 95% de los apenas tres millones de habitantes, son mestizos. Hay un 3% de blancos, que son los que tienen la pasta, y la economía se apoya en la agricultura y en la transformación de productos ganaderos y forestales. ¿Qué podemos vender aquí? ¿Cuántos edificios modernos has visto, aparte de este hotel? Creo que es una pérdida de tiempo. Deberíamos habernos quedado en Argentina o volver a España. Estoy deseando ver a mi mujer.

Juan D. Arias Alonso era ingeniero industrial y tenía en Valladolid una empresa, a medias con un socio, donde fabricaban maquinaria para la construcción. Habíamos intimado durante la misión realizada en la semana anterior a Argentina, al principio por tener ambos un gran bigote, lo que nos singularizaba del resto, y luego por sentimientos comunes. A cada momento me hablaba de su mujer, de lo muy enamorado que estaba de ella y lo mucho que la echaba a faltar, tanto a ella como a sus hijas. No obstante, no perdió ocasión de admirar la belleza de las argentinas, lo que coincidía con mis apreciaciones.

—Qué bárbaro, cómo están estas tías —repetía, hechizado.

Éramos del mismo tiempo, los años adecuados para contender en el mercado internacional, dando por hecho que cualquier edad es buena para casi cualquier actividad y que los mercados están abiertos para quienes sepan lidiar con las reglas, lo que es harina de otro costal. Empezaban los años ochenta de la centuria pasada y para entonces, desde un punto de vista multiempresarial, los españoles llevábamos más de un siglo de retraso en estos menesteres exportadores con respecto a otros europeos. Y los primeros pasos apuntaban siempre hacia Iberoamérica por razones obvias. Para otras latitudes nos faltaba conocimiento de idiomas, experiencia y financiación, algo, lo de los dineros, casi imposible, porque los bancos españoles nunca han adelantado dinero para el reto de abrir mercados y sólo lo prestan a quienes ya lo han conseguido por sus propios medios o a quienes hayan firmado avales para los créditos. Lo de siempre y para siempre.

Esa noche, tras pasar la tarde en la Cámara de Comercio, nos llevaron a un gran restaurante con música en vivo y al que fueron invitadas las familias españolas establecidas en Asunción y otras relevantes de la sociedad paraguaya. Fue una cena exquisita, con baile incluido, que sembró el desconcierto en muchos expedicionarios por la seducción de que hizo gala el elemento femenino nativo, mujeres con la sensualidad fluyendo de cada frase, sonrisa y postura.

A temprana hora nos recogió el mismo autobús. Nos admiró saber que todos los centros oficiales, empresas y comercios abrían a las siete de la mañana. El presidente y el Gobierno de la nación en pleno ejemplarizaban el horario acudiendo como un clavo a sus puestos cada día. En el aeropuerto ya estaba preparado el monomotor de seis plazas. Tiempo después, a unos 300 kilómetros al este, el piloto señaló la Ciudad Presidente Stroessner, al borde del Paraná. Es lugar fronterizo porque la otra ribera del caudaloso río pertenece a Brasil.

—Fue fundada por el doctor Stroessner en 1957 con perspectiva de futuro, por estar en el punto donde se cree que se moverá el comercio y el turismo en los próximos años —dijo el piloto, que añadió—: Allá lejos, a la derecha, se encuentran las cataratas del Iguazú. Aunque no están dentro de nuestro país, a Paraguay se la conoce como la entrada a esa maravilla porque ese puente que ven, llamado puente de la Amistad, conduce directamente a ellas. Daremos una vuelta para que las aprecien y luego vamos a la represa.

Yo había visitado las cascadas por la parte argentina pero desde el agua, incluso acercándonos a la garganta del Diablo. Si bien estando allí abajo el ruido es insuperable, sobrevolando esa barbaridad de aguas despeñándose interminables el sonido también trascendió sobre el de los motores. Estábamos contemplando las más impresionantes cataratas del mundo y las frondosas selvas que las rodean. Ninguna puede comparársele. Una falla de unos 80 metros donde el río Iguazú se despeña en multitud de saltos. Algo sobrecogedor antes de que las aguas, ya amansadas, se fundan en el Paraná, unos cuantos kilómetros al noroeste, en el punto donde confluyen las fronteras de Argentina, Paraguay y Brasil.

—Ustedes ya saben que fueron descubiertas en 1541 por ese explorador suyo, don Álvar Núñez Cabeza de Vaca, cuando regresaba a América, esta vez como Segundo Adelantado del Río de la Plata —señaló el piloto—. Claro que no las llamó así, sino los «Saltos de Santa María».

Cabeza de Vaca. Quién que de la Historia de América esté interesado no conoce las hazañas de este descubridor excepcional, el llamado «Ulises de América», el primer europeo que vagó durante diez años por el noroeste de México y cruzó los ahora estados norteamericanos de Florida, Louisiana, Tejas, Arkansas, Arizona, Colorado, Nuevo Méjico y California; el primero que vio el bisonte americano, el primero que sobrevivió, casi desnudo, lleno de necesidades, armado únicamente de su voluntad.

Camino de Asunción, cruzando las selvas en su segundo periplo americano, Cabeza de Vaca se encontró con ese prodigio: «El río da un salto por unas peñas muy altas, y da el agua en lo bajo de la tierra tan gran golpe que de muy lejos se oye, y la espuma del agua, como con tanta fuerza cae, sube en alto dos lanzas más.»

Dimos dos vueltas y luego sobrevolamos Itaipú.

—Ninguna central hidroeléctrica del mundo será como ésta —indicó el piloto, mostrando orgulloso esa notable obra de ingeniería como si él la hubiera diseñado—. Tendrá 12.600 megavatios de potencia instalada y producirá 75.000 millones de kilowatios al año. Dispondrá de 14 compuertas, algunas ya en funcionamiento como ven, que podrán desaguar más de 60.000 metros cúbicos por segundo. El dique tiene una altura de 195 metros, como un rascacielos de 62 pisos, y más de 8 kilómetros de largo. El lago artificial será como un mar interior de unos 200 kilómetros de largo. Ahí abajo trabajan más de 25.000 personas.

El discurso significaba que no era la primera vez que actuaba de guía. Veíamos las ristras de camiones llegar con cemento y rocas, y los miles de hombres laborando sin tregua como hormigas en tan gigantesca obra pública. Era todo un espectáculo, que hablaba de la voluntad del hombre para someter la naturaleza a su voluntad, movido por la fe en el desarrollo, al parecer la única meta a conseguir.

—Oye, ¿sabes que esta gente tiene proyectos? —dijo Juan con admiración, mientras volvíamos—. Eso que hemos visto estará creando riqueza. Puede que finalmente nuestra visita no sea estéril.

Por la tarde estuvimos en el Círculo de Empresarios. Había mucha animación. Nos instalaron en una mesa oval y allí cada uno de nosotros explicó el motivo de su presencia en el país. Tras un tiempo de diálogos, el presidente de la asociación definió la situación.

—En realidad ustedes son vendedores y quieren que les compremos. Nos parece lógico, pero deben financiarnos tanto los bienes de equipo que podamos adquirirles como la posible creación de empresas mixtas o cesión de licencias.

—A ver si lo entiendo —dijo el más veterano del grupo español, con ojos sorprendidos—. Ustedes nos adquieren las máquinas y la tecnología, pero hemos de dárselo todo a crédito.

—Usted lo entendió perfectamente. Necesitamos su dinero para poder comprarles lo que quieran vendernos.

Durante la cena en el restaurante del hotel hicimos resumen de lo tratado con los empresarios locales. Estaban presentes algunos cargos de la Cámara de Comercio.

—Lo que nos proponen es un disparate —dijo uno.

—No lo es para ellos. Todo lo obtienen así —informó un miembro de la Cámara—. Es un país pobre, sin recursos mineros. Necesitan inversores. El que quiera comerciar con Paraguay tiene primero que extender un cheque.

Nos enteramos entonces de que la ejecución y los fondos para la faraónica central hidroeléctrica de Itaipú corrían a cargo de Brasil, quien, a su vez, contaba con un empréstito norteamericano de 4.500 millones de dólares. En el contrato Paraguay se comprometió a aportar el terreno. Únicamente. Pero la colosal construcción no repercutía en el empleo nativo. Había más de

100.000 colonos brasileños en territorios adyacentes, instalados en calidad de propietarios. Ellos nutrían mayoritariamente los pelotones de trabajadores. La Central arrasó bosques y pueblos y 50.000 paraguayos hubieron de reasentarse en otras zonas, tras las expropiaciones obligatorias. Pensé en los miles de animales silvestres, seguramente muertos por ese empeño. ¿Alguien los tuvo en cuenta?

—Brasil será el dueño de toda la energía producida y, como compensación, Paraguay recibirá gratuitamente la electricidad que precise, lo que, dado que es un país con tres millones de habitantes y de escaso desarrollo, supone un chollo para Brasil. Bueno, eso es lo que se dice.

Más tarde Juan y yo subimos al bar de la última planta, donde también se bailaba. Desde los ventanales, la ciudad, allá abajo, se mostraba plena de misterio, con la música de arpa llenándolo todo de embrujo y de temblores. Al poco tiempo se acercaron varios hombres a la barra donde estábamos. Eran altos cargos del equipo que nos recibió en el Palacio de Gobierno. Nos presentaron a las mujeres que les acompañaban: esposas y amigas. Las no casadas, sin ser bellas, disparaban un gran encanto. Recordamos haberlas visto en la noche pasada durante la cena. Era difícil no reparar en ellas, sobre todo en una llamada Alma.

Al día siguiente, en el desayuno, Juan mostró su inicial descontento.

—La visita a Itaipú me hizo albergar esperanzas. Pero ya lo viste. No hay nada que hacer. Mi empresa necesita ventas, no dar créditos. —Puso un gesto añorante—. Joder, podría estar ahora con mi mujer y mis hijas. ¿Qué vas a hacer?

—Visitaré a los clientes de la lista y del listín telefónico. Tengo que hacer mi trabajo. Nunca se sabe qué puede resultar.

—A ver si tienes suerte, aunque creo que es una pérdida de tiempo —sentenció—. Yo veré qué hago. Por lo pronto me daré un baño. No puedo desperdiciar un chapuzón en esa maravillosa piscina.

Los días pasaron rápidos. Y no volví a ver a Juan, ni siquiera en los desayunos. Se había escabullido. Una noche me llamó por teléfono. Dijo que estaba bien y muy ocupado, que ya me contaría. Estuve viendo clientes y, en los momentos de tregua, visité la ciudad pausadamente, mezclándome con la gente y hablando con ella. Una legión de vendedores ambulantes ponía movimiento en las calles de recto trazado. A mi requerimiento, un amable ciudadano me guio hasta el Cabildo. Delante hay un pequeño monumento dedicado a Juan Salazar de Espinosa, quien fundara la ciudad en 1537.

—Fue el día de la Asunción. Por eso se llama así. Es la única capital de América con nombre de mujer.

El fundador no está en brioso corcel, como otros descubridores. Quizá no hubo dineros para un gran monumento o puede que el Gobierno paraguayo que ordenó su construcción fuera consciente de la pequeñez del país y lo poco que influyó en la historia de América. El artista tampoco estuvo alumbrado de inspiración. Es un sencillo bronce de cuerpo entero y tamaño mediano, que parece caminar, la espada en su mano derecha apuntando hacia delante en un gesto torpe, como si fuera un ciego guiándose con el bastón tanteador. Como siempre que contemplo el recuerdo de uno de esos hombres excepcionales, me quedo abstraído pensando en las grandes dificultades que hubieron de sortear para conseguir un puesto en la indiferencia.

La víspera de la partida hacia Madrid, cuando la noche se aprestaba, la Embajada de España ofreció una recepción a modo de cena. No faltaron los del Círculo de Empresarios, personalidades del Gobierno y hombres de negocios españoles afincados en el país. Los amplios salones estaban colmados por la sociedad paraguaya, que lucía sus mejores galas y su satisfacción. Rutilantes mujeres prestaban sus sonrisas deslumbradoras. No se escatimaron los canapés ni las bebidas y la fiesta se prolongó. Faltó Juan. Nadie sabía su paradero y a ninguno pareció importarle su ausencia.

Ya en el hotel, cuando preparaba la maleta en hora tardía, llamaron a la puerta. Allí estaba el desaparecido.

—Vengo a despedirme —dijo, tras abrir el mueble bar y servirse un güisqui. Noté que no era el primero que tomaba. Sus dientes destacaban de su morenez prestada. Daba sensación de felicidad, pero sus ojos estaban llenos de confusión—. Estuve en el lago de Ypacarai. El viaje es una gozada, en un tren de vapor que camina rozando los árboles a paso de tortuga, quemando leña. Pasé los tres últimos días en el hotel El Lago, de San Bernardino, a la orilla del lago. No te puedes imaginar la belleza del lugar. ¿Conoces la leyenda de la «Virgen de los Milagros»? —Negué con la cabeza, mientras espiaba sus ojos esquivos. Se sentó al borde de la cama—. En tiempos de la Colonia, un indio convertido al cristianismo se refugió en un árbol para escapar de otros indios salvajes. Viendo peligrar su vida pidió ayuda a la Virgen, que acudió en su auxilio y lo hizo invisible. En agradecimiento, el indio hizo una talla de la imagen aparecida y la guardó en una caja de madera, que enterró. Años después hubo una gran sequía. En toda la región sólo subsistió un pequeño manantial, que fue cercado por vigilantes. Un día una madre pidió agua para su hija, que le fue negada por los guardianes. La niña murió de sed y la madre apeló a Dios para que inundara el pueblo como castigo. Dios hizo venir las aguas, que empezaron a sumergir la población. Los del lugar pidieron ayuda a un tal padre Bolaños, quien invocó a la Virgen. Las aguas se amansaron y dejaron ver la caja de madera que había escondido el indio agradecido. El religioso la abrió y bendijo las aguas. Así nació el lago, que en guaraní significa: «aguas bendecidas». —Me sonrió—. ¿Qué te parece lo que se aprende viajando?

—Debe ser un lugar bonito para haber estado allí todo ese tiempo. Me imagino que no lo pasarías solo.

—Verás. —Su voz se hizo pesarosa—. No vuelvo con la expedición. Me quedo en Asunción. —Exploró mis ojos y noté que mi neutralidad le confortaba—. Me he enamorado de una mujer, Alma, ¿la recuerdas? Es una de las que nos presentaron hace cuatro noches. Con ella estuve todo el tiempo. Y ahora no puedo vivir sin su presencia. Es algo mágico, no puedo explicarlo.

Barruntaba algo así. Su desvinculación con el grupo no podía tener otras causas, Pero nunca he sido metijón. Además de que nos faltaba el peso de una relación más prolongada. Lo nuestro era un encuentro circunstancial, posiblemente fugaz.

Así que me abstuve de hacerle preguntas para no ahondar en el abismo que se le abría. Harta se le presentaba la vida, aunque ahora le arrullaran melodías insospechadas. Me dio la mano y buscó la salida. Ya en la puerta se quedó dudando. Cerró, quedándose dentro. Fue a la nevera. No había más güisqui. Atrapó una ginebra y una cola y se fabricó un cubata.

—Necesito hablar con alguien. Y nadie mejor que tú. —Volvió a tomar la cama por asiento y miró hacia la ventana—. Ella no pide nada, no pone condiciones. Es dulce, sencilla, casi irreal, la sonrisa perenne. Trabaja en el hospital y es de buena familia, pero no me importa lo que sea o haya sido o si ha tenido mil amantes. Podría estar todo un día tratando de explicar lo que ha ocurrido y cómo ella se funde con mis sueños olvidados. No lo conseguiría. Es inexplicable. Como algo que ignoraba pudiera existir, o como si fuera una parte de mí, perdida sin saberlo y ahora encontrada. —Bebió un sorbo—. Te diré un secreto. Llevo casado quince años. A mi mujer nunca le he visto la vagina, nunca me dejó explorarla. No he podido examinar lo que esconde más allá del vello de su pubis, a pesar de haber tenido dos niñas. —Movió la cabeza—. ¿Y el acto sexual? Todo debe funcionar dentro de un orden. Lo demás son cochinadas. Y, ¿sabes? Llegué a creer que ella tenía razón. Hasta que encontré a Alma. —Se concedió un respiro—. Verás: creí tener aprendido el cuerpo de mi mujer. Con Alma descubrí que estaba equivocado. No lo conozco. Lo mío con mi mujer ha sido una rutina sin imaginación, una repetición de ritos con los mismos desenlaces.

Se levantó y caminó de un lado a otro.

—Quiero a mi mujer, pero esto es un milagro. Alma me ha hecho saber lo que es el amor verdadero, a través de un gozo inacabable que impregna todo mi ser y me proyecta a sensaciones que jamás creí que pudieran sentirse. Con ella no hay barreras para la búsqueda de más y más placeres inconcebibles. Cada centímetro de su piel es una sorpresa, una inspiración, un empezar.

—Tal parece —aventuré, impresionado—, que es determinante una inmersión en lo carnal para afianzar el amor.

—Seguro que soy incompetente para explicarlo adecuadamente —dijo, mirándome con intensidad.

—Al contrario. Nunca oí a nadie expresarse con tal claridad y belleza.

—Ni yo mismo creí poder hacerlo. Esta relación inesperada cambió mi manera de entender la vida. Verás. Creo que la carnalidad es indispensable, sí, pero no la ración de sexo consabida, que sólo permite un amor manido y costumbrista. Hablo de algo volcánico, no programado; de una conmoción grandiosa que proyecta a un aturdimiento inimaginable; de una explosión perturbadora que transmuta para siempre. No es el roce anatómico ansioso, ni la contemplación cautivadora, ni la bienaventuranza del Nirvana. Es la participación intensiva, el hundimiento en un universo desconocido. Una pulsación melódica que se transforma en sinfonía y te eleva a cumbres anímicas donde la materia desaparece. Todo ello me permite afirmar que no existe el amor sin el compromiso de un placer sexual incondicional; dicho de otra manera: que el amor único es el sexo puro y sin límites, la suma de los cinco sentidos subyugando la mente. —Tuvo una pausa valorativa—. Bueno; digo lo que siento tras mis experiencias con Alma. Otros lo vivirán de otra manera, pero creerán, como yo creía, que es amor lo que sólo son sentimientos episódicos. —Enmudeció y de repente vi un gran sufrimiento en sus ojos—. No sé qué será de mi vida —dijo, al cabo—. Le diré a mi socio que se encargue del negocio mientras decido. En cuanto a mi familia..., Dios mío, no tengo idea de lo que ocurrirá. Pero lo único cierto es que amo a Alma hasta la agonía y que no la voy a dejar. Aunque se hunda el mundo.

Había oído hablar de casos similares, hombres y mujeres cabales que se desquician y tiran todo por la borda a causa de un amor repentino. ¿Lo de Juan era un desconcierto pasajero producido por una inmersión profunda en los sentidos o había descubierto el amor pleno, concedido sólo a los elegidos? Nunca encontré a nadie que definiera el amor de esa manera y que lo expresara con tanta emoción, felicidad y convencimiento. Por otro lado, tengo por seguro que el cuerpo de una mujer nunca se termina, que es una fuente inagotable de descubrimientos. Hasta ahí entendía su asombro. Pero él aportaba argumentos tan sugerentes que empecé a preguntarme si acaso había alguna perspectiva no contemplada en mis relaciones con mi mujer. Así que convine conmigo en revisarlas a mi vuelta, no para sentir decepciones, sino para potenciar el mucho amor que le profeso.

Diez años después mi trabajo me llevó a Valladolid. Me acerqué a la dirección de la fábrica de Juan. El nombre era otro. Uno de los directivos me dijo que le compraron el negocio al anterior dueño. No sabía quién era Juan. Empezaban los años noventa y el hombre no dejó de mostrar su preocupación por la crisis de entonces. Dijo que era la peor de todas y afirmó que ninguna sería tan dañina para la economía del país. Estaba claro que no serviría como profeta.

No he vuelto a ver a Juan. Pero en ocasiones, cuando oigo algo sobre Paraguay o escucho esa canción que empieza:

Una noche tibia nos conocimos, junto al lago azul de Ipacaray...

pienso en él y sé que los humanos nunca sabremos si los caminos que elegimos son los acertados. Porque no podemos vivir caminos paralelos a la vez.

Ignoro si Juan continuó gozando de aquel estupor o si el tiempo, que tiende a borrarlo todo, le fue deshaciendo aquel amor absoluto nacido de los más genuinos sentidos.

El corazón verde

El edificio Colpatria, una torre blanca y esbelta de 50 pisos, se alza a un lado de la llamada Zona Internacional y Financiera de Bogotá, entre otros rascacielos. Ya en la entrada, un gendarme, pistola colgando, reclamó la documentación antes de indicarme uno de los trece ascensores. No se detuvo hasta la planta 47 por lo que entendí que era un elevador directo. En el pequeño vestíbulo había una puerta de salida a escaleras. Al otro lado, una verja; detrás, un uniformado con su arma al cinto. Abrió la cancela y la cerró ostensiblemente una vez que hube pasado. Un corto pasillo y otra verja, traspasada la cual otro pasillo que desembocaba en unas salas muy iluminadas, con mesas y vitrinas transparentes. A través de los ventanales se veía, a mirada de pájaro, la plaza de toros y otros gigantes de hierro, piedra y cristal. Sólo los gigantescos montes vestidos de verde que se alzaban al este evitaban creer que estábamos en la Gran Manzana neoyorquina.

Me encontraba en Kawai, una joyería japonesa recomendada, inexpugnable al parecer. Cámaras espías por todos lados y vigilantes paseando sin quitar ojo a los intrépidos clientes. Porque había que ser muy valiente para mirar las joyas bajo la constante mirada inquisitiva y agobiante. Circulé cohibido por entre los deslumbrantes escaparates con la impresión de haber integrado una nómina de sospechosos y la sensación de que me dispararían si hacía un movimiento indefinido o no compraba algo. Miraba los precios notando que mi timidez se transformaba en consternación. Qué barbaridad. Una joven, rotunda de formas y maquillada de sonrisas, vino en mi ayuda.

—Te seré sincero —dije, compungido, buscando una forma honrosa de escapar indemne y sin comprar—. Miraba a ver si...

—Español, ¿verdad? —interrumpió con sumo encanto—. Qué bueno. Algún día visitaré España. Son ustedes tan chéveres...

Así, la primera andanada desarmadora. Intenté rehacerme.

—He estado en otras joyerías y... Bueno, los precios, la verdad...

—Se considera que el diamante es la piedra más valiosa. En opinión de muchos, el número uno debería estar ocupado por la esmeralda —señaló con dulzura, como si no me hubiera oído—. Ninguna otra puede comparársele en belleza.

Me enteré entonces que Colombia es el primer productor de esmeraldas del mundo y que las más bellas salen de sus minas. Tan es así que a Colombia se la conoce como El País Esmeralda. También supe que hay varias piedras preciosas de color verde, pero que la única cristalina es la esmeralda. Y que la pureza, el color y la transparencia son las características más importantes para calcular el valor de una esmeralda.

—Como usted podrá comprender, las hay buenas y menos buenas —aclaró, haciendo de su cuerpo una sola sonrisa, como si fuera el sol naciendo—. Otros comercios venden de todo. No todos son fiables porque hay mucha falsificación. También verá usted a gentes ofreciendo esmeraldas fuera de las joyerías, en las puertas de los hoteles, de los restaurantes... No debe fiarse. Muchas son simples cristales de botella. —Hizo una pausa en su discurso pero no en su luminosidad—. Kawai es garantía de calidad. Nuestra firma sólo ofrece piedras excelentes, de pureza garantizada. Usted no sólo adquirirá una bella esmeralda sino que su valor, como el del oro, será como un patrón que nunca decrecerá.

Dando por válido su discurso y desarmado por su atractivo opté por una piedra pequeña en soporte de sortija, que colocó en un magnífico estuche azul de terciopelo. Luego me hizo un recibo y un certificado donde se especificaba las características de la piedra y su peso, anotando en sus registros con una caligrafía impecable mi domicilio y el nombre y la fecha de nacimiento de mi mujer. Tanta meticulosidad me escamó. Pero no era una sinrazón, como comprobé tiempo después.

—¿Le apetece un tinto? —ofreció, moviéndose como un barco hacia una pequeña salita. La seguí, tratando de olvidar que mi VISA había quedado depauperada y que no volvería a ser útil en meses. Varias personas de ambos sexos, algunas sentadas, murmuraban placenteramente ante una mesa con cafeteras. El tinto es un café solo, sin azúcar, servido en vasitos de plástico. Hay quienes se toman docenas al día—. Porque nuestro café es el mejor del mundo y nuestra principal riqueza —subrayó mi guía.

—Escuchándote, parece que todo lo colombiano es lo mejor.

—Sin duda, señor. Y también estamos nosotras, las mujeres colombianas. ¿Vio que estamos siempre entre las candidatas a Miss Mundo y Miss Universo? —dijo, moviendo el cuerpo para eliminar dudas sobre ese aspecto. La verdad es que merecía ser titulada en esa asignatura.

—Por lo que veo todas las dependientas de Kawai sois como esmeraldas. Deberías ser la Miss de este nombre.

—Pero, señor, qué gentil. Cómo dice esas cosas. ¿Usted lo cree?

—Estáis en una fortaleza, según parece —comenté, cambiando la deriva. No estaba yo en mi mejor momento para considerar lo que podía interpretarse como la posibilidad del comienzo de una oferta tentadora.

—Es la construcción más alta de Colombia y de Iberoamérica —contestó, algo turbada por el drástico cambio—. Esta torre tiene 196 metros y los movimientos sísmicos no la afectan. Está en terreno arcilloso por lo que hubo que hacer una excavación de 50 metros de profundidad para los pozos de cimentación que sostienen la plataforma —explicó, recobrando el tono melodioso y demostrando que estaba aleccionada para todo—. Cierto que es un lugar seguro. Pero, además, es una referencia: la mejor joyería en el edificio más moderno de Santa Fe.

Al salir, el mismo rito de verjas y cerrojos. Y una advertencia: «Tenga cuidado, señor. Hay mucha delincuencia.» Así que caminé rápidamente el corto espacio que me separaba del hotel, sorteando las innumerables *busetas*, unos autobuses destartalados atiborrados de gente y con los pasajeros colgando de los estribos como los tranvías de Madrid en los años cuarenta. Ya en mi habitación guardé la sortija en la maleta. Luego tomé un taxi y me fui a la Feria.

El Ministerio de Comercio, a través del INFE, había organizado un Salón de España en la capital colombiana. Una nómina de decenas de empresas españolas participábamos en ese enorme escaparate. Grandes y pequeñas firmas, fabricantes y comercializadoras de todo lo imaginable de la industria y los tres sectores, mostrábamos nuestros productos en el enorme recinto ferial. El evento había tenido amplio eco y en la presentación del mismo habló el presidente de Colombia. Puso énfasis en los lazos que unían su país con la Madre Patria y mostró agradecimiento y satisfacción hacia nuestro Gobierno por haber elegido Bogotá para mostrar la pujanza creativa y fabril de España. El interés de los colombianos era grande y todos los días los pasillos y los stands se llenaban de visitantes. Una flotilla de autobuses nos llevaba desde el hotel y viceversa.

Situado en pleno corazón de la señalada Zona Internacional, el hotel Tequendama era, y supongo que seguirá siendo, el centro de reuniones por excelencia. Todo el que necesitara hacer tratos y negocios debía acudir a ese afamado albergue. Sus salones permanecían siempre animados por gente dinámica que buscaba contratos de representación y comerciales. La ambientación era adecuada, con sillones y rincones por todos lados. Hermosas y estilizadas mujeres jóvenes deambulaban avizoras sugiriendo descansos placenteros en las arduas actividades económicas. En él nos alojábamos los empresarios españoles. Éramos tantos que la mayoría tuvimos que compartir habitación. A mí me correspondió un zaragozano de verbo rotundo y muy mirado de bolsillo.

—Por estos mundos te dan el sablazo al menor descuido. Pero conmigo lo tienen crudo. Para sacarme un dólar de más tienen que matarme —advertía, como si por todas las esquinas hubiera timadores.

Tenía la foto de su mujer en un marco portátil, que guardaba en la mesilla y sacaba cada noche para solazarse mirándola antes de dormir, sin cobrarme nada por acompañarle en la contemplación. Era una mujer muy guapa. Durante el día teníamos esporádicos encuentros al estar cada uno en su espacio de exhibición y hacer las comidas cuando las circunstancias lo permitían, ya que la Feria tenía horario continuo. Salvo momentos ocasionales, nos veíamos sólo en los ratos de lavarnos los dientes por la noche antes de ir a las camas y ver un poco la tele.

En aquel viaje sólo visité la ciudad por las mañanas para ver a determinados clientes. Había estado en más ocasiones, durante las cuales caminé por el centro de la ciudad, que en 1538 fundó el licenciado Gonzalo Jiménez de Quesada con el nombre de Santa Fe cuando iba por esas selvas y precipicios en busca de Eldorado. El español no era hombre de armas sino de leyes, lo que constituye casi una excepción en la historia de América. Parece que nació en Córdoba y se dice que estudió Derecho en Salamanca. Sus principios jurídicos determinaron que el inmenso país tuviera una conciencia de respeto hacia las normas y unos comportamientos de convivencia que se mantuvieron durante siglos. Quizá por eso Colombia es uno de los países con más peso cultural del continente.

Hay una estatua en honor del fundador en una plazuela apartada y muy frecuentada en la que trafican los esmeralderos y los marihuaneros. Es una aburrida figura en bronce sobre un pedestal, donde aparece huesudo de rostro y cuerpo fatigado, más parecido a Don Quijote que al hombre cabal que fue. En la catedral metropolitana, frente al Capitolio Nacional, al otro lado de la plaza Bolívar, pude ver su sepulcro. Destaca en el centro de una de las capillas: una estatua de cuerpo entero hecha en piedra y acostada sobre un túmulo en el que se guardan sus restos. El artista dio en su rostro gesto sereno de hombre de paz.

En las postrimerías de la Exhibición, y como cierre de la misma, tuvo lugar una cena programada con la presencia del vicepresidente del Gobierno español. El acto se celebró en el Salón rojo del hotel, preparado para tal fin. El espacio estaba abarrotado aunque sólo se permitió la asistencia de una persona por empresa, lo que supuso que cada uno debió mostrar la invitación correspondiente. Antes de acometer al generoso ágape, tomó la palabra nuestro mandatario para hacer elogio de los participantes en la Feria y resaltar su espíritu emprendedor. Fue contestado por importantes empresarios que se quejaron de recibir pocas ayudas. Quedé un tanto confuso. Reflexioné con los de la mesa sobre el notorio esfuerzo que, a mi modo de ver, realizaba el Ministerio de Comercio español con el ánimo de ayudar a las empresas españolas a exportar. Para los nuevos era algo inestimable, la toma en contacto con un duro reto. El tesón de cada uno y la persistencia posterior serían factores imprescindibles para que ese impulso no quedara defraudado. Además, siempre tuve el convencimiento de que los ingleses, franceses y alemanes, por tomar un ejemplo, consiguieron introducir sus productos en los mercados foráneos, antaño por medio de concesiones y más tarde por sus propias iniciativas, pero nunca con subvenciones. Pero ahí estaban esos arrogantes hombres de negocios sometiendo a acoso a Narcís Serra y pidiendo más dinero público para sus empresas privadas.

—¿Notorio esfuerzo dices? —se sobresaltó uno—. ¿Que nos den una mísera cantidad por persona y empresa es un esfuerzo?

—Bueno, hay un beneficio añadido, como es el menor precio de los hoteles y los viajes y, sobre todo, la publicidad gratuita que estas ferias y misiones aportan. ¿Qué cuesta eso al que va por libre? —dije, mientras veía pasar apuros el ministro en el estrado—. Cada empresario debe espabilar por sí mismo, creo.

—¿Eres del Gobierno, acaso? Los que vamos de allá para acá nos merecemos las máximas ayudas porque de la exportación se beneficia todo el país. Nuestro trabajo aporta divisas.

—Si todo el esfuerzo se subvenciona, si las empresas exportadoras quieren sus gastos cubiertos...

—¿Qué dices? ¿Cubrir los gastos? Viajar cuesta mucho, los gastos son enormes: aviones, hoteles de esta categoría, comidas en restaurantes caros, taxis, comisiones, propinas, invitaciones a todos los posibles clientes... ¿No te has enterado? ¿Qué coño te pasa? Nos movemos en el riesgo.

—Bueno, creo que eso es parte del juego. El riesgo forma parte de la vida misma.

—Éste tiene razón —señaló otro, asumiendo el discurso de mi opositor— y tú no te enteras. El tartaja viene a darnos jabón y a tratarnos como feriantes felices. Y no necesitamos que nos digan lo valientes que somos ni su presencia política sino más ayudas. Que nuestros impuestos sirvan para algo. Pero con ser importante la protesta, hay una razón fundamental. Y es que hay que dar leña al mono. El Gobierno es culpable por el solo hecho de serlo. Por eso hay que quejarse, dar por culo. Ése es el juego.

Recordé una novela leída hace años en la que el protagonista era del «partido oposicionista»; es decir, estaba siempre en la oposición. Posiblemente el desarrollo social y material de la Humanidad y la renovación del pensamiento son posibles porque siempre hay alguien en desacuerdo con lo establecido.

Más tarde, ya en el dormitorio, mostré a mi acompañante la sortija. Cuando le dije el precio, me miró escandalizado.

—¿Tanto dinero por una esmeralda tan pequeña? Te liaron. Mira la que yo he comprado —dijo, mostrándomela. Era casi el doble que la mía. Me dijo lo que le había costado. La diferencia era notable—. Caíste como un panoli. Ya te dije que hay que estar al loro.

—No estoy seguro —dije, después de admirar el verde intenso de mi piedra—. Es posible que haya pagado por lo que realmente vale.

—Nada. Has pagado en exceso. Te han cobrado un plus por la categoría del establecimiento.

—¿Te parece que lo comprobemos? Mañana, antes de ir a la Feria, podemos acercarnos a un tasador oficial. Hay una oficina en el edificio de al lado.

No era gratis la tasación y la tuve que pagar yo, habida cuenta de la filosofía de mi compañero. El perito nos llevó a una mesa, extendió una pieza de fieltro y puso en ella las dos sortijas.

—Ésta no tiene mucho valor —dijo, nada más ver la del maño. La dejó a un lado y se dedicó a la mía, observándola detalladamente con la lupa. Mi compañero se encrespó.

—¿Qué le pasa a mi sortija? ¿No es bonita?

El hombre le miró, sorprendido por el tono del agraviado. Por mi larga experiencia con los ciudadanos de Hispanoamérica sabía que para ellos hablamos fuerte y parecemos gritar, lo que contrasta con el habla apacible y queda que emplean. Para el perito, mi compañero estaba rugiendo.

—No es fea, ninguna esmeralda lo es. Resulta vistosa pero su calidad es baja. La valoración debe hacerse desde un punto de vista técnico, no sólo contemplativo Las esmeraldas grandes contienen inclusiones perceptibles a simple vista. Pero lo peor no son esos *jardines* sino las fisuras internas. Vea, señor —dijo, ofreciendo la minúscula lupa al aragonés—. Observe que esta piedra está muy fracturada. Puede quebrarse al quitarla del aro que la soporta o por cualquier pequeño golpe. Además su color es oscuro y no permite que se vea la parte trasera, la luz no penetra. —Tomó la mía—. Por el contrario, ésta no tiene fisuras y sólo presenta un atisbo de *jardín*. Su verde es intenso, como su brillo, y su transparencia máxima. Hay una enorme diferencia entre ambas piedras.

Ya en el hotel, y mientras preparábamos el equipaje, salió el tema de las sortijas. Mi compañero no estaba afectado en demasía. No le habían dado una baratija porque el soporte era de oro de 18 quilates, pero la esmeralda era pobre, de menor valor que el precio pagado por ella. La mía costó ligeramente por encima de lo tasado, pero era una joya.

—A lo hecho pecho —asumió con firmeza—. La culpa no la tiene quien me la vendió, sino yo por mi ignorancia. Pero ¿sabes? No me importa. No la compré para hacer negocio con ella. Es bonita, entra por los ojos. Mi mujer la lucirá con satisfacción y pocos sabrán su calidad. Tu piedra es buena pero pequeña, no deslumbra como la mía, sólo a los ojos entendidos. Verás. Ocurre como con los cuadros. Yo no tendría nunca uno de Picasso o Juan Gris colgado de la pared. Para mí carecen de belleza. O no es la clase de belleza que entiendo. En casa tengo marinas o bodegones que no valen una mierda, pero que nos llena el espíritu de sensaciones bellas. Porque la belleza no es una marca registrada, sino lo que cada uno siente al mirar.

Su definición de la belleza pareció leérmela de la mente ya que coincidía con mi opinión. Y me encantó la deportividad con que aceptó aquella contrariedad. En cuanto a las sortijas, hube de aceptar que tenía razón en un aspecto. Seguro que su esposa habrá disfrutado con frecuencia de la esmeralda. No ocurrió así en mi caso. La sortija que regalé a mi mujer no adornó su mano como era mi deseo porque apenas se la ha puesto, temiendo que la puedan atracar. Y dado que la adquirí para que la luciese, el resultado fue un fracaso. Permanece en la oscuridad meses y años, su encanto ahogado, olvidada, inexistente.

Durante años, Marisa estuvo recibiendo una felicitación de Kawai por su cumpleaños. Una tarjetita con colores verdes. «Señora Maritza...» Cuando dejó de recibirlas, echamos de menos tan elegante detalle. Sólo en aquellas ocasiones la sacó de su escondite, como ahora por otros motivos específicos. Entonces me invita a mirarla y toma sentido la decisión que tomé al adquirirla.

Porque en esos momentos mágicos, la luz, al penetrarla, nos lanza la pureza de su verdor y nos deja la mente y el espíritu inundados de una belleza hipnótica imposible de describir.

El gran espectáculo

La noticia era contradictoria. Unos decían que le cortarían la cabeza y otros que la mano derecha. Se trataba de un sentenciado a muerte o mutilación según los preceptos de la ley islámica. Y el acto sería público y gratuito para quien deseara verlo.

—Lo hacen así para que sirva de ejemplo y escarmiento —aseveró el enterado del grupo, como si no supiéramos las razones.

—A más de uno en España había que hacerle lo mismo.

—Venga, hombre, qué barbaridad es ésa.

—Es un decir.

—¿Cómo lo harán? ¿Con un hacha, poniéndole la cabeza sobre un tronco?

—No hombre, eso era la antigua fórmula europea. Aquí lo resuelven con una espada, colocándole de rodillas y el cuerpo inclinado hacia delante, las manos atadas a la espalda.

—Debe ser un gran espectáculo. Ver cómo a un tío le rebanan el gañote y su chola sale rodando como una pelota.

—No seas macabro. ¿Cómo va a rodar la cabeza? Usarán un cesto para recogerla.

—¿Y la mano?

—Hombre, supongo que pondrán algo donde apoyarla, y ahí quedará una vez cortada.

—De qué coño estáis hablando. ¿De verdad os interesa ver eso?

—Claro que sí. Será una experiencia. Hay que verlo todo. La libertad...

—¿Seguro que hay que verlo todo? ¿Qué tiene que ver eso con la libertad? ¿Te sientes libre cuando ves matar a alguien?

El tema dio origen a una discusión filosófica entre los que formábamos el grupo, unos diez españoles de varias regiones.

Estábamos en Riad, la capital de Arabia Saudí y la ciudad más poblada, más o menos como Madrid. Habíamos llegado días antes en vuelo desde Frankfurt, ya que no había línea directa desde España. Lo primero que me impresionó fue el enorme aeropuerto, a cuyo lado Barajas era un simple aeródromo. Estaba plantado en medio del inmenso desierto que es la península arábiga, en una árida meseta sin un árbol en todo el confín; solo, sin otras construcciones, como un oasis. Y a pesar del sol poderoso, infinidad de farolas y luminarias estaban encendidas en un derroche de energía como exaltación de la riqueza del país. A un lado del complejo aeroportuario había una gran zona abierta, sin muros, la arena original como suelo. Estaba techada con toldos blancos, junto a lavabos y abrevaderos pintados del mismo color y de nueva construcción. Nos explicaron que se destinaba para albergar a las tiendas de los beduinos y a sus dromedarios y camellos. Era increíble ver ese superaeropuerto tan moderno y vanguardista junto a concesiones para el mantenimiento de querencias del pasado cercano.

Los trámites para el ingreso fueron de extrema meticulosidad. Los numerosos integrantes de la expedición empresarial llevábamos nuestros pasaportes con estrictos visados comerciales, previamente legalizados por la Cámara de Comercio de Madrid, específicos para el fin concreto de la Exposición y una estancia máxima de quince días. También un imprescindible certificado internacional de vacuna anticolérica y antivariólica. Los funcionarios miraban reiteradamente al visitante y a las fotos del pasaporte y del visado hasta convencerse de que eran la misma persona. Luego lo cotejaban con una lista y sólo entonces ponían el sello de entrada. Después todos fuimos llevados en custodia a unos autobuses.

El viaje a la ciudad fue algo irreal. Una moderna carretera con farolas encendidas a tramos cruzando el arenal calcinado. De vez en cuando modernos y espectaculares palacios aparecían como si hubieran surgido de las dunas. Supimos luego que todo el trayecto estaba urbanizado; es decir, habían construido carreteras, avenidas y plazas en la arena con todos los servicios de agua, electricidad, gas y telefonía. Era como un gigantesco polígono preparado para las futuras construcciones que prolongarían la capital; un apéndice para los súbditos más destacados, según se deducía por el rango de los palacios. El Gobierno tenía prisa en ampliar la ciudad y una multitud de grúas se alzaban como si fueran torres de un campo petrolífero.

Durante el recorrido no vimos un solo caminante hasta llegar a la ciudad, algo razonable debido a tan extrema temperatura. La circulación era intensa y los coches eran rutilantes, las mejores marcas europeas y americanas, Nunca antes vi tanto coche flamante y caro, salvo en Kuwait y en Jeddah.

El hotel se hallaba en el centro, cerca de otros esplendorosos albergues, de los Ministerios y de la zona comercial. Al entrar quedamos aplastados. Un espectacular *lobby* con mármoles, luces y brillos como lo imaginado en los cuentos de *Las mil y una noches*. En el centro, un tenderete con recipientes llenos de frutas variadas, frutos secos, teteras, cafeteras y jarras de agua tan cristalina que parecían estar vacías. Todo el que quisiera podía servirse gratuitamente de todo y tantas veces como deseara. Repartidos estratégicamente, grupos de sillones y sofás permitían las reuniones de negocios. Porque, según vimos y supimos después, no había turistas pero sí numerosos hombres venidos de distintos países de Occidente para colaborar en el frenesí constructor; hombres con grandes maletines: arquitectos, contratistas, ingenieros, diseñadores, empresarios. Para el Gobierno saudí era primordial la realización de infraestructuras viarias e industriales, siendo lo más urgente conseguir el aprovechamiento íntegro del gas natural y la construcción de más refinerías así como un oleoducto y un gaseoducto. Y sin demorar la ejecución del plan de desalinizadoras, dado que en el país no hay ríos de curso permanente ni fuentes de agua.

Del hotel, más tarde, fuimos llevados a un moderno y amplio recinto para comenzar a preparar la Feria Española, en la que varias decenas de firmas seleccionadas exhibiríamos nuestros productos. Arabia era un mercado especial y estaba en pleno apogeo transformador. Las calles se veían colmadas de gentes de todos los pelajes, empleados en las empresas multinacionales que realizaban los múltiples proyectos de edificaciones, industrias y servicios. La aportación filipina era la más numerosa según decían. Cientos de pequeños y delgados jóvenes, todos hombres y contratados como mano de obra sin cualificar, recorrían las calles del barrio antiguo antes de recogerse en los barracones destinados al efecto.

La Feria empezó de forma normal, con muchos visitantes. Abría a partir del mediodía, por lo que teníamos libres las mañanas. El primer día ya hubo muchos visitantes, sólo hombres, que lucían sus vestiduras impecables y uniformadas consistentes en una camisa blanca que les cubre hasta los tobillos y el pañuelo de cuadritos rojiblancos sujeto a la cabeza por un doble cordón negro. Con sorpresa observamos que entre ellos caminaba un santón que parecía sacado de los tiempos bíblicos. Iba en sandalias caminadas y vestía chilaba parda y ajada, Era barbado y desposeído de carnes y andaba por los pasillos del recinto ferial aferrando el nudoso báculo en su huesuda mano mientras lanzaba su mirada fogosa hacia los stands. Supimos luego que pertenecía a la *Mutawa* o policía religiosa, cuya misión era la de hacer cumplir la ley islámica. Entre otras funciones, estaba comisionado para vigilar que se observara la ley específica sobre el atuendo de las mujeres. Dio la voz de alarma cuando vio las pantorrillas y pechugas de las llegadas de España, azafatas y pertenecientes a las diversas empresas. La verdad es que algunas estaban como un cañón, lo que siempre ha sido uno de los argumentos poderosos para la buena actividad comercial. Esas mujeres deberían remediar ese atentado a la moralidad, vistiéndose obligadamente como las del país: túnica negra para enmascarar el cuerpo y velo para tapar la cabeza y el cuello.

Hubo reunión entre los dirigentes de la expedición española y las autoridades saudíes al respecto. Se informó de que la ley islámica era inflexible en ese punto. Al día siguiente las mujeres lucieron ropas más discretas, incluso pantalones, pero no taparon sus cuellos ni cabellos. Sencillamente no podían desarrollar bien su trabajo con la impedimenta impuesta. Para nuestra consternación esa misma mañana todas desaparecieron del recinto como por arte de magia. Más tarde supimos que habían sido llevadas precipitadamente al aeropuerto para ser embarcadas en el primer avión que saliera hacia Europa. Las despacharon en un santiamén. Nos quedamos sin ellas y tratamos de convivir sin su inestimable ayuda, acomodándonos a las circunstancias. ¿Alguien imagina una Feria, y por extensión, un mundo sin mujeres?

El santón no renunció un solo día en su vigilancia. Miraba por si sorprendía música occidental, calendarios, carteles, juegos, películas, revistas, libros y folletos; aquello que mostrara cosas incompatibles con las leyes de la *Sharia*. Y no dejó de observar nuestros atuendos por lo que ninguno osamos quitarnos la chaqueta durante el evento.

La presión religiosa se manifestaba en el modo de vida de los habitantes. Los musulmanes debían hacer sus cinco rezos obligados al día, anunciados por los muecines desde los minaretes. Ya en la primera mañana de paseo, vimos a policías uniformados y armados transitar en vehículos por las calles del centro, obligando al cierre inmediato de las tiendas ante la mirada estupefacta y un poco intranquila de todos los extranjeros. Pasado el tiempo de rezo, volvían a abrirse los comercios y se reanudaba la actividad interrumpida. Ninguna mujer caminaba sola por las calles o acompañada de otras. Las pocas que vimos, cuerpos y rostros cubiertos, iban detrás de los maridos, a un metro de distancia. Algunos llevaban varias tras de sí, lo que significaba que el personaje coleccionaba esposas y que tenía cuenta saneada para hacerlo. Nos llamó la atención que algunos hombres pasearan en pareja cogidos de la mano, enlazados por los dedos corazón para ser más precisos. Supimos después que suponía una demostración de simple amistad sin connotaciones sexuales, una costumbre arraigada como la de algunos hombres en Occidente que van cogidos del brazo. No había cines, ni teatros, ni locales para el baile o el juego, ni bares, ni piscinas. Así que la única opción era pasear, mirar las tiendas artesanas del viejo mercado, visitar los vestíbulos de otros anonadantes hoteles o entrar en los modernos supermercados donde se exhibían productos de todo el mundo.

En los días finales permitieron el acceso a las mujeres saudíes, de las que sólo vimos sus rostros. Inundaron todo el recinto y mostraron una gran amabilidad y simpatía, aunque distanciadas. En mi stand de maquinaria ninguna se paró, pero sí en los de joyería, perfumería, muebles, lámparas, ropas de cama, alfombras, alimentos envasados y similares. Compraron hasta agotar lo expuesto, pagando al contado con riales, sin regateo y con el desenvolvimiento de quienes están acostumbradas a adquirir todo aquello que sus gustos demandan. La Feria fue un éxito y todas las muestras se vendieron. En su trato con nosotros, los saudíes fueron unos magníficos anfitriones.

Aquella mañana de la ejecución, seguíamos dándole a nuestras evaluaciones culturales.

—La pena de muerte es inaceptable.

—No sabemos lo que hizo el condenado. Quizá algo deleznable.

—Aun así. Pero haciendo abstracción para comulgar con la idea de la muerte como castigo, hay otras formas de llevarla a cabo, no este barbarismo.

—No olvidemos que el Corán es la Constitución del país; es decir, que se rigen por la Ley Islámica, la *Sharia*. La justicia se administra por tribunales religiosos según su ordenamiento jurídico, donde las leyes deben ser compatibles con la *Sharia*. Y en ella vale lo de «ojo por ojo...» —informó el sabihondo.

—Los derechos humanos...

—Déjalo estar. Este país es depositario de los más profundos sentimientos islámicos. Es la tierra de las Dos Mezquitas Sagradas; la de La Meca, cuna de Mahoma, y la de Medina, donde está la tumba del Profeta. No pueden apartarse un ápice de su religión, por estricta que nos parezca. Deben esforzarse en servir de ejemplo a todos los musulmanes del mundo.

—Joder, cuánto sabes.

—Elemental. Si vas a un país, infórmate de cómo es antes de emprender el viaje.

—Oye, mirad —advirtió uno, al rato—. Nos hemos quedado solos.

En efecto, el vestíbulo había ido vaciándose poco a poco y sólo permanecían los empleados. Nuestro grupo había quedado reducido a cinco miembros.

—Es un tanto absurda nuestra posición de rechazo a hacer de la muerte un espectáculo —dijo uno—. No somos salvadores del mundo. Os propongo que nos dejemos de hostias y vayamos a ver, aunque sólo sea el ambiente.

Caminamos por las calles solitarias. No se veía un alma a pesar de ser día festivo. Cuando nos acercábamos al lugar de la ejecución, oímos el griterío. Ocupando una plaza mediana frente a unos edificios sobrios y un sol abrasador, una muchedumbre se movía como si estuviera en un campo de fútbol. Allí estaba toda la ciudad, por supuesto sólo hombres: extranjeros, que nunca podrían ver algo igual en el mundo occidental, y nativos, que quizá tampoco lo vieron, o sí y les gustaba repetir. Rubios y morenos, pantalones vaqueros y túnicas, todos mezclados para la gran ocasión. Tremendo. De pie, sentados en cualquier lugar y encaramados a árboles y farolas, rodeaban un espacio vacío que aparecía frente a uno de los edificios. No había patíbulo ni ningún otro trasto indicador del tremendo ritual. La presión de tantos alucinados iba reduciendo el espacio hasta que unos hombres salían blandiendo unas varas. La gente retrocedía, despejando el lugar, hasta que luego, lentamente, volvía a apoderarse del mismo en su afán de estar lo más cerca del asunto. ¿Qué hacíamos allí los que sentíamos repugnancia por un acto semejante? No había justificación para haber caído en la misma tentación. Comprendí que en el fondo éramos igual de jodidos morbosos que cualquier hijo de vecino.

Y de repente una noticia fue filtrándose. No habría ejecución ni, consecuentemente, espectáculo. Nunca supimos si se retrasaba para otra fecha o si se anulaba por los únicos que tenían tal potestad: el Tribunal juzgador o el rey.

La marea humana fue disolviéndose lentamente, con gran renuencia, muchos esperando que se produjera un milagro y que se revocara la inesperada orden, algo que según algunos enterados era probable que sucediera porque ocurrió otras veces. Nadie parecía pensar en el reo y en lo que habría hecho para merecer esa terrible condena. Nadie pareció alegrarse por la medida de gracia. Por el contrario, algunos le mencionaban para denigrarle, como si él fuera el causante de la colosal decepción.

Más tarde en el hotel, la desilusión en algunos feriantes fue notoria. Protestaban con vehemencia por la oportunidad perdida. Ya no podrían contar que una cabeza fue cortada y rodó como un balón. Y que ellos estuvieron allí y lo vieron.

Amor sin barreras (cataratas del Niágara)

La vida es un bien desperdiciado, cuando
no se ha vivido como uno hubiera querido.

MIHAI EMINESCU

Los conocí en la agencia de viajes encargada del traslado de los participantes a la Exhibición de productos españoles en Toronto. En la salita de espera estaban besándose sin restricciones, como ausentes del lugar y de las formas. Más que provocar reacciones adversas por la inoportunidad, en mí encontraban complacencia; quizá también algo de envidia por lo negado en los años prohibidos.

Recuerdo todo de ellos en aquellas jornadas. La esbeltez de sus cuerpos, sus rostros acostumbrados de expresiones atractivas, sus risas, sus actos. Debo respetar los nombres, no porque ellos rechazaran la mención si es que llegaran a leer estas memorias. Les llamaré Marta y Carlos. En aquel encuentro ambos estarían sobre los veintitantos, unos diez años menores que yo. No era mucha la diferencia de edad pero sí las experiencias y normas vivenciales respectivas. Yo pasé mi primera juventud en un período histórico amordazado y ellos estaban en otro desbordado de pasiones incontenidas. Entre los vientos de libertad llegados unos años antes, fulgía aún el del «destape», que lo inundaba todo de un erotismo pretendidamente sin complejos, pero sin duda que oportunista y burdo.

Al principio me pareció que Marta y Carlos estaban adscritos a esa moda intensa y fugaz y eso les impelía a morrearse y magrearse a vista plena, aunque lo hicieran con tanta elegancia que predisponían a la admiración. Me dijeron que en realidad volaban mucho más allá. Se habían impuesto el reto de expresar en vivo el amor total, incluido el acto carnal, en los lugares más insospechados y cuando las circunstancias lo permitieran. Afirmaron que habían copulado en parques, ascensores y descansillos de escaleras. También en las últimas butacas de cines y teatros, en los confesionarios de las iglesias y en otros lugares definidos como inadecuados para estos menesteres.

—Me recordáis las historias de Horacio Altuna —dije, con sorna.

—¿Las conoces? —se alegró él—. Aciertas. En ellas nos basamos. Queremos ser como esos personajes desinhibidos. No nos mueve la irreverencia ni el menosprecio para nadie cuando lo hacemos. Sólo queremos zarandear a esta sociedad atrofiada que hemos heredado. Gozar sin complejos ni temores de lo más bello que existe en una vida: el sexo cuando la libido es plena. Pocas cosas hay que merezcan mayor consideración.

Un bonito discurso, que no creí en absoluto. Porque era un reto de escasa viabilidad, entonces y ahora. Algo imposible de realizar.

El día de la partida nos congregamos en el aeropuerto de Barajas el nutrido grupo de expositores. El responsable de la agencia de viajes se encargó de sacar los pasajes de todos. Mientras esperábamos, y a despecho de tanta gente, no dejaron pasar ocasión de mostrarse concernidos en un besuqueo interminable, como si fueran actores de una película en rodaje. De toda la expedición yo sólo conocía a unos cuantos de otras ferias, pero no de forma íntima. Marta y Carlos iban por primera vez a una de estas misiones. Así que nos hicimos amigos y ya no nos separamos en todo el evento, salvo en los momentos en que se liaban en sus propuestas pasionales.

Durante el vuelo nos sentamos juntos. En un momento dado se levantaron y dijeron que iban al váter. Al rato dejé el asiento para cumplir con mi turno. Había gente esperando ante las dos cabinas situadas en esa parte del avión. Al poco una de ellas se abrió y, ante el asombro de todos, salieron mis dos amigos. Luego me dijeron que habían cumplido con su obligado desafío.

Descendimos en el aeropuerto JFK de Nueva York. El personal encargado del control de pasaportes eran mujeres latinas con cinturas hamburguesadas y gestos inamistosos. Nos vociferaban su español como si fuéramos reclutas estrenando cuartel. Entre los mostradores y las largas colas del grupo había un espacio de unos 3 metros. Una línea roja marcada en el suelo indicaba que no se debía invadir esa tierra de nadie, salvo a quienes llamaban las funcionarias con voz ladrada. A dos impacientes o despistados se les ocurrió pisar. Fueron acojonados por unas voces rotundas y amenazantes, como si hubieran transgredido alguna ley. Nunca vi tan gran regañada y tanto gesto autoritario. Tan distinto al trato del personal en los aeropuertos iberoamericanos. Quizá es que se mosquearon al ver esa tropa impaciente. Tardamos mucho en traspasar la barrera porque las controladoras eran sumamente rígidas y se tomaban tiempo en examinar los maletines y los documentos mientras lanzaban miradas de sospecha a los rostros. Sucedió mucho antes del 11-S. Ya entonces los controles eran sumamente estrictos.

En autobuses, y vigilados para evitar que alguien se desmandara, nos llevaron al aeropuerto de La Guardia. De allí partiría el vuelo a Toronto. Nunca había visto tanto tráfico aéreo. Cada minuto despegaba un avión. Era una fila inacabable de naves aladas esperando la orden de despegue. Los aviones iban literalmente pegados unos a los otros, avanzando lentamente, como si fuera un atasco en una autopista. Los ruidos de los reactores despegando se sumaban para imponer un rugido permanente.

Desde el aeropuerto internacional Toronto Pearson fuimos llevados al Metro Toronto Convention Centre, un gran Palacio de Congresos. En un extremo estaba el Toronto Centre Hotel, donde teníamos la reserva para los días que duraba la estancia. Más tarde supe que el complejo se había inaugurado ese mismo año, que ocupaba 60.000 metros cuadrados y que disponía de salas de conferencias, restaurante de categoría, bar, comercios menores, un edificio de oficinas y una espaciosa sala de exposiciones. Todo estaba nuevo, flamante y proyectaba un modernismo en instalaciones pocas veces visto.

Como en ocasiones anteriores, el INFE había planificado este viaje. Pero dado el lugar de celebración, en esa ocasión hizo un enorme esfuerzo publicitario y dio cabida a muchas empresas, para constituir una muestra amplia y diversa de sectores productivos de nuestro país. Se trataba de informar a esa parte del mundo anglosajón, una de las G-8 economías, la realidad de una España pujante, industrializada y creativa. Fue una Exhibición especial e impecable desde el punto de vista organizativo y de promoción. Ocupamos totalmente la sala de exposiciones situada en la parte sur. El evento fue un éxito en cuanto a asistencia y con seguridad tuvo el beneficio de mostrar a los cegados que nuestro país no es sólo toros, flamenco y sol.

Toronto es la mayor ciudad de Canadá y capital efectiva de ese gigantesco país, el segundo más grande del mundo. El Palacio de Convenciones se sitúa en el área moderna, frente al lago Ontario, en el centro financiero y empresarial de la ciudad. Como disponíamos de las mañanas libres, pude visitar bien esa parte. Al día siguiente de la llegada, ya instaladas las máquinas en el stand, salí del complejo con mis amigos. Él trabajaba en una empresa que fabricaba materiales y equipamiento para laboratorios químicos, una muestra de los cuales exponía. Ella era médico y no iba como participante. Le acompañaba porque, según me dijeron, no podían vivir un minuto el uno sin el otro. Caía noviembre y la temperatura rondaba los cero grados, con un sol de serrucho. En la amplia explanada nos sorprendió no ver gente por las calles, sólo coches circulando raudos. Parecía que se hubiera desatado una epidemia. Una ciudad sin apenas peatones. En realidad estaban allí mismo, delante, pero bajo tierra.

El Underground Pedestrian Passage es una miniciudad subterránea llena de comercios, bancos, bares restaurantes y tiendas de alimentos. Se conecta por ascensores con los edificios representativos del exterior, tales como bancos, hoteles, plazas y el New City Hall. Un espacio de actividad para burlar los extremos fríos del lugar. Allí abajo la temperatura era primaveral. Estaba colmado de gente. Veíamos ejecutivos en mangas de camisa comiendo de pie en mesas redondas colocadas a tal fin. En los días siguientes caminamos también por las gélidas calles y admiramos los apabullantes edificios. Citaré sólo tres para evitar la muermez.

El Royal Bank Plaza, la sede del Banco Central de Canadá. Dos rascacielos de planta triangular enfrentados, que ocupan una manzana entera. Sus fachadas son íntegramente de muro cortina. Esos cristales dan un color distintivo al doble edificio porque dentro, fundido, tienen oro de 24 quilates en polvo. Cuentan que se empleó ese mineral para que actuase de aislante térmico y que el valor del mismo fue de un millón de dólares en 1970, cuando se construyó. Supongo que, además de esa razón, estaría la de mostrar el poderío del banco. Ahí es nada: dos torres forradas de oro. ¿Quién da más?

El Royal York Hotel, construido estilo *château*, con 1.600 habitaciones. Es el emblema hotelero de Canadá. Un edificio de arquitectura del pasado rodeado de paralelogramos gigantes de acero y cristal. Durante muchos años fue el hotel más grande de la Commonwealth. En sus visitas a Toronto, la reina de Inglaterra y los miembros de la Casa Real británica se albergan allí en suites especiales. Y, por supuesto, casi todos los personajes reales y presidentes del ancho mundo que visitan la ciudad.

Finalmente, la Torre CN, el icono de Toronto. Es la Torre Nacional de Canadá, un Centro de Comunicaciones y el punto central del turismo de la ciudad, ya que recibe más de 2 millones de turistas al año. Algunas fuentes la consideran una de las siete maravillas del mundo moderno. Con sus 553 metros era entonces la estructura más alta del mundo y tardó años en dejar de serlo.

—Intentaremos hacerlo en la escalera —dijo Carlos. Miré a Marta y vi total complicidad en sus ojos. ¿Se estaban quedando conmigo?

La escalera consta de 1.776 peldaños. Su uso es sólo para casos de emergencia, por lo que no está abierta al público. Mis amigos pidieron una autorización. Les fue denegada ya que por razones obvias no pudieron concretar el motivo. Así que aplazaron su idea y me acompañaron a la subida a la torre en uno de los ascensores, disparados a 6 metros por segundo. Tiene dos miradores, el más alto a 447 metros, y un restaurante giratorio 360 grados para 400 personas que tarda 72 minutos en cada giro completo. Las vistas son de mareo. Nunca mejor dicho porque la torre se balancea medio metro en ese punto. Desde allí apenas se distinguen a las personas en las calles.

Una mañana sonó un aviso en mi habitación, entre bocinazos de urgencia. Estaba en la ducha. No entendía lo que decía la voz escondida. Se oían pasos precipitados correr por la escalera de evacuación. Me enrollé una toalla a la cintura y salí a averiguar. La puerta tenía muelle y se cerró a mis espaldas. La gente bajaba con precipitación, algunos a medio vestir y descalzos.

—Alarma de fuego. Nos ordenan bajar sin dilación y sin utilizar los ascensores —me dijo uno, al paso.

Quedé desconcertado. Medio desnudo, estuve meditando hasta que cesaron las carreras. No quedaba nadie arriba y los ruidos se fueron apagando abajo. Se hizo el silencio. No había humo ni sonidos extraños ni sirenas de bomberos. Tuve la sensación de que era una falsa alarma. Bajé lentamente, algo cohibido por mi atuendo. ¿Cómo iba a aparecer de tal guisa ante los demás? Tres pisos más abajo, donde tenían su habitación, sorprendí a mis amigos. Estaban totalmente desnudos y en plena faena. Él, de pie, la espalda contra la pared; ella, a horcajadas sobre su vientre, abrazando su cuello, los labios unidos. Durante unos segundos quedé extasiado. Porque no emitían sonidos y se movían con extrema lentitud, como si fueran estatuas cobrando vida. Más que eso. Parecían la primera pareja creada, esa de que habla la Biblia. Habrían sido modelos perfectos para Rodin. Pensé que no me habían detectado porque no interrumpieron su trabajo. Me retiré a un lado, impresionado por la belleza plástica que desprendían. Al rato, ella descabalgó. Vinieron hacia mí, sonrientes.

—¿Qué pasa, amigo? —dijo él.

—¿No habéis oído que hay un fuego?

—¿Un fuego? —dijo ella, secándose con una punta de mi toalla.

—Lo oímos —señaló él, aprovechando para secarse también sus atributos—. Hemos tenido esa experiencia en varios sitios y siempre fueron falsas alarmas. Ésta es una más, seguro. Escuchamos a la gente corriendo hacia abajo. Era nuestra oportunidad de ensayar en un nuevo escenario. Salimos al pasillo tal y como estábamos. Y... Bueno; ya nos viste.

—¿Lo hicisteis mientras la gente bajaba?¿Os vieron?

—Sin duda. Era imposible no vernos. Ése era el reto. Pero, como siempre, una vez que empezamos nos da lo mismo que miren o no.

—Tú tampoco pareces muy asustado por la alarma —dijo Marta.

—No hasta el extremo de salir despavorido. Pero estoy impresionado con vosotros. No me creía vuestra historia de desafíos. Hasta ahora. Una cosa son los morreos y otra lo que he contemplado.

—Hombre de poca fe. ¿Y qué te ha parecido?

—No tengo palabras. Me va a dar algo. Lástima no haber podido sacaros una foto para la posteridad.

—¿Nos quedamos aquí o bajamos? —dijo él.

—Vamos allá, sin prisas —decidió ella.

—Pero estáis en bolas.

—¿Crees que tenemos algo que ocultar? —dijo, evidenciando que la belleza no debería ser tapada nunca—. En cualquier caso, no te preocupes. Alguien nos dejará algo para cubrirnos. Y si no, mejor.

La entrada de Marta y Carlos en el gran vestíbulo fue espectacular; el asombro, morrocotudo. Aquellos que les vieron copular sentirían incrementar su sorpresa ante tal desparpajo. Todos, incluidos el personal del hotel, quedaron alobados y en silencio antes de estallar en exclamaciones, comentarios y risas. Porque aunque había otros que salieron de naja y, como yo, estaban someramente tapados, ninguno salvo ellos apareció con desnudez integral. Lo destacable es que mis amigos no hicieron intención de taparse sus tesoros con las manos. Quedaron expuestos sin rubor, como en una playa nudista hasta que unos camareros trajeron toallas y les cubrieron, mientras continuaba el jolgorio general. Carlos tenía razón. No hubo fuego alguno. Alguien tocó la alarma por descuido.

Un día los organizadores nos llevaron a las cataratas del Niágara. Era una visita imprescindible. Los autobuses nos dejaron en la plaza donde está el Skylon, una torre espectacular que domina un gran espacio visual. Es una bella estructura de 160 metros de altura con base triangular. En la parte exterior transitan tres ascensores que permiten que uno experimente la sensación de volar al subir o bajar. Arriba hay tres terrazas o plantas circulares, con dos restaurantes, uno de ellos rotativo que emplea una hora en girar totalmente. Nada que ver con ese adefesio llamado Faro de la Moncloa, cuyos diseñadores y responsables deberían estar sometidos a vituperio. Comimos en el restaurante giratorio viendo, desde una óptica cambiada, cómo el mundo giraba alrededor nuestro.

—¿Viste la película *Niágara*, de Marilyn Monroe? —me espetó Carlos.

—Claro, quién no.

—¿Recuerdas cuando ella y el amante se besan en las cataratas?

—Sí.

—Marta y yo vamos a intentar hacerlo como ellos. Nos gustaría echar un polvo, pero no será posible. Nos contentaremos con los besos.

—Venga, hombre. ¿Qué dices? Aquello estaba preparado. Además, eso debió ser en la parte americana, en la catarata pequeña, la que denominan «Velo de novia». Es la más accesible.

—Se rodó desde la parte canadiense. Ninguna duda sobre ello. Sólo desde este lado se ven las tres cataratas.

—Se supone que habrán extremado la vigilancia y la seguridad en estos años. No creo que la gente pueda salirse de los pasillos y saltar las barandillas.

—Lo haremos, sea como sea —aseveró Marta, una sonrisa subrayando.

Como es sabido, las cataratas se producen al verterse las aguas del lago Erie al Ontario, en la región de los Grandes Lagos. Más o menos a la mitad del recorrido, esas aguas, ya río Niágara y frontera internacional entre la provincia de Ontario en Canadá y el estado de Nueva York, hacen un recodo a la derecha y se desploman más de 50 metros, a razón de casi 3 millones de litros por segundo, formando tres cascadas. Dos de ellas están en el lado de Estados Unidos. La tercera, la más grandiosa e impactante, está en el borde canadiense. Recibe el nombre de «Herradura» por su forma. Y es que las aguas aquí van comiéndose el asiento de roca, que retrocede lentamente. Para frenar esa erosión se han construido diques subacuáticos. A pesar de ello, en unos miles de años desaparecerá.

Tras el almuerzo, bajamos al vestuario, después de pasar por caja. Nos entregaron unos impermeables con capucha de ostentoso color amarillo y unas botas de agua. El rugido de las aguas ya era atronador allí. Nos ordenaron atenernos fielmente a las instrucciones y al recorrido señalado, tanto en los túneles como en los tramos al descubierto. Carlos me dijo que me separara de ellos para no involucrarme. Así lo hice. Los perdí de vista en el barullo de capotes amarillos. Me asomé a varias barandillas. Del fondo subía una permanente nube de vapor que no dejaba ver el golpe del agua. La espuma cubría el impacto, mientras el bramido del agua torturaba los oídos y hacía imposible las conversaciones. En algunos puntos cae lluvia de forma constante y ningún mérito se consigue con permanecer allí. Más tarde corrió un rumor entre los españoles. Habían detenido a una pareja de la expedición. Por lo visto intentaban suicidarse porque habían saltado las barreras.

En el autobús de vuelta, Marta y Carlos me dijeron que muchos les vieron saltar al terraplén, aunque era imposible que les reconocieran. No lo hicieron donde la cascada se desploma casi encima. Encontraron un reborde adecuado a su objetivo, conscientes de que les sería imposible pasar desapercibidos ante tanta gente. Alguien empezó a manotear y a señalar. Los vigilantes les atraparon cuando estaban ejercitando la parte cinematográfica, bañados por la lluvia y el estruendo. En la oficina de control escucharon sus explicaciones y quedaron cautivados por lo realizado. Ahí es nada. Rondar el peligro para besarse y promocionar las cataratas como nido de amor. Un atractivo más que añadir al lugar. Así que sólo tuvieron que firmar el informe correspondiente, quedando exentos de pagar una multa por la infracción. Se reían, felices. Habían cumplido uno de sus retos.

Como cierre de la Exhibición, el Consulado español ofreció una cena especial por todo lo alto a las autoridades locales y a los medios de la ciudad. Parece que el propio embajador español llegó expresamente desde Otawa para dar lustre a tal acontecimiento. Hubo gran cantidad de invitados, no pocos vestidos de tiros largos al igual que algunos del personal consular. También muchos españoles residentes y multitud de periodistas de todos los medios, que comieron con gran denuedo, como si al día siguiente fuera a iniciarse una hambruna. Aunque pusieron mesitas estratégicas para quienes las precisaran, el ágape no fue de mesa y mantel sino de pie, para que cada cual buscase su corrillo. Los camareros no pararon de circular entre la feliz concurrencia con sus bandejas llenas de canapés, vinos y licores.

En el puro aspecto comercial, no sé si el Salón fue el éxito deseado. Los que exponíamos maquinaria regresamos con las mismas y cero contratos de representación. Me resultó muy fuerte que, en un derroche de jeta dura, algunos industriales canadienses aprovecharan la Feria para intentar vendernos sus productos. Sin gastar un duro. Con la mayor desfachatez dos de ellos usaron parte de mi tiempo ferial tratando de colocarme sus sistemas hidráulicos y neumáticos, a pesar de que los de mis máquinas eran de la máxima calidad. Pero en lo propagandístico, la Exhibición fue, quizá, un derroche necesario. Los canadienses que participaron en la comilona, quedaron admirados. Eso me dijeron los que interrogué, sus carrillos carmesíes por la bebida y el condumio inacabables. Pocos países dejaron tan alto el pabellón de anfitriones como el nuestro en aquella ocasión. No les quedó duda de que España es un país notoriamente rico y que los españoles somos una especie irrepetible en nuestro menosprecio hacia la moderación en el gasto, ya que no otra cosa podía interpretarse después de tan formidable dispendio.

He visto a Marta y a Carlos después, muy de tarde en tarde, los años sembrando diferencias. Durante un tiempo continuaron con sus envites. Dijeron que copularon en las escaleras de la Torre Eiffel, entre las piedras de El Partenón, en las ruinas de

Machu Picchu y en otros lugares especiales. ¿Lo hicieron realmente? En nuestro viaje sólo les vi una vez y la situación marcaba la oportunidad de hacerlo, solos en la escalera aunque ellos dijeran que les vio todo el mundo. Pudo ser una excepción. Tuvieron hijos y luego nietos. El tiempo les fue imponiendo otros afanes menos ardorosos. Pero en esos discontinuos contactos nos place recuperar los momentos vividos en aquel viaje a Toronto, marcado por los exhibicionismos que practicaron allí. Como de todos los demás, se sienten muy orgullosos de haberlos realizado.

—Porque no violamos leyes mayores y nuestros actos no constituyeron delitos. Nadie resultó perjudicado. Simplemente hicimos algo disociado de lo establecido. Esas actuaciones fueron un logro en nuestras vidas. Nos rebelamos contra unas normas creadas por una moral que seguramente el tiempo derrocará. Y mostramos al mundo que hacer el amor puro en la juventud bella, sin esconderse, no importa el lugar, es no sólo un canto a la libertad sino un camino hacia la perfección y a la inmortalidad.

Nunca encontré razones para contradecir ese elogio a la excelencia. Ahora, el tema sexual a nadie escandaliza. No es un problema para los jóvenes. A veces veo a algunos intentando cruzar la raya. Es en esos momentos cuando recuerdo a Marta y a Carlos. Y noto la enorme diferencia. Porque es difícil que pueda volver a contemplar tal conjunto de arte y elegancia como el que ellos mostraron en aquella escalera de aquel hotel canadiense en la juventud efímera.

El acueducto ignorado

Miguel Martínez había sido compañero mío de estudios y de empresa. En el grupo formado por el INCE para una nueva Misión Comercial, otra vez a México, estaba él. Nos saludamos con efusión. Es un tipo agradable, de buena planta y ocurrente. Por entonces se dedicaba a vender pulseras de cobre y magnéticas. Pensaba encontrar un distribuidor en la gran urbe norteamericana.

—Curan la artritis y la artrosis, cualquier dolor articular y muscular. Dan sensación de vitalidad y energía, quitan la fatiga y proporcionan un sueño placentero en las noches. En realidad no tienen más que ventajas.

—Al margen de que las propiedades curativas de estas pulseras son cuestionables, y lo sabes, ¿cuántas tienes que vender para que resulte rentable el negocio, teniendo en cuenta su bajo precio?

—Depende de la habilidad del distribuidor y del vendedor. Precisamente ese bajo precio es el que permite una venta masiva, lógicamente en grandes ciudades.

Ejemplarizó su discurso de forma indiscutible. Cuando aterrizamos en el aeropuerto de Ciudad de México, todas las azafatas y parte del pasaje le habían adquirido una pulsera. Al decírmelo, su sonrisa estaba llena de magnetismo, como si el cuerpo se le hubiera imantado.

Nos instalaron en el hotel Camino Real, situado en pleno centro de la ciudad, a un paso del paseo de la Reforma. Un hotel enorme, de más de 700 habitaciones espaciosas. Los anchos y altos pasillos alfombrados tenían en sus paredes piezas de uso en el siglo XVI y XVII, cuadros alusivos a un lejano esfuerzo y, lo que más me admiró, algunas auténticas carretas de transporte de esos primeros siglos de la colonización española. Se conjugaba la esencia mística de un antiguo convento y la atracción de un lugar arqueológico con las ventajas de un hotel moderno.

Miguel me propuso que fuéramos a la Zona Rosa a almorzar. Era muy fijado en sus decisiones. El barrio tiene catalogación de nivel súper, con tiendas y restaurantes muy celebrados, lo que yo ya conocía de otros viajes. Pero tenía que reunirme con mi distribuidor por lo que no estaría disponible hasta la cena. Iría él solo a almorzar, para explorar.

Jorge Navaluenga me recibió con la pinta de siempre, vestido de vaquero gringo. Tan zanquilargo como Gary Cooper o James Steward. Visitamos a algunos de sus clientes. La carpintería de aluminio estaba en fase primaria en México, en una economía de mano de obra abundante y barata. La casi totalidad de las ventanas se hacían de hierro y los talleres eran herrerías, con fraguas de paredes ennegrecidas y suelos polvorientos. Apenas usaban maquinaria, siendo manuales casi todos los trabajos. Navas sabía que era difícil forzar el sistema por lo que sus gerentes de venta lo tenían duro. Pero no tenía prisa. Las máquinas ya encontrarían comprador.

En la comida charlamos de la historia común. Como siempre, no ocultaba su admiración hacia los gringos, pero no era hispanófilo respecto a la Historia. Al saber dónde me alojaba, movió la cabeza en signo de aquiescencia, como aprobándolo.

—Es un nombre extraño para un hotel —manifesté.

—¿Sabes qué es el Camino Real?

—No.

—En realidad se llama Camino Real de Tierra Adentro. Es una ruta comercial de 3.000 kilómetros que une la Ciudad de México con la de Santa Fe, en el estado de Nuevo Méjico norteamericano. La hicieron los españoles tras la conquista. Funcionó activamente desde 1598 a 1882. Dejó de utilizarse al llegar el ferrocarril y construirse autopistas.

—Supongo que seguirá existiendo.

—Sí, ya lo creo. No como vía principal de tránsito pero sí como recorrido turístico y cultural, también comercial. En realidad el origen fue la Ruta de la Plata, un camino de caravanas para llevar a la capital la plata extraída de Zacatecas y otros lugares. Esa ruta quedó finalmente integrada en el Camino Real de Tierra Adentro.

—En España hay también una Vía de la Plata. Va de sur a norte por el occidente, unos 500 kilómetros. Es ahora una ruta turística y de peregrinos.

—¿Hubo minas de plata en España? —Un punto de escepticismo en su tono.

—Sí, hace años. Naturalmente no como en México. Pero por esa Vía nunca circuló plata. Era una calzada creada por los romanos hace 2000 años. Se empleó para la circulación de tropas y luego para el comercio. Pero por lo que imagino, nada que ver con el Camino Real de que hablas. Me interesa saber más sobre eso.

—Si te parece mañana desayunamos juntos en tu hotel. Te presentaré a uno de los gerentes, un amigo que sabe mucho de esos tiempos de la conquista.

En la noche Miguel marcó el recorrido, ya explorado por él. Entramos en un restaurante muy llamativo, con un amplio elenco de camareras de carne agobiante y rostros de ensueño. Yo había estado ya en muchos lugares de la América hispana donde se azuzan los sentidos con mujeres de almanaques. No son para los sencillos empresarios de bolsillos temerosos.

—Un día es un día, tío —respondió mi ufano amigo—. Hay que aprovechar la vida tal y como viene.

Fue una cena condimentada de vaciles y devaneos con las camareras, que venían capturadas por el encanto de Miguel durante el almuerzo. Al salir le despidieron como a un actor de cine. Fue un éxito para él porque, además, les había vendido una treintena de pulseras en las dos visitas.

—¿Te fijas, amigo? Hay hueco en cualquier lugar.

—Como el que han hecho en nuestros bolsillos.

—Vamos, hombre. ¿Lo has pasado mal o repetirías?

—Lo he pasado estupendamente. Mentiría si dijera lo contrario. Buena comida y compañía. Pero no creo que repita.

—Yo sí lo haré.

A la mañana siguiente ya me esperaba el vaquero en el bar del hotel. Mientras desayunábamos pidió a un camarero que avisara a su amigo. El gerente se mostró muy alegre por la visita.

—Te presento a Joaquín, del grupo español. Quiere saber cosas sobre el Camino Real y por qué este hotel se llama así.

—No es frecuente que los huéspedes españoles se interesen por su propia historia —empezó, después de analizarme con discreción profesional—. Le diré que la mayoría se preocupa fundamentalmente de dos cosas: hacer negocios rápidos y darse a las mujeres.

—Supongo que habrá de todo...

—No todos los mejicanos estamos en contra de lo que se llama la Conquista de México —dijo, yendo al asunto—. Era lógico que tarde o temprano acudieran los europeos. A España le tocó esa función histórica. Y era inevitable que el mundo primario desapareciera, con el consiguiente dolor. Es una constante desde los primeros tiempos de la Humanidad. Los fundadores de este hotel, como el historiador norteamericano Lummis, y tantos otros no vendidos a prejuicios, se admiraron de las proezas realizadas por los exploradores españoles del siglo dieciséis. Una de las más extraordinarias hazañas de su amplio currículo fue el Camino Real de Tierra Adentro. Ya tiene usted la razón de por qué se tituló así este hotel.

»Los conquistadores no se conformaron con la ocupación del Imperio azteca. Estaban influidos por un imparable deseo de descubrir. Esa afán tenía dos impulsos irrefrenables, que corrían parejos: el de explorar tierras y conseguir mayores riquezas para la Corona española, y el de propagar la fe católica en todos los pueblos que fueran hallando por el camino. Incluso se afirma que fue un fraile quien creó el Camino. A esos religiosos les era fácil iniciar una marcha, pues siempre iban encomendados a Dios y llevaban pocos pertrechos, mientras que las expediciones armadas necesitaban muchos preparativos.

»En cualquier caso, y aunque hubo otros Caminos Reales,

como los que llevaban a Veracruz, a Tejas y a Guatemala, el tenido como tal es el que acaba en Santa Fe, Nuevo Méjico, porque el impulso mayoritario era ir hacia el norte del Virreinato de Nueva España, hacia «adentro». Allí se extendía un territorio que abarcaba lo que hoy conocemos como Tejas, Nuevo Méjico, Colorado y Arizona donde, por relatos fabulosos de españoles perdidos en la inmensidad, se creía que en esa dirección sin límites había ciudades tan grandes como Tenochtitlán. Vázquez de Coronado —entonces virrey de Nueva Galicia— preparó, y él mismo integró, varias expediciones en busca de las Siete Ciudades de Cíbola y Quivira, nombres que habían deslumbrado a tantos. Pasaron por los actuales estados de Arizona, Colorado y Kansas para comprobar con enorme decepción que los pueblos citados eran paupérrimos y el oro y la plata brillaban, pero por su ausencia. Uno de estos exploradores, García López de Cárdenas, descubrió el Gran Cañón del Colorado. Estamos hablando de aproximadamente 1540, ¿se dan cuenta?

»En 1598 Juan de Oñate, fundador de Nuevo Méjico y gobernador de ese territorio, uno de los hombres más famosos en la historia de Nuevo Méjico y Tejas, acometió otra empresa real, esta vez por orden de Felipe II. Hasta entonces, el Camino Real llegaba a Santa Bárbara, en el estado mejicano de Chihuahua. Oñate lo prolongó mil kilómetros. La caravana cruzó el Río Grande, ahora río Bravo, por El Paso, Tejas, como usted sabe frontera actual entre México y Estados Unidos, y llegó a Nuevo Méjico. El Camino se completa ese año de 1598 con la fundación de Santa Fe, la más antigua de todas las capitales de Estados Unidos.

»Juan de Oñate, llamado "el último Conquistador"», no alcanzó la fama de Hernán Cortés y Francisco Pizarro porque en su buscar no encontró imperios como los de México o Perú. Pero descubrió y exploró los inmensos territorios que forman el sudoeste de lo que hoy son los Estados Unidos de Norteamérica.

—Esos tipos marcaron la historia de América —señaló Jorge, flemático—. Estoy de acuerdo. Pero luego todo se diluyó durante la Colonia. Los que siguieron no hicieron nada relevante.

—No coincido —dijo el gerente, hombre bien presentado, regordete y no muy alto. Tenía huellas indígenas en su rostro despierto, lo que revalorizaba su discurso—. En todo ese tiempo, y ya desde el principio, se crearon numerosas ciudades. Y en ellas, escuelas, bibliotecas, imprentas, catedrales, monasterios, astilleros e industrias, carreteras y un sistema de comunicaciones tan moderno como en Europa.

»Y fíjense: en 1550 España fundó dos universidades: la Real y Pontificia Universidad de México, que cerró en el siglo XIX, y la Nacional Mayor de San Marcos de Perú que ha funcionado ininterrumpidamente hasta el momento. Tienen a orgullo ser las primeras que se fundaron en América. Se erigieron 57 años antes que la primera colonia establecida por los ingleses en Jamestown, Virginia, en lo que hoy es América del Norte; 69 años antes de que arribara el *Mayflower*; 85 años antes que la fundación de la Universidad de Harvard y 150 años antes que la de Yale. —Dejó una pausa para que asumiéramos los datos—. Sin duda que Lummis tiene razón cuando dice: "Amamos la valentía, y la exploración de las Américas por los españoles fue la más grande, la más larga y la más maravillosa serie de valientes proezas que registra la Historia."

»¿Qué les parece?¿Conocen a Charles Lummis? Fue un notable americanista, arqueólogo, historiador, periodista, escritor y fundador de museos y sociedades. Dedicó su vida a resaltar los hechos de los españoles y su huella en las Américas. Su libro: *Los exploradores españoles del siglo XVI*, es un detallado estudio de lo que realizaron aquellos descubridores de lo imposible.

—De acuerdo. Pero insisto en que durante la Colonia se acabó el dinamismo —porfió Jorge—. Por el contrario, los conquistadores ingleses dejaron una herencia diferente. Por eso los gringos son lo que son y los mejicanos somos lo que somos. Tan diferentes.

—Debo discrepar de nuevo —señaló el gerente—. Los ingleses no dejaron nada comparable a la huella arquitectónica y humanística de los españoles. Lo que hay en Estados Unidos lo han hecho los propios americanos, antes y después de conseguir la independencia. Son ellos los que hicieron todo lo grande de ese país, no los ingleses. Y repito que lo hecho por España no sólo fueron catedrales. Muchas obras públicas están aún en pie, para asombro de cualquiera. Ejemplo, el acueducto de Otumba.

—He leído mucho sobre la Conquista de México —dije, mirándole con renovado interés—. Creo que la batalla de Otumba es el momento culminante de toda aquella aventura ya que marcó el fin de una forma de vida y proyectó a México a otro futuro. Mencionar Otumba, para mí, era referirse sólo a aquella batalla. Y ahora me hablas de un acueducto.

—No es un acueducto cualquiera. Es la obra de ingeniería más importante realizada en el continente americano en los años del Virreinato, algo que desafía la razón. Fue construido entre los años 1543 y 1560 a iniciativa y por el esfuerzo de un hombre: el padre Francisco de Tembleque, natural de Toledo. Es un acueducto más largo y más alto que el de ustedes de Segovia, aunque apenas es conocido ni aquí ni en el mundo.

Más tarde, durante el almuerzo, me dejé caer con Jorge.

—¿Qué me dices de ese acueducto de Otumba? ¿Lo conoces?

—Sí. Lo he visto.

—¿Crees que podrías llevarme?

—Estoy a la orden. Pero tendrá que ser el sábado.

—Vale.

Durante la semana no vi a Miguel. No apareció ni a desayunar, lo que era de extrañar. Le dejé una nota, que contestó: «Estoy de puta madre. Ya te contaré. Nos veremos.» Así ocurrió el viernes en la noche. Llamó a mi habitación cuando iba meterme en la cama. Mostraba un aire de satisfacción pero un punto de desconcierto.

—Vuelvo con el grupo. Pero no solo —dijo, a modo de introducción. Le miré sin contestar—. Sí. Me llevo una mujer.

—Hablas como si fuera una mercancía.

—Para nada. Me casaré con ella.

—Vaya. Creo que eso merece un brindis. —Fui a la nevera y saqué unos botellines de güisqui. No era un caso excepcional. Había visto cómo muchos hombres hechos y derechos volvían con mujeres, desde cualquier lugar de Iberoamérica. Ignoro sus destinos finales. Supongo que no todos terminarían en rosa—. Pero me da que estás en un embrollo.

—Sí y no. No por ella. Se ha enamorado, como yo. Deja a su familia y me sigue. ¿Quién hace eso, si no hay amor? Ya tengo su billete. Pero... —dudó—, el caso es que tengo novia en Madrid. Desde hace quince años. Ése es el problema. ¿Cómo le digo que se acabó?

—No lo entiendo bien. Se supone que quieres o querías a tu novia. ¿Cómo se llama esta chica?

—Aroma. La conociste. Era una de las chicas del restaurante Angus, donde estuvimos.

—¿Tan maravillosa es esa chica como para que decidas transformar tu vida?

—Es más que maravillosa. Como su nombre. He estado con ella toda la semana. No he dormido en el hotel. No podría explicártelo. Todo mi ser la reclama, a cada momento. Moriría si no la tengo.

Me vino a la memoria Juan Arias Alonso, mi amigo ocasional en aquel viaje a Paraguay. Imposible el olvido tras su asombrosa descripción del amor que le había atenazado y que le hizo dejar mujer e hijas y hasta el negocio que tenía en Valladolid. Desde aquello, me he hecho preguntas. ¿Hasta cuándo un amor es duradero? Mejor dicho, ¿cómo sabemos que estamos realmente enamorados? Y si lo estamos, ¿qué protección tenemos ante el encanto de unos ojos nuevos, de una boca surgida en el deambular? La experiencia acumulada expresa que el verdadero amor no existe, salvo para una minoría acosada, entre los que me encuentro. ¿Y el amor que deviene de una atracción física secuestradora de sentidos, como el de Juan Arias? Miré a Miguel y me pareció que estaba en la misma onda y que su felicidad sería puesta en cuestión. Pero no era momento de recomendaciones.

—Te deseo lo mejor. ¿Me invitarás a la boda?

—Claro. Serás el padrino.

Otumba está en el estado de México, a unos 60 km de la ciudad federal. El viaje lo hicimos en la *rubia* de Jorge, el kilométrico y fascinante Buick. Nos acompañaba el gerente del hotel Camino Real, que no quería perderse la ocasión de mostrar sus conocimientos y entusiasmo.

—El acueducto lo ideó y lo construyó personalmente el padre Francisco de Tembleque con el fin de llevar agua a los indígenas de Otumba. Ellos sólo disponían del agua de la lluvia que se recogía en jagüeyes sin techo para que bebieran los animales de los hacendados. En esos abrevaderos contaminados bebían los nativos. El padre Tembleque, que estaba en el convento de Todos los Santos en Zempoala, buscó la forma de acabar con esa situación. Oyó hablar de unos manantiales que surgían en el cerro de Tecajete, a una legua de allí. El cerro, de una altura de 2.600 metros, es un volcán extinto, un gran embudo. De él parten los manantiales. Es de imaginar lo que tuvo que lidiar el padre Tembleque para que le permitieran acometer el proyecto. Lo primero que hizo fue construir un ramal a Zempoala, que está a unos 7 kilómetros, una legua y media entonces. Cuando allí vieron llegar el agua se alborozaron y comprendieron que el padre Tembleque no estaba loco sino que la idea era realizable.

La carretera no estaba en buenas condiciones y Jorge conducía con lentitud para no maltratar su haiga. Pasamos Teotihuacán y otras poblaciones menores antes de llegar al límite del estado y pasar al de Hidalgo, cuya frontera es el río Papalote. Muy cerca está la localidad de Santiago de Tepeyahualco, en el municipio de Zempoala. Y en ese altiplano mejicano, apartado de la población, volando sobre una barranca ancha y honda, vi esta asombrosa muestra del tesón de un hombre ignorado: Una larga serie de arcos magníficamente delineados y plantados en medio de un paisaje de árboles desperdigados, para mayor realce.

—Lo que estamos viendo es la llamada Arquería Mayor, la más admirada por su tamaño y su belleza. No cuenten los arcos. Son 68 y abarcan más de un kilómetro. Los centrales tienen una altura de 40 metros y 17 metros de claro, con una anchura de 11 metros. Pero retengan el dato. Porque la nave mayor de la catedral metropolitana de México tiene 24 metros de alto, lo que significa que cabría debajo de uno de esos arcos.

»La buena conservación de los arcos y columnas, construidos con roca basáltica, se debe a su perfecta planeación y a que sus columnas y contrafuertes fueron bruñidos con un material compuesto por masa de cal, miel de abeja y baba de nopal que evita el crecimiento de hongos. Para armar los arcos de piedra, como en la región no había madera, se utilizó adobe y paja para las cimbras, una novedad audaz que resultó de gran acierto.

Oía al gerente, pero mis ojos estaban prisioneros de ese portento. Es una obra grandiosa, descomunal para el paraje. La vista anonada. No podía dejar de admirar esa increíble colección de arcos en línea plantados en el yermo solitario. Tan fuera de lo común, tan contradictorio con la razón empírica. Parecía haber emergido de la tierra ardiente, como un submarino de piedra. Observé que por uno de sus arcos centrales pasa un ferrocarril de vía angosta.

—Una prueba de la solidez de la cimentación es ese ferrocarril, construido hace un siglo. La estructura no se ha resentido ni ha sido dañada por el retumbe.

Al acercarme pude apreciar con desilusión el descuido en que está el acueducto. Observé fisuras, cuarteaduras, piedras flojas, remiendos mal hechos y hasta pintadas.

—Sí. Es vergonzoso el poco aprecio prestado a este monumento —reiteró el gerente—. Robaron piedras y hay caños rotos a lo largo del trazado. Nadie ve que es una obra única de estas características en toda América. Ninguna institución, ni el estado de Hidalgo ni el federal se han interesado nunca por restaurarla y conservarla. Ella sola resiste las agresiones del tiempo y de los hombres, lo que señala su magnífica construcción.

—¿Sigue haciendo la función para la que fue creada?

—Ya no pasa el agua. Otumba y las otras poblaciones tienen su propio suministro.

—Lo asombroso —señaló Jorge— es que el agua llegaba por gravedad a Otumba. Se dice que los manantiales del cerro Tecajete estaban a más baja altura que la llegada a Otumba, aunque otros sostienen que el punto de partida estaba a unos escasos metros más alto. En cualquier caso una pendiente mínima para tan largo recorrido. El padre Tembleque resolvió la dificultad. De Tecajete a Otumba en línea recta hay 32 kilómetros, pero la atarjea es de 40. Esos 8 kilómetros añadidos corresponden a una serie de curvas que serpentean, algunas de hasta 80 grados. Esas curvas hacen que el agua tome fuerza y anule la escasa diferencia de nivel.

—Aunque el acueducto —siguió el gerente— se conoce, o más preciso es decir que destaca por esta arquería que vemos, cerca del 95 por ciento es subterráneo, con profundidades que van de pocos centímetros a 2 metros. Hay otras dos arquerías, una de 46 arcos y otra de 13 arcos. Pero después de ver esta belleza, esas arquerías no le interesarán. Son normales. Nada que ver. En realidad, cuando se habla de este acueducto siempre se refiere a esta Arquería Mayor.

—Dices que lo construyó el padre Tembleque. Supongo que era arquitecto. Nadie puede hacer algo tan perfecto sin estudios especializados.

—No tenía esos estudios. Pero era hombre muy culto y se influyó en los tratados renacentistas sobre hidráulica y aplicó los principios existentes acerca de los canales y pozos de agua. En la obra trabajaron muchos indígenas. Pero no hubo más autoridad ni maestro que él. Es la obra de una audacia fuera de lo común.

—¿Por qué se implicó en esa tarea, durante tantos años?

—Ése es el misterio de esos religiosos, que deberían tener otro Lummis para que les guardara memoria. Porque siempre estaban con los débiles, en contra de la espada. El padre Tembleque tenía agua asegurada para sí y los suyos. Sin embargo, pensó en dar alivio a unos indígenas que no conocía, que a nadie importaban y que estaban a casi 8 leguas de su área. Se involucró en una tarea de gigantes que le llevó 17 años, contra viento y marea. Naturalmente que no lo hizo solo. Sin la ayuda de los cientos de nativos que estuvieron con él, la obra no habría sido posible.

Mientras volvíamos, seguía viendo esa arquería imposible. Ellos interpretaron mi silencio.

—¿Qué, amigo? ¿Te gustó?

—Estoy aplastado. Lo que no entiendo es el desconocimiento existente acerca de esa obra.

—En principio, las autoridades la ignoraron porque fue hecha por españoles y era temerario asignar algo bueno a ustedes, ya sabe, toda la leyenda negra de la Conquista. Lo sorprendente es que no hayan derribado esa arquería. Quizá la dejaran para ver si caía sola. Más tarde, por inacción y desidia. Vendrá un día en que prevalezca la razón y se den cuenta de que es un monumento excepcional. Puede que entonces se restaure y se pregone, para ejemplo y gloria de las artes y la ciencia.

Más tarde dije a Jorge que quería recorrer el Camino Real de Tierra Adentro. En otro viaje.

—¿Vienes a hacer negocios o a investigar el pasado?

—Me gusta contemplar las obras excepcionales.

—Cuando vuelvas iremos. Ningún problema.

En el aeropuerto vi aparecer a Miguel. Venía serio como un calcetín. Unas gafas negras tapaban sus ojos. Eran momentos de discreción y no le pregunté. Buscó un asiento lejos del mío, en clara demostración de que no quería hablar. Pero cuando el avión llevaba unas horas volando, se me acercó.

—Estaba casada la muy zorra. En realidad es una prostituta. Me sacó bien los dineros. Es una artista de la mentira. Porque cuando nos fundíamos en el goce increíble y cuando me decía «te amo» entre beso y beso, te juro que parecía la mujer más sincera del mundo.

—No te fue fácil, según veo.

—Di un gran escándalo. El marido me dio una buena tunda. Tengo el cuerpo magullado. Y mira mis ojos. —Se quitó las gafas un momento. Estaban desarrollando hematomas—. Me amenazó con matarme si no desaparecía.

Me lo encontré años después en un bar del aeropuerto de Barajas. Ya no vendía pulseras. Se le veía muy feliz. Se había casado con su novia de siempre y tenían dos niñas mellizas. No mencionó aquella desventura mejicana y yo procedí como si nunca hubiera sucedido.

No volví a México. Lo añoro, y a su buena gente. El Camino Real de Tierra Adentro sigue esperándome. Seguramente no lo recorreré porque los años cancelan vigores. Pero he visto el acueducto del padre Tembleque. Estoy satisfecho. No se puede tener todo en la vida.

Los colchones

No había vuelo directo entre Madrid y Lagos. Tuvimos que hacer escala en Las Palmas y pasar allí una noche apretada. El grupo debía estar listo mucho antes de que el sol despertara, Cuando el avión despegó ya las claridades definían las líneas de la ciudad insular.

Junto a mí coincidió un muchacho irlandés. Se llamaba John. El cabello amarillo le bajaba como una cascada alrededor del casco y tenía la cara esparcida de pecas. Llevaba viviendo en Vitoria tres años y trabajaba en una empresa de esa localidad. Durante las nueve horas del viaje mantuvo un control sin resquicios sobre su persona. Por el contrario, cuando supo que vivía en Madrid no dejó de hacerme preguntas un tanto extrañas, que atribuí a su condición de extranjero en España.

Al desembarcar en el aeropuerto de Murtala, quedé seducido por el ambiente. En realidad, lo que me cautivó fue la sensación. Estaba en el África de las selvas vírgenes, donde habitan los animales salvajes. Tan distinta a los arenales del norte. Más allá de los bosques profundos el horizonte se deshacía en ilusiones, la imaginación volando. Veía desfilar las sombras de Allan Quatermain y la «Patrulla del Marfil» de Jorge y Fernando; Phantom y los pigmeos «Bandar»; Johnny Weissmüller, Tarzán y la ciudad perdida de Opar; Ka-Zar, Shanna y John Buscema; Manuel Iradier y David Livingstone. Y oía los tambores y cánticos tribales de *Las minas del rey Salomón* y de *Mogambo* aunque nadie emitía tales sonidos. Me ocurrió lo mismo la primera vez que visité México. Escuchaba mariachis, trompetas, guitarras y la voz de Jorge Negrete sin que hubiera tales músicas. Estaban en mi mente, sojuzgada por cientos de lecturas y películas sobre países, aventuras y amores.

Los trámites en el control fueron de una lentitud extrema. Para nosotros resultó incomprensible porque éramos un grupo concreto y cerrado de expositores para una Feria especial de productos españoles, a cuyo frente estaban varios cargos del Ministerio de Comercio de España y los responsables de la agencia de viajes contratada para ese traslado. La expedición contaba con todos los permisos y colaboración del Gobierno de Nigeria y de las autoridades locales de Lagos. Todos los papeles estaban en regla. El paso, si no franco, debía haber sido rápido, como en otros países. Por el contrario, tomaron medidas que nos parecieron sorprendentes. Los funcionarios examinaron los pasaportes y visados de cada uno con gran pachorra, pasando la mirada de las fotos a los rostros repetidas veces como buscando desemejanzas, y cotejando los nombres en una lista más larga que un día sin pan. Debíamos declarar por escrito todo el dinero que llevábamos, bajo apercibimiento, e incautaron las petacas de bebidas alcohólicas que algunos llevaban. Hubo que pagar una tasa por la entrada al país, lo que nos sorprendió porque algunos países la cobraban, pero al salir.

En Nigeria, la moneda es la naira. No era aceptada ninguna otra, por lo que debíamos cambiar a diario para atender nuestras necesidades. Pero sólo aceptaban dólares USA que, con todo desparpajo, establecieron en paridad: una naira, un dólar.

La agencia de viajes nos alojó en el Federal Palace Complex, un hotel que pasaba por ser el mejor de la ciudad y que se concretaba en un edificio de 14 plantas dobles, alzado en el borde de un lago. Está en la mejor zona, la parte chachi. Allí se ubican los grandes hoteles, los bancos, las mejores tiendas y los altos edificios, sedes de las más renombradas empresas y sociedades financieras.

La ciudad central se extiende por dos islas rodeadas por lagos de agua dulce y mezclada: la Lagos Island y la Victoria Island, que es donde se sitúa el hotel. Están unidas entre ellas y la parte continental por tres alados puentes muy circulados, construidos por empresas alemanas. Nos dio la impresión de estar en Chicago y nos dispusimos a actuar a la altura de esa deslumbrante sociedad.

Lagos debe su nombre al conquistador portugués Rui de Sequeira, que en 1472 desembarcó en esa parte de la costa occidental africana. Fue el puerto más importante durante centurias, aunque no dejaba de ser un pequeño punto de entrada hacia el inmenso país de casi un millón de kilómetros cuadrados que se proyectaba hacia el norte, lleno de espesos bosques tropicales y grandes ríos, como el Níger, el tercero más grande de África después del Nilo y del Congo. Nigeria estuvo en manos de Portugal durante casi cuatro siglos, tiempo en que los portugueses se forraron con el comercio de esclavos. En 1861 les fue arrebatada por los ingleses, que más tarde hicieron de ella una colonia. Pero en 1960 todas las tribus de Nigeria presionaron con fuerza por la independencia y los británicos no tuvieron más remedio que hacer las maletas.

Lagos ya no era la capital del país, que había pasado a Abuya, en el interior. Pero ocurría y ocurre como con Río en Brasil. El centro administrativo, financiero y comercial sigue siendo Lagos, además de la ciudad más populosa, con 6 millones de habitantes en tiempos de mi visita.

La mañana siguiente a la llegada hubo cornetín. Había que estar pronto en el Recinto Ferial para preparar los stands con las muestras y los carteles. Los representantes de las 60 empresas nos reunimos en el restaurante del hotel para el desayuno. Y quedamos atónitos de golpe por el espectáculo que se ofrecía al otro lado de la pared de cristal. Vimos, además de un hermoso paisaje de agua y árboles, una fila interminable de chicos, y no tales, usando esa zona del lago como cagadero. El asunto era muy sencillo. La fachada posterior del hotel daba al canto del lago. Y la planta baja, correspondiente al restaurante, se expandía en grandes cristaleras. Veíamos a los chicos, todos descalzos y con ropas primarias, avanzar sobre el muro de piedra aferrándose a la alambrada del hotel. Llegados al punto elegido, se sujetaban con una mano a la red, se bajaban el pantalón con la otra, ponían el trasero en ristre y descargaban la mercancía ventral sobre las olas. Eran varios haciéndolo a la vez. Nada de secarse luego con un papel y otras exquisiteces. Sin demora, porque había mucha clientela esperando, se subían el pantalón y desandaban el camino, no sin antes saludarnos con regocijo.

La situación era novedosa y sorprendente. Dos mundos opuestos para la función misma de comer y descomer. A un lado de las cristaleras, los huéspedes del hotel masticando sabroso con los modales establecidos en la sociedad moderna. Y al otro lado de las lunas, a unos escasos metros, otras gentes defecando sin remilgos y de forma primaria en un retrete al aire libre. Ambas actuaciones coincidentes en muchas horas del día. Puede que para ellos fuese el lugar donde venían haciéndolo desde siglos, antes de que el hotel se interpusiera en la senda. Y no sería fácil hacerles desistir porque tendrían derechos de costumbre arraigados. La prueba de ello es que lo hacían con toda naturalidad, sin ocultarse, como si los que importunaran fueran los comensales del restaurante. Los camareros observaban benevolentes nuestro estupor y comentarios. Sonreían y tuve la certeza de que algunos de ellos habrían participado años atrás en el desfile exterior. Ese espectáculo, con toda su particularidad, dejó de serlo a los dos días, lo que advierte que lo repetido, salvo el beso al ser amado, ni emociona ni interesa.

Pusieron a nuestra disposición unos autobuses aceptables para los viajes de ida y vuelta a la Feria. Nada que ver con los destartalados que nos cruzaban, atiborrados de gente resignada y lanzando humaredas como chimeneas. También veíamos taxis compartidos y mototaxis, pitándose sin tregua unos a otros en una barahúnda de vehículos, desvencijados la mayoría.

En las grandes aceras de tierra había numerosos esqueletos oxidados de berlinas y camiones, anclados como troncos de árboles muertos; vehículos que en su día se pararon por averías. Al parecer los dejaban con vigilancia mientras los dueños buscaban desesperadamente los recambios, algo muy difícil de encontrar. En cuanto cesaba la custodia, llegaban grupos que les afanaban las ruedas, los asientos y las lunas. Como buitres en la pitanza. Luego los motores, los volantes y todo, salvo el chasis.

Y ahí quedaban para que los niños jugaran, testimonio de que algo fallaba en un país rico en petróleo, cacao y maderas preciosas. Sin duda que serían piezas inapreciables para exponerlas ahora en los salones de cualquier museo de Arte Moderno.

También veíamos a hombres inmóviles tirados en el polvo, que seguían en la misma posición al volver.

—¿Qué pasa con esos hombres? —preguntó John al conductor.

—Están muertos.

—¿Cómo va a ser?

—Así es, señor.

—¿Por qué no los recogen?

—Deben verlos un médico y el imán de su comunidad, pero como no tienen papeles no se saben sus nombres ni su procedencia. Están ahí hasta averiguar. Si pasa demasiado tiempo la policía los recoge.

—¿Cuánto es demasiado tiempo?

—Varios días.

Parecía una contestación adecuada al extranjero bobo y crédulo. Quién sabe si decía la verdad o nos tomaba el pelo, aunque parecía un hombre serio y algún sentido había en lo que decía. Lo cierto es que cada día veíamos cuerpos tirados en esa guisa.

El primer día de Exposición nos visitó un gran número de hombres. Ninguna mujer, ningún día. Todos los stands llenos a rebosar de tipos amables y sonrientes. La mayoría vestía el traje típico: una túnica de algodón suelta, adornada con aplicaciones y bordados. En la cabeza, un gorro redondo y alegrado de colores, encasquetado estilo cirujano.

Mis máquinas tuvieron un éxito considerable al mostrar de qué forma tan sencilla y rápida hacían su trabajo. Los visitantes hacían muchas preguntas en un inglés raro. Recurrí a John, que se esforzó en la tarea. Al final del día me confesó que no le era posible entender bien todo porque algunos chamullaban una jerga criolla de nombre «pidgin», mezcla de inglés y yoruba. Ocurre como el «spanglish» que se maneja en la raya entre México y USA. No tuve más remedio que emplear una traductora. Conseguí a Carmen, una joven esbelta nacida en Guinea Ecuatorial. Sabía un español tan perfecto que para sí quisieran muchos engreídos locutores de nuestras caja tonta y caja ciega. El binomio máquinas-chica atractiva funcionó a las maravillas y era previsible que tantas visitas propiciaran muchas operaciones.

Todos los interesados preguntaban el precio de cada máquina y del conjunto. Al llegar a la forma de pago, cheque bancario confirmado por banco español, se sonreían como si esa condición fuera una cosa menor. Luego me dejaban unas tarjetas de visita escritas por un lado en yoruba, hausa o igbo, las más habladas de las quinientas lenguas usadas en el país, y en inglés por el reverso. Las letras estaban en colores y en relieve, como el logo, y ofrecían un gran atractivo. No existía entonces el correo electrónico, pero sí el fax, que se exhibía junto a uno o dos números telefónicos, dando la sensación de que los titulares estaban al loro en el mundo moderno.

Un buen número de interesados reiteraron su deseo de que les visitara en su oficina. Como la Exposición empezaba a las 12.00, aproveché las horas tempranas del día para tal fin. Ninguna empresa estaba en edificios modernos o antiguos de la ciudad. Los taxis avanzaban por las afueras levantando polvareda en caminos de tierra poblados por multitud de niños ociosos y rientes, y mujeres cargando bultos, todos descalzos. A los lados, chozas amplias de paredes de adobe o calicanto y techo de paja. Grandes carteles a colores con los nombres de las firmas puntuaban su dirección.

Por dentro, más que despachos eran salas de exposición, con muchos objetos de adorno, cabezas disecadas de animales salvajes avergonzando desde las paredes. Al fondo, detrás de una mesa grande con teléfono y máquina de escribir, un sillón tipo trono donde se encaramaba el titular. En el lado de acá dos sillones, hundidos a propósito para que los visitantes estuvieran con las rodillas a la altura del pecho, lo que les situaba en inferioridad de condiciones para las negociaciones.

El interesado, conocedor ya de los precios, se lanzaba a unos espectaculares monólogos, tímidamente interrumpidos por

Carmen y sin que fuera requerida mi opinión. De vez en cuando me enviaba una mirada y una sonrisa, como para comprobar que el sillón no me había tragado. Finalmente entraba al grano. Quería que le dejara las máquinas sin soltar prenda. Había hecho las gestiones y el banco me enviaría la orden de pago en cuanto estuvieran los papeles, una semana después. No habría ningún problema y todos quedaríamos satisfechos. Además, me pasaría otro pedido por más máquinas. Curiosamente, todos los visitados procedían de la misma manera, como si hubieran aprendido la técnica negociadora en la misma escuela. A todos les dejé claro que sin cheque previo no habría máquinas. Eso sí, con mi mejor sonrisa.

También me llamó la atención que todos, sin excepción, me pidieran que les dejara o enviara una carta invitándoles a visitar mi empresa en Madrid. Nunca supe si era porque no podían salir libremente del país o tenía como objetivo conseguir dólares por ese procedimiento.

Carmen me explicó que esos gesticulosos discursos eran para señalar lo mucho que habían conseguido en sus comercios, los muchos clientes que tenían, lo mucho que vendían y lo buenos pagadores que eran. Una forma de hacer negocios a sopetón, tan alejado de los parámetros establecidos para las transacciones en el comercio internacional.

Tomábamos un tentempié en la Feria. Pero las verdaderas comidas eran las cenas, que hacíamos normalmente en un chino situado junto al hotel. Nos habían advertido de la elevada delincuencia que había en el país, que en ese aspecto no era el único, y por eso no dábamos un paso más allá. Nuestro grupo, ya cenado, acababa indefectiblemente en la habitación de Christian, un chico de los Países Bajos que representaba una firma española. No era el holandés errante, pero había viajado por mucho mundo aprendiendo lenguas y costumbres. Era «alto y rubio como la cerveza», diría Concha Piquer. El prototipo de aventurero, líder en los asuntos. Contábamos chistes y anécdotas, bien adobados con güisqui, coñac, cubatas y cervezas comprados en el chino. Ninguno podía competir con el neerlandés, que trasegaba como una tubería y que contaba aventuras sin fin, algunas con tanto riesgo que parecía imposible el haberlas superado.

—Siempre me meto en alguna. La vida es muy aburrida sin problemas y sin bromas. Aquí deberíamos dejar huella de nuestra presencia. A ver a quién se le ocurre algo.

—Yo tengo una —dije, tras una pausa de miradas y silencios.

—Venga.

—Venid, sin hacer ruido.

Era trasnoche y el hotel estaba en calma. Subimos por la escalera para no dejar señales. Apoyados en una pared del descansillo de la novena planta había una veintena de colchones nuevos, con sus fundas de plástico. Nos miramos.

—¿Te sugiere algo? —susurré a Christian.

—Justo lo que tú has pensado al traernos.

Entre todos y a gran velocidad llenamos dos de los tres ascensores, a tope. Bajamos en silencio al cuarto del holandés y nos reímos hasta el llanto pensando en la sorpresa que alguien se daría cuando le cayera encima el cargamento al abrir las puertas. Luego nos fuimos a dormir.

Pero los sorprendidos fuimos nosotros. En la explanada de la entrada, los focos giratorios de varios coches policiales rompían la luz grisácea de la mañana. En el hall, policías de paisano y uniforme preguntaban a unos empleados. Los interrogados tenían temor en la mirada, los ojos desbordados, los labios colgando.

—¿Qué ocurre? —preguntó Christian a uno de recepción.

—Alguien intentaba robar colchones y la policía trata de averiguar quiénes son.

—¿Robar colchones?¿Quién quiere robar colchones?

—¿Dice, señor? Los colchones son muy deseados. Hay mucha gente que nunca durmió en ninguno. Son caros y es frecuente que los roben.

—¿Hubo robos de colchones aquí, antes?

—No, porque hay mucha vigilancia.

—¿Qué ocurre con los ladrones, si los encuentran?

—Los enviarán a prisión hasta que el juez decida.

—¿Cuánto tardan en decidirse... normalmente?

—Mucho, señor. La cárcel está llena de gente esperando sentencia. La ley es muy lenta en este país.

Un relente de preocupación descendió sobre nosotros. Con cierto acojono entramos en la cafetería a desayunar y buscamos una mesa retirada.

—Joder, es como en el pasado, que por robar un pan te enviaban a galeras.

—Para ellos no es un pan sino algo costoso. Ya lo has oído.

—¿Qué vamos a hacer?

—Nada, esperar. Chitón y mano al botón.

—Venga, tíos —dije—. Debemos aclarar esto. Fue una broma y como tal lo entenderán.

—No estoy de acuerdo. No podemos actuar como lo haríamos en nuestro país. Esa gente no tiene el jetamen para chistes.

—No importa. ¿No visteis la cara de esos empleados? Menudo canguis tenían los pobres. Cualquiera sabe qué les harán. No es razonable estar de brazos cruzados.

—¿Qué pretendes?

—Sólo sugiero. Si confesamos nos creerán. Somos empresarios, llegados para mostrar nuestros productos en una Feria patrocinada por el Ministerio de Comercio de España. No estamos en ninguna red de delincuentes. Fue una broma. Lo entenderán.

Christian masticaba su desayuno como si fuera asunto ajeno. Bebió su café y habló.

—Dejemos que la cosa siga su curso. El asunto se desinflará solo. No acusarán a nadie.

—¿Cómo estás tan seguro?

—Por pura lógica. Fuimos nosotros quienes movimos los colchones, no esos empleados. Nadie nos vio. ¿Y quién en su sano juicio metería colchones en un ascensor para robarlos? Ningún ladrón haría una cosa tan burda. ¿Y cómo sacarían luego tantos colchones sin que les vieran? Absurdo pensar que fue un robo. Concluirán que fue una confusión y archivarán el asunto. Además, a los organizadores de la Feria no les haría ni puta gracia saber que provocamos este ruido. Sin embargo, al hotel le viene de maravilla. Publicidad gratuita.

Al volver de la Exposición, preguntamos.

—No han detenido a nadie.

—Eso quiere decir que nadie estaba robando los colchones, ¿verdad?

—Cierto. Aunque es un misterio cómo aparecieron en el ascensor, no se ha considerado que hubiera intención de robo.

—Por tanto, ningún empleado habrá salido perjudicado.

—Así es. Todos están bien, sin cargos. ¿Por qué lo pregunta, señor?

Muchas veces he dudado sobre qué habría hecho en el caso de que algún empleado hubiera sido acusado. ¿Habría confesado? Creo que sí. Éramos personas respetables, en misión puramente comercial. Nos creerían y no nos aherrojarían en mazmorras. Por el contrario, y dado su carácter festivo, incluso se reirían con nosotros. Y la huella que pedía Christian hubiera sido recordable festivamente por unos y otros.

Se lo dije a John, que no había participado en el asunto y no podía sospechar de nuestra implicación en el mismo.

—¿Lo hicisteis vosotros, de verdad? Joder, el lío que habéis armado. —Se rio con ganas, las pecas danzando la rumba en su cara rosada. Ya calmado, razonó—: Sabia medida el no declararos. No ha habido víctimas, felizmente. El asunto quedó cerrado. No conduce a nada pensar en cómo se debería haber actuado sobre algo que no pasó.

La Feria llegó a su fin. Aparecieron todos los interesados, pero sin el cheque. Incluso se pusieron a discutir entre ellos sobre quién había llegado primero y quién tenía más solvencia. Las máquinas, como la mayoría de las muestras de los otros expositores, volvieron a España. Pero fue una buena promoción en un mercado apenas trabajado por empresas españolas. Más tarde escribí desde Madrid varias cartas de invitación. Nos visitaron algunos comerciantes y pudimos hacer varios negocios.

Muchos expositores volvieron a España cargados de objetos manufacturados, adquiridos en los puestos de ventas situados a la entrada del hotel. Entonces no estaba prohibido el tráfico de marfil ni de pieles de animales salvajes. Un matrimonio de Gerona, de riñón cubierto y que tenía una tienda de cosas, compró dos pares de enormes colmillos de elefantes y cuatro *pufs* hechos con patas del mismo mamífero, así como varias pieles de leopardo. Me daba pena y asco ver esos restos de animales bellos, asesinados por la suma de codicia, ignorancia y necesidad. Los colmillos y patas requirieron un embalaje especial. Al dejarnos los autobuses en el aeropuerto, tuvieron que llevarlos unos porteadores a hombros hasta la sala de embarque. Como cuando el Congo era belga y los europeos se paseaban como amos por el África negra. «Sí *bwana*, sí amo blanco.» Pero el asunto no es tener dinero para hacer safaris sangrientos sino comprender que no nos pertenecen las vidas de los animales, los seres más indefensos que existen.

En el control de pasaportes nos advirtieron que debíamos entregar obligatoriamente todas las nairas o nos caería una multa.

—¿Cómo coño van a saber que lleva uno nairas escondidas?

—Mirarán los maletines. ¿Y quién quiere conservar nairas? No valen una mierda fuera de Nigeria.

—Para recuerdo o coleccionismo.

—No merece la pena.

En efecto, hubo registros exhaustivos en los equipajes y afanaron un montón de billetes. Pidieron facturas de las figuras y objetos artísticos, algo que casi nadie tenía porque la mayoría no fueron comprados en tiendas. Nos hicieron pagar un impuesto a su acomodo, ignorando nuestras protestas, y no olvidaron la tasa de salida. Parecíamos limones en una exprimidora. La procesión fue lenta. Pensé que perderíamos todos los vuelos hasta el fin de los tiempos.

No fue casual que John volviera a ocupar un asiento a mi lado en el avión. Hizo cambio con el pasajero que lo tenía. Y al rato comprendí el porqué y el sentido de las preguntas que me hizo en la ida.

—Vine a España engañado por una propaganda falsa —dijo, moviendo el vaso de güisqui y tras un cruce de banalidades—. Creía que las Vascongadas eran un país libre e independiente, invadido y colonizado en el pasado por los españoles, como ocurrió con Irlanda o Escocia por los ingleses. Leí a Sabino Arana y le compré el mensaje. Así que me quedé en el País Vasco para ayudar en su desarrollo e instituciones, aunque sin entrar en los grupos terroristas. —Hablaba con voz castigada, como si estuviera confesando pecados—. Pero mi curiosidad me llevó a recorrer muchas partes de España. Y no encontré la gente malvada, idiota, fea y holgazana que denuncia Arana. Por el contrario, en todos los sitios vi gente amable, hacendosa, inteligente y atractiva. Por cierto, Arana y su mujer estaban bien lejos de los cánones de belleza y armonía que preconizaba para la raza vasca. Finalmente, he comprendido que Arana era un racista, etnicista y xenófobo. Y que mentía. Porque las Vascongadas están en la raíz misma de España, de las que siempre han sido parte esencial.

Llegaron las azafatas con la comida y nos pusimos a cumplir. El diapasón del pasaje se elevó. Nada mejor para combatir las penas que una buena comida, y la de Iberia lo era.

—Repasé la lista de vascos que se sintieron más españoles que otros de otras regiones —siguió, entre bocados—. Sus nombres están en lo mejor de la milicia, la política y la cultura españolas. Como Sebastián Elcano, Blas de Lezo, Damián Churruca, Zumalacárregui... O Fernando María Castiella y José María de Areilza, sin olvidar a Ramiro de Maeztu, Miguel de Unamuno y Pío Baroja. Nadie se sintió por encima de ellos en cuanto a españolidad.

Caramba con el tío. Me asombró el dominio que parecía tener de nuestra historia y la convicción con la que hablaba. Me estaba exponiendo la lección que muchos necesitaban aprender. Vinieron a recoger las bandejas y nos quedamos con los vasos de güisqui.

—Y luego está lo de ETA, su sinsentido, su crueldad. En mi Ulster el IRA mata policías y militares. La ETA mata, además, mujeres y niños. Les da lo mismo. Son criminales y por eso su movimiento está condenado al fracaso a la larga. Porque todo está basado en una mentira: recuperar una independencia que jamás tuvieron. Se comparan con Irlanda y con Escocia, que nada tienen que ver. Hablan de libertad y lo que pretenden es la del tiro en la nuca. Por otra parte, el nivel de vida de los vascos y la autonomía de que gozan ya la quisieran para sí otros europeos de otras regiones de Europa.

—¿Tienes estas conversaciones allí?

—¿En Vitoria? Ni por asomo. Es una sociedad amedrentada. La mayoría calla, esperando que algún día pase la tormenta. Sólo están felices los amigos de los pistoleros que, al mismo tiempo, saben que ningún pueblo puede vivir con normalidad bajo la extorsión y la amenaza constante

—Si piensas todo eso, ¿por qué sigues allí?

—Me iré. Lo tengo decidido. A Logroño o a Santander.

—¿Por qué no a Asturias?

Sonrió y le desapareció toda la gravedad acumulada en el discurso.

—Quizá. También está Madrid. Tenéis un país muy grande y hermoso. —Se le llenó la mirada de paisajes. Luego se echó a reír—. Oye, y lo de los colchones, bingo. Seguro que habrá nigerianos supersticiosos que jurarán haberlos visto entrar por sí mismos en los ascensores. Qué ocurrencia. Sólo la gente alegre tiene esas iniciativas. Otra parte positiva de los españoles.

—Christian no lo es y también le da a la broma.

—Ese es un tío especial. No es un holandés normal.

No volví a ver a John. Ni a Christian. Sí a algunos de la colchonada, con cuyo recuerdo nos solazamos.

Pero cuando alguien me habla de colchones, o los veo en las tiendas o tirados en los vertederos, pienso en aquel intenso viaje y añoro los no lejanos tiempos en que éramos capaces de reírnos del mundo.

DEL IMAGINAR

La buena sombra

Él caminaba casi todas las noches por la pista de tartán del Centro de ocio y deportes del Depósito 3 del Canal de Isabel II. El enorme predio vigilado, de unos 60.000 metros cuadrados y que ocupa una manzana entera, es en su mayor parte un gigantesco estanque subterráneo de agua potable sobre el que se extiende una verde pradera para escuela de golf y de fútbol. En sus laterales, pero dentro del recinto enrejado, la pista circular de un kilómetro de longitud es muy frecuentada por personas adultas, mujeres y hombres de todas las edades, unos corriendo y otros andando; unos solos, otros en parejas o en grupos. Los jóvenes llevaban los oídos taponados con botones de música porque es sabido que para estimular el esfuerzo hay que tener la mente ocupada.

Mientras andaba, él contaba números de uno a mil y volvía a empezar la cuenta. Pasados unos días creyó más relajante contar los corredores y andantes, teniendo cuidado de no repetirlos, lo que le entretenía lo suficiente como para no notar las seis vueltas que siempre se hacía. El número rara vez coincidía en cada vuelta porque unos se marchaban y otros comenzaban, así que decidió fijarse en las personas, separándolas por sexos. Unos días eran más las mujeres y otros los hombres. Semanas después optó por numerar las sombras que se proyectaban en el suelo. Cada persona ponía la suya delante o detrás de cada farola, situadas a quince metros una de la otra. Cuando se aproximaban a la farola, la sombra era perseguidora, cuando pasaban el poste de luz, la sombra se adelantaba hasta desaparecer y renovarse en la siguiente farola. Al llegar al lateral de dobles farolas, las sombras se duplicaban, iban en distintas direcciones y tenían diferentes intensidades. Así, en cada jornada, él se esmeraba en contarlas todas, la suya y las de los demás.

Esa noche empezó a lloviznar ligeramente. No era propiamente una llovizna sino unas gotículas separadas que no llegaban a juntarse ni para formar neblina. Pocos abandonaron el deporte porque no sonaban truenos ni había avisos de lluvia. La pista no se conmovió porque los poros podían absorber el agua suponiendo que decidiera llover. Pero la humedad dio un pequeño barniz que resaltaba más las sombras por lo que le fue más fácil contarlas. Y entonces notó vagamente que a uno de los corredores no le seguía su sombra. Debió haberse despistado al contar. Pero en la siguiente vuelta el hombre volvió a pasarle sin su oscura proyección. Era un tipo de estatura media, de largas piernas y llevaba un ritmo rápido. No era posible, aunque lo había visto por dos veces. Así que decidió verificarlo. Miró. El corredor giraba en la curva para otra ronda. Esperó junto a una farola. Y le vio llegar, una gorra calada difuminando sus rasgos. Se preparó para la comprobación y tuvo la evidencia. El hombre le pasó a gran velocidad desprovisto de sombra. ¿Cómo era posible? Volvió a esperarle pero ya no le vio más. ¿Se habría dado cuenta de la pérdida? Supuso que no porque ahora estaría buscándola. Se obligó a dar dos vueltas más para ver si la encontraba enganchada en alguna farola o en algún registro de aguas y poder ofrecérsela al hombre si volvía. Mientras, comprobó que todos los demás conservaban sus sombras. Y de pronto se dio cuenta de que él tenía más sombras que las que le correspondían, dos si pasaba por una farola y cuatro si coincidía con dos postes. Salió del recinto y se vigiló durante su caminar de vuelta a casa. Siempre le seguían dos sombras. ¿Qué era aquello? Ya en el portal, y luego en el hogar, se le despejaron las dudas: proyectaba una sombra doble. Se lo dijo a su mujer.

—Ya estás con tus fantasías —fue su comentario.

Él la llevó al salón y encendió la lámpara de árbol. Las dos sombras se deslizaron por el suelo, una junto a la otra formando una uve. Ella le dijo que le ocurrían las cosas más raras y que se acostara, que al día siguiente se le habría pasado. No durmió aquella noche pensando en el hombre desconocido al que había arrancado su sombra. Seguramente estaría dando vueltas buscándola, y sin duda sufriendo mayor angustia que la que él empezaba a sentir. Al día siguiente amaneció gris, pero poco después los claros dejaron pasar el sol. Él estaba en la calle, esperando, y cuando los rayos le alcanzaron, su esperanza se derrumbó. No era una alucinación nocturna. Allí estaban las dos sombras.

En la oficina no dijo lo que le ocurría. No se dieron cuenta porque nadie se fija en esas cosas. Tuvo un mal día y discutió con el jefe por un quítame allá esas pajas e incluso le invitó a ofrecer su trasero como funda para algo carnoso. Y al jefe de ventas, socio de la empresa, le dijo lo que siempre pensaba de él: que era más vago que Bartolo y que la empresa iría mejor si cumpliera bien con su trabajo en vez de afanarse en escarbarse los agujeros de las napias.

Al regresar a casa notó algo raro en el mirar de su mujer. Llevaban veinticinco años casados y todavía eran jóvenes y de buen ver. Pero ella le observaba de hito en hito como si en él algo hubiera dejado de estar a la necesaria altura. A los pocos días le dijo que no quería que compartieran la misma cama, viéndose obligado a poner otra de menos dimensiones a un lado. Más tarde, se negó a tenerle en la misma habitación. Y no mucho después añadió, de sopetón, que no podían seguir juntos en el mismo piso y le emplazó para que se marchara, añadiendo que debían iniciar los trámites para la separación. Tenían la vivienda pagada y la pusieron a la venta. El juez dictaminó que, mientras, ella se quedara a vivir en el piso. Así que él tuvo que cargar con sus cosas y refugiarse en uno de alquiler. También se llevó su tabla del váter y a *Gato*, su perro, llamado así porque desde pequeño se pasaba el día tumbado. Tenía dos hijos, uno en Australia y otro en México. Llamó al de México y no obtuvo respuesta. Lo intentó con el de Australia.

—He hablado con mamá. Dice que no pareces el mismo, que te encuentra raro.

—¿Cómo de raro?

—Raro, como si dijéramos. Ve al médico y que te examine.

—La verdad es que necesito ayuda. A lo mejor podrías venir...

—No voy a poder. Estoy en el hospital. El terrible fuego declarado aquí, en Nueva Gales del Sur, todavía no controlado, calcinó la urbanización donde estaba mi residencia. Muchos estudiantes estamos heridos. Lo mío no es grave. Iré en la primera ocasión. Pero nunca necesitaste a nadie para resolver tus asuntos. Siempre fuiste hombre con buena sombra.

Recibió una llamada en su móvil. Una voz latina le preguntó desde México si aceptaba la conferencia a cobro revertido. Dijo que sí, sorprendiéndose de que siguieran vigentes esas fórmulas.

—Hola, papá. He hablado con mamá y ya me ha dicho.

—Bueno, me gustaría que vinieras para echar una mano.

—No me es posible. La verdad es que estoy en el trullo porque me han relacionado con un asunto de narcotráfico. Quería hablar contigo. Necesito mil dólares para la fianza. ¿Me los puedes enviar? Sabes que te los devolveré. Ah, y en cuanto a tu asunto, no dejes de ir al médico. De todas maneras, siempre tuviste muy buena sombra.

A la mañana siguiente se acercó a Correos y envió novecientos euros a su hijo, sabiendo que nunca los recobraría. Luego fue al médico, que tomó su caso con mucha guasa. Dijo que todos tenemos otro yo y, en su caso, el otro había comenzado a vivir dentro de él aunque no pudiera verle. Era como la solitaria. Le sugirió que probara a quitársela sentándose en un orinal con leche, que es lo que se suele hacer para extirpar la lombriz. Pero él no estaba para bromas y le expresó algo relacionado con la madre que lo parió y que estaba de acuerdo con la idea del otro yo porque tenía delante no un doctor sino dos gilipollas, en los que se cagaba. El médico se tomó muy en serio las nuevas disposiciones por las que se les investía de autoridad y empezó a dar grandes voces. Acudieron dos celadores. En el barullo se perdieron unos cuantos guantazos y dos de ellos encontraron un destino concreto. Cuando salió del consultorio flanqueado por dos policías tenía el rostro como los osos panda, con dos círculos negros rodeando sus ojos. En la comisaría le tomaron la identificación y le dejaron marchar sin cargos, en espera de lo que decidiera el juez sobre la demanda presentada por el galeno.

Quince días después la empresa quebró. A sus cuarenta y ocho años, sin derecho a pensión ni al pataleo, se quedó con los pocos recursos que tenía. Había hecho un plan de pensiones e intentó rescatarlo de la Seguridad Social dándoles cuenta de sus circunstancias. Le dijeron que esperara sentado. Se puso a la cola del INEM y esperó a que le saliera un nuevo trabajo. Y entre tanto el piso seguía sin venderse, lo que era extraño. Empezó a sospechar que acaso su mujer disuadía a los posibles compradores, fijando un precio excesivo o diciéndoles que ya estaba vendido. No era suposición aventurada porque, en la circunstancia de ella, parecía ilógico desprenderse del piso donde estaba viviendo sin acoso y holgadamente. Se prometió investigar si le estaba engañando al respecto.

Al meditar sobre los hechos recientes llegó a la conclusión de que esas desgracias eran causadas por la sombra añadida, que debía ser una mala sombra que anulaba la buena que siempre tuvo. Así que volvió a caminar por el circuito, al que no había vuelto desde aquella noche aciaga. Al segundo día, en un cruce de jóvenes corredores, observó que sólo tenía una sombra, dos cuando había doble farola. ¡Albricias! Su primer impulso fue correr hacia los jóvenes y gritarles que alguno llevaba una sombra de más. Pero luego se frenó. Seguramente esa sombra iba por ahí haciendo daño como le hizo a él. Y aunque era un hombre de buenos sentimientos se dijo que era deber de cada uno aplicarse en lo que le concernía, que cada perro se lamiera su cipote. Volvió a casa y por primera vez en mucho tiempo rio con honda alegría al jugar con *Gato*. Esa noche durmió tan profundamente que se levantó sólo cuando *Gato* se le sentó encima. Era un hombre feliz. Sacó al perro, le dio su comida y salió a disfrutar del día. No vio el coche venir.

Cuando despertó en el hospital se enteró de que había estado en coma y que tenía varios huesos rotos. Al volver a casa semanas después encontró a *Gato* muerto. Nadie se había ocupado de él en esos días y ni los vecinos atendieron sus ladridos. Una semana más tarde recibió una carta de un abogado. Representaba al conductor del coche que le atropelló y reclamaba una cantidad desmesurada por los desperfectos del vehículo y por unas pretendidas lesiones en el aparato reproductor. Decía que por el choque a su cliente «le ha quedado un testículo inservible», lo que certificaba un médico forense. En el juicio el juez dio la razón al otro ya que él había cruzado por un lugar inadecuado. Le costó un huevo el puñetero cojón cascado del tipo. Se quedó sin dinero y pidió un crédito, que le fue negado por carecer de trabajo e ingresos, y el piso no le sirvió como aval ya que era un bien ganancial y la mujer se negó a firmar. Tuvo que vender sus inapreciables colecciones de sellos y sus 48 monedas de oro y plata que por el Quinto Centenario del Descubrimiento de América emitió la FNMT, así como el juego de estilográfica y bolígrafo Montblanc de oro que le dieron por mejor vendedor del año, su Rolex de oro pagado a plazos y un gran Moai de lapislázuli de imprecisable valor comprado en Chile. Fue como si hubiera perdido el pasado.

Entonces volvió a pensar en la sombra. ¿Qué estaba pasando? Comprendió de súbito que la sombra que se llevó el grupo de jóvenes era la suya, la buena, y la que le quedó era la mala, la que le dejó aquel desconocido. ¡Claro, era eso! Ahí estaba el origen de sus desgracias. Cargaba sin saber por qué con una mala sombra. Así que regresó a la pista del Canal. Y días después el ambiente se volvió húmedo y pareció que iba a llover, pero sólo hubo un tímido goteo que escampó al momento dejando la pista como si la hubieran fregado. Se paró y meditó. Parecía repetición de aquella noche aciaga. Y justo entonces un hombre de mediana estatura y de piernas largas le adelantó como una exhalación. Tuvo la sensación de que era el mismo de la primera vez porque el fenómeno atmosférico semejaba idéntico. Miró el suelo y dudó de lo que veía. ¡No tenía sombra! Pasó por una farola y luego por otra y luego por otra hasta convencerse de que no proyectaba sombra. Por primera vez en su vida carecía de esa silueta negra e impalpable que aparecía con las luces. El hombre fantasmal se la había llevado, en este caso la mala sombra. ¡Maravilla! Corrió gritando de alegría hacia casa, saludando a la gente sin que nadie le prestara atención. En el portal saludó a algunos vecinos, que no le respondieron, lo que atribuyó a su insociable comportamiento en las semanas pasadas. No le importó, tanta era su dicha. Subió a casa, cenó opíparamente descorchando una botella de vino de reserva del 64, año en que se casó. Le hubiera gustado tener en ese momento a su compañera ausente para aliviarse con un revolcón. Pero Dios dispone y *Lewis Stone*. Al ir a lavarse los dientes se percató de que el espejo no reflejaba su imagen. Se quedó pasmado. ¿Otra broma del destino? Fue a los espejos de los armarios y ocurrió lo mismo. Su imagen no estaba, como decían que ocurría con los vampiros. ¿Se habría vuelto uno de ellos? Se acostó y apenas pudo dormir, abandonado de sosiego por la inquietante sospecha.

Temprano en la mañana bajó al garaje de la comunidad. El coche tardó en arrancar, como si llevara tiempo sin usarse. Tras varios intentos lo consiguió. Condujo concentrado hasta el cementerio de la Almudena. Buscó la tumba donde sepultaron a sus familiares. Allí estaban los nombres: sus padres, su abuela, un tío... y su propio nombre, con la fecha de su fallecimiento, justo el año en que el hombre desconocido le dejó su sombra. No lo podía creer. Pero lo grabado en la lápida no era un sueño. Él estaba enterrado ahí.

Miró alrededor y no vio a nadie en la extraña mañana. El aire no se movía y no oyó el piar de los gorriones en los cipreses. Estaba solo en el inmenso camposanto. Se sentó en la losa y supo que ya nunca le volvería su buena sombra.

Un año más (Navidad de 1952)

Miró a derecha e izquierda. Luego, al no ver a nadie se inclinó y cogió el papel. Parecía... parecía... Gabriel se alejó del oscuro lugar presa de nerviosismo, aferrando el papel en un bolsillo del abrigo. Más adelante se detuvo delante de un farol de gas. Sacó sus lentes y se las ajustó. Tomó el papelito y lo miró a la vacilante luz. Un billete de mil pesetas. Gabriel se sintió desfallecer. ¿Era posible? ¿Quién lo perdería? Bueno; tonta pregunta. ¡Mil pesetas! Una ayuda del cielo para que esas Navidades pudieran celebrarlas de otra forma. Temeroso se guardó el billete con gran cuidado y se desplazó de allí a toda prisa. Pascuala esta vez no tendría que gritarle como acostumbraba. ¡Mil pesetas, Señor...! Cuatro veces su sueldo. Palpó el billete, temeroso de haber sufrido una alucinación. Pero no, el billete estaba allí. ¡Ah! ¿Cómo tuvo tanta suerte? Con él podría comprarle...

Llegó a casa. Era un invierno crudo y los chavales del barrio jugaban con la nieve en las aceras. Subió hasta su vivienda, abrió la puerta y entró al comedor, gozoso como no lo estaba desde hacía muchos años. Procedió a quitarse el gabán, la bufanda y la gorra, que colgó pulcramente de un perchero situado en una esquina. No le diría nada a Pascuala enseguida. Le daría una sorpresa. Pensando en ello se alisó la chaqueta y de un bolsillo del gabán sacó el diario *Madrid*, que siempre le dejaba su jefe una vez leído.

—¿Quién anda ahí? ¿Eres tú? —oyó a su mujer.

—Sí, cariño, soy yo. ¿Quién va a ser? —contestó, sintiendo renacer dentro de sí la alegría perdida tanto tiempo atrás.

—Los Reyes Magos, para cambiar. Pero no. Llegó el millonario.

Gabriel cerró los ojos. Ya empezaba. Echó a andar hacia la cocina con el periódico bajo el brazo.

—¡Quítate los zapatones! ¡No creas que voy a estar aquí fregoteando el suelo como una negra todo el cochino día para que tú vengas y me lo enguarres con tus patazas!

Sin contestar, Gabriel se descalzó y fue en busca de las pantuflas. Se las calzó y preguntó:

—¿Dónde... dónde dejo hoy los zapatos?

—¡Dónde, dónde! ¡No sabes hacer nada! ¡Trae acá, inútil!

Gabriel se dejó arrebatar los zapatos. Luego se sentó en un silloncito junto al brasero buscando desprenderse del frío. Encogió su delgaducha y encorvada figura y abrió la prensa, esperando el momento.

—¿Qué? —dijo la mujer, apareciendo con los brazos en jarras—. ¿Le tocó al señor la lotería este año o será como siempre?

La miró. En verdad no comprendía cómo se casó con ella. Gruesa, bigotuda, desgreñada, siempre agresiva... Claro que, la pobre, antes no era así.

—No —contestó con gesto animoso—. Pero...

—¡Pero qué! ¡Ya decía yo! ¡A ti qué te va a tocar si eres un cenizo! ¡Y otro año más a malcomer con la mierda de sueldo que traes! ¡No sé por qué pones esa cara de bobo!

—Mujer...

—¡Mujer! ¡Ése fue mi error! ¿Por qué me casaría yo contigo? ¡Vamos que...! ¡Con la de pretendientes que tenía y fui a cargar con el mostrenco! ¡Si aquel día no hubiera amanecido...!

—No digas eso, Pascuala —dijo él, más aburrido que compungido.

—¿Que no diga eso? ¡Valiente calamidad! ¡Toda la vida pasando gusa a tu lado y aún me dices que...! ¡Vamos, no me hagas hablar, no me hagas hablar, porque como empiece...!

Gabriel se encogió más en el estrecho asiento.

—Sí... es mejor que te calles...

—¡Claro, eso es lo que quieres! ¡Que te deje en paz! ¡El muy vago no quiere que le canten las cuarenta! ¡Es muy bonito eso de llegar, despanzurrarse y no querer oír las verdades!

—Mujer... No soy un vago... Sabes que...

—¿No? —interrumpió la mujer, agitando los brazos y poniendo los ojos en blanco—. ¡El señor no es un vago! Es su mujer la vaga, ¿verdad?

—No he dicho...

—¡Lo has insinuado! —acusó, apuntando un dedo hacia él—. ¡Miren la mosquita muerta! ¡Y si no fuera por mí te verías tan ruin como las ratas, peor que ellas! ¡Ha sido una suerte para ti encontrar una esclava como yo que te ponga la sopa boba todos los días, estirando esa mierda de sueldo que ganas!

Gabriel cerró los ojos y se pasó una mano por la calva. Luego miró a su esposa y comprobó que tenía el bigote encabritado, lo que significaba un largo discurso.

—¿Qué quieres que haga, mujer? Don Pedro dice que, de subidas de sueldo, por ahora...

—¡Por ahora! ¡Siempre el mismo cuento!

—¿Qué puedo hacer si...?

—¡Pues roba! ¡Haz algo! ¿Por qué no asaltas un banco?

—Qué cosas dices, mujer. ¿Cómo voy a...?

—¡Otros lo hacen! ¡Algo! ¡Y no seguir viviendo como en el racionamiento! ¡En esos años muchos se hicieron con muchas cartillas! ¡Hombres emprendedores! ¡Ah, pero tú no sirves para nada! ¡Para nada! ¡Y que yo haya tenido que cargar contigo como una tonta...!

—Bueno, mujer... Cálmate. No te pongas así...

—¿Qué no me ponga así? ¿Cómo quieres que me ponga? ¡A ver! ¡Dime si éstas van a ser Navidades diferentes! ¡A ver, dime! ¡Y si voy a tener algún capricho en Reyes, un abrigo decente alguna vez!

—Pues... —hizo una pausa lleno de satisfacción. Ahora lo soltaría y haría enmudecer el repertorio inacabable de su mujer. Y pudiera ser que todo cambiara—. Estas Navidades serán...

—¿Qué? ¡Mierda! ¡Como todas! ¡Acostarnos con una sopa

y un filete de cerdo en el buche, oyendo a los vecinos patalear con la andorga bien llena!

—Los vecinos son iguales de pobres, mujer. Sus cenas no son mejores que las nuestras. Pero ellos tienen alegría y conformidad con lo que la vida les...

—¡Sermones! ¡No todos somos iguales! ¡Otros maridos no son como tú, qué va! ¡Ni para hacer hijos valiste! —Y al momento empezó a soltar los pucheros habituales.

Ahí estaba lo de siempre. Sospechaba que después de tantos años había mucho victimismo en esos gimoteos. Y tenía por seguro que él no era estéril ya que en su familia nunca hubo casos de infecundidad y en la de ella sí, además de que en su momento rehusó que ambos se hicieran las pruebas. Sin embargo, siempre entendió la amargura derivada de su no maternidad y por eso había venido aceptando el vinagre de su comportamiento sin sospechar que ello derivaría en situaciones irremediables de bronca permanente. Intentó una vez más romper lo tenido por costumbre.

—Mujer, muchos matrimonios no tienen hijos y no por eso hay que ser infelices. Debemos aceptar las cosas como vienen...

—¡Y una mierda! ¡Aquí las cosas siempre vienen mal!

—Verás... Estas Navidades serán diferentes...

—¿Cómo diferentes? ¡Miren al señor decir tonterías! —volvió a interrumpir, moviendo los brazos y dirigiéndose a un público inexistente—. ¡El millonario de mi marido va a abrir la cartera y va a sacar la mosca para que podamos hincharnos de cordero y turrón por una vez!

—Bueno... aunque no lo creas...

—¿Qué? ¡Mira, cállate y no me hagas hablar! ¡Encima con guasas! ¡Te vas a meter el cachondeo en el culo! ¿Sabes? ¿Te crees que soy tonta? ¡Pues esta noche te haces tú la cena, para que sigas con cuentos! ¡Hala! ¡A la mierda!

—Escúchame, Pascuala, por favor... Esta noche...

—¡No me da la gana escucharte, liante!

—¿Por qué eres así, mujer? Déjame decirte...

—¡Dinero es lo que hace falta! —gritó ella, inexorable—. ¡No cuentos! ¡Veinte años en esa sucia oficina y cuatro perras gordas de paga! ¡Eso es lo que das de sí! ¡Claro que para lo que haces...!

—Pascuala... —Gabriel se incorporó y metió la mano en el bolsillo de la chaqueta—. Escucha, por favor...

—¡Mierda! ¡Que te escuche tu tía, rico! ¡Tonta sería yo si te hiciera caso! ¡Lo hice en su día y ésa fue mi desgracia!

Dio la vuelta a su cuerpo y dejó a Gabriel con la mano en el bolsillo. Él quedó quieto, mirando la puerta de la habitación donde ella había desaparecido. Estuvo un largo rato así, meditando. Después fue lentamente al retrete mientras oía a su mujer monologar sobre su suerte. Sacó el billete y lo miró. Luego, con infinita tristeza, lo rompió en pequeños trozos. Suspirando los echó a la taza y tiró de la cadena. Al hacerlo, dos gruesas lágrimas se desprendieron de sus cansados ojos y siguieron el camino de los papelitos. Después con los pies a rastras retornó a su periódico.

El buen vecino

Tenía que matar al vecino. Esa idea, que en un principio le surgió como mero producto de un enfado circunstancial, fue enganchándosele como un ácaro. Y un día, recientemente, al reflexionar sobre ello se percató de que llevaba años fustigándole hasta convertirse en necesidad. No era un pensamiento intrascendente, no. Tenía que asesinarle, acabar con él. Cada vez que le veía, no con frecuencia, afortunadamente para su sosiego, sentía removerse dentro de sí un odio incalmable. Le reventaba su sonrisa de suficiencia, sus buenos modales, siempre saludando como si todo el mundo tuviera un billete de lotería premiado. «¡Hola vecino! Buen día, ¿verdad?» Su puta madre. Si el día era bueno ya se lo había amargado, sólo con verle y recordarle su existencia.

No servía de nada intentar encontrar una explicación racional a ese sentimiento. Lo había intentado, pero era como el moco colgando de nariz ajena, algo imposible de evitar. Empezó al observar su disposición al cameleo, disfrazado de argumentación razonable. Merced a ello le vio conseguir acuerdos que chocaban contra el equilibrio presupuestario, tales como las obras del portal, de las fachadas y de los pasillos. O como prolongar las horas de calefacción por encima de la lógica del ahorro por encarecimiento del combustible. Y lo más inaceptable fue apañarse para lograr que se eliminara al portero, un buen tipo, trabajador como pocos, con el fin de instalar otro de su pueblo y notoriamente pelotillero. El tipo no estaba en agobios económicos y no paraba mientes de que había muchos vecinos de bolsillo vigilado. Entre otros productivos negocios tenía un almacén de jamones y, a veces, hacía reuniones en su casa con sus adláteres de la comunidad, de las que todos salían con las barrigas obsequiadas y los votos obligados, lo que daba como consecuencia que llevara años de presidente de la casa.

Pero él no era un criminal. Nunca había matado a nadie y esos impulsos asesinos sólo se le habían ocurrido con el vecino. No sabía cómo resolver esa presión, que se estaba transformando en angustia. Y he aquí que el destino acudió en su ayuda.

Ocurrió en la sala de espera del traumatólogo. En un momento dado otro paciente empezó a hablarle. Al principio sólo fueron banalidades pero luego le hizo entrar en consideraciones de gran trascendencia, como por qué Monica Bellucci está tan buena. Al salir de la consulta, le encontró en la puerta, esperándole. Se llamaba Pancracio y dijo que le había caído bien y que le invitaba a un café. Animosamente volvió a la carga con preguntas de enorme interés, como por qué cerramos los ojos al estornudar y por qué hay hombres que no se quedan calvos. Él estaba maravillado de la singularidad de Pancracio. Y más cuando le oyó decir que profesaba gran fobia a uno de sus vecinos. En realidad su argumentación sobre este asunto concreto se inició otra vez con Monica Bellucci. Confesó que la italiana se le aparecía en los sueños llena de erotismo y señaló que al marido, por el solo hecho de serlo, había que matarlo, como en su día a Carlo Ponti por enrollarse con Sofía Loren, y como a uno de sus vecinos, un hijoputa redomado.

Fue como una revelación para él, encontrar un alma gemela en ese tema esencial. No estaba solo. El resto de la conversación abundó sobre ese asunto vecinal. Al despedirse se dieron los teléfonos. Días más tarde recibió una llamada para una cita. Se encontraron en la misma cafetería. Pancracio estaba acompañado de otro hombre llamado Ceferino, que no desentonaba de su buen aspecto. Se habían conocido en un partido de fútbol. En un lance del juego, Ceferino, que se sentaba a su lado, gritó que había que matar al árbitro, lo que reiteró durante el descanso. Añadió que era de justicia matarle por cabrón; que le recordaba a un vecino, a quien también se debería liquidar. Y ahora estaban allí para proponerle la búsqueda de un plan con el que llevar adelante sus coincidentes impulsos aunque tan difíciles de materializar. Cuando sus dos nuevos amigos se despidieron, él tuvo el convencimiento de que estaba en los orígenes de algo grande.

La siguiente cita fue en casa de otro llamado Hermenegildo. En su amplio salón había una docena de personas, que en su día eran desconocidas entre ellas. Habían dejado correr la voz y allí estaban para lo que fuera. Todos eran personas respetables, con profesiones de altura, acomodados y de lenguaje contenido, salvo cuando mencionaban a su odiado vecino. Entonces se les llenaba la boca de improperios. De la reunión salió una directriz de actuación y un estatuto. Habían creado un club secreto cuya finalidad era la de liquidar a vecinos insufribles. A la siguiente reunión, celebrada en una explanada de la Casa de Campo al aire libre, ya que el tema no podía tener testigos ajenos y era tiempo de verano, acudieron casi cincuenta personas. Supieron entonces que lo de matar al vecino era un deseo muy extendido, que en casi todas las casas había gente con ganas de ajustarle las cuentas a alguno porque en todos los sitios había propietarios hastiosos. Las razones esgrimidas para su rencor eran variadas. «Me toca los cojones», «Le huele el aliento», «Se pee en el ascensor», «Sus perros ladran todo el día», «Ronca como un cerdo», «Pone la tele a cien a todas horas», «Fisgonea a través de los visillos», «Nunca se ducha para meterse en la piscina»... No parecían argumentos tan poderosos como para que se originaran tales sentimientos destructivos. Cuando más tarde reflexionó sobre ello, a la vista de tan multitudinaria predisposición, comprendió que no podían ser ésas las razones auténticas sino sólo cortinas de humo. Las causas verdaderas eran una aversión indefinida hacia alguien intragable, algo tan inexplicable como, por el contrario, el que haya personas que se caigan bien incluso sin haberse hablado. Exactamente como le pasaba a él. La manía que profesaba a su vecino era, en realidad, porque le caía fatal, hiciera lo que hiciera, estuviera bien o mal.

En esa junta decidieron ampliar el cupo hasta los cien y crear un fondo. Para no llamar la atención no harían reuniones masivas, sino por grupos. Seis de ellos, jubilados tempranamente y coordinados por uno llamado Patrocinio, se encargarían de recoger las llamadas telefónicas y servir de enlaces. Serían la cabeza de la asociación a la que llamarían «El buen Vecino». Dado que ninguno había matado a nadie, nombraron una comisión para buscar en los bajos fondos y con la mayor discreción a alguien que asumiese las funciones de ejecutores.

Encontraron dos jóvenes de agradable aspecto y parcos en palabras. Eran duchos en todo tipo de atentados porque habían estado en la guerra de los Balcanes. La elección de los objetivos no tuvo dificultades porque los del grupo de gobierno eligieron la modalidad del sorteo. Tiempo después empezaron a verse los resultados. Atropellos por coches dados a la fuga y que habían sido robados; desnucamientos al caer por escaleras; caídas a las vías cuando el metro pasaba; asfixias por escape de gas en las viviendas... Y muertes ocasionadas por bala, cuchillo o golpes durante atracos en las calles o en domicilios. Le contaron que cuando los asesinos decidían matar con pistola en las casas, se aseguraban de que no hubiera más personas que el objetivo. Trabajaban solos. Al abrirle la puerta decían: «Buenos días, señor, traigo un encargo para usted que no podrá rechazar.» Como en la película *El Padrino*. Luego le disparaban y procedían a robar para confundir a la policía.

Para entonces, la asociación secreta contaba con más de cuatro mil afiliados, hombres y mujeres, porque de forma constante se apuntaban nuevos socios además de que, si bien muchos se borraban al haber sido eliminado el objeto de su preocupación inicial, otros seguían por haberle cogido gusto al asunto y decidir ampliar su labor de limpieza a otros vecinos de sus fincas. La organización actuaba con la máxima eficacia. Los teléfonos habían sido renovados y los de ahora eran móviles y correspondían a nombres ficticios. Sus identidades estaban salvaguardadas bajo numeración similar a las matrículas de los coches. Por ejemplo, Ceferino era el CB1004. El fondo económico era enorme y lo manejaban personas comprometidas con el proyecto: un economista, un contable, una jueza, un miembro del Gobierno, un alcalde, un notario, un alto empresario, una cineasta, un sindicalista liberado, una consejera de administración de un banco, una abogada, un cirujano, una arquitecta y un árbitro de fútbol. Ellos guardaban los dineros en lugar secreto y se encargaban de los pagos a los liquidadores.

Y el tiempo fue pasando y llegó el momento en que a su odiado vecino le tocó el turno de palmarla. Según dijo la mujer, alguien entró en la casa para robar y le dieron un tiro en la cabeza. Él estuvo muy considerado con la viuda y la familia, que repetía lo buena persona que era el fiambre y lo mucho que le querían todos porque nunca se metió con nadie. Se condolió en el tanatorio, en el entierro y en los funerales poniendo la misma cara de circunstancias que otros comunitarios. Se preguntó cuántos de ellos en realidad, salvo los de las orgías jamoneras, sentían la muerte del interfecto.

Un año después decidió abandonar. Para él no tenía sentido continuar. No odiaba a nadie más como para desear su muerte y lo que empezó como casi una broma había tomado tal envergadura que se notaba ajeno al mismo. Así se lo indicó a Pancracio, quien, muy a lo suyo, le hizo partícipe de un gran descubrimiento: las orejas de los humanos no son sólo recipientes para recoger suciedad, sino que fueron creadas para sostener las gafas. Sin orejas no habría gafas, o serían como monóculos, algo notoriamente molesto. Él ya había dejado de maravillarse con las propuestas intelectuales de Pancracio, pero esa ocurrencia le hizo ver que su socio había perdido la necesaria perspectiva, como les ocurría a los que iniciaron el tinglado con ellos. No estaban todos. Ceferino había muerto de forma natural, pues resultaba natural fallecer al desplomársele una grúa de obra en el momento de pasar por debajo de ella. Y Patrocinio se había ahogado en la bañera al practicar submarinismo, lo que, aparte de hacerle reflexionar sobre la brevedad de las cosas, le causó cierta desazón indefinida. Pero los demás seguían empecinados en «esa magnífica obra de cirugía vecinal».

La asociación pasaba ya de los diez millones y se extendía no sólo a otras provincias sino a otros países, a la vez que había crecido el equipo de pistoleros. Era algo imparable. Ahora funcionaba a base de anuncios en la prensa con claves variadas. En la directiva habían entrado dirigentes del Banco Mundial, presidentes de varios países, miembros de la OTAN y de la UNESCO, de la FIFA y de Greenpeace. A pesar de su enorme extensión no se habían desvirtuado sus fundamentos. Era una organización criminal multirracial, pero sólo eliminaba a los malos vecinos y no tenía en cuenta las inclinaciones políticas, religiosas ni sociales. Sus adscripciones ideológicas no importaban. Los malos vecinos no tienen constancia de que lo son y por eso debían ser pasaportados a la otra vida cuanto antes porque eran el cáncer insospechado de la sociedad mundial.

La policía de todo el mundo indagó en los historiales de quienes habían muerto de forma indudablemente provocada. Encontraron muchas historias ocultas: empresarios con contabilidades fraudulentas, pederastas, empleados que fumaban en los retretes, maridos con muñecas hinchables por amantes, contrabandistas de compresas usadas, mujeres que coleccionaban condones, hombres con alzas en el calzado para parecer más altos, adolescentes que escaparon de casa porque sus madres estaban todo el día pegadas a programas «del corazón»... Muchos de esos escándalos transcendieron a la prensa para gozo de algunas televisiones. Pero no hallaron ningún sospechoso a quien acusar de los asesinatos ya que no existían los motivos normales que incitan a cometerlos. Los muertos carecían de nexo entre ellos y aparecían en barrios, ciudades y países distintos. No podían sospechar que habían sido matados de forma caprichosa.

Una tarde, meses después de liberarse de la Asociación, sonó el timbre de la puerta. Estaba solo en casa. Abrió. Era un joven bien parecido, que le dijo: «Buenas tardes, señor. Traigo para usted un regalo que no podrá rechazar.» Le vio sacar calmosamente un revólver con silenciador y apuntarle. Instantes. Los suficientes para comprender que Ceferino y Patrocinio no murieron casualmente. Y para preguntarse, antes de que la bala le entrase en la cabeza, cómo era posible que le cayera mal a algún vecino si nunca se metió con nadie.

Reina por un día

Bajó los últimos peldaños, tambaleándose por el peso de la sera. La apoyó contra la pared del portal para descansar un momento.

Nunca podría acostumbrarse a esa faena. No comprendía cómo sus hermanas y vecinas podían llevarla a cabo. Se requería una fuerza y una voluntad de las que ella carecía.

—¡María! ¡Caces ahí alobá? ¡Amos, móvete!

La voz de su padre la sacó del marasmo. Salió a la calle notando que el frío se enroscaba en sus piernas desnudas y cárdenas. Tambaleante llegó al carro y apoyó la espuerta en él. Su padre, allí subido, agarró la sera y la vació de basura.

—¡No te duermas o tespabilo dun sopapo! —gruñó—. Yas tarde. Siempre que vienes tú cabamos igual. ¡Ale, aprisa! ¡Un viaje na más!

María tomó la saca de nuevo. Sus manos amoratadas se mantenían poco firmes ante el frío. Bajó la cabeza y entró en el portal. Subió las escaleras y recogió el desperdicio de los cubos que quedaban sin vaciar, llenando la sera más que las veces anteriores. Procedió a echársela sobre un hombro y de nuevo se sintió desfallecer. Para hacerlo había que inclinarse y, al erguirse, hacer un quiebro con la cintura. Era la parte más dura. Se asombraba al ver con cuánta facilidad sus hermanas se la cargaban a la espalda. Ella no tenía su vigor. Debilucha y fina como un suspiro, igual que su madre. Eso afirmaban quienes la conocieron, pues murió siendo ella muy niña y no había fotografías que lo atestiguaran. Ninguna, ni siquiera del día de su boda. Señalaban que fue una buena mujer, que tenía porte de señorita y que era muy trabajadora. Le gustaba mucho esa comparación pero seguramente, como a ella le ocurría, no se lo dijeron cuando vivía. No ignoraba que siempre se habla bien de los muertos. Suponía que cuando ella muriera también le harían alabanzas.

Después de varios intentos pudo colocarse la espuerta en la espalda. Al hacerlo, varias mondas y cáscaras cayeron al suelo. Apoyó su carga en la pared y se agachó lentamente, manteniéndola sobre sus riñones. Recogió los residuos y se irguió con lentitud. Gotas de sudor brotaron de su frente. Se movió hacia la escalera. Al llegar al portal un turbión de aire polvoriento se abalanzó sobre ella. Cerró los ojos y se estremeció, tratando de recuperar el equilibrio.

—¡María! ¿Caces ahí pará, holgazana?

Recuperó la vertical y caminó hacia el carro sintiendo la mirada furibunda de su padre.

—Es que... se me caía la sera...

—¡Lo que tace falta es leña! ¡Verás comontonces andas lista! ¡Trae pacá!

Le cogió la espuerta con rudeza y la vació en el carro. María aprovechó para descansar, apoyada en una rueda.

—¿Ya tas en las musarañas? ¡Monta, que nos vamos!

Obedeció en silencio. Se apostó en la caja del carro, a un lado de la basura, mientras su padre arreaba al borriquillo sin parar de rezongar. María sintió de pronto calarle muy hondo todo el frío de aquella mañana invernal. Agarró un trozo de manta y se cubrió los brazos, la espalda y el pecho, encogiéndose para conservar el poco calor de su joven cuerpo.

Ya empezaban a aparecer las primeras claridades del día y desde su rincón traqueteante vio el paso rápido de coches y camiones y el caminar dinámico de los obreros, distinguibles por usar monos y alpargatas como vestimenta. Poco a poco las sombras se alejaron, permitiendo que se perfilara todo el ambiente mañanero del barrio. Siguiendo la senda diaria, el carro cruzó la concurrida plaza de Legazpi, a esas horas acosada de gritos, camiones y carretillas, y enfiló el puente de la Princesa sobre el desmayado río. Los obreros habían desaparecido y ahora era el tiempo de los oficinistas y dependientes de tiendas. Vestían trajes y abrigos limpios y llenaban los tranvías y los autocares provenientes de barrios extremos, aunque muchos de ellos lo hacían caminando sobre las estrechas aceras. María se subyugó como siempre al taconeo diligente, al tráfico nervioso, casi mecánico, de la masa laboral que todos los días y a la misma hora cruzaba el puente para tejer un eslabón más en la larga cadena del quehacer cotidiano. Miró a las mujeres, bonitas y feas, pero todas atractivas con sus faldas plisadas, sus gabardinas, sus zapatos de tacón alto y sus bolsos de cuero colgando de los brazos, cosas que ella nunca tuvo. ¡Cuánto daría por ser como esas personas, tener un trabajo normal, poder ir limpia a diario...!

Sabía que no era fea, aunque nadie de la familia se lo dijo nunca. Tenía un rostro delicado, dulce, pero su figura delgada, casi escuálida, estaba por hacer. En ocasiones, reuniendo una ropilla medianamente pasable, iba con sus hermanas a las verbenas o a los bailes populares que se organizaban durante los veranos en algunas calles del barrio de Usera o de La Arganzuela. La música de tocadiscos atronaba por los altavoces y se bailaban los pasodobles y los boleros, arrastrando nubes de polvo sobre las aceras de tierra. Ella lucía limpia de roña y mugre y siempre había chicos disputándosela. Eran muchachos sin rostros que le decían piropos y palabras bonitas, lo que su alma insatisfecha agradecía. Pero pertenecían a mundos lejanos. Porque cuando alguno insistía en acompañarla, no volvía al descubrir el mundo primario en que vivía y cómo se ganaba la vida; un mundo que mientras fue niña creyó era el único existente. Por las noches, en el jergón compartido, pensaba en ese otro mundo diferente e inalcanzable que descubrió al pasar a la adolescencia y que se vislumbraba apenas mientras recorría parte de la ciudad dormida montada en el carro de basuras. A veces soñaba que se casaba con un oficinista o un mecánico, hombres con oficios, que vivían en una de esas casas con habitaciones, retrete y agua corriente, y no hacinados en chabolas. Pero la realidad le mostraba lo que parecía ser un destino marcado para la gente del poblado. Su novio tendría que ser un basurero, un trapero o un chatarrero. Se casaría con alguno de ellos y no saldría de ese mundo soez y de roña, casi marginal, donde por la escasez y la dureza de las condiciones no se prodigaban las ternuras y sí la violencia y los maltratos. Entonces lloraba. Porque se sentía incapaz de admitir lo que su padre, sabedor de sus ensoñaciones por sus hermanas, le gritaba con frecuencia:

—¡Na de sueños bobos nideas raras! ¡Quítate de la chola sas tonterías porqueso pasa sólo en los cuentos! ¡Asín cacurrar más y pensar menos!

No. No podía ser. ¿Estar para siempre recogiendo los desperdicios que otros dejan? ¿Escarbar luego en la montonera para separar las basuras? No comprendía por qué Dios concedía tantas distinciones entre unos y otros. Tenía que haber alguna salida a sus esperanzas. Alguien del otro lado vendría para sacarla de ese camino perdido, lleno de suciedad, de trabajo agotador sin fin, tanto en los crudos inviernos como en los calcinantes veranos. ¿Y el amor? ¿Qué era? ¿Retozar en los jergones o entre el maizal, como veía hacer a los mayores? ¿Parir hijos, una y otra vez? ¿No había nada más?

El carro ya avanzaba hacia las huertas de más allá de La China por una vía paralela a la carretera general. La fría atmósfera deshizo las meditaciones de María, que se acurrucó aún más entre la basura. Un ramalazo de aire flageló su rostro y revolvió su cabello. Giró la cabeza... y entonces vio el papel. Estaba sucio y arrugado y se agitaba entre los detritos. Era una página rota de una revista y mostraba fotografías de una sonriente pareja, hombre y mujer. La cogió y la alisó. María no había ido a la escuela nunca, pero sabía leer, aunque despacio, gracias a que el señor Jacinto, el viejo alcohólico solitario, le había enseñado.

«Una madrileña reina de los belgas», decía. María siguió leyendo torpemente a pesar de los traqueteos del carro. Leyó línea por línea lo que mostraba el papel. Cuando terminó no se dio cuenta del frío ni de que estaban llegando a casa. Ella no sabía dónde estaba Bélgica ni la trascendencia del hecho que explicaba la revista, pero sí vislumbraba lo que eran las reinas y las princesas. En los tejidos de sus pensamientos, ser princesa era el final de todos los caminos. Por eso, una vez más, su alma intocada y su mente viajera de ensueños le proyectaron una imagen en la que se veía, a sí misma, reina de una Bélgica similar. Quedó extasiada en el resplandor hasta que los gritos de su padre la devolvieron a la realidad. La imagen fue barrida de golpe. Pero había dejado en ella una semilla en su diamantina esperanza.

«Un día aparecerá un príncipe que se enamorará de mí y me hará su princesa. Sí. Y me enseñará lo que es el amor.»

Con una bondad infinita y con una envidia llena de ternura pasó la mano por la cara de Fabiola de Mora y Aragón. Y al hacerlo consideró a esa reina desconocida y se consideró a sí misma. Y entonces se puso a llorar amargamente.

El sol brillaba, imponiéndose a la fuerza del invierno. Uno de esos días escapados del verano. En la huerta los trabajos se hacían siguiendo el ritmo invariable. La basura recogida en la mañana había sido separada nada más ser descargada en el lugar acostumbrado. En esa función intervenían María y sus dos hermanas. Calzadas con botas negras de goma y con ayuda de palo y pala hurgaban en la montonera y dividían los restos con las manos desnudas. Empezaba la sexta década del siglo, la segunda tras el final de la Guerra Civil. Las basuras no eran ya tan míseras como en los años precedentes. La gente se desprendía de cosas que hasta hacía poco era impensable que se tiraran. Había cumplida ración para los cerdos y gallinas, y el montón de desechos para los amigos chatarreros. Una parte de la materia orgánica desmenuzada se reservaba como abono. Era un trabajo peor que la recogida en las casas, sobre todo en verano por el calor, el hedor y las moscas.

María estaba lavando unos trapos en la pila del rincón, pero su pensamiento estaba muy lejos de allí. Lo leído en el trozo de revista había espoleado con fuerza su imaginación. De pronto oyó el ruido. Se asomó a la puerta de la chabola y vio aparecer el coche por el caminito.

La huerta estaba situada cerca de la estrecha carretera que conectaba Vallecas con Villaverde. El coche, blanco como el color de sus sueños, se detuvo en la entrada de la pequeña zona despejada. María no sabía de marcas pero le pareció maravilloso. ¡Un coche en la huerta! Su corazón empezó a latir aceleradamente cuando vio salir al hombre. Estaba en mangas de camisa, los antebrazos al aire. Su padre se le acercó y ella apreció lo alto que era el desconocido al comparar sus estaturas. Los vio hablar un momento mientras miraban una de las ruedas, que parecía desinflada. Su padre fue a la choza donde guardaba las cosas de faenar. Al poco salió con una llave inglesa y otras herramientas. Entre los dos procedieron a cambiar la rueda. A María le llegaron retazos de la conversación. Algunas de las tuercas de sujeción estaban bloqueadas y por eso el hombre requirió la ayuda. Acabada la tarea el desconocido dijo algo a su padre, que asintió.

—¡María! —gritó, volviéndose hacia ella—. ¡Trae pacá un cubo dagua y jabón!

Sintió que se le doblaban las rodillas. Tambaleante salió de la cabaña con un cubo y fue al pozo. Lo llenó y al iniciar el camino hacia el automóvil se detuvo presa de un súbito pensamiento.

«¡Dios mío! ¿Será él?»

Se desvió hacia la chabola, entró, puso el cubo en la pila y procedió a lavarse la cara y las manos a toda prisa. Se quitó la cinta de la cabeza e intentó peinar sus rebeldes cabellos. Un color nuevo teñía sus mejillas acostumbradas de palideces. Se pasó la lengua por los labios.

«¡Si tuviera carmín...!»

Se alisó las cejas y rápidamente se dirigió a un cajón donde guardaba el vestido más nuevo que tenía y que sólo se ponía en las fiestas. Plegado dentro estaba el papel de la boda de Fabiola. Lo miró un momento, viendo su rostro en el de la reina belga.

—¡María! ¿Cáces?

Se cambió con rapidez. Al momento se percató de sus piernas sucias y de sus alpargatas rotas. Se descalzó, bajó el cubo al suelo y metió en él una pierna. La restregó apresuradamente y luego procedió con la otra. Se las secó con el vestido recién quitado y de pronto observó consternada que le dejaba trazos sucios. Con desesperación volvió a lavárselas, usando un trapo limpio esta vez.

—¡María! ¿Tas sorda?

Frenética fue a un cajón y tomó sus zapatos. Eran de tacón bajo y los únicos que tenía. No eran nuevos, pero lo parecían por el brillo que ella se esmeraba en sacarles a base de cepilladas. Llena de urgencia vació el agua sucia en la pila, cogió un trozo de jabón y salió, dirigiéndose de nuevo al pozo. Sus hermanas habían aplazado sus tareas y la miraban con curiosidad.

—¡María!

—¡Ya voy! —gimió.

Llenó el cubo. Al ponerlo en el brocal se le cayó. El agua se vertió sobre el vestido y los zapatos, encharcándolos. Miró el resultado de su torpeza y sintió que un soplo de orín se le escapaba y le bajaba por las piernas empapadas. Se apoyó en el borde de piedra notando que unas lágrimas le nacían con ímpetu.

«¡Dios mío, ayúdame!»

Volvió a llenar el recipiente y se dirigió hacia el coche, esquivando la mirada de su padre. El hombre le sonrió y ella resistió la tentación de abandonarse a un desvanecimiento imperioso. Era guapo, joven, el cabello negro con ondas. Nunca había visto a un hombre como ése de cerca. Se parecía a un actor americano que alguna vez viera en el Cine Legazpi, en las pocas ocasiones que su padre le permitía ir con sus hermanas. Tenía el rostro tostado, igual que los brazos, como si viniera de una playa a pesar de ser invierno.

—Permítame, señorita —dijo, adelantándose con presteza. Cogió el cubo y el jabón, sin dejar de sonreír.

«¡Señorita!», repitió María para sí misma, al borde del colapso. Nunca nadie le había llamado así.

El hombre dejó el cubo en una pila de leños cercana y procedió a lavarse mientras hacía comentarios sobre algo sin que ella le oyera, su cabeza totalmente bloqueada. Se lavaba de una forma diferente, frotando y entrecruzando los dedos, hurgando en las uñas, formando abundante espuma. A nadie había visto lavárselas así. María se miró las suyas y por primera vez apreció lo castigadas que estaban. Las escondió detrás de la espalda. El hombre concluyó, fue al portamaletas y sacó una toalla. Mientras se secaba se acercó a ella y a su padre y siguió con sus comentarios sin sonidos. Luego se bajó las mangas, abrió la portezuela del coche, cogió la chaqueta y se la puso.

«Es un príncipe, es mi príncipe...», se dijo, al contemplar la imponente figura.

Le vio sacar una cartera y extraer unos billetes, que dio a su padre, quien los guardó con presteza como si temiera que el donante pudiera arrepentirse. Luego se volvió hacia ella. Se le acercó con la mano extendida y todo se llenó de un fulgor nuevo, agobiante, que barrió el paisaje de costumbre. Era como una niebla en la que sólo destacaba el hombre. Cerró los ojos.

«Ahora me pedirá que vaya con él.»

—Señorita, ¿puede darme una mano, por favor?

«¡Ahora, sí, ahora...!»

Disuelta en temblores extendió la derecha y sintió la de él, cálida y fuerte. Notó que depositaba algo en ella. Abrió los ojos. Eran tres billetes de cien pesetas. ¡Trescientas pesetas!

—Discúlpeme. Es para que se compre un vestido y zapatos, ya que por mi culpa echó a perder los que lleva —le oyó decir—. Siento haberle causado tantas molestias. Le quedo muy agradecido. —Se volvió a su padre, y añadió—: Han sido ustedes muy amables. Muchas gracias por todo. Adiós, buenos días.

Le vio caminar hacia el coche. Oyó cerrarse la portezuela y rugir el motor. ¡No podía ser! ¡No! ¡Tenía que llevarla con él! ¡Era su príncipe! El coche giró y lentamente rodó por el caminito.

—¡Espere, señor, espere! —gritó, echando a correr.

—¡María! ¿Onde coño vas? —voceó su padre.

El coche se detuvo. El hombre conservaba su expresión simpática. Bajó el cristal y la miró. De nuevo el paisaje se esfumó.

—Se dejó... Se dejó la toalla, señor... —dijo, mostrándosela.

—¡Ah, bueno! —rio él—. No importa. Quédesela. Acéptela como un regalo.

El coche se movió.

«¡Tiene que llevarme con él, tiene que llevarme!»

—Señor, señor... —rogó, corriendo al lado y sintiendo una bola de agua subirle a los ojos. El hombre volvió a usar los frenos—. ¿No necesita..., no quiere nada más...?

—¡Oh, no! —dijo, sin mostrar impaciencia y contemplándola con una atención nueva. Durante unos instantes, largos como las campanadas de medianoche, él se adentró en sus ojos y pareció ver lo que lucía en su interior. Movió la cabeza y se obligó a que su sonrisa no pareciera tan alegre—. Muchas gracias de nuevo, señorita... Es usted muy guapa. Cuídese. Adiós...

El coche arrancó y se alejó. María corrió detrás desalada, agitando un brazo y llamándole en silencio. «¡Señor, vuelva, no se vaya!» Vio el brazo del hombre moverse en la despedida. El coche alcanzó la carretera, dobló a la derecha y desapareció de su vista. María llegó al arcén y lo buscó con la mirada. No lo vio. Se lo habían tragado las curvas y el mundo volvía a ser el de siempre. Miró la toalla. Era blanquísima, blanda y esponjosa. Se la puso en la cara, aspirando el aroma desconocido y dejó que el tumulto de lágrimas le brotara impetuosamente.

La casa

La casa heredada de su único tío no tenía nada de excepcional. Muy antigua, de dos plantas, univecinal. Abajo, el salón, cuartito de estar, cocina, un aseo y la recia puerta de entrada; arriba, dos amplios dormitorios y un baño completo. Ocupaba unos 90 metros y se ubicaba en la madrileña calle de Las Fuentes. Las ventanas exteriores de la planta baja estaban verjadas y era inevitable tenerlas con los visillos puestos por estar situadas a un metro sobre la acera. Con anterioridad fue de un amigo íntimo de su tío, llamado Antonio, quien se la dejó en herencia a su muerte por accidente. Su tío y el tal Antonio estuvieron siempre juntos, como si necesitaran lanzarse sus respiraciones. En las vacaciones se iban al extranjero y, cuando terciaba, hacían cruceros. La gran amistad que unía a los dos amigos se subrayó con la donación del inmueble. Presumiblemente así lo tenía testamentado el finado ya que el accidente le anuló la vida de forma imprevista.

Su tío era hermano de su madre, viuda temprana. Siempre que pudo se mostró generoso con ella y, por añadidura, con él. Nunca quiso casarse, un solterón como estaba siendo él, sin otra familia que ellos. Gracias a esa asistencia, en su casa no faltó lo mínimo esencial desde años atrás. El fallecimiento de Antonio causó gran dolor a su tío, que estuvo un tiempo sumido en profundo aislamiento. Se ausentó de la casa donde vivía en la calle Tablada, por Bravo Murillo, y permaneció un tiempo ilocalizable. En el hotel donde trabajaba dijeron que había pedido un permiso. Al cabo apareció, aún con restos de la tragedia en su rostro. Se trasladó a la casa heredada y no sustituyó por otro al amigo desaparecido. Y al poco experimentó un gran cambio. Le desapareció la pena y mostró una enorme disposición en aferrarse con fuerza a la vida. Tiempo después la ayuda habitual que recibían de él derivó en abundancia. Se prodigó en invitarles a comer en restaurantes y, en las oportunas ocasiones, hacía regalos a la hermana, normalmente ropas pero también alhajas. Sin embargo, en su entorno se mostraba lo discreto que siempre fue. Era esquivo en relacionarse y vestía ropas sencillas, como si quisiera evitar llamar la atención.

Sorprendentemente, una noche le invitó a acompañarle. Y luego lo hizo más veces. Fue entonces cuando descubrió su personalidad oculta ya que a la callada era un tipo dado a la vida, que se iba en busca de mujeres de clase por las zonas de alto alterne, antes con el amigo y ahora solo, y siempre a los buenos restaurantes. En todos los lugares le recibían con la alegría y atención dispensada a los buenos clientes. Cuando aparecía, las fastuosas mujeres le hacían corro. Todas querían irse con él. Le admiró saber que disponía de un ático alquilado en la zona del Bernabéu, que fue primero refugio de Antonio. Allí realizaba, como otrora con el amigo, lo que fuera menester en el ámbito sexual, siempre con la máxima discreción. Ahora le abría a él las puertas a ese mundo de lujo y gozo. Estaba claro que contaba con mucha pasta. Un día le dijo que esa intensa y cara vida se sostenía con lo recibido por la venta de su piso de la calle Tablada, dejando entender que antes todo lo sufragaba Antonio.

Pero había otro misterio que nunca pudieron desvelar ni comprender su madre y él. Su tío nunca les invitó a la casa de la calle Las Fuentes, una vez suya. Ni siquiera buscó subterfugios para no hacerlo. Les dijo, quizá como remedo de excusa, que tampoco Antonio le permitió entrar nunca, lo que sí resultaba sorprendente cuando lo razonable habría sido que le hubiera invitado a vivir con él teniendo en cuenta el gran espacio de que disponía y lo grandes amigos que eran. Ahora, tras su defunción, pudo entrar en ese santuario, lo que no logró hacer su madre, fallecida con anterioridad a la herencia.

Encontró la casa bien vestida de mobiliario, lo que acentuó en él la extrañeza de la prohibición ya que no era un lugar del que avergonzarse. Lo que más le sorprendió al examinarla fue ver que disponía de un sótano, y nada pequeño, como si fuera una casa de campo en vez de una finca en el corazón de Madrid. Estaba habilitado como desván a tenor de los objetos allí almacenados. Dos bombillas de luz ramplona permitían apenas apreciar los trastos, como si el propósito fuera el de librarlo de un exceso de claridad.

Su tío había sufrido un aparatoso accidente, quedando en coma y con grandes quemaduras. Era curioso que hubiera tenido el mismo infortunio que Antonio. Despertó unos días más tarde en el hospital, impedido de hablar, con más vendas que una momia y lleno de tubos. Cuando tiempo después sonaban las campanas del silencio eterno en su lecho de partida, le pidió que se aproximara a su rostro cadavérico. Con ojos que intentaban ser brillantes le susurró al oído, para él solo. «Vende la casa... Deshazte de ella aprisa... Mientras, disfruta con mesura de lo que te proporcione... Sé prudente y comedido, que el brillo no te ciegue la razón...» Quedó muy extrañado. ¿Por qué tenía que desprenderse de la casa, y con la urgencia pedida? ¿A qué se refería con lo de la prudencia? ¿Qué era eso del brillo? Y, sobre todo, ¿por qué le daba ese raro mensaje en momentos que la lógica asociaría a confesiones más trascendentales?

El consejo no era contradictorio con sus intereses porque la casa no le gustaba. No era partidario de los pisos bajos, siempre acosados de penumbra, lo que suponía depender constantemente de luz artificial. Vivía desde niño en un primer piso del barrio de Usera y nunca pudo acostumbrarse a la falta de luz natural y al exceso de ruido callejero. La casa heredada estaba en una calle igual de estrecha que la suya y sin duda acusaría más esas incomodidades por tener una planta al empedrado. Por eso le extrañaba que hombre de bolsillo tan solvente como su desconcertante tío le hubiera tenido tanto apego en vez de escapar a una zona más moderna y luminosa, por ejemplo, al ático de los pornoencuentros. Es lo que habría hecho cualquiera con esos recursos. Y lo que él haría. Así que aceptaría el consejo del viejo.

La vendería, al igual que el piso de Usera. Con lo que sacara, compraría el ático soñado.

En eso estaba cuando una mañana llamaron a la puerta. Eran tres hombres sobre la cuarentena, de diversa contextura y bien puestos de presencia. Muy educados y agradables. Se habían enterado de que el anterior propietario había fallecido y estaban interesados por la casa. Le ofrecieron 15 millones de pesetas por ella. Dijeron conocerla porque con anterioridad habían hecho la misma oferta no sólo a su tío, también a Antonio. Un tanto desconcertado en ese momento, les ofreció pensarlo. En realidad, era una forma de dar importancia al asunto porque estaba decidido a venderlo. Y entonces los hombres subieron el precio a 18 millones. De golpe. Eso produjo un efecto contrario en él. Quince kilos era una buena pasta, pero ellos ponían más incentivos. ¿A qué esas prisas? Eran tiempos de abulia constructora, con precios paralizados, aún la crisis flotando. Pero se oía que las cosas iban a cambiar y que las promotoras estaban adquiriendo suelos a la chita callando. Eso indicaba una tendencia. Pudiera ser que esos hombres desearan el suelo. Derribar la casa para hacer una finca nueva con más plantas, lo que les supondría un buen negocio. Les dijo que aplazaba la decisión y ellos se despidieron con la misma afabilidad y elegancia.

Pero a medida que la visitaba creyó comprender el atractivo que la casa pudo ejercer para su tío, y antes en Antonio. Resultaba muy estimulante vivir dentro de la zona más comercial y monumental de la ciudad, a un paso de la Puerta del Sol, de la plaza Mayor, del Palacio Real y de tantos sitios de interés. Por otra parte, el piso estaba bien presentado. La cocina era amplia, con muebles y electrodomésticos modernos, así como el baño y el aseo, que más parecían de un hotel de primera. Además, las ventanas eran todas de PVC, lo que impedía que perturbaran los ruidos del exterior. Estuvo dándole vueltas. No tenía agobios de dinero porque su tío le dejó una importante cantidad, además de lo que recibiría por la venta de su piso de Usera. Así que decidió quedarse a vivir en la casa. Llamó a los interesados y les dijo que no vendía.

Al poco de instalarse su fino oído captó ruidos apagados procedentes del sótano. Sucedió estando leyendo en el saloncito interior de la planta baja. Los sonidos se repitieron semanalmente, no a diario ni coincidentes con el día de la semana, aunque siempre en la alta noche. No les prestó importancia. Seguramente los producirían los vecinos de viviendas aledañas en sus propios sótanos. No iba a ser él el único que lo tuviera. Más tarde experimentó cierta intranquilidad. Quizá fueran ratas organizando festines con los trastos. Como hombre meticuloso que era, bajó al desván y lo examinó con rigor. No encontró cagadas ni huecos en las paredes. No eran las ratas quienes generaban el runrún. Y como no era desagradable ni duradero convino en no darle importancia.

Pero un día tomó empeño en ver de dónde surgían esos raros rumores. Así que, cuando volvieron a producirse, bajó al trastero sigilosamente y prestó oído. Parecían provenir de un gran armario apoyado en la pared del fondo. Era un trasto de vieja factura, con cuatro puertas. No tuvo dudas de que algún experto podría catalogarlo como antigüedad. Estaba como encajado entre suelo y techo, y era anormalmente espacioso: unos 80 centímetros de fondo y 3 metros de ancho. No le había prestado especial atención y nunca tuvo curiosidad por abrirlo. Lo intentó ahora. Estaba cerrado. Todos los muebles tenían sus llaves en las cerraduras menos ése. Con instintiva precaución probó todas las llaves que encontró. Ninguna abría. ¿Qué ocultaba? Algo osciló en su mente. Subió al dormitorio y buscó en la pequeña caja fuerte, que en su momento había examinado. Entre documentos y dinero había varios estuches. En uno, un juego de llaves. Ya entonces le llamó la atención, por inusual, como si fueran las llaves del Reino. Bajó y probó. Las puertas no se resistieron. Estaba claro que, aunque no guardara el camino del Cielo, allí se escondía algo valioso. Pero dentro sólo había trajes viejos colgados ocupando todo el espacio. Nada más. Ni estantes ni cajones. Escuchó. Los sonidos salían del suelo, no de la pared. Pegó la oreja. No había duda. ¿Qué era aquello? ¿Un sótano debajo de un sótano? No podía creerlo. Conversaciones cortas, muy atenuadas. Incluso alguna risa. Esperó a que desaparecieran.

Llegado el silencio, examinó el piso del armario. Estaba pulcramente alfombrado. Levantó la tela. Cerca de un costado había una trampilla cuadrada, de piedra, con los bordes metálicos. Tenía un huequecito en el centro, con un agarrador de hierro empotrado. Todo estaba limpio, con el aspecto de ser atendido. ¿Qué habría debajo? ¿Adónde conduciría? Metió la mano en el agarrador y tiró de él. La piedra no se movió. ¿Cómo alzarla? Miró con más atención, separando los trajes. En la parte alta había un entrepaño con un hueco en el centro. Recordó haber visto una escalera portable cerca del mueble. Fue por ella. Estaba encadenada a una argolla de la pared. Probó una de las llaves en el candado, que se abrió. Era extensible, para alcanzar mayor altura, y con las patas engomadas. ¿Para qué una escalera de esas características y por qué estaba amarrada? Otra cosa alejada de lo normal. Se subió a ella y miró. En el techo del armario descubrió una polea atornillada. Una cadena fina, con un gancho en un extremo, descansaba a un lado de la balda junto a unos guantes de obra. Estaba claro que era para levantar la trampilla. Se puso los guantes y colocó la cadena en la ranura de la polea, dejando caer los dos cabos por el agujero. Descendió de la escalera. Conectó el gancho en el agarrador de la trampilla y tiró del otro cabo. La tapa se levantó sin gran dificultad. La osciló a un lado, dejándola sobre la alfombra. Se asomó. Un pozo estrecho almacenando negrura y misterio. Buscó una linterna y enchufó la luz. Era un pozo circular enladrillado, de menor diámetro que el cuadrado donde se ajustaba la tapa. Mostraba un fondo seco y limpio a unos cuantos metros. A un lado del suelo partía una galería. ¿Adónde conduciría? Su curiosidad no estaba reñida con la precaución. Analizó el descubrimiento. Sin duda que su tío, al igual que su amigo, usaba esa trampa, construida siglos atrás según las apariencias. Lo harían con cuidado porque no había manchas ni huellas. Prestó oído. Silencio. ¿Cómo bajar? Miró la escalera. La desplegó con cuidado y la introdujo en el pozo. Se acomodaba a la altura del mismo. Cuatro metros. Era el medio empleado para bajar y evidenciaba su doble utilidad. Decidido, se quitó los zapatos y descendió en calcetines. Ya abajo, enfocó la luz al pasillo, que se orientaba hacia la parte interior de la finca.

Era un conducto estrecho, ligeramente descendente, sobre el metro setenta de altura. Había que caminar agachado. Las paredes, de viejos ladrillos, tenían pátina de siglos, pero el suelo estaba empedrado y limpio, por lo que dedujo que se limpiaría con regularidad. No había tendido eléctrico. Sintió una gran emoción. Había descubierto una de las galerías secretas que algunos ancianos mencionaban en sus charlas sobre el Madrid antiguo. Al parecer fueron construidas por gente que escapaba de la Inquisición. O quizá en el tiempo de los moros. O acaso durante la Guerra Civil.

Caminó unos treinta pasos con todos los sentidos alerta. El aire era ligeramente asfixiante pero respirable, con poca humedad, lo que significaba que se renovaba en algún punto. Llegó a una sala lateral. Calculó que tendría unos 6 por 5 metros y unos 3 de altura. Entró, abandonando el pasillo, que se perdía quién sabe adónde. Fue pasando el chorro de luz. En una pared se abría otro pasillo lleno de sombras. El centro estaba ocupado por dos grandes mesas y media docena de sillas. En los laterales se apoyaban cuatro armarios de madera vieja. Reparó en dos lámparas de mesa. Juzgó que funcionarían con pilas. Accionó el interruptor de una de ellas. Una luz blanca potente iluminó todo el espacio. Fue a uno de los armarios. No estaba cerrado con llave. Lo abrió y notó que la sangre se le helaba.

Nunca había visto tanto dinero junto. Los billetes, la mayoría sobados, se apilaban por fajos. Los había de todos los valores, destacando los de 1.000, 5.000 y 10.000 pesetas. Abrió otro armario. Más billetes, también de dólares. En los otros dos, unas máquinas calculadoras y numerosas bolsas de plástico transparentando polvos blancos.

Sintió como un vahído y tuvo que sentarse. Respiró fuerte y se concentró en analizar la situación. Poco a poco fue entendiendo. Estaba en el refugio de unos traficantes de droga. Vendrían de vez en cuando a reemplazar la mercancía y a hurgar con el dinero. Y por un sistema de ecos sus conversaciones llegaban hasta su piso. ¿Habrían tomado medidas respecto al pozo? Quizá ignoraban que la tapa no era una trampilla sino el suelo sólido de una vivienda, dado que desde abajo no se verían los bordes del bloque. De sospecharlo, la habrían sellado. ¿Qué iba a hacer con tal hallazgo? Desde luego, nada de chivarse a la policía. Tampoco sintió interés en saber dónde comenzaban o terminaban esos conductos. Quizá hubiera más salas, pero con ésta tenía bastante, al menos por el momento. Le dio al magín. Algo tendría que sacar de ese regalo de la providencia. Se llevaría unos cuantos billetes. El que roba a un ladrón... De repente recordó a su tío. Quedaba claro el origen de los dineros que manejaba. Pero también sus palabras sobre la prudencia.

La tendría. Pero qué cojones. Se levantó y fue cogiendo billetes de cincuenta, de cien, de mil, de quinientas y de cinco mil, entresacados de sus respectivos fajos. Así no notarían la falta. Se los metió bajo la camisa. Cerró los armarios y observó de no dejar huellas. Retornó al pozo, trepó por la escalera y luego la retiró. Colocó la trampilla, luego la alfombra sobre ella y finalmente cerró el armario. Se sentó hasta calmar su nerviosismo. Había descubierto un filón. Procuraría explotarlo de forma cautelosa, tomando todas las precauciones. Y gastarlo adecuadamente. Ahora comprendía por qué su tío, y antes Antonio, vivían en la casa y no en otro sitio. Temerían que alguien descubriera el secreto. Pasaron a convertirse en guardianes del tesoro ajeno. Y él haría lo mismo.

A partir de ese momento la vida le cambió, aunque se obligó a que no fuera de golpe. Renovó su vestuario, pero no cayó en la tentación de comprarse un gran coche. Finalmente, dejó la empresa donde trabajaba de contable y dio rienda suelta a sus sueños. Acompañado de alguna tía cojonuda, que cambiaba con regularidad, hizo los viajes que siempre pensó hacer y que tanto envidió a su tío. Y cuando no viajaba, acudía al ático alquilado y cumplía allí con sus ardores sexuales. Era rico, podía permitirse todo aquello que el dinero puede comprar. Sólo tenía que bajar a las entrañas de la casa para hacer el acopio necesario. Para esa labor diseñó una actuación de gran cuidado. Bajaba en la alta madrugada, sólo después de escuchar por un fonendoscopio aplicado a la piedra y comprobar que la catacumba, como todo el edificio, estaba abrumada de silencio. Llenaba una cartera de billetes, dejándolo todo de forma que era imposible sospechar de intrusiones, a no ser que se pusieran a contar en los fajos.

Al llegar el año 2000 se encontró con un cambio notorio. La peseta había sido sustituida por el euro. Necesitaba billetes de la nueva moneda. En una noche de febrero de temperatura blanda, y tras tomar las precauciones habituales, bajó a la sala del dinero. Ya no había pesetas. Los billetes eran muy nuevos y se adherían unos a otros. Le llevó más tiempo que de costumbre hacer el trabajo. De repente notó que el aire se movía. Sintió que el pelo se le erizaba, como cuando ronda el lobo. Se volvió. Por los dos pasillos que nunca quiso explorar aparecieron cinco hombres, tres de ellos los mismos que le ofrecieron comprarle la casa. Le contemplaron en silencio durante un rato sobrecogedor.

—Debió de habernos vendido la casa —habló uno, como apesadumbrado.

—Sí —añadió otro, con la misma entonación—. Habría conseguido un buen dinero totalmente legal y hubiera...

—... evitado que le ocurriera lo que a su tío y al propietario anterior —concluyó un tercero.

—Porque es lo que le va a ocurrir —señaló el cuarto, con gesto compungido—. Es inevitable.

—Ni más ni menos.

—Morir en un accidente —reiteró el quinto, moviendo la cabeza—. Bueno. Es traumático, pero rápido. Mejor que diñarla de cáncer. Que nadie estamos libres de esa mierda.

—Sí, señor. Mucho mejor.

—Por supuesto. Porque todos tenemos que palmarla alguna vez. Y entre las dos opciones, no hay dudas.

—Y tanto. Ninguna comparación.

—La mejor manera de pasar al otro barrio. No se siente ningún dolor porque luego no te acuerdas.

—Es lo que yo firmaría, si me dieran a elegir —aseguró el cuarto, afirmando con la cabeza.

—Toma, y yo.

—Y yo.

—Y yo.

—Morir con dignidad, no hecho una piltrafa.

—Que te corten aquí y allá; te metan radiaciones o la química esa. Quita, quita.

—Eso de ir consumiéndote poco a poco, perdiendo el pelo y el color... Incluso los amigos. Menuda putada. Ni hablar.

—Un verdadero asco. Y lo caro que resulta todo eso.

—Carísimo. Y para nada, cuando la cosa no tiene remedio. Es mejor un empujoncito y ¡zas! Se acabó.

—No nos lo agradezca —estableció el quinto hombre, dirigiéndose a él sin mirarle y con gesto condescendiente—. Debemos hacernos favores unos a otros. Hoy por usted, mañana por nosotros.

—Para eso estamos en el mundo, aunque haya quien no lo quiera ver —apostilló un compañero.

—Porque todo es una mierda y la gente es muy insensible hacia los problemas ajenos. Pero nosotros tenemos claro que debemos ser solidarios con los demás.

—Eso.

—Quitarles las penas por la vía rápida.

—Porque todo el mundo anda fastidiado por algo.

—Sí, todo el mundo, incluso los ricos.

—Claro, claro. También nosotros.

—No somos ricos. Lo que tenemos no es nada comparado con los ricos de verdad.

—Totalmente de acuerdo. Si lo fuéramos no estaríamos en este oficio tan peligroso. Me refería a lo de andar jodido.

—Bueno, un poco ricos sí somos, aunque nos cueste nuestro trabajo.

—Ya lo creo que nos cuesta. Y lo peor, el estar siempre vigilantes. Eso desgasta mucho.

—Que si desgasta. Siempre el temor de que la pasma nos pille.

—O de que alguien nos robe el fruto de nuestro esfuerzo —arguyó uno, sin mirarle. En realidad habían dejado de contemplarle desde las palabras iniciales. Como si no estuviera o como si su presencia no fuera necesaria en la conversación.

—El asunto no es ése, sino nuestro visitante —dijo otro, señalándole con la barbilla.

—Es verdad. Con él lo haremos bien esta vez. No como con su tío. Le dejamos un hilo de vida.

—No me lo recuerdes. Eso fue muy chapucero. Lo que habrá sufrido el pobre hombre.

—No fue chapucero. Nadie cae desde un puente con el coche, que luego se incendia, y queda vivo. El fulano era duro de cojones. No como el otro.

—Tendremos en cuenta esos factores. A éste le empujaremos a las vías del metro, una vez drogado. Ni se enterará.

—No sé qué decir. Puede caer entre las ruedas y quedar ileso. Podría tener la misma puñetera suerte. —Se miraron, considerando la posibilidad—. Mejor una cuchillada en el corazón, de madrugada, en esta misma calle. Parecerá que fue por robarle.

—No estoy de acuerdo —opinó el anterior—. Se aparta de nuestro estilo. La sangre salpicando... No. Apuesto por lo del metro. Es difícil que salga mal.

—Pienso lo mismo —dijo otro.

—Y yo.

—Y yo.

Pareció que ya lo habían dicho todo. Los cinco se volvieron hacia él y miraron sus ojos despavoridos. Al cabo, el primero tomó la palabra.

—Usted comprende nuestra forma de ver las cosas, ¿verdad? —dijo, como excusándose.

No contestó. En el silencio sobrevenido sólo se oyó el lamento de su vientre vaciándose en los pantalones.

El espejo
(un caso del detective Corazón Rodríguez)

Le conocí en los momentos malos de la vida, en un hospital, lugar de los menos aconsejados después de los cementerios aunque igual de inevitables. Yo visitaba a un familiar ingresado para ser operado de cosas y él paseaba abundoso de sosiego por el pasillo reluciente donde flotaban miles de sufrimientos y esperanzas. Era atractivo, delgado, con porte aún atlético, si bien su color delataba que algo no funcionaba en su maquinaria. Como soy dado al saludo, cosa que antes se enseñaba hacer a los niños y que hoy se ha erradicado del sistema educativo, lo hice las veces que me crucé con él, notando el gesto de amargura instalado en su rostro. Al tercer día ya me mostró su confianza y deseos de comunicación.

—Por ventura, ¿es usted el señor Corazón Rodríguez? —inquirió.

—El mismo —dije, animando su acercamiento—. ¿Nos conocemos?

—Usted no a mí, con toda seguridad. Pero ¿quién no conoce al gran detective, al hombre que resuelve casos escondidos en el tiempo?

—Vaya, es usted muy amable.

A partir de ahí se descubrió con una historia desbordada de fantasía y encanto tales que catalogué como producto de una gran imaginación, pero que perdurará para siempre en mí por lo que aconteció más tarde.

Tenía setenta y un años, estaba soltero y carecía de hijos y hermanos. Ningún familiar ni amigos, lo que le confería una especial singularidad. Le habían descubierto un cáncer avanzado en el hígado, que descartaba la intervención quirúrgica. Únicamente quimioterapia hasta un final no lejano.

—¿Cree usted que mi amargura es por mi enfermedad? No es eso. Es que el maldito tumor me hará separarme de ella.

—¿Su... novia? —pregunté con cautela.

—Más que eso, mi existencia plena.

Estábamos sentados en un rincón de la sala de visitas, vacío a la sazón. Abrió una cartera y me enseñó la foto de una joven desnuda, absolutamente hechizante. Al mirarle sonrió, y su rostro mostró una juventud no diluida todavía, quizá por su magnífica dentadura, original en apariencia.

—¿Se extraña de la diferencia? Ella tiene veinte años. Nunca envejecerá.

—Quiere decir que murió...

—No. Está viva, pero... Bueno. Supongo que en el tiempo que me queda no encontraré mejor oyente que usted. Incluso cabe pensar que un poder extraño lo ha traído hasta mí para tal fin. Así que le contaré algo que puede parecerle inventado.

»La conocí en un viaje en tren desde Bilbao cuando el invierno envolvía con truenos y lluvia la ciudad norteña. Al verla, quedé embobado. Nunca había visto una chica igual, con esas piernas desafiando cualquier diseño y esos ojos llenos de misterio, como si hubiera nacido de la tempestad. Cuando llegamos a Madrid habíamos hecho las paces con nuestras vidas anteriores y tomada la decisión de embarcarnos en un mismo viaje al futuro. Ella era nueva en la capital y la llevé al hotel Palace, donde sellamos nuestro destino en una melodía de sensaciones nunca experimentadas, como si formáramos parte de un todo, fragmentado hasta ese encuentro predestinado.

»Y luego siguieron otros días y otras noches, horas mágicas inundadas de estupor inacabable. Yo había terminado la mili y los estudios de aparejador. Con veintidós años trabajaba en una empresa constructora de prestigio con muchos proyectos en ejecución en todo el país. Vivía con mis padres y decidí, en aquel entonces, alquilar un pisito por Arturo Soria para llenarlo con la sola presencia de esa mujer de arrebato; piso que más tarde compré y que se convirtió en parte de mí, por lo que le explicaré más adelante.

»Ella estaba en esa edad juvenil que se deshacía en la eternidad cuando nos hundíamos en el gozo y en la promesa de una continuidad sin límites. Tan joven, venía recomendada para el Banco de Bilbao y allí empezó su trabajo en el departamento de extranjero. Recuerdo cuando vio el inmenso edificio de la calle Alcalá, esas cuadrigas preparadas para iniciar el galope. Miraba como si las viera en movimiento, la boca entreabierta en el punto de sorpresa y admiración, sin percatarse de que cada gesto suyo conducía a la disolución de mi libertad.

»El piso tenía un cuarto de baño completo, con un espejito sobre el lavamanos. Pedí a La Veneciana, la gran empresa cristalera hace tiempo desaparecida, que forrara completamente con espejos, de suelo a techo y de lado a lado, una de las paredes del baño, otra del dormitorio, otra del comedor, otra de la cocina y otra del estudio. No me bastaba con verla circular desnuda por el piso. Quería ver su magnífico cuerpo reflejado en todos los lugares, espiándola en todas las posiciones posibles, a la vez ella y sus imágenes, aprendiéndome al completo sus posturas y quiebros para recordarla luego en los momentos de ensimismamiento durante los cálculos de estructuras, en mi gabinete de la empresa. Ella reía, reía siempre, nutriéndome de un encantamiento inacabable, y se dejaba hacer, pidiendo de mí la misma contemplación.

»Un anochecer entró en el baño. Esperé verla aparecer sin secar, la piel sembrada de gotas, el cuerpo estallante de rocío como temprana flor. Pero tardaba en salir. La llamé y no obtuve respuesta. Intrigado, entré. No estaba. No era posible. Sólo había una puerta y el ventanuco estaba cerrado. Miré al espejo mural, que se iba desprendiendo del vapor, y quedé helado. Ella estaba pero en el otro lado del espejo, mirándome asustada. No podía ser. Imposible. Me froté los ojos. Pero ahí estaba, moviendo las palmas de las manos en la superficie, pero por dentro. Anonadado, toqué el cristal, buscando una explicación. En los ojos de ella, la súplica, la incomprensión, el temor. Hablaba pero no la oía. El espejo me reflejaba y también todo el cuarto, pero no justo donde ella estaba, a cuya espalda había una penumbra indefinida, como la entrada a un universo desconocido. Era como si ella me mirara tras los cristales de una ventana desde una habitación a oscuras.

»Palpé en busca de la manera de entrar. Debía de haber un paso secreto. Si ella lo hizo, inverosímilmente, es que existía ese conducto. Todo menos estar fuera de su contacto. El espejo era una luna de vidrio de ocho milímetros con una pintura de azogue en la cara posterior, que es la que permitía el reflejo. Estaba adosado a la pared medianera con la vivienda contigua. No era imaginable que hubiera una puerta allí, pero estaba viviendo lo imposible. Así que llamé a la casa de al lado y rogué a la vecina que me permitiera ver su baño, sin aclararle el motivo. Viendo mi angustia, accedió. En la pared de azulejos no había ningún hueco. Volví a casa. Ella estaba en el espejo del salón y cuando pasé al baño, se había desplazado al gran espejo en el que desapareció, siempre con el óvalo oscuro detrás.

»Desesperado cogí una silla para romper el cristal, pero ella me lo impidió con un gesto, como si ello pudiera dañarla. Así que ambos estuvimos, uno a cada lado, hasta que horas después el cansancio me dominó y caí al suelo obligado de sopor. Desperté de golpe cuando el sol envió un rayo a través del ventanuco. Ella seguía allí, al otro lado, destellante de hermosura, mirándome. Pero ya no había temor en sus ojos. Entonces movió los labios y, aunque no emitió sonido, la entendí. Dijo que ella ya no era ella sino la imagen de su cuerpo real desaparecido, que no me apurara porque una fuerza superior realizó ese fenómeno. Había asumido el cambio porque fue informada telepáticamente mientras yo dormía. Nunca volvería al mundo real tridimensional pero estaría en todos los espejos que mirara, desnuda como cuando el cambio de espacio, como la primera mujer creada.

»Tardé en consolarme, fatigado de intentar interpretar el misterio. Ella dijo que me pegara al espejo y que la besara y la tocara. Pegué los labios a la pulida superficie y, como un nuevo prodigio, noté físicamente el cuerpo y la boca de ella, como si el plano tocado se hubiera fundido para tal ocasión. Fue algo inenarrable. Copulamos, llegando al cenit sexual con una intensidad nunca experimentada, vaciando nuestros ardores y nuestras lágrimas.

Con el mayor respeto yo intentaba mantener el rostro plano de expresiones. Pero él me leyó.

—No me cree, ¿verdad?

—Bueno, supongo que usted se hará cargo. Eso de estar al otro lado del espejo, como si pudiera existir un espacio allí... Lo de hacer el amor con un cristal por medio...

—El espejo se funde en esos momentos. Ninguno puede cruzar al otro lado, pero es como si se abriera una zona de nadie, más bien de nada, donde podemos frotar nuestros cuerpos, de pie o echados. Pasado el éxtasis, el cristal se solidifica aunque seguimos notando el calor cuando lo palpamos en el mismo punto. Como todo lo demás, no comprendo el fundamento ni lo analizo. Ocurre así. Es la verdad.

Me miró como para cerciorarse de que los conceptos habían quedado fijados. Luego continuó:

—Terminé por asumir ese enigma para el que no había explicación racional. Me dijo que en ese mundo vivían miles de reflejos como ella, que una vez fueron personas: hombres, mujeres y niños. Todos permanecían igual que cuando cruzaron la línea, unos desnudos y otros vestidos, lo que no podía ser modificado, como tampoco la edad. Así que jamás envejecerían porque, como en las fotografías, las imágenes nunca cambian. Por lo tanto, no comían ni dormían ni enfermaban ni morían. Quedarían así hasta la eternidad. Podían trasladarse a velocidad instantánea de un espejo a otro, asomándose a otras casas, otras ciudades, otros países porque siempre había espejos en lugares con luz: hoteles, escaparates, rascacielos, aunque no autorizados para cruzar al otro lado. Se hallaban en una dimensión desconocida pero no oscura, porque cuando millones de luces se apagaban al caer la noche otras tantas se encendían en otra parte del mundo. Contemplaban a la gente hacer su vida. Les era posible aparecerse en cualquier espejo, si bien la regla imponía que se mantuvieran ocultos a los ojos de las personas para no causarles pánico. Muchos incumplían la norma y se mostraban, dando lugar y origen a esas historias de aparecidos que tanto gustan a algunos. Y como cada reflejo decidía qué hacer, ella decidió estar siempre conmigo y para mí.

»A partir de entonces la veía en todos los espejos, se me presentaba cuando estaba solo. Y la besaba en todos ellos, en el del baño, el del estudio, de los restaurantes, de los hoteles, de los aviones, de los trenes... Compré un espejo manual, que llevaba siempre en el maletín. Cuando había ausencia de testigos, lo sacaba. Ella aparecía, hablábamos y nos besábamos.

»Y así escapó el tiempo, gustando del arrullo y de la forma mágica de gozar del amor en cualquier lugar que pasara la noche. Yo había colocado la cama junto al espejo, y cuando dormía en casa lo hacía pegado al cristal, notando su palpitar. Y los años fueron pasando sin darme cuenta, tan rebosantes de hechizo. Y un día noté con aprensión que había perdido la lozanía. Me aterré. Porque aunque siempre he hecho ejercicio y mantenía cierta apostura, no era lo mismo. Me cohibía mostrar la inflexible acción de los años sobre mi organismo mientras que ella permanecía invariable, como cuando cruzó aquel umbral. Pero ella juraba que no le importaba, que me amaba tal y como era, que lo haría mientras durase la vida. Y ha cumplido sobradamente, sin rehuirse un solo momento.

»Vivo solo. Una mujer va todos los días a arreglar el piso, a hacerme las comidas y a llevarme la ropa a la lavandería. No es mucho trabajo para ella porque tengo pocos muebles. Pero debe hacer algo inexcusable: limpiar cada día todos los espejos. No necesito a nadie más porque siempre estoy con mi adorada.

»Un día, hace poco, me sentí mal. Y fue entonces cuando me dijeron lo enfermo que estaba.

No había dejado de mirar al hombre mientras me hablaba. Sus palabras tenían tal sinceridad y era tan sugerente el relato que estuve tentado de creerle. Pero la razón se impuso. El hombre desvariaba y, quizá debido a su soledad, su cerebro había creado esa historia imposible. El invento del cruce del espejo era algo de una gran imaginación. Y qué decir de la forma de hacer el amor. Además de lo inverosímil de la historia, se supone que la desaparición de la chica tendría que haber provocado la intervención de los familiares, de los compañeros de empresa y, finalmente, de la policía. Pero de eso no habló nada. O puede que hubiera obviado todo lo secundario para centrarse sólo en la específica y fantaseada relación con esa mujer. La foto no garantizaba su vinculación con ella. Obtener imágenes de una bella fémina estaba al alcance de cualquiera. Seguramente sería de un calendario. Aunque debo reconocer que esa muchacha era de sensación.

—No quiero que la radiación me desfigure. Deseo que ella me vea entero. Mañana me darán de alta, lo que es usual en algunos hospitales con los enfermos terminales para no perjudicar su reputación. —Guardó silencio y adoptó un gesto de tristeza—. A nadie dije nunca lo que acabo de contarle. Usted me ha dado mucha confianza, escuchando atentamente. Es muy difícil encontrar a alguien así, y menos que no se espante al escucharme. Por eso me gustaría que me visitara esta semana para enseñarle las muchas fotos que tengo de ella. Espero que me quede algo de tiempo. Tome mi dirección.

Le vi caminar erguido por el largo y silencioso pasillo hasta entrar en su habitación. Sin poder dominar mi curiosidad, tres días después estaba llamando a su puerta. Una señora de unos cincuenta años me hizo pasar al salón. Contenía pocos muebles y daba sensación de amplitud debido al espejo mural que ocupaba la totalidad de una pared. El hombre llegó cargado con su palidez.

—Finalmente vino —dijo, dejando ver la blancura de sus dientes.

Me guio hasta el dormitorio, una de cuyas paredes lo formaba un espejo como el del salón. Pegada a él, una cama grande. La pared de enfrente estaba ocupada por un doble armario empotrado, con puertas correderas de espejo. Abrió uno. Estaba mediado de vestidos de colores suaves: faldas, blusas, jerséis; una gabardina y un traje. Abajo, cinco pares de zapatos de tacón alto y unas zapatillas. Cada cosa metida en fundas transparentes, al igual que una maleta situada en un estante interior.

—Sus ropas y calzado. Lo que vestía y dejó cuando cruzó el umbral. Como ve no hay ningún pantalón porque entonces las mujeres no llevaban. Y aquí sus otras cosas.

Abrió unos cajones. En perfecta colocación, sostenes, enaguas, bragas, medias de seda, pañuelos, un reloj de muñeca, pulseras, collares, algunos anillos y una bolsita con los útiles de maquillaje. En otro cajón, una agenda del año 1968, un calendario del mismo año y un libro diario, que no me ofreció hojear.

No cabía duda de que allí había vivido una mujer. Pero de haber marchado no habría dejado sus cosas. Ello conducía a una posibilidad: que hubiera quimerizado a la mujer y hubiese ido adquiriendo esos objetos, movido por fetichismo o desvarío, como los que hacen una esposa secreta de una muñeca hinchable.

Entramos al baño y señaló otra pared de espejo.

—Por ahí desapareció —dijo, mirando el inmaculado cristal.

Después me condujo al estudio, en el que había una mesa con un ordenador y dos sillas. A un lado de la puerta, un póster de la sensacional mujer a tamaño natural. Una gran estantería llena de libros y DVD musicales y de cine se apoyaba en una pared. Otra estaba totalmente forrada por un espejo como los del salón, dormitorio y baño. Las demás paredes estaban cubiertas por infinidad de fotografías de la mujer, en innumerables posiciones que hacían resaltar su extraordinaria perfección y belleza. Era evidente que la foto que me mostró en el hospital no correspondía a una chica de calendario sino a una modelo misteriosa y real, siempre en una juventud detenida. Resultaba sorprendente apreciar que las instantáneas parecían haber sido tomadas en los reflejos de escaparates, mostrando de fondo monumentos, catedrales y lugares muy conocidos del mundo, lo que sugería muchos viajes en la vida de ambos protagonistas. Había fotos en blanco y negro y la mayoría en color. Las fechas, indicadas al pie, cubrían desde 1962 hasta un mes antes de mi encuentro con el hombre, aparentemente los cuarenta y nueve años transcurridos desde el supuesto primer contacto de la pareja. Todo ello, aunque resultaba asombroso y empujaba a considerar que pudiera responder a cierta verdad, no hacía que zo-

zobrara mi convicción sobre la racionalidad de las cosas. Esa atrayente historia tendría alguna explicación ajustada a la lógica. Por eso, dando ya por hecho que la chica existió, a la vista de tantas fotografías, la razón plausible es que la había matado. Pero ¿cuándo, si las fechas atestiguaban una progresión en el tiempo? Estuve a punto de expresarle mis cogitaciones. Comprendí que no debía enmarañarme en ese misterio. No era yo el llamado a descifrarlo, habida cuenta mi incredulidad en todo el asunto.

—No tenemos televisores. Nos quitaría tiempo irrecuperable porque la vida no tiene marcha atrás. Eso que ve es un reproductor. Ocupamos el tiempo en escuchar música y ver cine. También en leer. Ella aprendió a hacerlo por encima de mi hombro mientras yo sostengo el libro. Hablamos de historia, de literatura y de los lugares que visitamos juntos, los espejos por medio. Y desde luego seguimos haciendo el amor, aunque por desgracia ya no todos los días.

»Usted preguntará por qué no se deja ver para testimoniar lo que digo. Pero recuerde que ella desea mostrarse únicamente ante mí.

Al irme tomé nota de que todos los espejos cumplían su función de reflejarnos a ambos y a todo lo demás. No vi ninguna zona negra en las limpias superficies.

Pasó una semana y en ocasiones pensé en ese hombre tan imaginativo y ameno. Y una tarde sonó el teléfono.

—¿Detective Corazón Rodríguez? Soy la asistenta de don Pedro. Por favor, venga enseguida. Quiere verle. Está muy mal. Desde que salió del hospital viene una enfermera a diario para ponerle sedantes. Pero no permite que nadie entre en su habitación al anochecer.

Cogí el coche y llegué a la casa lo más rápido que me permitió la circulación. Cuando llamé a la puerta, la mujer me abrió con una mirada desfasada. Sin decir nada, señaló temblorosa hacia el interior. Caminé presuroso y entré en el dormitorio, mediado de luz.

El gran espejo estaba entero, limpio y en su parte central había una zona oscura, sin reflejo, como si fuera un agujero a quién sabe qué locura. En la cama adosada yacía el hombre, sin vida, con apacible expresión. Y abrazado a él, también sin vida, el cuerpo desnudo de una mujer joven, fascinante de belleza y hermosura. Su rostro era el mismo de todas las fotos coleccionadas por ese hombre inolvidable. Y tenía un gesto tan lleno de felicidad como nunca volví a encontrar.

La extraña
(un caso del detective Corazón Rodríguez)

Entró en la casa, se quitó la chaqueta y la colgó del perchero. A oscuras pasó al salón, se acercó a la amplia ventana y miró la calle a través de los cristales. Las farolas salpicaban la noche de amarillo entristecido. El buen cerramiento con doble acristalamiento anulaba el ruido del exterior. En el silencio, sólo roto por el tictac del reloj carrillón, el recuerdo de su padre volvió a castigar su mente. Como todo el día. Hacía justo un año que había muerto de un maldito infarto y seguía sin aceptarlo. Tan grande era su pérdida. Fue terrible, por inesperado. Un padre excepcional, que superando las penurias se esforzó para que él y sus hermanos tuvieran opciones a las oportunidades. Un hombre que enfrentó las pruebas de la vida con una sonrisa y que les hizo ver que la esperanza nunca se desvanece si no se abandona el camino del esfuerzo. Hizo caso de sus consejos y ahora brillaban luces en su existencia.

Oyó el timbre de la puerta, lo que le sorprendió. ¿Quién sería a esas horas murciélagas? Supuso que alguien había tocado el timbre equivocado. Dio la luz del salón y del descansillo. Aunque no pensaba salir, no había echado los cerrojos todavía. Abrió y quedó sorprendido. Una mujer. Pero no una más. Era tan hermosa que todas sus ensoñaciones quedaron sobrepasadas.

—¿Alberto Contreras? —preguntó ella, llenando su nombre de música irresistible.

—Sí...

—Tengo una cita con usted.

—¿Una cita? —balbuceó, consciente de que su desconcierto sobrevolaba su pasmo.

—Sí.

—Yo no...

De repente pensó en Corazón Rodríguez, su gran amigo. ¡Claro! Era eso. Él habría contratado a ese tronco de mujer para endulzarle la noche por el éxito recién obtenido en la empresa. Le había mencionado su intención de sorprenderle con un regalo especial, pero no imaginaba que pudiera ser así. Porque él no necesitaba que le buscaran chicas. Practicaba la soltería y ofrecía el atractivo suficiente para regalarse al respecto. O quizá su amigo lo hizo ese día precisamente para que no se hundiera en la amargura del infeliz aniversario. En cualquier caso, la elección no fue desafortunada. Nunca en su vida había visto una mujer igual.

—Pasa, pasa... —Se hizo a un lado y señaló el tresillo en el salón—. Por favor, siéntate.

—No tengo mucho tiempo —dijo ella, aceptando la invitación.

—Bueno, bueno... Supongo que el necesario. —Miró la hora. Las 22.50. Contempló a la mujer. Desprendía un extraño y poderoso atractivo, además de un sutil e indefinido aroma. Vestía un conjunto blanco matizado, acorde con la declinante primavera, que dejaba muy al descubierto sus torneadas piernas. Tragó saliva. ¡La hostia! Vaya puntazo de Corazón.

—¿Cómo te llamas?

—¿Qué importa mi nombre?

—No es importante. Sólo para dirigirme a ti.

—Me llaman de muchas maneras. Elija usted una.

—Vaya, qué misterios te traes. Bueno, escojo Blanca, como tu vestido.

—Vale.

—Muy bien, Blanca. ¿Una copa, un refresco?

—No bebo.

—Permíteme hacerlo yo.

Fue a un mueble, sacó una botella de vino tinto Gran Reserva de La Mancha, la descorchó y se sirvió una copa. La ocasión lo merecía. Luego se sentó junto a la mujer, llenándose de su efluvio. Le cogió una mano y tuvo un estremecimiento nunca antes sentido.

—Ese Corazón... ¡Qué tipo!

—¿De quién habla?

—De mi amigo, el que te contrató.

—No me contrató nadie.

—Venga. Entiendo tu discreción. Pero sé que es cosa de él. No puede ser de nadie más.

Ella lo miró en profundidad y él se sintió desfallecer. ¡Qué mujer! ¿De dónde sería? ¿Y por qué le miraba así, con esa mirada profunda que parecía salir del principio de los tiempos?

—Supongo que has estado abajo esperándome.

—No. Vengo en este momento.

—Pues vaya puntería. Acabo de llegar de la oficina. ¿Cómo abriste el portal?

—Para mí ningún portal está cerrado.

No le extrañó tamaña afirmación. Aprovecharía la entrada o salida de algún vecino. ¿Quién se negaría a permitirle el paso?

—¿Sabes? Esta noche necesitaba estar solo. Deseché el contacto con los amigos, con una mujer... Cosas mías. —La miró con intensidad—. Pero, caray, tú eres algo especial. No te imaginas lo que me alegra tu presencia. Vaya acierto del bribón de mi amigo.

Se sirvió otra copa y la mantuvo en la mano, ponderando la situación. Ella no dejaba de observarle. Le vio cambiar la copa por un teléfono móvil.

—No te importa que nos hagamos un fotoyo.

—No, si es ése su deseo.

Alberto rodeó con su brazo izquierdo los hombros de la mujer y alargó su otro brazo con la cámara. Hizo tres tomas. Las miró. Estaban perfectas. Con esa mujer, serían las mejores de su colección. Incluso procesaría una de ellas y la colocaría en un marco.

—Señor Contreras. Debe usted prepararse.

—¿Cómo? —se sorprendió, saliendo de su abstracción—. Ah, claro. Sí. Estás aquí. Y es lo que ahora importa. Vamos a ello.

Se acercó a la mujer y la besó en la boca, sintiendo que todo su ser se vaciaba en un remolino desconocido. Un placer nuevo, extraño, absorbente, increíble. Ella se dejó hacer.

—Vamos adentro —dijo, llevándola al dormitorio. Corrió las cortinas y encendió dos lámparas esquinadas—. Siéntate, vuelvo enseguida.

Volvió a la salita y echó los cerrojos. Cogió el teléfono fijo e hizo una llamada.

—Corazón, eres la hostia. No imaginaba algo así cuando me hablaste de un regalo. Dijiste que sería algo distinto y aquí está la demostración. Pero esto es superior.

—¿A qué te refieres? —oyó a su amigo.

—A la mujer que me has enviado. Es un monumento, con algo misterioso en ella. ¿De dónde la sacaste?

—Un momento. ¿De qué hablas?

—Venga, tío. No vaciles. La tía inmensa que ahora está en mi dormitorio.

—¿Una mujer? ¿Qué pasa con ella?

—¿Que qué pasa? Imagínate. Lo lógico. Para eso la mandaste.

—Eh, muchacho. No te he enviado ninguna mujer.

—Claro, claro. Y yo soy chino. Para tu satisfacción te diré que acertaste. Una mujer así... El antídoto que necesitaba. No la dejaré escapar. Pasaré con ella la noche entera. Presiento que será inolvidable. Ya te contaré.

—Oye, espera...

Colgó y fue al dormitorio pensando en su amigo. Se hacía el tonto, pero ¿quién iba a ser sino él? La mujer estaba sentada en la cama, como una estatua griega.

—Puedes desnudarte —invitó, dando todas las luces para no perderse detalle. Ella se quitó las ropas, mostrándose en toda su plenitud. Su perfección rayaba en lo imposible. Quedó deslumbrado. ¿De qué lugar procedía? Lo averiguaría después. Ahora se sintió vital como nunca, inundado de sexualidad. La tumbó y se echó sobre ella, besándola con aplicación. Nunca experimentó un gozo igual, y sólo era el principio. Tenía toda la noche por delante. Ella le echó los brazos al cuello y le acarició. De pronto se encontró flotando en una dimensión extraña, como si estuviera adentrándose en un mundo desconocido. Estaba lleno de luces brillantes, que fueron perdiendo intensidad lentamente hasta que todo se apagó.

Antonio Vitoria, mi ayudante, tenía preparados unos informes. Casos abiertos que requerían actuaciones. Terminamos a las 10.00. Toqué el botón.

—Sara, localízame a Alberto Contreras. Estará en la oficina.

Había quedado intrigado por su llamada de la noche anterior. Hablaba con entusiasmo de una mujer. Debió ser de excepción, toda vez que nunca ponderó de manera especial a ninguna de cuantas ligaba, todas ellas relevantes. Además, me había involucrado en el asunto y tenía que aclararlo. El bueno de Alberto. Disponía de una vida intensa, la mayor parte dedicada a coleccionar horas de trabajo, puede que en exceso. Experto en publicidad, no tardó en conseguir un importante puesto en una empresa del sector. Sus singulares ideas hicieron aumentar la cartera de clientes, lo que supuso le integraran como socio. Y ahora había obtenido contrato de una empresa vinícola española. Sus mensajes serían vistos en más de cien países. Un éxito incuestionable. Con 45 años tenía una situación a la que tantos aspiran y pocos consiguen trabajando honradamente.

—No se ha presentado hoy al trabajo —señaló Sara por el interfono—. Le han llamado pero no contesta a los teléfonos. Lo he comprobado, llamando yo misma.

No era noticia para pasar de largo. Alberto presumía de no haber faltado al trabajo ni un solo día de su vida. Cogí la chupa y salí del despacho.

—Voy a ver —dije a Sara, que notó mi desconexión con la tranquilidad. No era infrecuente que un hombre solo fuera pasto de los buitres. Y en esa fauna no descarté a las buscadoras bellas que aprovechan los desconciertos que producen. Pero Alberto era hombre avisado. Por tanto, debió ser una mujer fuera de serie para que mi amigo se mostrara tan emocionado en su llamada nocturna.

Entré en el portal del magnífico inmueble de la calle Fernández de la Hoz, donde tiene su piso de 120 metros. El portero se me acercó, atento.

—Señor Corazón. Muy buenos días.

—Ojalá. ¿Ha visto a don Alberto?

—No. Estará en casa o quizá bajó directamente al garaje.

Golpeé la puerta de la vivienda sin éxito. Pegué la oreja a la madera. Ningún movimiento al otro lado. Sólo el apagado sonido del carrillón. Bajé al garaje. Allí estaba su coche, un cinematográfico Ford Mustang Mach 1, con compresor, color celeste. Volví a la portería.

—Coja las llaves del piso y suba conmigo.

Los dos cerrojos estaban echados por dentro. Se deslizaron pero la puerta no se abrió. Tenía puesto también el cerrojo ciego, únicamente manejable desde el interior. Era la prueba de que Alberto estaba dentro. Y de inmediato supe que estaba muerto. Y si la mujer estaba con él, también estaría muerta, dado el silencio interior.

Llamé a un cerrajero, que no pudo resolver el obstáculo. Hubo que forzar la puerta. Entré, seguido del portero. Las lámparas de la salita y el salón estaban encendidas y su luz se adornaba con la del día, que entraba a raudales. Pasamos al dormitorio principal. Las cortinas estaban echadas pero la iluminación eléctrica era suficiente. Alberto yacía en la cama, vestido, incluso con los zapatos puestos, en mangas de camisa, boca abajo, la cabeza ladeada, la boca entreabierta. Tenía los ojos cerrados pero su quietud negaba la posibilidad de que estuviera durmiendo. Abrí las cortinas y la claridad se intensificó. Fui hacia mi amigo y le examiné, sin variar su posición. El corazón no latía y el cuerpo estaba frío. El médico diría cuál fue la causa, pero no había signos de violencia apreciable en el cadáver. Saqué una tarjeta y se la di al portero.

—Llame a este número. Es un médico. Dígale que le necesito. Que venga de inmediato.

Necesitaba tiempo a solas y por eso le hice el encargo en vez de llamarle yo. Cuando salió busqué por toda la casa. No había ninguna mujer, nadie más. Me eché a reflexionar. Alberto llevaba horas muerto. Significaba que estaba solo cuando ocurrió la desgracia, como atestiguaba el cerrojo ciego echado. Recordé que mencionó algo extraño sobre la mujer. Empecé a inspeccionar con cuidado y a fondo, sin tocar apenas. No sería difícil encontrar huellas ajenas porque Alberto era hombre ordenado y le limpiaban la casa semanalmente.

El piso está en un sexto, sin terrazas al exterior, las fachadas lisas. Parecía obvio que el misterioso ligue sólo pudo salir por la puerta y que Alberto echó los cerrojos después. La cama estaba sin deshacer, entera, sin evidencias de haber soportado otro cuerpo. Observé los labios morados y el rostro de mi amigo. No vi carmín. Los posibles besos no dejaron el menor rastro. Miré en las almohadas, en las alfombras, en los sillones, en el descansillo. En una de las mesitas del salón, una botella de vino reserva junto a un vaso indicaban que alguien se había obsequiado un trago. No tuve dudas de que fue Alberto quien lo hizo, pues conocía sus gustos al respecto. En los dos cuartos de baño examiné los dobles lavabos, las duchas, los retretes, los bidés, los peines, los cepillos de dientes, las toallas. En la cocina inspeccioné los vasos, las servilletas, el frigorífico, la mesa, el fregadero. Buscaba cabellos, manchas de carmín, colillas, algo fuera de lugar. No encontré huellas distintas a las del fallecido.

Llamaron a puerta. Allí estaba mi amigo Pepe Rico Blázquez, médico, con sus ojos entornados y su aire de estar de vuelta de todo. Se colocó unos guantes sanitarios y se acercó al cadáver. Le dio la vuelta, le exploró en los lugares precisos.

—Paro cardíaco —dictaminó.

—¿Quizá producido por un coito intenso?

Me miró. Le abrió la bragueta y examinó el miembro.

—Hubo eyaculación. Descargó en el calzoncillo. —Tras las gafas cansadas, su mirada era neutra—. ¿Dices que estuvo con una mujer? —Movió la cabeza—. No lo creo. Estaría desnudo. No se suelen hacer esas cosas estando vestido y con la bragueta cerrada. ¿Has mirado por ahí?

—¿Puedes calcular a qué hora ocurrió?

—Hará unas doce, más o menos.

Consulté mi reloj. Las 11.05. Justo sobre la hora que él me llamó. Por lo tanto no pudo llevar a cabo el disfrute deseado.

¿Qué misterio era ése? La precisión en la hora parecía establecer que despidió a la mujer antes de gozar con ella la sabrosa velada imaginada, lo que era totalmente incompatible con los deseos mostrados en su llamada. Luego echó los cerrojos, fue a la cama y se masturbó. ¿Con el pantalón puesto y cerrado, enguarrándose? Era totalmente absurdo asumir esa posibilidad.

A Alberto le sobrevino una muerte que a veces suele avisar. No había ningún rastro que acreditara que allí estuvo una mujer. Pero mi amigo era un hombre muy cabal. Resultaba impensable que la hubiera inventado. Lo que me dijo en la noche no fue una patraña. No tuve ninguna duda de que había una hermosa mujer con él cuando me llamó, a pesar de las evidencias contrarias. Entonces, ¿qué había ocurrido? ¿Quién sería esa mujer, que se desvaneció como el rocío cuando presiente el rayo dorado? ¿Quién la envió?

De repente recordé su disposición a fotografiar sus conquistas femeninas. Le gustaba coleccionarlas. Le llamé a su móvil para localizarlo. No me respondió el sonido. Lo habría silenciado para no ser interrumpido en tan especial noche. Lo busqué. Estaba en el cajoncito del mueble del teléfono fijo. Lo encendí y busqué la última autofoto, comprobando la fecha y la hora. Ahí estaba, en tres tomas, sonriendo pero él solo. En todas tenía su brazo izquierdo en el aire, posición absurda si no hubiera estado sobre el hombro de alguien. La lógica decía que ese hombro fue el de la mujer eclipsada. Comprobé con la hora de las tomas. Las 23.00. Ninguna duda de que Alberto se fotografió con ella. Pero las imágenes eran tozudas. Sólo le mostraban a él. ¿Cómo podía ser?

Y supe de inmediato quién era esa mujer sin imagen, el misterio de su desaparición y qué era ese sutil e indefinido aroma que flotaba por toda la casa. Y me alegré enormemente de no ver su rostro.

Índice